Die Schatten der Solaren Union

Eryx Vail

Content Notes / Inhaltswarnung

Dieser Text enthält explizite Darstellungen von Gewalt, psychologischer Manipulation und politischer Intrige.

Leser:innen sollten sich bewusst sein, dass Themen wie politische Manipulation und Korruption, Hassrede und Diskriminierung, psychische und physische Gewalt, familiärer Missbrauch und Queerfeindlichkeit, posttraumatische Belastung und Verzweiflung, Radikalisierung und gesellschaftliche Unruhen, dystopische Kontrolle und staatliche Repression sowie kriminelle Machenschaften und Vertuschung intensiv behandelt werden.

Diese Themen werden kritisch hinterfragt, dennoch enthält der Text explizite Darstellungen, die für einige Leser:innen belastend sein könnten. Wer sich mit solchen Inhalten unwohl fühlt oder potenziell retraumatisiert wird, sollte dies vorab bedenken.

PHANTORION
VERLAG

Über den Autor

Eryx Vail ist ein jung gebliebener deutscher Autor, dessen Schreiben von Klassikern wie *Dune* von Frank Herbert, *1984* von George Orwell sowie *American Psycho* von Bret Easton Ellis beeinflusst wurde. In seinem Debütroman spiegeln sich zudem Einflüsse von Philip K. Dick und Gillian Flynn wider.

Mit *Die Schatten der Solaren Union* legt er den ersten Teil einer Dilogie rund um Selena Veyra, Julius Marek und die Politik der vermeintlichen Zukunft vor.

Die Schatten der Solaren Union

Eryx Vail

PHANTORION
VERLAG

Die Schatten der Solaren Union

1. Auflage, April 2025

Herausgeber & Verlag
Phantorion Verlag
Ludwigswinkel

Kontakt
contact@phantorion.de
www.phantorion.de

Satz: Phantorion Verlag
Lektorat & Korrektorat: Katharina Glück
Coverdesign: Daniela Szegedi

ISBN: 978-3-911884-01-3

Mein Dank gilt all den Menschen, die mich auf dem Weg zu diesem Buch begleitet und mir geholfen haben, es zu dem zu entwickeln, was es geworden ist: meiner Mutter, meiner Freundin, der Autorin Yara Schürmann sowie meiner geduldigen Lektorin Katharina Glück.

Prolog

»Während die im Geld ersticken, reißen sich die Menschen in den Randkolonien jeden Tag den Arsch auf, um über die Runden zu kommen. Und warum?« Julius Marek richtete den Zeigefinger auf Selena Veyra. »Weil Ihre Partei, die Progrediens, und Sie uns technologisch kastriert haben. Das Kernweltenestablishment nutzt seit mehr als 130 Jahren den KI-Krieg der 2120er, um uns zu geißeln. Das muss sich ändern!« Er ballte die Hand zur Faust, stieß sie kämpferisch in die Höhe. »Und das wird sich mit mir als Präsident der Solaren Union ändern! Meine oberste Priorität nach der Wahl ist es, das KI-Arbeitskräfteverbot zu kippen – ein für alle Mal!«

»Es waren doch genau diese …« Selena schüttelte den Kopf, ihre Stimme entschlossen. »… diese kalten Blechbüchsen, die beinah die gesamte Menschheit ausgelöscht hätten. Haben Sie vergessen, was in diesem Krieg passiert ist, Herr Marek? Die Arbeitsroboter, die sich auf dem Mars verselbstständigt haben? Die Millionen, die gestorben sind, weil wir die Kontrolle verloren haben?«

Julius winkte ab. »Wissen Sie, was diese politischen Floskeln mit dem Alltag der Menschen zu tun hat? Haben Sie mit ihnen gesprochen? Ich habe mit ihnen gesprochen, mit allen. Ich habe gehört, was das bedeutet. Dass Kolonisten auf Enceladus, auf Titan, auf Europa, fleißige Frauen und Männer, Eisernter, Schmelzer und Transporteure, sechzehn Stunden schuften anstatt eines Roboters, der nur eine Stunde für dieselbe Arbeit bräuchte!« Er drückte mit beiden Händen auf eine imaginäre Wand ein. »Aber nein! Sie müssen verrecken, nur zur Beruhigung der Paranoia von Ihnen, Frau Veyra, und Ihrer Partei.« Er erhob den Zeigefinger und hielt einen Moment inne. »Doch nach dieser Wahl stehen diese Menschen das erste Mal auf der Sonnenseite, denn ich bin für sie da – und ich allein beende es. Ich werde ihre Ketten zerschlagen wie Alexander der Große einst den Knoten von Gordion. Ich entfessle diese Union – und ihr Volk!«

Der Bildschirm flackerte kurz auf. Für den Bruchteil einer Sekunde wurde die Kneipe von einem leisen Rauschen erfüllt, bevor sich das Bild wieder zusammensetzte.

Chatwins Augen reflektierten das kalte Blau des TV-Studios auf dem Monitor, als er sich leicht nach vorne lehnte. Seine Stimme war fest. »Der versteht uns.« Er klopfte mit den Knöcheln seiner Linken mehrmals auf den Tisch, während er mit einem Finger der Rechten zu dem großen Bildschirm neben dem Tresen zeigte. »Endlich einer von uns!«

Sally nickte, ihre Stimme überschlug sich vor Begeisterung. »Mit dem wird's uns besser gehen.«

»Stell dir das mal vor!« Chan legte seinen Arm um ihre Schulter. »Wenn du nicht mehr ständig in dieser dämlichen Verladestation stehen musst.« Er lachte. »Da kommt dann einfach so ein kleiner Roboter – zack, fertig. Und du kannst zu Hause mit deiner Tochter kuscheln.«

Sallys Miene hellte sich immer mehr auf, während sie verträumt in Richtung des Monitors starrte.

»Noch hat er die Wahl nicht gewonnen«, warf Hanad ein, streichelte mit einer langsamen Bewegung sein Kinn und schüttelte dabei seinen Kopf.

Chatwin sah ihm tief in die Augen. »Aber er wird gewinnen. Er muss gewinnen!«

»Psssch!« Sally sog die dicke Luft der Kneipe ein und schielte für den Bruchteil einer Sekunde zu den beiden. »Ich will hören, was die sagen.«

Hanad hob leicht die Hände, als wollte er sich einem übermächtigen Feind ergeben. Chatwin lächelte kopfschüttelnd in seine Richtung.

Währenddessen zeigte der Monitor die Moderatorin, die zwischen den zwei Kandidaten stand. »Frau Veyra«, fragte sie mit einem kaum merklichen Unterton in der Stimme, »Sie kämpfen nicht nur gegen die KI-Arbeitskräfte, sondern unterstützen auch die weitere Normalisierung queerer Lebensweisen. Wie rechtfertigen Sie diese Haltung angesichts der Tragödie auf Enceladus?«

Das Bild wechselte, zeigte Selenas Gesicht im Großformat. Das dezente Rouge auf ihren Wangen ließ ihre hohen Wangenknochen noch markanter wirken. Selena holte tief Luft, ihre Stimme unerschütterlich. »Sie nennen es Tragödie.« Ihre Augen wanderten durch das Studio. »Ich nenne es Demagogie – widerwärtige Scharfmacherei auf dem Rücken von Unfallopfern.« Sie schüttelte langsam den Kopf. »Die Wahrheit …«

»Die Wahrheit ist«, unterbrach Julius sie, sein kalter Blick drang durch den Monitor in die Kneipe, als würde er die kleine Gruppe dort fixieren, »dass sich am 10. Oktober 2246 ein schweres Eisbeben auf Enceladus ereignet hat – dienstags, einen Tag nach der Gleichheitsnacht. 87 Tote. 932 Verletzte. Gute Menschen, die heute noch leben sollten.«

Der Bildschirm zeigte die beiden Kontrahenten in einer Nahaufnahme nebeneinander. Julius' Miene war ernst, während Selena eine Augenbraue hob.

»Was genau wollen Sie damit sagen, Herr Marek?«

»Ich spreche von den Fakten. Haben Sie etwas anderes gehört? Ich habe nichts anderes gehört, nur Zahlen, Daten und Fakten.«

»Wollen Sie damit suggerieren, dass Feiernde diese Katastrophe verursacht haben? Dass freie Liebe und ehrliche Gleichberechtigung töten?« Selena schüttelte den Kopf. »Oder glauben Sie tatsächlich, dass Menschen sterben, weil Queere existieren?«

»Die hat sie doch nicht alle.« Sally hielt ihren Mittelfinger in Richtung des Monitors. »Wegen der Schlampe wird meine Kleine am Ende noch so eine dreckige Lesbenhure.«

Chan und Hanad nickten langsam mit geschlossenen Augen. Chatwin bewegte sich keinen Millimeter, sein Mund stand offen, während er den Bildschirm anstarrte.

»Alles gut bei dir?«, fragte Sally ihn.

Seine Augen wurden feucht, er blinzelte einige Male schnell. »Ja … geht.«

»Mann, wir kennen dich.« Hanad zog die Augenbrauen zusammen. »Sag schon, was ist los?«

»Ähm …« Chatwin zog die Nase hoch. »Mein Bruder, der …« Seine Stimme zitterte. »Er ist gestorben. Bei dem Eisbeben.«

Chan schlug ihm sanft mit der Faust an den Arm. »Scheiße, ehrlich!«

»Das ist doch …« Sallys Stimme erstarb, bevor sie ihren Satz beenden konnte.

Chatwin wischte sich mit dem Ärmel seines rot karierten Hemdes über die Nase, seine Augen verengten sich. »Ich frage mich jeden Tag: Warum hat es nicht die erwischt? Die waren das doch.« Er schüttelte den Kopf. »Die Schwuchteln und Lesben sind daran schuld, dass mein Bruder tot ist. Die haben ihn umgebracht.«

Julius' Blick schweifte derweil ab, weg von der Kamera durch das TV-Studio. Seine Augen sprangen wild umher, bis sie nach wenigen Augenblicken sanft auf einem Punkt zur Ruhe kamen. Der Monitor flackerte erneut auf, dieses Mal blieb das Rauschen aus. Als sich die Anzeige wieder gesammelt hatte, wurde sie vollends von Julius' Kopf ausgefüllt. Ein warmes Lächeln umspielte sein Gesicht.

»Ihre Anschuldigungen weise ich von mir. Es ist doch immer das Gleiche. Sie versuchen, uns – mich und die Menschen, für die ich hier meine Stimme erhebe – in eine Ecke zu drängen, abzustempeln als Verrückte.« Er wandte sich zur Moderatorin, die fast unmerklich nickte. »Ich will lediglich darauf hinweisen, dass nichts im Leben umsonst ist, dass wir für jede Lebensweise einen Preis zahlen müssen. Jeder Einzelne von uns.«

Die Kameraeinstellung wechselte in eine Totale des gesamten Studios. Julius zeigte mit dem Finger ins Publikum, auf einen Mann in der ersten Reihe. Dann auf eine Frau in der dritten. Dann auf die Kameradrohne, die vor ihm schwirrte. Er vollführte eine große Geste, als wäre er ein Prediger vor seinen Gläubigen.

»Wir alle sollten uns fragen: Müssen wir den Preis für den exzessiven Hedonismus einiger weniger zahlen, oder wollen wir Wohlstand und Sicherheit?«

»Genau!«, rief Chan und trank einen großen Schluck aus seinem Bierglas, ohne sich von dem Monitor abzuwenden. »Und das Schlimmste ist, die haben vor, uns alle zu …« Er zog die Nase mit einem tiefen Atemzug hoch. »… so welchen umzupolen.«

Chatwin nickte. »Mein Kollege hat mir erzählt, die wollen sogar extra so eine Einrichtung aufmachen, wo du dann einmal im Monat hinbestellt wirst und mit einem, der untenrum genauso ist wie du selbst, ficken musst.«

»Ja, das hab ich auch gehört. Auf der Arbeit reden alle darüber – und die sagen, wenn du es nicht machst, zahlst du mehr Steuern«, entgegnete Hanad.

»Bei uns erzählen sie, die würden sogar Kinder ficken.« Sally schüttelte den Kopf. »Das müsst ihr euch mal vorstellen, das scheint bei denen normal zu sein.«

Chan tippte sich mit dem Zeigefinger an die Schläfe. »Die sind doch krank im Kopf.«

»Ist es wirklich ein Zufall, dass dieses Beben damals nach der Gleichheitsnacht geschehen ist? Wer hat denn davon profitiert?« Selenas hochrotes Gesicht nahm den gesamten Monitor ein, ihre Augen verengten sich. »Alte Männer von gestern mit Werten von vorgestern?«

»Ah, jetzt kommen die Verschwörungstheorien. Genau das ist das Problem mit den Progrediens: Fakten zählen nicht, nur ihre Ideologie. Immer wenn Ihnen die Realität nicht passt, kommen Sie mit nebulösen Andeutungen.« Julius schüttelte kurz den Kopf, nur um dann mit den Achseln zu zucken. »Ohne einen einzigen Beweis!«

Sally sprang von ihrem Stuhl auf und applaudierte frenetisch. »Genau das ist es. Die schwurbeln irgendeinen Schwachsinn, wenn du nicht ihrer Meinung bist.«

»Sie wissen doch selbst ganz genau, dass nicht eine Feier queerer Menschen zu dem Eisbeben geführt hat, sondern …«

Der Monitor ersetzte Selenas Gesicht mit dem der Moderatorin. »Leider läuft die Zeit unaufhaltsam«, unterbrach sie Selena scharf. »Wir kommen deshalb zur Abschlussfrage. Frau Veyra, Herr Marek: Wird die Zukunft unserer Solaren Union von Maschinen oder von Menschen bestimmt?«

»Vielen Dank für diese wichtige Frage. Ich hoffe, mir bleibt diesmal wenigstens genug Zeit für meine Antwort.« Selena zog kurz ihre Augenbrauen hoch. »Ich bin mir sicher, unsere Zukunft, die Zukunft der Menschheit, wird von freien Individuen bestimmt. Menschen ohne Ketten – weder durch Maschinen noch durch verstockte Populisten.«

Julius' Stimme war fest, nachdrücklich. »Von Maschinen, die uns helfen. Von Traditionen, die uns stärken. Von einer Gesellschaft, die nicht zulässt, dass Schwächere unser Überleben gefährden.«

»Stark!« Chan reckte seine Faust in die Höhe. »Das ist mein Mann!«

»Habt ihr gesehen, wie der die fertiggemacht hat? Sie heult beinah.« Sally verstellte ihre Stimme. »Ich hoffe, mir bleibt diesmal wenigstens genug Zeit, um meine gequirlte Scheiße zu erzählen.«

Chatwin lachte, folgte ihrem Beispiel. »Schaut mich an, ich bin Selena Veyra.« Er drückte mit seinen Händen seitlich gegen die eigene Brust. »Ich mache Politik für Schwule, Lesben und Kinderficker.«

Eine leise Melodie entwich dem Monitor, als er die Moderatorin in ihrer vollen Größe zeigte, ihre Stimme freundlich, aber bestimmt. »Vielen Dank! Ich bin Kalpana Kaul und das war das Saturn-News-Spezial mit dem letzten Duell der beiden Spitzenkandidaten für das Amt des Präsidenten der Vereinigten Planeten der Solaren Union.« Die Moderatorin verzog die Lippen leicht und unsymmetrisch. »Oder Präsidentin. Wir sehen uns am Wahlabend wieder zu unserer Sondersendung: Wahl-Schlachtfeld: Werte gegen Umgestaltung. Bleiben Sie uns gewogen.«

Die Amtseinführung

»Meine Damen und Herren Gäste, die gewählte Vizepräsidentin der Vereinigten Planeten der Solaren Union, Frau Selena Veyra, begleitet von ihrem gewählten Vizepräsidentinnengatten, Herrn Cedrik Veyra.« Mit diesen Worten kündigte sie der Vorsitzende des Unionsparlaments im großen Stellar-Atrium auf der Regierungsraumstation Solaris Prime an.

Das Orchester, dessen Musiker ordentlich aufgereiht auf dem Halbstock über der Bühne angeordnet waren, erfüllte die Halle mit den Klängen von Aaron Coplands *Fanfare for the Common Man.* Mit dem ersten Hornstoß betrat das Ehepaar unter tosendem Applaus den metallenen Laufsteg zum Podium. Das Atrium war mit Tausenden Menschen gefüllt, die auf gepolsterten Sesseln aus grauem Leder saßen. Das orange Licht der Leuchtbänder, die den Steg begrenzten, reflektierte sich in den Lehnen der Sitzgelegenheiten und mischte sich dort mit dem dunklen Blau, das aus der Kuppel herabbrach.

Selena trug ihr schulterlanges, blondes Haar mit einer natürlichen Eleganz. Sie hielt ihre spitze Nase hoch, während ein professionelles Lächeln auf ihren Lippen einzementiert war, das die perfekte Balance zwischen Bescheidenheit und Selbstbewusstsein ausstrahlte. Ihr mitnichten dezent aufgesetztes, aber umso strengeres Make-up verbarg jeden noch so kleinen Makel ihrer etwas mehr als vierzig Jahre alten Haut vor ungewollten Urteilen. Das geschmackvolle Kleid betonte ihre schmale Figur und verlieh ihr körperliche Länge, wo keine war. Neben ihr wirkte Cedrik wie ein bewusst ausgewähltes Accessoire voller Widersprüche. Der fast zwei Meter große Mann war trotz seiner fünfzig Lenze bis in den letzten Muskel durchtrainiert. Seine kurzen, dunkelblonden Haare waren mit grauen Strähnen durchzogen. Liebenswert und freundlich blieb er dennoch stets einen Schritt hinter ihr – sowohl physisch als auch in seiner Präsenz.

Die holografischen Banner an der Rückseite der tiefen Bühne wechselten von einem sanften Blau zu einem intensiven Violett. Alle in der Luft summenden Kameradrohnen waren auf das Ehepaar gerichtet, fingen jede Bewegung der beiden ein. Selena blieb auf dem Podium stehen, drehte sich zu den Zuschauenden. Abgeordnete aus den zwei Kammern des Unionsparlaments, Unternehmer und hohe Militärs – sie alle schauten zu ihr auf.

Cedrik folgte ihrem Beispiel. Als er sich umgedreht hatte, lehnte er sich leicht zu ihr und flüsterte leise: »Ein Applaus, als hätten wir die Wahl nicht verloren, sondern haushoch gewonnen.«

Ein kaum sichtbares Lächeln huschte über ihre ernste Miene. Sie winkte weiter in die Menge und presste die Zähne fest aufeinander. »Vielleicht sind wir heute noch nicht ganz dort, wo wir stehen müssten, um den Menschen das zu geben, was sie dringend brauchen – aber wir sind kurz davor.« Ihre Stimme war ausgeglichen, doch der Unterton ihrer Worte klang wie ein unheilvolles Versprechen.

Die Begeisterung der Zuschauenden ebbte langsam ab. Die gewählte Vizepräsidentin ergriff die Hand ihres Mannes, ein perfekt einstudierter Ablauf wie der Tanz zweier Eiskunstläufer, und reckte den festen Händedruck in die Höhe. Erneut brandete ein lauter Applaus durch das Stellar-Atrium.

Selena wandte sich leicht zu Cedrik, ihre Stimme gedämpft. »Bereit?«

Er nickte bescheiden, ein herausforderndes Lächeln auf den Lippen. »Du hast mich vorbereitet.«

Sie schmunzelte erneut fast unmerklich, und führte ihren Gatten mit dem letzten Höhepunkt des Musikstückes zum hinteren

Teil der Bühne. In ihren Augen lag ein Glanz, der nicht nur Entschlossenheit zeigte, sondern vielmehr die kalte Berechnung einer Berufspolitikerin.

Das gesamte Atrium verstummte zu einer nahezu unheimlichen Stille. Lediglich das monotone Summen der Dutzenden Kameradrohnen erfüllte die Halle. Dann flackerte ein leises, rhythmisches Surren durch die Lautlosigkeit, als die holografischen Banner hinter dem Podium erneut die Farben wechselten – diesmal zu einem tiefen Gold, das mit absolutistischer Macht strahlte.

»Und nun, meine Damen und Herren Gäste«, verkündete der Vorsitzende mit bedeutungsschwangerer Stimme. »Der gewählte Präsident der Vereinigten Planeten der Solaren Union, Herr Julius Marek, begleitet von seiner gewählten Präsidentengattin, Frau Paula Marek.«

Erneut entflammte tosender Applaus, lauter und frenetischer als zuvor, durch die Akustik des Atriums und die Verstärkung durch die Lautsprecher ein fast überwältigender Sturm. Mit den einsetzenden Orchesterklängen von Edward Elgars *Pomp and Circumstance* erhoben sich die Zuschauenden nahezu geschlossen von ihren Plätzen, eine Welle von Bewegung und Begeisterung, die den Raum durchflutete und das Spiel des Orchesters unter sich zu begraben drohte.

Der gewählte Präsident Julius Marek schritt langsam über den Laufsteg, ein Mann Ende der goldenen Fünfziger, seine körperliche Statur der des gewählten Vizepräsidentinnengatten in nichts nachstehend. Sein kurzes, pechschwarzes Haar und der maßgeschneiderte, eukalyptusgrüne Anzug ließen ihn fast wie eine lebende Projektion wirken. Sein Gesicht trug eine einstudiert freundliche Miene, doch seine Augen waren erfüllt von Arroganz und Großspurigkeit.

Paula Marek folgte an seiner Seite, elegant, aber zurückhaltender. Ihr kurzes, weißes Kleid, das an der Hüfte mit farblich auf die Garderobe ihres Mannes abgestimmten Akzenten verziert war, betonte nicht nur ihre Größe, sondern schimmerte auch leicht im Schein des Stellar-Atriums. Die gleichfarbigen Sky Heels an ihren Füßen, unterstützt von einem Schwebeeffekt, der sie mit jedem Schritt kaum merklich über den Boden fliegen ließ, verliehen ihr eine affektierte Attraktivität. Ihr Lächeln war höflich, fast mechanisch, und ihre Bewegungen spiegelten eine antrainierte Grazie wider.

Auf dem Podium angekommen, wandte sich der gewählte Präsident zu den Zuschauenden und reckte die Faust in die Höhe. »Für Maschinen, die uns helfen. Für Traditionen, die uns stärken. Für eine Gesellschaft, die nicht zulässt, dass Schwächere unser Überleben gefährden.«

Die Lichtbänder des gesamten Atriums flackerten in einem Wechsel zwischen golden und violett. Erneut erklangen die orchestralen Töne durch die Lautsprecher. Der Jubel kulminierte in einem bisher unerreichten Höhepunkt.

Julius ließ die Faust für einen Moment in die Höhe gereckt. Das auf die Bühne fallende Licht brach sich in seinem Ring in alle Richtungen, bevor er den Arm langsam senkte. Er drehte sich zu seiner Frau, ein kaum wahrnehmbares Lächeln blitzte über sein Gesicht, quittiert von ihrem sehr kurzen, aber eindringlichen Nicken.

Die blonden Haare der gewählten Vizepräsidentin brachen das Wechselspiel der Farben, als sie ihren Kopf leicht zu ihrem Mann neigte und mit einem hinter ihrer kontrollierten Mimik verborgenen Flüstern fragte: »Siehst du das?«

Cedrik folgte dem Blick ihrer smaragdgrünen Augen in die Menge. »Sie sind alle laut, aber sie sind nicht alle begeistert«, murmelte er leise. »Manche Klatschen nur, weil der Anstand es verlangt.«

Selena blinzelte zustimmend, ihr Lächeln weiterhin routiniert aufgesetzt und ungebrochen. »Politik bedeutet immer, sich so zu verhalten, wie das Volk es erwartet.«

»Zumindest auf der großen Bühne«, entgegnete er.

»Wenn wir Veränderungen erreichen wollen, müssen wir auf die große Bühne.«

»Nicht wir. Du. Ich bin lediglich der Dramaturg.« Cedrik ließ den Blick durch das Atrium schweifen, bevor er dezent in Richtung der ersten Reihe nickte, zu dem Sessel, auf dem Nova saß. Ihr langes, silbergraues Haar war meisterhaft in Szene gesetzt, ihr kurzes, schwarzes Kleid eine perfekte Komposition mit ihren Augen. In ihrem Gesicht spielte ein Lächeln, das nur knapp die Grenze zwischen Schalk und Aufrichtigkeit hielt. »Deine Spielgefährtin hat gelernt, wie man Blicke auf sich zieht. Sie scheint hier fast genauso wichtig zu sein wie du«, sagte er beiläufig, den ironischen Unterton nicht versteckend.

Selena sah gerade kurz genug zu ihr, dass es unbemerkt blieb. Ihre Miene verharrte reglos, doch ein winziges Zucken huschte über ihre Lippen.

Bevor sie Cedrik etwas erwidern konnte, vollführte Julius mit einer ausladenden Geste, die eher für einen Dompteur schicklich gewesen wäre anstatt für den Kopf einer interplanetaren Regierung, eine einladende Bewegung in ihre Richtung. »Komm mit deinem Mann zu mir, Selena!«, rief der gewählte Präsident ihnen zu, nur um sich sofort wieder der Menge zuzuwenden. Mit dem für ihn typischen Tonfall eines Predigers vor seinen Schäfchen, voll gespielter Wärme und geheuchelter Wertschätzung, fuhr er fort. »Meine Damen und Herren, Sie sehen hier die wahrscheinlich beste Vizepräsidentin der Vereinigten Planeten der Solaren Union.« Er legte eine kurze Pause ein. »Und das nicht zuletzt, weil sie die erste Frau auf dieser Position ist: Selena Veyra!«

Gelächter flutete das Atrium. Viele lachten laut und herzlich, wenige gezwungen und beschämt.

Selenas Hand ballte sich locker zu einer Faust, ihre Miene wurde strenger.

»Lass dich nicht provozieren, Schatz«, flüsterte Cedrik voller Wärme. »Ich bin da.«

Langsam setzten sie sich in Richtung des gewählten Präsidentenehepaars in Bewegung.

»Keine Sorge«, antwortete Selena mit bebender Stimme, aber ungebrochenem Lächeln und bohrte ihre spitzen Nägel in die Hand ihres Mannes. »Ich kratze ihm erst später die Augen aus dem Gesicht.«

Cedrik kicherte. »Dann werde ich dir wohl am besten schnell eine neue Nagelfeile kaufen.«

Sie warf ihm einen spöttischen Blick zu, ohne den Kopf zu drehen.

Ein weiteres Kichern entwich seinem Rachen. »Aber bitte, Schatz, nicht wenn alle Kameradrohnen auf uns gerichtet sind. Dann wird es sogar für einen herausragenden Juristen wie mich schwer, zu erklären, warum die Blendung des gewählten Präsidenten Notwehr war.« Er lächelte immer schiefer und spitzbübischer »Und falls du nicht auf mich hörst und ihn doch in aller Öffentlichkeit attackierst, mach es bitte dramatisch. Ein kleines Blutopfer macht sich ausgezeichnet in den Schlagzeilen.«

Selena entgegnete verspielt: »Wie kann ein so charmanter Mann, so schrecklich provokativ sein?« Sie schenkte ihm ein warmes, herzliches Grinsen, das mehr Warnung als Freundlichkeit ausstrahlte. »Wenn es so weit kommt, werde ich sicherstellen, dass die Kameras dein Gesicht auffallend groß einfangen.«

Er schnaubte amüsiert. »Du bist schlichtweg gnadenlos. Und jetzt«, er presste die Zähne fester aufeinander, »lächeln und winken – aber vor allem still sein, Schatz.«

»Deshalb liebst du mich doch«, warf sie ein und richtete ihre Augen wieder auf das Präsidentenpaar, das sie mittlerweile erreicht hatten.

Julius streckte ihr die Hand mit einer langsamen, kalkulierten Bewegung entgegen, die sie fest und entschlossen ergriff. Er zog Selena sanft, aber unmissverständlich zu sich und gab ihr einen höflichen Kuss auf die linke Wange.

Als sein Ohr nah an Selenas Mund war, sagte sie leise: »Denk immer daran, Julius, du hast dieses Amt nur dank meiner Partei. Ohne unsere Stimmen, ohne mich gäbe es keinen Präsidenten Julius Marek.«

Sein Lächeln verharrte, doch für einen Moment blitzte ein Hauch von Ärger in seinen Augen auf, verborgen hinter gespielter Höflichkeit. Er lehnte sich nur ein bisschen zurück, gerade genug, um Selena anzusehen, und erwiderte kaum hörbar: »Denk du lieber daran: Ich bin dank deiner Partei nicht nur Präsident geworden, sondern auch dein Vorgesetzter.«

Sie hielt dem Blick seiner haselnussbraunen Augen stand. »Beides lässt sich ändern. Ist es nicht das, was es so aufregend macht, Julius?«

Bevor er zu einer Erwiderung ansetzen konnte, löste Selena den Händedruck mit kühler Eleganz. Ohne den Präsidenten weiter zu beachten, richtete sie ihre Aufmerksamkeit auf die neue erste Dame der Solaren Union, die wie sein eigener Schatten neben ihm stand. Paula bot der Vizepräsidentin artig ihre Hand zur Begrüßung an.

»Frau gewählte Präsidentengattin«, sagte Selena, ihre Stimme so zuckersüß wie mit Gift getränkter Honig, während sie die Einladung mit einem festeren Griff als zuvor annahm. Ihre spitzen Nägel gruben sich in Paulas weiche Haut. »Ich freue mich darauf, Sie in Zukunft öfter sehen zu dürfen.«

Die erste Dame der Solaren Union zuckte zusammen, ihre Augen von Schmerz erfüllt, ihre Stimme leicht gebrochen. »Das Vergnügen ist ganz meinerseits, Frau gewählte Vizepräsidentin.« Sie versuchte, sich aus dem Griff zu lösen, doch Selena krallte ihre roten Nägel nur tiefer in die Haut ihres Opfers.

»Wie schön«, antwortete sie, ihre Zähne vor Anstrengung leicht gefletscht. »Es ist immer gut, wenn wir starken Frauen zusammenhalten und für unsere Sache jeden Schmerz in Kauf nehmen, nicht wahr?«

Paula senkte den Blick, ihre Lippen bebten leicht, während sie gegen die Tränen kämpfte und krampfhaft versuchte, eine höfliche Miene zu bewahren. »Natürlich, Frau gewählte Vizepräsidentin«, brachte sie hervor, ihre Stimme nur ein Hauch.

Julius' Blick wanderte von seinem Gesprächspartner Cedrik kurz zu den Händen der beiden Damen. Sein Lächeln verharrte, doch seine Augen verengten sich leicht. Er setzte zu einem Schritt in Paulas Richtung an, zögerte jedoch.

Eine der Kameradrohnen schwebte näher, ihr Objektiv fixierte das Geschehen auf dem Podium. Cedrik warf Selena unauffällig einen vielsagenden Blick zu, woraufhin sie die Hand der ersten Dame der Solaren Union losließ. Ihre Nägel lösten sich aus der sanften Haut und hinterließen tiefe, leicht blutende Wunden.

Paulas Augen glitten zu den feinen Linien. Sie zog ihre Hand langsam zurück und versuchte, sie hinter ihrem Rücken zu verbergen. Ihre Stimme blieb leise, fast ein Flüstern. »Ich bin sicher, Sie und mein Mann haben eine … einschneidende Koalition.«

Julius' Kiefer mahlte. Sanft legte er seine Hand auf Paulas Schulter – sein Atem stockte und seine Nasenflügel zitterten, während sein Blick die Vizepräsidentin durchbohrte. »Selena, ich verlasse mich darauf, dass wir alle hier an einem Strang ziehen. Schließlich teilen wir dieselben Ziele, nicht wahr?«

Cedrik räusperte sich leise, eine unerwartete Unterbrechung, die die Aufmerksamkeit auf ihn lenkte. »Natürlich, Herr gewählter Präsident. Und doch wissen wir alle, dass selbst die schönsten Diamanten nur unter großem Druck entstehen.«

Selena schenkte ihrem Mann ein anerkennendes Lächeln und richtete ihren Blick auf die Zuschauenden. Doch bevor sie mit gefasster Miene und einer dezenten Handbewegung das Podium für sich beanspruchte, neigte sie sich leicht zu Julius, ihre Stimme leise, aber deutlich genug, dass er sie hörte. »Sei dir sicher, heute ist erst mein Anfang.«

Der Blick des gewählten Präsidenten blieb freundlich, wenn auch nicht minder durchbohrend als zuvor – es war lediglich seine linke Augenbraue, die kurz zuckte.

Die Kameradrohnen schwenkten zu Selena, die ihren Arm hob, um die Aufmerksamkeit aller Anwesenden auf sich zu ziehen. Die holografischen Banner in ihrem Rücken flackerten, wechselten dann in ein sanftes Violett, das sie wie eine Lichtkrone umrahmte, während sie mit voller Überzeugung sagte: »Es ist mir eine große Ehre, Teil dieser neuen Regierung der Vereinigten Planeten der Solaren Union unseres gewählten Präsidenten Julius Marek zu sein. Ich wünsche uns allen erfolgreiche fünf Jahre – und ich bin mir sicher, wenn jemand dafür sorgt, dass diese Jahre erfolgreich werden, dann diese Koalition aus seiner Conservativae und meiner Progrediens.«

Erneut wurde das Atrium von Jubel ergriffen. Selenas Blick fiel allerdings nicht auf ihre zahlreichen Unterstützer und Parteifreunde in den hinteren Rängen, sondern auf ihren Schützling in der ersten Reihe, nur wenige Meter von ihr entfernt. Novas Gesicht war von einem spielerisch herausfordernden Lächeln erfüllt, das Selena mit einem Blinzeln quittierte. Für einen Moment hielt die gewählte Vizepräsidentin inne, ehe sie gewaltsam ihren Blick abwendete und einen Schritt nach hinten trat.

Der Applaus verebbt abrupt mit dem Erklingen der Hymne der Vereinigten Planeten der Solaren Union. Das ganze Stellar-Atrium wurde durch die Farbänderung der holografischen Banner und der Leuchtstreifen in ein modernes Eukalyptusgrün getaucht. Die

Zuschauenden und gewählten Vertreter auf der Bühne erhoben sich von ihren Plätzen und legten aus gemeinsamer Überzeugung ihre Hand auf die linke Brust – ausgenommen Julius Marek. Anstatt es den übrigen Anwesenden gleichzutun, salutierte er während der Hymne mit stoischem Gesichtsausdruck. Ein Anblick, der bei einigen der Gäste ein Stirnrunzeln hervorrief.

Die Kameradrohnen richteten sich gleichsam aller Blicke auf die große Tür, durch die zuvor die beiden Ehepaare in das Stellar-Atrium getreten waren. Nach dem Verklingen der letzten Note wich die Farbe aus dem Licht und der Zugang öffnete sich mit einem leisen Zischen. Soldaten der Ehrengarde marschierten über den Laufsteg ein. Ihre makellosen, perfekt sitzenden Dienstanzüge bestanden aus einer Schirmmütze und einem hochgeschlossenen Dienstjackett, beides in Weiß gehalten. Die schmalen Schulterklappen, die geflochtene Achselschnur, der breite Gürtel, die weite Diensthose und die hohen Kampfstiefel hoben sich hingegen durch das satte Eukalyptusgrün genauso ab wie die goldene Gürtelschnalle und die zahlreichen silbernen und bronzenen Abzeichen an der Brust eines jeden Einzelnen.

Der erste Gardist trug mit durchgedrücktem Rücken die Flagge der Vereinigten Planeten der Solaren Union vor sich. In der Mitte das goldene Wappen, ein oben geöffneter und unten gebundener Lorbeerkranz, der sich um eine abstrakte Interpretation der Sonne rankte. Diese in acht Segmente aufgetrennte Kugel, von der mehr als ein duzend Strahlen ausging, wurde von einem geschlossenen Kreis umrahmt, der wiederum diagonal und horizontal von einer stilisierten Planetenumlaufbahn umrundet wurde. Der Flaggenstoff, der sich durch die Bewegung in leichte Wellen legte, war eukalyptusgrün und mit einer goldenen Schnur an die nahezu drei Meter lange Flaggenstange aus dunkelbraunem Nussbaumholz gebunden.

Ihm folgten zwei weiterer Gardisten, die nebeneinander im Gleichschritt marschierten. Der linke trug das große Staatsschwert mit ausgestreckten Armen und sicherem Griff vor sich. Das prachtvolle Relikt aus dem 17. Jahrhundert war ein Breitschwert mit einer fast meterlangen Klinge, einem kunstvoll verzierten Schaft aus vergoldetem Metall und vier eingravierten Wappen: ein Fallgitter, eine heraldische Lilie, eine Harfe und eine Distel.

Der rechte hielt den Helm des gefallenen Soldaten in seinen Händen, die Arme leicht nach oben geneigt, sodass das Relikt wenige Zentimeter über seinem eigenen Kopf schwebte. Das Stück aus der letzten Schlacht gegen die autonomen Arbeitsmaschinen auf dem Mars zu Beginn des 22. Jahrhunderts war ein weißer Vollhelm mit schwarzem Visier und feinen blauen Linien, die sich vom Ohr in Richtung des Mundbereichs zogen.

Einer Frau rannen dicke Tränen über die Wangen, als der Helm des gefallenen Soldaten an ihrem Platz vorbeigetragen wurde. Der Mann neben ihr legte seinen Arm um sie und drückte sie tröstend an seine Schulter.

Den Relikten folgten sechzehn Ehrengardisten in acht Reihen, die verschiedene, altertümliche Instrumente des 21. Jahrhunderts trugen – in Spielhaltung oder auf Brusthöhe. Mit voller Inbrunst intonierte die Formation den *Radetzky-Marsch* von Johann Strauss Vater, der den Rhythmus für den Gleichschritt der Gardisten lieferte. Die beiden Hauptschläge eines jeden Takts mischten sich mit den lauten Schritten der Soldaten und hallten durch das Stellar-Atrium wie der donnernde Herzschlag eines prometheischen Titanen im historischen Petersdom in Rom.

Einige der Zuschauenden sangen leise den in den Jahrhunderten leicht veränderten Text des *Radetzky-Marsches* mit, andere folgten dem Schauspiel mit großen Augen und offenen Mündern. »Schritt für Schritt, voran! Für die Zukunft, kein Weg zu weit, wir schreiten voran!« Der Refrain, kräftig und laut, klang wie aus einer Kehle gesungen und ließ die letzten Tuscheleien verstummen.

Dann, mit gebührendem Abstand, marschierte ein großer, breitschultriger Mann mit altersgrauem Haar und faltigem Gesicht durch das Tor auf den Steg. Für ihn schien der Marschrhythmus nicht zu gelten. Seine gesamte Kleidung strahlte leuchtend weiß, nicht nur die lange Robe, die er über Hemd und Hose trug, sondern auch die Lederschuhe mit den kleinen Absätzen. Die einzigen Akzente, die hervorstachen, waren der Knoten seiner Krawatte sowie die Schnürsenkel seiner Schuhe – beide waren in einem Eukalyptusgrün gehalten. Unter seinem rechten Arm trug er ein dickes, ledergebundenes Buch. In unregelmäßigen Abständen reflektierte das goldene Wappen der Vereinigten Planeten der Solaren Union auf dem Einband das Licht, das durch die Kuppel des Atriums einfiel, und ließ einige Zuschauende, die für einen Moment geblendet wurden, blinzeln.

Ihm folgten, ebenfalls in gebührender Entfernung, vierzehn weitere Gardisten in sieben Reihen mit erhobenen Fahnen in verschiedenen Farben und mit unterschiedlichen, stilisierten Wappen in zeitlosem Silber. Angeführt wurde die Gruppe von den Trägern der blauen Erdenflagge mit dem Wolfswappen und der gelben Marsflagge mit dem Skorpionwappen, den Abschluss bildeten die schwarze Titanflagge mit dem Axolotlwappen und die rote Enceladusflagge mit dem Tintenfischwappen.

Cedrik warf Selena einen Seitenblick zu und flüsterte durch geschlossene Zähne: »Ein mitreißender Narrhallamarsch.« Sie schüttelte kurz, aber entschieden den Kopf, ohne ihren Mann eines Blickes zu würdigen.

»Meine Damen und Herren Gäste«, verkündete der Vorsitzende des Unionsparlaments mit seiner durch die Lautsprecher verstärkten, das Atrium durchdringenden Stimme, als die letzten

Fahnenträger die ersten Meter auf dem Laufsteg absolviert hatten. »Der edelmännische Oberste Richter des Verfassungsgerichtshofes der Vereinigten Planeten der Solaren Union, Herr Loran Fylon, begleitet von den edelmännischen Herren der Ehrengarde mit den Wappen aller Planeten der Vereinigten Planeten der Solaren Union.«

Die erste Gruppe der Soldaten sowie Loran Fylon setzten ihren Weg auf das Podium fort, die Fahnenträger hingegen positionierten sich abwechselnd rechts und links des Steges, im Rhythmus der Trommelschläge auf der Stelle marschierend. Der Schwertträger drehte sich nach dem Erreichen seiner formalen Position in einer ungelenken Bewegung zum Laufsteg um und ein lautes »Achtung!« schallte durch das Stellar-Atrium. Die Schläge verstummten und die Soldaten beendeten ihren Standmarsch.

»Bereit machen, die Fahnen zu präsentieren«, ertönte die militärische Stimme erneut durch die Halle, während der Gardist das Schwert erhob, nur um es dann mit den Worten »Die Fahnen ab!« wieder ruckartig zu senken.

Richter Fylon drehte sich zu dem Soldaten um und sagte leise: »Vielen Dank, Colonel.«

Dann wandte er sich den Zuschauenden zu. Ihre Augen erfüllte Ehrfurcht, das gesamte Atrium war von einer nahezu gespenstischen Stille beseelt.

»Meine Damen und Herren Gäste in diesen hohen Hallen«, sprach der Richter mit fester, fast sakraler Stimme, »verehrter gewählter Vizepräsident Veyra, verehrter gewählter Präsident Marek.« Er legte eine kurze Pause ein, bevor er sich einer der ihn fokussierenden Kameradrohnen zuwandte. »Meine Damen und Herren in allen Teilen unserer Solaren Union.« Er löste den Blick von der Drohne und ließ ihn über die Menge im Atrium schweifen. »Es ist mir eine große Ehre, heute, an diesem

23. Juli 2256 der Erdzeitrechnung, gemeinsam mit Ihnen den 27. Vizepräsidenten und den 27. Präsidenten der Vereinigten Planeten der Solaren Union zu vereidigen.«

»Vizepräsidentin«, zischte Selena kaum hörbar in die Richtung von Cedrik, der nur mitleidig nickte.

Paula riskierte einen kurzen Blick zu ihr, nur um dann langsam und mit angewiderter Miene den Kopf zu schütteln. Ihr Mann hingegen blieb ehrfürchtig erstarrt.

»Gewählter Vizepräsident Veyra, bitte treten Sie zu mir vor«, ordnete Richter Fylon an.

Selena setzte sich langsam in Bewegung, ihr Blick trotzig in die Menge gerichtet anstatt zum Vereidigenden. Die Zuschauenden wiederum beobachteten ihren Marsch wie eine kollektive Einheit, fast wie Gläubige, die einer Prozession beiwohnten. Das leise Klackern ihrer Schritte war das einzige Geräusch, das die phantasmagorische Stille im Sellar-Atrium durchbrach.

Ihr Mann blieb zurück, ohne ein Zucken, seine Hände hinter dem Rücken gekreuzt. Julius, der neben ihm stand, hatte seinen Arm weiterhin schützend um die Taille seiner Ehefrau gelegt. Nova lehnte sich nach vorne. Ihre Augen ruhten unverwandt auf Selena, und in ihrem Blick lag eine seltsame Spannung – ein feines Lächeln spielte um ihre Lippen, doch ihre Brauen waren leicht zusammengezogen, als würde sie jede Bewegung auf der Bühne analysieren.

Kurz bevor Selena Richter Fylon erreichte, durchbrachen schrille Töne die Stille. Ein Raunen rollte durch die Menge, einige Anwesende hielten sich die Ohren zu. Die Kameradrohnen schwenkten hektisch umher auf der Suche nach der Quelle der Störung.

Selena hingegen erstarrte für den Bruchteil einer Sekunde, ihre Miene versteinert. Ihr Blick glitt in die hinteren Reihen der Zuschauenden, wo ein paar Dutzend Menschen auf ihren

Ledersesseln standen. Sie hatten Trillerpfeifen im Mund und hielten ein weißes Transparent über ihre Köpfe. Darauf prangte in großen, roten Buchstaben:

Gerechtigkeit für Enceladus!

»Was zum …«, rief Julius, doch seine Worte wurden von den donnernden Rufen der Protestierenden übertönt.

»Weg mit ihr! Das ist nicht unsere Vizepräsidentin!«

Ihre Stimmen hallten durch das Atrium, während sie immer mehr Plakate und Banner in die Höhe hielten. Einige warfen Flugblätter in die Menge, andere setzten sich in Richtung des Podiums in Bewegung.

Paulas Lippen umspielte ein fast unmerkliches Lächeln, sie nickte leicht.

Die Türen zum Zuschauerraum öffneten sich nur wenige Augenblicke später und es stürmten fünf Gruppen Sicherheitskräfte in ihren eukalyptusgrünen Uniformen mit gezückten Teleskopschlagstöcken in den Händen ins Atrium, direkt auf die Demonstrierenden zu.

Noch immer rührte sich Selena nicht. Ihre Augen folgten den Flugblättern, die wie Schneeflocken in einem Sturm durch die Luft flogen, an den Sessellehnen haften blieben oder auf den glänzenden Anzugschuhen der Gäste landeten. Dann fiel ihr Blick auf einen Mann in einer grauen Uniform, der sich durch die anderen Zuschauenden bis fast zur Kante des Podiums vorgearbeitet hatte und nur Zentimeter neben Nova stand. Er hielt inne, atemlos. Seine Stimme schallte durch das Atrium.

»Wir kümmern uns darum, dass der Laden läuft. Dass die Kernwelten genügend Wasser haben. Und ihr? Ihr tretet unsere Traditionen, unsere Werte mit Füßen.« Der Mann deutete mit dem Finger direkt auf Selena. »Verbrecher seid ihr! Ihr wollt uns alle zu solchen Schwuchteln und Lesben machen! Sogar vor unseren Kindern macht ihr nicht halt! Ihr seid alle krank!« Seine Stimme bebte. »Und wer nicht so krank im Kopf wird, wie ihr es seid, den wollt ihr brechen! Kaputtmachen!«

Die Demonstrierenden klatschten laut, als der Mann die Arme mit geballten Fäusten vor der Brust kreuzte. »Ja, Chatwin! Zeig's ihnen!«, schrie eine junge Frau, ehe sie es ihm gleichtat.

»Beruhigt euch!« Julius hob die Hände und trat einige Schritte nach vorne. »Ich verstehe eure Sorgen, wirklich. Viele Leute reden darüber, unglaubliche Leute, großartige Leute. Niemand versteht das besser als ich. Das hier? Das ist nicht die großartige Union, die wir uns vorgestellt haben. Aber hört zu: Es gibt Lösungen, fantastische Lösungen. Ich verspreche euch, wir werden darüber reden, und zwar ausführlich. Nicht hier, nicht jetzt, aber glaubt mir, ich werde mich persönlich darum kümmern. Niemand kümmert sich so sehr wie ich, das sagen alle.« Er trat an die Kante des Podiums, seine Stimme wurde fast vertraulich. »Ich habe die Berichte gelesen. Viele Berichte. Die besten Berichte. Und ich bin der Erste, der sagt: So kann es nicht weitergehen. Es ist nicht fair, wirklich nicht fair, dass die Kolonien am äußeren Rand so schlecht behandelt werden, während das Kernweltenestablishment alles einsackt. Das ist traurig, wirklich traurig. Ich verstehe euch – vielleicht besser als ihr selbst. Aber das hier? Das ist nicht der Weg. Glaubt mir, wir werden das regeln. Großartig regeln.«

Einige der Demonstrierenden sahen sich an. Eine ältere Frau ließ ihr Transparent sinken und rief: »Hören wir ihn an!« Die Jüngere erwidert: »Ich habe ihren TV-Auftritt gesehen! Sie sind doch auch unserer Meinung! Warum helfen Sie uns nicht? Die sind krank im Kopf!«

Chatwin würdigte Julius nicht einmal eines Blickes, sondern fokussierte sich weiter auf Selena. »Sie«, schrie er drohend, während er wieder auf die gewählte Vizepräsidentin zeigte, »halten sich für ein helles Licht in unserer Gemeinschaft. Dabei sind Sie nichts anderes als menschlicher Abschaum. Aber genug ist genug! Wir werden nicht länger schweigen! Wir werden uns wehren! Wir lassen uns von Ihnen nicht zu Schwuchteln oder Lesben machen!«

Einige Zuschauende flüsterten hektisch miteinander, manche verließen ihre Plätze, den Ausgang suchend, andere richteten ihren Blick mit großen Augen und schweißnasser Stirn auf die Sicherheitskräfte, die die Demonstrierenden im hinteren Teil des Atriums einkreisten und mit ihren Schlagstöcken traktierten. Schreie durchfluteten die Halle. Das ganze Schauspiel wurde von den surrenden Kameradrohnen aufgezeichnet, die sich für die besten Filmaufnahmen gleichmäßig im Saal verteilten.

Selena wandte sich kurz zu ihrem Mann, dessen ernste Miene von einem warmen Lächeln gebrochen wurde. Sie nickte ihm entschlossen zu, drehte sich wieder zu Chatwin und atmete tief durch. Ihr Blick war kühl, beinahe analytisch, als sie schließlich ihre Stimme erhob, bedacht, aber dennoch fest genug, um den Lärm und die Schreie der niedergeknüppelten Protestierenden zu übertönen. »Niemand will für Sie entscheiden oder Ihnen vorschreiben, wen Sie lieben dürfen – und wen nicht. Es ist genau das, wogegen ich eintreten will!« Selena faltete die Hände ineinander und ging in die Hocke. »Seien Sie doch vernünftig, lassen Sie uns gemeinsam an einer besseren Zukunft arbeiten! Für Sie. Für die Union. Für die ganze Menschheit.«

»Wir müssen wegen Ihres KI-Arbeitskräfteverbots schon sechzehn Stunden täglich schuften. Wir können nicht auch noch Politik machen. Das ist Ihre Aufgabe! Aber Sie haben sich noch nie für uns auf Enceladus interessiert – oder für unsere Probleme. Es wäre besser für Sie, Sie fangen damit an, besser heute als morgen, denn ich verspreche Ihnen eines.« Chatwin zeigte auf die letzte Reihe, ohne sich von Selena abzuwenden. »Das hier ist erst der Anfang. Wir werden gehört werden! Wenn Sie verhindern, dass sich bei uns etwas ändert, werden wir …«

Sechs Sicherheitskräfte erreichten ihn und droschen unvermittelt mit ihren Schlagstöcken auf seinen Körper ein.

Eine Drohne schwebte so nah, dass das Mikrofon Julius' Worte auf alle Lautsprecher übertrug »Stopp! Stopp! Keine Gewalt gegen diese großartigen Leute von Enceladus! Wirklich tolle Leute! Ich kenne viele von ihnen, fantastische Menschen. Wir müssen sie fair behandeln, sehr fair.« Doch die brutalen Schläge auf die Demonstrierenden und die lauten Schreie übertönten seinen Appell.

Nova blinzelte nicht, als die ersten Tropfen von Chatwins dunklem Blut ihr Gesicht trafen. Eine der Kameradrohnen umrundete sie mehrmals, während sie nach ihrer kleinen Handtasche griff, ein weißes Tuch herauszog und mit zitternden Händen langsam die Spritzer abtupfte, ohne ihren Blick von Selena zu nehmen.

Als Chatwin fast regungslos am Boden lag, wischten die Verteidiger der Demokratie das dunkle Blut an der grauen Uniform des Angreifers ab und schoben ihre Teleskopschlagstöcke zusammen. Dann fesselten sie seine Hände mit weißen Kabelbindern auf dem Rücken. Das Plastik schnitt sich tief in sein Fleisch. Vier von ihnen hoben den Mann an Armen und Beinen empor. Während sich ein anerkennender Applaus durch die Reihen des Atriums zog, schrie Chatwin laut: »Unsere Überzeugung gegen euch Kinderficker!«

Mit einem leisen Surren wurde erneut einer der Schlagstöcke ausgefahren. Ein letzter dumpfer Schlag auf den Kopf des Störers ließ ihn ohnmächtig zusammensacken und beendete seinen rohen Angriff auf die Demokratie.

Die Türen schloss sich hinter den Einsatzkräften, und sofort wurde der Saal vom Gemurmel und Geflüster derer erfüllt, die nicht geflohen waren. Nova tupfte sich noch immer die roten Spritzer vom Gesicht. Cedrik trat zu seiner Frau und half ihr dabei, sich wieder aufzurichten. Ihr Lächeln war unverändert.

»Das hat mich … überrascht«, murmelte sie.

Das Wasser

Mit leuchtenden Augen musterte Alina die makellose, ebenmäßige Haut mit der leicht satinierten Foundation, die perfekt gezogenen, kantigen Eyeliner-Linien in tiefem Schwarz, die akribisch geformten, bedingungslos symmetrischen Augenbrauen und die dunkelroten Lippen. Die kleinen Diamanten an den Ohren, die zwischen den langen, ebenholzbraunen Haarsträhnen hervorschimmerten, reflektierten das kalte Licht des Raums und brachen es in alle nur erdenklichen Farben. Mit einem eisernen Lächeln trat Alina einen Schritt vom Spiegel zurück. Das eng anliegende, weiße Kleid mit dem asymmetrischen Kragen und der freien Schulter umspielte ihr Spiegelbild wie Mondlicht die Wellen eines stillen Sees. Die gleichfarbigen Schuhe mit den kleinen Absätzen und der braunen Schnalle, die modisch raffiniert auf den breiten Gürtel an der Taille abgestimmt war, ließen sie aufrechter und imposanter erscheinen, als es ihre Statur rechtfertigte.

Mit einem nicht weniger stilvollen Schritt als zuvor und genau im Takt des im Hintergrund schallenden Meisterwerks *Dies Irae* von Giuseppe Verdi trat Alina weiter zurück. Die Bewegung ermöglichte es dem Spiegel, ein noch weitläufigeres Bild des großzügig geschnittenen Appartements zu offenbaren, das ihre Präsenz umrahmte. Die riesigen, bodentiefen Panoramafenster betonten nicht nur die offene Bauweise, sondern auch die hohen, hellgrauen Decken, die von Lichtbändern unterbrochen wurden, als trügen sie das Gewicht des Raums wie Atlas den Himmel. Das indirekte Licht spiegelte sich in den weißen Maserungen des schwarzen Granits auf dem Fußboden. Auf dem leicht erhöhten Podest mit satiniertem Carbonbelag, dezent von blauer

Beleuchtung umspielt, standen zwei große, flache Tische. Dazwischen fand sich, eingerahmt von drei dunkel gepolsterten Stühlen, ein farblich abgestimmtes, breites Ledersofa.

Darauf saß eine junge Frau, Mitte zwanzig, mit kurzen, blonden Haaren, die mehr an ein Schnittlauchbeet als an eine Frisur erinnerten. Ihr Oberkörper steckte in einem skandinavischen Strickpullover in dezentem orange, als Hose trug sie eine enge Bluejeans mit Löchern, die flauschigen Kuschelsocken an den Füßen weiß. Sie hatte die Beine angewinkelt und einen großen Block darauf abgelegt, in ihrer Rechten einen nahezu stumpfen Kohlestift. Dutzende Papierbögen aus dem vorletzten Jahrhundert lagen verstreut um die junge Frau herum, bedeckt mit wilden Kritzeleien und feinen Bleistiftzeichnungen.

Als sich das leise Rascheln eines abgerissenen Bogens unter die imposanten Klänge der Musik mischte, hob Alina eine Augenbraue. Ihre Stimme hatte den genervten Unterton einer Mutter, die mit ihrer vierjährigen Tochter spricht, nachdem die sich beim Spielen im Matsch eingesaut hat und jetzt ins Familienauto zu steigen versucht.

»Liana.« Alina schielte auf die digitale Uhr, die ins Panoramafenster projiziert wurde. »Es wird Zeit.«

Ihre Tochter zeigte nicht den Hauch einer Reaktion und kritzelte mit noch festeren Bewegungen auf das Blatt.

Alina verdrehte die Augen, ihre Stimme strenger. »Liana, zieh dir gefälligst etwas Vernünftiges an. In einer Stunde treffen wir uns mit der Planetengouverneurin und danach fliegen wir direkt nach Solaris Prime zum Präsidentenball.«

»Ich hab aber keine Lust«, entgegnete Liana mit genau der Stimme dieser Vierjährigen und ohne von ihrer Zeichnung aufzublicken. »Ich geh nicht mit.«

»Natürlich gehst du mit.« Alina wandte sich mit einem letzten Lächeln von ihrem Spiegelbild ab und trat einige Schritte in

Richtung des Sofas. Das Klackern ihrer Absätze schallte durch den Raum wie der Marsch eines preußischen Linieninfanteristen in der Schlacht von Leuthen. Am Sofa angekommen, rümpfte sie die Nase. »Was ist das denn schon wieder? Dein ewiges Geschmiere.«

»Das nennt sich …« Liana lehnte sich zurück, verschränkte ihre Arme und buchstabierte: »K-u-n-s-t.«

»Kunst …« Ihre Mutter griff nach einem der Blätter, schüttelte den Kopf.

»Ich weiß, dass das etwas ist, was dich noch nie interessiert hat.«

Alinas Augen verengten sich. »Was mich interessiert, ist deine Zukunft, junges Fräulein. Und die liegt nicht in einem chaotischen Atelier oder in einer Bruchbude von Möchtegernkünstlern auf der Erde.« Sie zeigte mit der flachen Hand auf den Block. »Das hier wird dich nicht ernähren. Das hier wird dich nicht erfolgreich machen.«

Liana griff nach dem Blatt, aber ihre Mutter zog es weg, kurz bevor sie es erreichen konnte. Sie kippte zur Seite um, der Block rutsche von ihren Beinen, fiel auf den Boden, und sie konnte mit einer ungelenken Bewegung im letzten Moment verhindern, dass sie über die Armlehne des Sofas auf den Granit stürzte.

»Siehst du«, stellte Alina schmunzelnd fest, »das ist das Ergebnis von K-u-n-s-t. Man kämpft den ganzen Tag darum, nicht auf den harten Boden der Realität zu fallen – und es ist der größte Erfolg, wenn man das verhindert.«

»Vielleicht definiere ich Erfolg anders als du«, entgegnete Liana, während sie sich wieder aufrichtete und nach ihrem Block griff.

»Oh, natürlich. Du hast recht. Das ist Erfolg für dich: In einem winzigen Zimmer sitzen, ohne Geld, ohne Perspektive, nur mit der Hoffnung, dass jemand das eigene Talent erkennt.« Sie lachte bitter. »Weißt du, was wahrer Erfolg ist? Einen, den man messen kann? Ganz objektiv und ehrlich? Einfluss. Macht. Vermögen. Dinge, die deine Urgroßmutter, dein Großvater und ich für diese Familie aufgebaut haben – und du wirst sie nicht zerstören.«

Liana sog die Luft zwischen ihren Zähnen ein, nur um für einen Augenblick innezuhalten und die Finger in ihren Pullover zu krallen, bevor sie ihrer Mutter entgegenfauchte: »Du entscheidest doch schon immer, ohne mich überhaupt nur ein einziges Mal zu fragen. Nach meinen Bedürfnissen.«

»Junges Fräulein«, donnerte Alina, »schrei mich ja nicht an!« Sie tippte sich mit dem Zeigefinger an die Schläfe. »Wenn hier jemand schreit, dann bin ich das.«

»Du kannst mich nicht immer zwingen, als wäre ich einer deiner Angestellten!«, entgegnete Liana mit schwankender Stimme. Ihre Kiefermuskeln spannten sich an und sie blinzelte schnell.

»Wir alle haben im Leben eine Aufgabe zu erfüllen – und deine ist es verdammt noch mal, die Tradition unserer Familie und unseres Unternehmens fortzuführen.« Alinas Stimme war hart wie Stahl, ihre Augen verengt, ihr Gesicht leicht gerötet. »Und nicht dieser …« Mit einer schnellen Bewegung riss sie das Blatt in ihrer Hand entzwei, bevor sie angewidert fortfuhr: »Unsinn!«

Liana schniefte. »Wieso hast …«

»Ich habe jetzt weder Zeit noch Lust, diese Diskussion zu führen«, unterbrach Alina sie harsch. »Willst du dein Zelt lieber draußen aufschlagen und jeden Morgen in dreckigem Marswasser baden?«

Liana schüttelte mit betretener Miene den Kopf und senkte den Blick.

»Das dachte ich mir.« Alina zerknüllte die Papierschnipsel in ihrer Hand. »Also benimm dich, wie man es von dir erwartet. Haben wir uns verstanden?«

Liana nickte stumm.

Ihre Mutter atmete tief durch. »Sehr gut. Dann beweg jetzt deinen Arsch und mach dich fertig, damit wir rechtzeitig bei der Planetengouverneurin sind. Silvia Thier hasst es, zu warten.«

Begleitet von einem kurzen Schniefen erhob sich Liana. Bevor sie jedoch vom Sofa wegmarschieren konnte, griff Alina nach ihrem Arm und zog sie zu sich zurück.

»Und keine weiteren Spielchen, junges Fräulein. Sonst schläfst du demnächst wirklich draußen.« Sie kniff die Augen für einen Moment noch enger zusammen. »Ich meine es ernst. Es reicht.«

Auf der Regierungsraumstation Solaris Prime verfolgte Cedrik die stumm geschalteten Nachrichten der verschiedenen Fernsehsender, während sich seine Frau umzog.

»Mars-News nennt es einen feigen Angriff auf die Demokratie, Saturn-News schreibt im Untertitel von einem legitimen Protest, der brutal niedergeschlagen wurde.« Lächelnd schüttelte er den Kopf. »Wes Brot ich ess, des Lied ich sing.«

»Es ist doch immer dasselbe«, stellte Selena fest und schloss ihre Ohrringe. »Es ging noch nie um die Wahrheit. Es wird nur das gesendet, was die Menschen sehen wollen.«

Cedrik nickte, bevor er auf einen der Monitore zeigte. »Schau mal, deine Kleine wurde treffsicher eingefangen.« Auf dem Bildschirm war das mit Blut bespritzte Gesicht von Nova zu erkennen. »Ich denke, wir sollten uns das Bild dieses eindrucksvollen Opfers, das unter den rohen Angriffen auf die Demokratie leidet, besorgen.« Ein Lächeln huschte über seine Lippen. »Wer weiß, wofür wir es noch brauchen können.«

Selena schielte zu ihm, schlüpfte elegant in die hohen Schuhe und schüttelte energisch den Kopf. »Zieh sie nicht immer tiefer in die Sache mit rein. Die Kleine hat genug durchgemacht.«

»Aber Schatz!« Cedrik drehte sich weg vom Monitor, hin zu ihr. »Ich dachte, wir wären uns einig gewesen.« Er kratzte sich an der Augenbraue. »Hast du deine Meinung etwa geändert? Haben wir einen neuen Plan?«

»Ich?« Selena richtete sich auf, prüfte ihr Outfit im Spiegel, nur um dann leise zu schnauben. »Niemals.«

Cedrik holte tief Luft und atmete lange aus. »Siehst du, deshalb …«

»Ich weiß, was du sagen willst«, unterbrach sie ihn. »Weder Julius noch Kallan werden auf irgendwelche Befindlichkeiten Rücksicht nehmen.« Sie zupfte ihr himmelblaues Kleid zurecht.

Er nickte energisch. »Kallan Dresk ist …«

»… viel gefährlicher als Julius«, beendete Selena Cedriks Satz, bevor sie kopfschüttelnd seufzte. »Er ist intelligenter, gerissener und kämpft bis aufs Messer, wenn es um seine Ideologie und Überzeugung geht.«

»Und genau aus diesem Grund können wir uns den Luxus irgendeines Anstandes nicht leisten.«

»Es ist nur …« Leichte Verunsicherung schwang in Selenas Stimme mit. »Ich hoffe, dass es die Sache wert ist.«

Cedrik erhob sich von der Bettkante, trat langsam hinter seine Frau und legte sein Kinn auf ihre Schulter. »Ich bin mir sicher, dass es das ist.« Seine Augen waren fest in den Spiegel gerichtet. »Wenn du erst einmal Präsidentin dieser Union bist, dann kannst du deinen Traum von Gleichheit und Freiheit verwirklichen – den Traum, den die Menschheit seit dem mesopotamischen Codex Hammurabi träumt. Du wirst dafür sorgen, dass es jeder Bürgerin und jedem Bürger in dieser Solaren Union besser geht.« Er legte seine Arme um ihre Taille. »Und für diesen Erfolg werde ich von Pontius bis Pilatus marschieren.« Er küsste Selena auf den Hals. »Für meine Frau, die mächtigste Politikerin des Sonnensystems.« Ein weiterer Kuss. »Des ganzen Universums.«

Sie fixierte ihn im Spiegel, griff hinter sich nach seiner Hand und drückte sie so fest, dass ein fast unmerkliches Zucken über

Cedriks Gesicht lief. »Du hast recht, Schatz, wir werden das durchziehen. Nicht weil ich es will, sondern für die ganzen Menschen dort draußen, die auf uns zählen.«

Sie ließ seine Hand los, drehte sich mit einer schwungvollen Bewegung in seiner Umarmung um ihre eigene Achse und spitzte die Lippen, packte ihn am Hinterkopf und küsste ihn innig. Genau in dem Moment, in dem er seinen Griff um ihre Taille lockerte, stieß sie ihn sanft, aber bestimmt nach hinten. Er taumelte und stolperte rücklings auf das Bett. Noch bevor sie ihrem lüsternen Blick auf ihn physisch folgen konnte, wurde die Suite vom hellen Gong der Türklingel erfüllt.

»Wieso?«, fragte Selena und verdrehte die Augen. »Wieso genau jetzt?«

Cedrik lachte. »Nun, Schatz, das Universum braucht dich.«

»Mach dir keine Hoffnungen.« Sie zwinkerte ihm mit einer herausfordernden Miene zu. »Ich bin noch nicht fertig mit dir, Herr Anwalt.«

Mit dem erneuten Läuten der Klingel erhob sich Cedrik vom Bett und richtete seinen Anzug, während Selena zur Tür marschierte, um sie durch einen Knopfdruck zu öffnen. Vor ihr stand ein junger Mann, Anfang zwanzig, mit wilden, braunen Locken, dunklen Augen und einigen Sommersprossen, die die Unschuld in seinem Gesicht auf groteske Art und Weise unterstrichen. Er trug die modisch geschnittene, eukalyptusgrüne Arbeitsuniform, die seine hagere Figur und die schier unmenschliche Größe noch mehr betonten, als es nötig gewesen wäre.

»Seien Sie gegrüßt, Frau Vizepräsidentin. Ich bin Bjarki Einarson«, stellte er sich vor, ohne die Hände hinter seinem Rücken hervorzunehmen.

»Hallo, Bjarki.« Selenas Stimme war eine Mischung aus Freundlichkeit und Enttäuschung. »Wie kann ich dir helfen?«

»Ich bin hier, um Ihnen zu helfen, Frau Vizepräsidentin.«

Cedrik lachte. »Ich glaube, sie hätte das, was sie gerade geplant hatte, ganz alleine geschafft. Und für alles andere hat sie mich.«

Ihr Nacken war steif, die Schultern zuckten kaum merklich, während sie den Kopf leicht zu ihm drehte. Ihre Pupillen rutschten zur Seite, kalt wie das Eis auf Enceladus. Ein Hauch von herzlicher Belustigung gepaart mit mangelndem Verständnis tanzte über die Mundwinkel, mehr ein Schatten als eine sichtbare Geste. Kein Wort. Nur dieser Blick.

»Wie bitte?«, fragte Bjarki mit großen Augen und einem nervösen Lächeln.

Selena atmete tief durch, bevor sie sich wieder dem Besucher zuwandte. »Beachte meinen Mann gar nicht. Sag mir lieber, warum du hier bist.«

Der Lockenkopf sah von links nach rechts, von rechts nach links, sein Blick wanderte zwischen Selena und Cedrik hin und her, dann räusperte er sich. »Ähm ja … Nun gut … Also ich … ich soll Ihnen beiden die Regierungsraumstation zeigen.«

Die Vizepräsidentin nickte langsam. »Ist gut. Wir sind gleich fertig. Dann können wir los.«

Während Selena und Cedrik die letzten Handgriffe unternahmen, um sich durch die fast vier Quadratkilometer große Regierungsraumstation Solaris Prime führen zu lassen, griff Alina in Richtung ihrer Tochter, die neben ihr in der Lounge des planetaren Regierungsgebäudes auf dem Mars saß. Mit einer zielsichern Bewegung riss sie Liana den Stift aus der Hand, mit dem sie auf dem kleinen Tablet malte.

»Ma, ich bin keine zwölf Jahre mehr! Hör endlich auf, mich so zu behandeln«, protestierte Liana.

»Erst wenn du damit anfängst, dich wie eine erwachsene Frau zu verhalten.« Alina schüttelte vorwurfsvoll den Kopf.

»Ich dachte, wir wären uns einig gewesen, dass du dich auf den Termin mit der Planetengouverneurin konzentrierst und diesen Kunstquatsch ein für alle Mal sein lässt.«

Lianas Stimme war fester als vor einer Stunde in der Villa der Familie, aber noch immer nicht vergleichbar mit der ihrer Mutter. »Ich bin doch hier.« Mit blanker Verzweiflung im Gesicht schüttelte sie den Kopf. »Was willst du denn noch von mir?«

»Du musst jetzt gar nicht frech werden, junges Fräulein.« Alinas Augen blitzten auf, ihre freie Hand ballte sich zur Faust.

»Wo war das denn bitte frech?«, fragte Liana und verschränkte die Arme vor ihrer Brust.

Die Stimme ihrer Mutter bebte, ihr Gesicht lief rot an. »Mir reicht es so langsam mit dir.«

»Und mir mit dir erst.«

»Was glaubst du eigentlich, wer du bist?« Ein lautes Krachen erfüllte die menschenleere Lounge, als Alina den Stift mit einer schnellen Bewegung zerbrach. »Wie redest du überhaupt mit mir?«

Liana holte Luft, doch bevor sie etwas entgegnen konnte, winkte ihre Mutter ab.

»Kannst du nicht einfach eine normale, fleißige Tochter sein, die die Familientradition hochhält?« Alina atmete tief durch. »Kannst du es nicht wenigstens versuchen? Oder bin ich dir so wenig wert?«

Lianas Lippen formten sich zu einem schmalen Strich. Anstatt etwas zu erwidern, schloss sie die Augen und ließ seufzend die Spannung aus ihrem Körper entweichen.

Alina schüttelte den Kopf und erhob sich mit einer stilvollen Bewegung, um zu einem der wenige Schritte entfernt stehenden Mülleimer zu marschieren. Das leise Klirren, das durch die Luft zuckte, als sie die Überreste des Stifts in den metallenen Sarg warf, ließ Liana ihre Augen langsam wieder öffnen.

Ihr trauriger Blick richtete sich auf das Tablet, das noch immer auf ihren Oberschenkeln lag. Lustlos scrollte sie über die neusten Nachrichten und Eilmeldungen zur Amtseinführung, ohne ihrer Mutter auch nur den Bruchteil einer Sekunde weitere Aufmerksamkeit zu schenken. Schnell wischte Liana die reißerischen Artikel zur Unterbrechung der Zeremonie beiseite, bis sie ein großes Porträtbild der neuen Vizepräsidentin sah. Sie öffnete den Bericht, und ihre Miene wurde von wachsender Bewunderung erfüllt, je weiter sie die Abhandlung über den Lebensweg von Selena Veyra las.

»Frau Corsis, die Planetengouverneurin Thier empfängt Sie nun«, waren die Worte, die die erdrückende Stille zwischen Mutter und Tochter unterbrachen. Ein junger Mann, kaum älter als Liana, trat an die beiden Damen heran. Sein pechschwarzes Haar war sorgfältig gestylt, der voluminöse Pony nach oben gegelt. Dunkelbraune Augen musterten sie aufmerksam, während ein kurzer, gepflegter Bart seine markanten Züge unterstrich. Sein Gesicht wirkte beinahe unnatürlich symmetrisch, mit heller, glatter Haut, die im sanften Licht ebenmäßig schimmerte. Seine gelbe Uniform schmeichelte seinem muskulösen Körper, als würde heiße Seide über nackte, gespannte Muskeln fließen, jede Bewegung ein heimliches Versprechen.

»Das hören wir gerne.« Alina erhob sich elegant, während Liana sich erst nach dem auffordernden Blick ihrer Mutter aus dem tiefen Sessel quälte.

»Wenn Sie mir bitte folgen würden«, bat der Mann sie und ging voraus.

Liana und Alina folgten ihm in gebührendem Abstand. Alina leckte sich über die Lippen. »Wieso bringst du mir nicht mal so eine Sahneschnitte als Schwiegersohn mit nach Hause?«, fragte sie flüsternd, bevor sie die Nase rümpfte. »Vielleicht nicht mit so einem Job. Anwalt oder Arzt, das wäre perfekt.«

Liana verdrehte stumm die Augen.

Ihre Mutter musterte sie von der Seite. »Bist du etwa zu schüchtern, jemanden anzusprechen?« Sie seufzte leise. »Muss ich das auch für dich erledigen?«

»Nein, Ma.« Lianas Stimme war emotionslos.

Alina nickte mürrisch. »Nun gut. Aber schau, dass du wenigstens das in nächster Zeit hinbekommst – ein ordentlicher Mann, eine tolle Hochzeit. Damit werden wir die Leute beeindrucken.«

Ihre Tochter sagte nichts.

Ohne die Luft für weitere Worte zu verschwenden, marschierten die beiden Damen hinter dem jungen Mann her, den langen, hell beleuchteten Korridor hinab, bis er schließlich mit freundlicher Stimme feststelle: »Hier sind wir.« Er zeigte mit einer einladenden Geste auf die offene Tür zu einem Besprechungsraum. »Die Planetengouverneurin erwartet Sie.«

Ein kurzes Nicken, dann trat Alina mit durchgedrücktem Rücken über die Schwelle in den riesigen Raum. Zwei der vier Wände, waren gläserne Panoramafenster, lediglich an der längeren Seite von einer dunkelbraunen Säule unterbrochen, und ermöglichten den Blick weit über die begrünten Dächer der städtischen Hochhäuser hinaus bis zum dunkelblauen, fast grünlichen Wasser des Ozeans. Der Pilaster war, wie auch die beiden nicht verglasten Wände, mit indirektem, gelbem Licht beleuchtet. Zusammen trugen sie die schwarze Decke, in die dezent Leuchten eingelassen waren. An der linken Seite war ein Tisch montiert, um Ellen länger als tief, darüber ein Regal mit allerlei Büchern. In der Mitte des Raums stand ein großer Konferenztisch, dessen polierte Oberfläche sanft die Komposition des Lichts reflektierte. Er war umsaumt von minimalistischen Ledersitzen, die ebenfalls schwarz gepolstert waren.

Direkt hinter der Schwelle stand auf der rechten Seite eine Frau, Anfang vierzig, ihr Gesicht von einem gepflegten Bob eingefasst wie ein großes Meisterwerk von einem goldenen Rahmen. Ihre Lippen – ein sanftes, unaufdringliches Rot – entspannt, aber geschlossen, ihre dunklen Augen durchdringend und dennoch nicht hart. Sie war umgeben von einem unverkennbaren Hauch von Müdigkeit, der die Frau jedoch nicht daran hinderte, die Schultern leicht nach hinten zu ziehen und mit durchgedrücktem Rücken zu stehen. Der dunkle Blazer mit silbernen Nadelstreifen saß perfekt, die passende Hose fiel knapp über die schwarzen Schuhe.

»Frau Corsis, es ist mir eine Freude, Sie in meinem bescheidenen Büro willkommen zu heißen.« Silvia Thiers Lippen umspielte ein freundliches Lächeln, während sie Alina ihre Hand entgegenstreckte.

»Frau Planetengouverneurin«, entgegnete sie und nahm die Begrüßung an, ihre Stimme süß wie frischer Honig. »Die Freude ist ganz auf meiner Seite.« Sie löste den Händedruck und trat einige Schritte tiefer ins Büro.

Silvias Blick fiel auf Liana, die im Schatten ihrer Mutter folgte. »Ah, ist das die starke Zukunft der Solaren Handelsgesellschaft für Wasser?«

Für den Bruchteil einer Sekunde verzog sich Lianas Gesicht zu einem Schmunzeln, doch es war mehr eine gequälte Grimasse als der Ausdruck echter Begeisterung.

»Meine Tochter ist auf dem besten Weg«, sagte Alina nickend. »Sie wird in die großen Fußstapfen unserer Familie treten, das ist unbestritten. Ich konnte ihr gar nicht ausreden, mich heute zu Ihnen zu begleiten. Sie wollte die Frau, von der ich so viel schwärme, unbedingt persönlich kennenlernen.«

Silvias Lächeln wurde breiter. »Natürlich. Ungebremster Ehrgeiz ist die Tugend der Jugend.« Ihre Stimme hatte einen zufriedenen Unterton. »Ihre Tochter scheint die Verkörperung der Frau in unserer Zeit zu sein.«

»Sie kommt damit wohl ganz nach ihrer Mutter« Alina lächelte verbindlich. Unter ihrer strengen Aufsicht deutete Liana wortlos einen Knicks an, den Silvia mit einem sanften Nicken quittierte.

»Sie ist nur ein bisschen schüchtern«, stellte Alina süßlich fest, während sie ohne allzu große Zärtlichkeit den Arm ihrer Tochter umfasste. »Sie ist eine sehr begabte junge Frau, nicht wahr, mein Schatz?«

Liana nickte und atmete tief ein, doch bevor sie etwas sagen konnte, fuhr Silvia fort.

»Nun, sie wird sich in der Geschäftswelt beweisen müssen – und vielleicht über sich hinauswachsen.« Sie lachte leise. »Dass es dort keinen Platz für unsichere Weiblichkeit gibt, wissen Sie ja noch besser als ich, Frau Corsis.«

»Wahrscheinlich.« Alina lächelte einigermaßen mitleidig.

»Lassen Sie uns zu den geschäftlichen Angelegenheiten kommen.« Silvia deutete in Richtung des Konferenztischs. »Bitte, nehmen Sie Platz.«

Während sich die Damen an dem Tisch niederließen, folgten Cedrik und Selena Bjarki auf Solaris Prime in einen kurzen Korridor mit einer großen Tür.

»Und dahinter, Frau Vizepräsidentin, ist der Lageraum. Im Katastrophenfall ist er nicht nur der Kopf, sondern auch das Herz der Solaren Union.«

Er legte seine Hand auf den Scanner, der blau aufleuchtete und einige piepsende Töne von sich gab. Nur wenige Sekunden später öffnete sich die Tür mit einem lauteren Zischen, als es zu erwarten gewesen wäre. Dahinter lag ein weitläufiger, oktogonaler Raum voller ausgeschalteter Monitore, die das warme Licht sanft auf den metallenen Boden reflektierten.

Das Vizepräsidentenpaar folgte Bjarki, dessen begeisterter Gesichtsausdruck einem vierjährigen Jungen glich, der zu

Weihnachten eine Feuerwehrausrüstung geschenkt bekommen hat – selbst die Tonlage seiner Stimme stand dieser kindlichen Begeisterung in nichts nach. »Für mich ist das hier einer der spannendsten Räume auf der ganzen Regierungsraumstation.«

Cedrik zuckte stoisch mit den Achseln. Auch Selenas Miene vermochte keinerlei Schwärmerei für den Lageraum zu zeigen.

»In der Mitte«, fuhr Bjarki fort, ohne sich von seiner Begleitung verunsichern zu lassen, »sehen Sie den großen Projektor für holografische Anzeigen. Allein dieses Gerät ist wirklich ein Meisterwerk der Ingenieurskunst.« Seine Augen ruhten einige Sekunden auf dem Projektionsgerät, bevor er mit seiner flachen Hand auf den runden, weitläufigen Tisch zeigte, der das Gerät umgab. »Jedes Stabsmitglied hat hier seinen festen Arbeitsplatz mit einer eigenen interaktiven Konsole, die in die Tischplatte eingelassen wurde. Darüber ist ein Echtzeitzugriff auf alle relevanten Daten aus der Solaren Union möglich. Natürlich können damit auch Kommunikationsverbindungen aufgebaut und verschiedene Einstellungen hier im Raum vorgenommen werden – und nicht zuletzt das Leben von Bürgerinnen und Bürgern im Katastrophenfall gerettet werden.«

Mit einer schwungvollen Handbewegung ließ Cedrik einen der Stühle kreisen.

Sofort erhob Bjarki seine begeisterte Stimme. »Unsere Sitzmöglichkeiten sind selbstverständlich ergonomisch und fördern eine gesunde Haltung.«

»Siehst du, Schatz«, flüsterte Cedrik seiner Frau mit einem Lächeln zu, »wenn die Menschheit untergeht, dann wenigstens mit durchgedrücktem Rücken.«

Selena rollte sanft lächelnd mit den Augen.

Bjarki räusperte sich. »Wie sie sicherlich schon bemerkt haben, sind die Arbeitsplätze kreisförmig um den Projektor angeordnet. So haben Sie alles im Blick, ohne den Kopf ständig drehen zu müssen.« Er trat einige Schritte aus der Mitte heraus. »Ich darf Sie darüber hinaus auf die Besonderheiten dieser Wände hinweisen, insbesondere auf die Polymerpaneele zwischen der Metallverstrebung. Sie bieten an Tagen wie heute nicht nur einen wunderbaren Ausblick in die unendliche Schönheit des Weltalls, sondern dienen auch als zusätzliche Bildschirme. Je nach Bedarf können hier weitere acht transparente oder undurchsichtige Anzeigen projiziert werden.« Bjarki ging zu dem Platz gegenüber der einzigen Öffnung in der Tischplatte, durch die man in die Mitte des Ovals treten konnte. »Das hier ist der Stuhl des Oberbefehlshabers. Hier nimmt normalerweise der Präsident Platz. Sollte er in einem Katastrophenfall abwesend sein, sitzen Sie hier, Frau Vizepräsidentin.« Er hielt für einen Moment inne. »Aber setzen Sie sich doch mal hierhin.« Er deutete auf den Arbeitsplatz links daneben. »Im Fall der Fälle ist das Ihr Platz.«

Grinsend ließ sich Cedrik in den Stuhl des Oberbefehlshabers fallen, legte die Füße locker auf die Konsole und verschränkte die Arme hinter dem Kopf. »Ich weiß nicht, Bjarki. Hier sitzt es sich viel bequemer. Vielleicht sollte meine Frau immer hier sitzen anstatt manchmal daneben.«

Der junge Mann zog eine Augenbraue hoch, sein Lächeln blieb unverändert, doch ein Hauch von professioneller Strenge blitzte in seinem Blick auf. »Wenn Sie darauf bestehen, dann muss ich Sie wohl über das Protokoll aufklär…«

»Und wer sitzt sonst noch hier?«, unterbrach Selena ihn.

»In der Regel dort der Kommissar für militärische Angelegenheiten.« Bjarki zeigte auf den Arbeitsplatz links neben dem des Präsidenten. »Der Kommissar für Justiz hat hier seinen Sitzplatz.« Er deutete auf den Sessel rechts von dem der Vizepräsidentin. »Aber je nach Krisensituation werden die Plätze durchaus auch flexibel mit den Regierungsmitgliedern oder Behördenvertretern besetzt, die gerade am dringendsten gebraucht werden.«

Seufzend erhob sich Cedrik und streckte sich, bevor er sich schließlich zu Selena wandte. »Hast du Fragen, Schatz, oder können wir weitergehen?«

»Aber es gibt hier noch so viel zu sehen«, warf Bjarki mit wieder wachsender Begeisterung ein. »Wir könnten den Raum beispielsweise zum Leben erwe…«

»Ich denke, wir haben genug gesehen. Wir können diese Vorführung sicher später nachholen«, unterbrach Selena ihn vehement.

»Das wird …«, stotterte Bjarki und schüttelte betreten den Kopf, »also … ich kann es Ihnen dann nicht mehr zeigen.«

Sie legte ihre Stirn in Falten. »Wieso denn?«

»Heute ist der letzter Tag auf Solaris Prime für mich.« Seine Lippen zitterten leicht, als er lächelte. »Ab morgen werde ich die Beamtenweiterbildung auf meinem Heimatplaneten Mars fortsetzen.«

»Wie schade«, konstatierte Cedrik, während er zur Tür marschierte. »Gehen wir doch trotzdem einfach weiter.«

In diesem Moment legte Silvia in dem großen Besprechungsraum einen Datenchip auf den glänzenden Konferenztisch. »Ihre Wasserlieferungen für den Mars, Frau Corsis.« Sie spielte mit dem Chip zwischen ihren Fingern, bevor sie Alina, die ihr gegenübersaß, tief in die Augen schaute. »Wir sehen uns leider gezwungen, die Vereinbarung zu kündigen.«

»Zu kündigen?«, fragte Alina und hob langsam eine Augenbraue, bevor sie ihre Stirn in Falten legte. »Planetengouverneurin, meine Familie, unser Unternehmen beliefert diesen Planeten schon seit Beginn des ELMU-Blauer-Mars-Projekts in den 2050ern mit Wasser – erst von der Erde, dann aus dem Asteroidengürtel und jetzt von den Randkolonien aus.« Alina deutete mit einer großen Geste auf den Ozean am Rand der Stadt, auf den

Liana starrte, seit sie links neben ihrer Mutter Platz genommen hatte. »Wir haben bis zum Abschluss der Planetenökonomieanpassung vor sechs Jahren fast neunzig Prozent der 144 Trillionen Liter Wasser auf den Planeten gebracht.« Sie schüttelte den Kopf. »Ohne meine Familie wären Sie, Frau Thier, Gouverneurin von Geröll und rotem Sand, nicht von einem wachsenden Mars voller blauer Ozeane und blühendem Leben.«

Silvia nickte langsam, ihre Miene eisern. »Aber«, sie hob ihren Zeigefinger, »es ist, wie Sie sagen: Das Projekt wurde abgeschlossen. Schon vor fünf Jahren. Wir decken fast zwei Drittel des täglichen Bedarfs durch unsere planeteneigenen Wiederaufbereitungsanlagen.«

»Das ändert nichts daran«, entgegnete Alina achselzuckend, »dass meine Lieferungen immer noch den Frischwasserbedarf von über 150 Millionen Menschen auf diesem Planeten sicherstellen.« Sie schüttelte den Kopf. »Das sind immerhin knapp sechzehn Millionen Kubikmeter Wasser. Pro Tag.«

»Keine Frage, Ihre Tanker sind wichtig, Frau Corsis«, stimmte Silvia zu, »aber nicht unersetzlich. Zwei Milliarden Kubikmeter Frischwasser lagern bereits heute auf Phobos, eine weitere Milliarde auf Deimos. Das gibt uns durchaus ein wenig Spielraum, um Alternativen zu schaffen – Alternativen ohne Ihre halsabschneiderischen Preise.«

Ein kaltes Lächeln erfüllte Alinas Gesicht, während sie Liana, die weiterhin stoisch in die Ferne starrte, einen Seitenblick zuwarf. »Und wie soll diese neue Lösung aussehen? Wollen Sie eine lange Eimerkette bilden?«

Silvia lehnte sich gelassen nach vorne, ihre Stimme fest und eindringlich. »Wasser, Frau Corsis, ist ein Grundrecht für alle Menschen und kein Spekulationsobjekt einiger weniger Monopolisten.« Sie schob den Datenchip langsam über den Tisch. »Ich kann nicht zulassen, dass Ihr Unternehmen weiterhin die Preise diktiert. Die Bewohnenden des Mars haben mich und meine Solidaritas-Partei nicht zuletzt deshalb gewählt, weil sie Veränderungen wollen. Es war schon im Wahlkampf mein Versprechen, dass ich dafür sorgen werde, dass das Wasser in den Töpfen der Ärmsten nicht länger mehr kostet als ihr gesamtes Abendessen – eine Herausforderung, die die Progrediens-Gouverneure seit Jahrzehnten nicht zu meistern wussten.« Sie schüttelte den Kopf. »Der Mars darf nicht erpressbar bleiben.«

»Wirklich, ein schöner Traum.« Alina seufzte so laut, dass Liana erschrocken zusammenzuckte. »Wie lange sind Sie jetzt im Amt?«

»Hören Sie mit Ihren Spielchen auf«, entgegnete Silvia schroff.

Alina schüttelte den Kopf, ein sanftes Lächeln auf den Lippen. »Ist Ihnen in den zwei Jahren immer noch nicht klar geworden, dass die Realität eine andere ist? Wasser kostet. Das Eis muss von den Randkolonien wie Enceladus und Europa abgebaut, geschmolzen, gereinigt, verladen und immerhin täglich mit fast 200 Schiffen hierher transportiert werden.« Ihr Lächeln wurde breiter. »Verzeihen Sie mir meine Offenheit, aber all das wird nicht von Idealen oder Sonntagsreden finanziert, sondern nur von harten Solari.«

»Das ist mir und der Marsregierung durchaus bewusst. Deshalb wollen wir Ihnen auch die Chance geben, die Seite zu wechseln – von einem Teil des Problems zu einem Teil der Lösung zu werden«, entgegnete Silvia und deute von einer Flanke des Tisches zur anderen. »Aber eben zu den Bedingungen dieser planetaren Regierung und nicht länger zu Ihren eigenen.«

Alina runzelte die Stirn und lehnte sich zurück in den weich gepolsterten Lederstuhl. »Zu Ihren Bedingungen?« Sie zupfte beiläufig ihr Kleid zurecht. »Was ist, wenn ich dazu nicht bereit bin?«

»Eine solche Reaktion habe ich erwartet.« Silvia rollte mit ihrem Stuhl einige Zentimeter vom Tisch weg und schlug die Beine übereinander, ihr Blick in eine Ecke des Raums gerichtet, während sie die Finger ihrer rechten Hand bei jedem Wort zur Aufzählung abspreizte. »Banken. Regulierungsbehörden. Steuergesetze. Umweltauflagen. Öffentliche Meinungen.« Mit einem Lächeln betrachtete sie die fünf Finger. »Ich kann sehr kreativ werden, wenn eine Monopolistin vergisst, dass sie nicht unersetzlich ist.«

Alina schluckte leise. »Sie überschätzen den Profit meiner Solaren Handelsgesellschaft für Wasser am Wassertransport. Produktionskosten, Steuern, Treibstoffkosten, Antimaterieeinsatzmaut, Landegebühren und vieles mehr – die Liste ist endlos. Der wahre Raubritter in dieser Geschichte ist nicht der Wasserträger, sondern der Staat.«

»Nun denn, Frau Corsis«, Silvia atmete tief durch und rollte schwungvoll zurück zum Tisch, »dann möchte ich Ihnen eine einzige Chance geben: Machen Sie mir einen Vorschlag.«

Alina massierte ihre Schläfe. »Einen weiter gefassten Rahmenvertrag.« Sie schielte von unten zu Silvia, ohne die Massage einzustellen. »Wir liefern täglich mehr Wasser als bisher. Im Gegenzug verpflichtet sich der Mars, die Menge sicher abzunehmen. Um die Preisstabilität zu gewährleisten, vereinbaren wir einen Festpreis.«

»Hm …« Silvia wiegte den Kopf von rechts nach links und zurück, ihre Lippen fest aufeinandergepresst. »Was haben Sie sich denn als Zielgröße vorgestellt?«

»25 Millionen Kubikmeter. 35 Solari pro Kubikmeter.« Alinas Antwort kam wie aus der Pistole geschossen.

»30 Solari pro Kubikmeter«, entgegnete Silvia mit einem leichten Kopfschütteln. »Und 40 Solari Kommissionsstrafe für jeden Kubikmeter, den sie zu wenig liefern.«

»Das ist …« Alinas Stimme brach ab, als die Planetengouverneurin den Datenchip langsam weiter in ihre Richtung schob.

»Das ist was?«

»Das ist … ähm …« Sie räusperte sich leise, massierte sich mit Daumen und Zeigefinger die Nasenwurzel. »Das ist nur möglich, wenn unsere Schiffe von den Landegebühren auf dem Mars befreit sind.«

Silvia nickte mit einem zufriedenen Lächeln. »Aber ausschließlich die Wassertanker.«

»In Ordnung.« Alina seufzte, während sie sich erhob und ihre Hand über den Tisch streckte. »Dann haben wir einen Deal.«

»Das sehe ich genauso«, bestätigte Silvia und schlug ein.

»Wunderbar.« Alina wandte sich zu ihrer Tochter, die noch immer stoisch in die Ferne starrte. »Liana, kommst du? Wir haben einiges zu erledigen.« Die ausbleibende Reaktion ließ ihre Mutter die Augen verdrehen und unsanft nach ihrer Schulter greifen. »Junges Fräulein, aufwachen. Wir gehen!«

Die Parteizentrale

Bjarki eilte einige Meter vor Selena und Cedrik durch einen der Korridore auf Solaris Prime. Das warme Weiß der schmalen Lichtbänder an der Decke spiegelte sich im dunklen Metall der Wände. Jeder Schritt des jungen Mannes hallte in dem menschenleeren, fast endlos langen Gang wider. Hinter ihm mischten sich die lauten Atemzüge des Vizepräsidentinnengatten mit dem dumpfen Echo.

»Normalerweise ist hier mehr los«, rief der junge Mann den beiden zu, ohne sich umzudrehen. »Aber heute, na ja, erst die Amtseinführung, dann der Präsidentenball, da sind alle total aus dem Häuschen. Da arbeitet hier niemand.«

Cedrik wischte sich mit dem Handrücken über die Stirn. Ohne seine Geschwindigkeit zu verringern, stellte er mit schwerem Atem fest: »Der Kollege legt ja ein ganz schönes Tempo vor.«

»Vielleicht wirst du einfach alt, Schatz.« Ein herausforderndes Lächeln umspielte die Lippen seiner Frau.

Ein leises Knirschen erklang, als Cedrik den Kiefer anspannte. Er riss den Kopf zur Seite und sog Luft ein, doch bevor er Selena antworten konnte, hallte erneut Bjarkis Stimme durch den Korridor.

Er stand an der nächsten Kreuzung, hatte sich umgedreht und rief den beiden zu: »Kommen Sie, beeilen Sie sich!« Während Cedrik die Augen verdrehte, verlagerte Bjarki sein Gewicht von der linken auf die rechte Seite, wie ein Kind am Weihnachtsmorgen. »Es gibt noch so viele spannende Punkte auf Solaris Prime, voller atemberaubender Technik. Die müssen Sie gesehen haben!«

Bevor Selena und Cedrik ihn erreicht hatten, bog eine Frau mit glattem und streng hinter dem Ohr zurückgestecktem Haar um die

Ecke. Ihre hohen Wangenknochen, die stechenden, dunkelgrünen Augen und die schmalen, beerenrot geschminkten Lippen, die fast unmerklich lila schimmerten, strahlten eine kalte Perfektion aus, als hätte ein Bildhauer sie mit unendlicher Präzision aus Marmor gemeißelt. Abgerundet wurde ihre kantige Erscheinung von einer maßgeschneiderten Kombination aus dunklem Blazer mit gleichfarbiger Stoffhose und akkurat gebügelter, weißer Bluse. Die Absätze der schwarzen High Heels klackten gleichmäßig auf dem Boden und unterstrichen ihre aufrechte Haltung mit den geraden Schultern und dem leicht angehobenen Kinn. In ihrer linken Hand hielt die Frau ein graues Tablet, dessen Monitor erloschen war.

Ohne Bjarki mit der quälenden Anstrengung ihrer Aufmerksamkeit zu bedenken, marschierte sie an ihm vorbei, direkt auf die Vizepräsidentin zu, um mit einer scharfen Bremsung gerade noch vor ihr zum Stehen zu kommen. Die Stimme der Frau war nicht nur ernst und fest, sondern genauso kompromisslos wie ihr Gesichtsausdruck. »Selena, hast du einen Moment für mich?«

»Schön, dich zu sehen, Jekaterina!«, begrüßte Cedrik sie, bevor seine Frau im Stande gewesen wäre, zu antworten. Sein Gesicht hatte wieder diesen schelmischen Ausdruck angenommen. »Danke für die Frage, mir geht es hervorragend. Und wie sieht es bei dir aus?«

Die Frau verdrehte kurz die Augen, ohne ihren Blick von der Vizepräsidentin zu nehmen. »Ich habe keine Zeit für diese Scherze.«

»Um was geht es denn?«, fragte Selena, aus deren Gesicht das Grinsen so langsam wie sicher floh.

Jekaterina schnaubte leise, legte die Stirn in Falten, holte tief Luft – aber ihren Lippen entwich kein einziges Wort.

»Raus damit«, drängte Selena.

»Ein weiterer Zwischenfall.«

Bjarki war mittlerweile einige Schritte zurückgegangen und im Schatten von Jekaterina zu den dreien gestoßen. Er holte tief Luft, doch Cedrik schüttelte mit ernster Miene den Kopf. Statt Worten entwich dem Mund des jungen Mannes nur ein langsamer Atemzug.

Selena seufzte. »Was ist denn jetzt schon wieder passiert?«

»Das …« Jekaterina ließ ihren Blick über die beiden Männer schweifen und antwortete mit gedämpfter Stimme, als würde sie auf dem Schulhof ihrer besten Freundin ein schmutziges Geheimnis anvertrauen. »Das sollten wir besser unter vier Augen besprechen.«

Ohne zu zögern, wandte sich die Vizepräsidentin ihrem Mann zu und nickte.

Cedrik quittierte die stumme Aufforderung seiner Frau mit einem verständnisvollen Nicken und legte seinen Arm um Bjarkis Schulter. »Wir können ja schon mal weitergehen, oder?«

»Soll ich …« Der junge Mann schielte auf die Hand des Vizepräsidentinnengatten. »Soll ich Ihnen vielleicht das große Archiv der Solaren Union zeigen?«

»Ich dachte eher an die Bar in der oberen Sektion, die so bekannt ist«, entgegnete Cedrik lachend und zog Bjarki mit festem Griff näher zu sich.

Ohne ein weiteres Wort zu verlieren oder eine Reaktion abzuwarten, marschierte der Vizepräsidentinnengatte in die Richtung davon, aus der Jekaterina gekommen war – und unter seinem Arm klemmte die Schulter des jungen Bjarki.

Nachdem sich die beiden Männer, die von hinten betrachtet wie Vater und Sohn auf dem Weg zu einem Ausflug wirkten, einige Schritte entfernt hatten, wandte sich Selena der Frau zu, die für die Unterbrechung verantwortlich war. »Also?«

Jekaterina schaute hastig durch die verwaisten Korridore, bevor sie tief durchatmete. Behutsam beugte sie sich zu Selena. »Direkt mit meiner Ernennungsurkunde von … Marek habe ich Informationen vom Leiter der interplanetaren Anklagebehörde über einen weiteren Zwischenfall erhalten.« Sie strich sich eine Strähne hinters Ohr. »Diesmal auf Enceladus. Ein Angriff auf unser Parteibüro.«

»Unglaublich!« Selena stieß das Wort fast wie einen Atemzug hervor, doch es war von einer unüberhörbaren Entrüstung geschwängert. Ihr Kiefer spannte sich an. Ein leises Knirschen erfüllte die Luft zwischen den beiden Frauen, bevor sie tief durchatmete. »Was ist passiert?« Ihre Stimme klang nun strenger, dringlicher – ebenso ein Befehl wie eine Frage.

Jekaterina zuckte mit den Schultern. »Das kann ich noch nicht genau sagen. Aktuell weiß ich nur, was in der Ermittlungsakte steht. Aber die Bilder …« Sie schüttelte den Kopf, ihr Blick wanderte auf das Tablet in ihrer Hand »Sie sehen schlimm aus.« Mit einer eleganten Bewegung schaltete sie das Gerät ein, wischte kurz über den Bildschirm und reichte es der Vizepräsidentin.

Ohne zu zögern, ergriff Selena das Tablet und studierte für einige Sekunden die Anzeige. Ihr Mund öffnete sich leicht, doch kein Laut kam heraus. Ihr Augen huschten nervös über das Bild, das die Parteizentrale ihrer Progrediens auf Enceladus zeigte. Die großen Glasscheiben waren zerbrochen, eingeworfen mit Werkzeugen, Papier schien durch den Raum zu wehen. *Veyra = Volksverräterin* thronte als rotes Graffiti an einer Wand. Mit fast unmerklich, aber doch eindeutig zitternden Händen wischte Selena über das Tablet. Auf der nächsten Aufnahme war eine Fotomontage von ihr zu erkennen, die auf dem Fußboden lag, mit einem Strick um den Hals. Die Unterschrift, gut lesbar, lautete *Tod der Lesbenschwester.*

Sie krallte sich in das flache Tablet. Ihre Stimme bebte leicht. »Gibt es Verletzte?«

»Nein, zum Glück nicht. Es sind wohl nur Sachschäden.«

Selena entspannte sich etwas. Mit einer hölzernen Bewegung gab sie das Gerät seiner Besitzerin zurück. »Dieselbe Gruppe, die vorhin die Amtseinführung unterbrochen hat?«

»Davon gehen die interstellaren Ermittlungsbehörden aktuell aus«, entgegnete Jekaterina mit einem kurzen Nicken. »Ich habe angeordnet, dass sie jetzt jeden Stein umdrehen.«

Selena atmete tief durch. »Gut.« Sie massierte ihre Nasenwurzel mit Finger und Daumen. »Ich werde mich um ein Treffen mit dem Präsidenten kümmern. Wir müssen das besprechen. So kann es nicht weitergehen.«

»Ob ein Gespräch mit Julius Marek hilft?«, zischte Jekaterina durch zusammengebissene Zähne.

»Ich weiß es nicht.« Selena zuckte mit den Achseln. »Aber aktuell ist er der erste Mann in diesem Staat, ob uns das gefällt oder nicht.«

»Leider. Ja.« Jekaterina trat einen Schritt zur Seite, bevor sie den Kopf schüttelte. »Aber denkst du nicht, es wäre klüger, wenn ich mich um ein Treffen mit ihm bemühen würde? Besser, der Vorschlag kommt von der Kommissarin für Justiz als von der Vizepräsidentin.«

»Wie darf ich das denn verstehen?«, fragte Selena mit unüberhörbarer Irritation.

»Nun, es wirkt dann weniger wie ein politisches Manöver unserer Partei als vielmehr wie eine exekutive Dringlichkeit der Regierung.« Ein warmes Lächeln breitete sich auf Jekaterinas Gesicht aus. »Glaubst du nicht auch?«

Selenas Blick glitt für den Bruchteil einer Sekunde über den langen Korridor, bevor sie sich wieder Jekaterina zuwandte und kurz nickte. »Ja, da hast du wohl recht.«

Das Lächeln im Gesicht der Kommissarin wurde breiter. »Gut, ich kümmere mich sofort darum.« Sie marschierte in die Richtung, aus der Selena mit ihren beiden männlichen Begleitern gekommen war. Das leise Klackern der Absätze schallte durch den Gang.

»Danke dir!«, rief sie Jekaterina hinterher, bevor sie tief durchatmete.

Gerade als die Schritte der Kommissarin für Justiz verhallt waren, erfüllten andere den Korridor – dieses Mal dumpfer und aus der entgegengesetzten Richtung.

Ein nicht sonderlich groß gewachsener Mann mit dunkler Haut näherte sich Selena. Seine Glatze war so ordentlich poliert, dass sie das Licht der Leuchtbänder reflektierte. Sein Körper war in eine lange, leicht taillierte Tunika in einem warmen Ocker gehüllt. Der luftige Stoff war verziert mit kleinen, beinah unmerklich und dadurch umso filigraner eingearbeiteten Mustern, die an traditionell afrikanische Gewänder erinnerten, aber mit moderneren, sauberen Linien. Der Dekor hatte die gleiche dunkle Farbe wie die schlichten und perfekt sitzenden Hosen. An den Füßen trug der Mann lederne Mokassins und um den Hals eine dezente Kette aus poliertem Metall.

Neben ihm marschierte eine große, ältere Damen. Die dunkelbraun gefärbten Haare waren perfekt zurechtgelegt, ihr grauer Blazer und die gleichfarbigen Stoffhosen waren in optima forma auf die weiße Bluse und die schwarzen Stiefeletten abgestimmt, wobei das Leder der Schuhe nicht weniger glänzte als die Glatze des Mannes.

»Selena!«, rief die Frau mit durchdringender Stimme.

»Freyja.« Ein kaltes Lächeln huschte über ihr Gesicht. »Wir haben uns ewig nicht gesehen. Was machst du denn hier?«

Sie lächelte. »Wir haben eine Einladung für den großen Präsidentenball erhalten.«

Die Finger der beiden umschlossen sich zu einem kurzen Händedruck. Selenas kaum sichtbares Nicken begleitete die Geste.

»Sie kennen die Vizepräsidentin persönlich?«, fragte der Glatzköpfige mit einem verbindlichen Lächeln.

»Natürlich. Noch aus der Zeit, als sie einfache Abgeordnete in der zweiten Kammer des irdischen Parlaments war.«

»Waren Sie etwa damals in der Politik unterwegs?«

»Gott bewahre, nein. Ich bin schon fünfundvierzig Jahre Juristin und werde es auch für den Rest meines Lebens bleiben.« Freyja nickte mit einem zufriedenen Grinsen. »Wir kennen uns über ihren Mann, Cedrik. Er war die erste Zeit nach seinem Studium an der Universität für interplanetares Verfassungsrecht in Den Haag als Juniorpartner in meiner Kanzlei. Die Vizepräsidentin und ich, wir haben uns damals schon leidenschaftlich gestritten.«

»Aber immer nur über Inhalte und Ansichten«, konstatierte Selena, bevor sie in Richtung des Glatzköpfigen nickte. »Und mit wem habe ich noch das Vergnügen?«

»Das ist«, entgegnete Freyja, während sie einen Schritt zur Seite trat und auf ihn deutete, »Doktor Karabo Tembe. Er ist promovierter Historiker mit Spezialisierung auf Verfassungsgeschichte. Wir haben gemeinsam am neuen Kommentar zur Verfassung gearbeitet.«

»Eine sehr gute Arbeit.« Selena zog ihre Augenbraue leicht nach oben, ein warmes Lächeln auf dem Gesicht.

»Vielen Dank.« Er nickte. »Wenn auch nicht unumstritten.«

»Das stimmt wohl. Aber ich habe gelernt, dass schon die Verfassung selbst niemals neutral ist. Wie sollte es dann die kommentierte Fassung sein?«, fragte Selena mit nachdenklicher Miene.

Freyjas Augen verengten sich. Kopfschüttelnd entgegnete sie: »Eine Verfassung mag politisch sein, aber ihre Auslegung darf es unter keinen Umständen sein.«

»Und doch«, entgegnete Selena an Freyja gewandt, »verläuft die Grenze zwischen Interpretation und Ideologie nicht immer so trennscharf, wie es Juristen wie du gern hätten … selbst wenn sie sich das einreden.«

»Das hängt davon ab, wer die Grenze zieht«, konterte Freyja mit entschlossenem Blick.

Karabo räusperte sich leise. »Wenn ich hier gegebenenfalls meine historische Perspektive einwerfen darf: Die erfolgreichsten Verfassungen waren diejenigen, die sich weiterentwickeln konnten. Starrheit hat noch kein System gerettet.«

»Und inwiefern nützt uns das in Bezug auf Ideologie und Interpretation?« Selena zuckte mit den Schultern.

»Ganz einfach, Frau Vizepräsidentin: Eine Verfassung ist die Verschriftlichung einer Ideologie, die im Laufe der Jahre durch den Zeitgeist interpretiert wird. Im Grunde ist sie immer eine Symbiose aus beidem.«

Freyja nickte. »Deswegen braucht es präzise, wortgetreue Auslegungen. Nur so wird verhindert, dass politische Interessen die Verfassung in eine ihnen beliebige Richtung zerren.«

»Und gleichzeitig müssen wir anerkennen«, sagte Selena mit entschiedener Stimme, »dass kein Rechtssystem in einem luftleeren Raum existiert. Die Verfassung ist nur so stark wie die Politik, die sie schützt.«

Karabo grinste. »Ich liebe es, wenn Geschichte auf Gegenwart trifft.«

Sie warf ihm einen amüsierten Blick zu. »Ich wette, Sie haben eine Meinung zur letzten Wahl.«

»Mein Mann und ich …« Seine Lippen wurden schmaler. »Wir waren untröstlich, dass Sie das Rennen um die Präsidentschaft verloren haben. Mareks Rhetorik gegen queere Menschen, das war schwer zu ertragen.«

Freyja verschränkte die Arme vor der Brust. »Ein weiterer Beweis dafür, warum die verfassungsmäßigen Grundrechte konsequent durchgesetzt werden müssen.«

»Deshalb werde ich auch nicht nachlassen.« Selena nickte. »In fünf Jahren gibt es eine neue Chance, und bis dahin werde ich beweisen, dass meine Vision, die Vision meiner Partei, die richtige für diese Union ist.«

»Ich hoffe, dass es dann nicht zu spät ist«, gab Karabo zu bedenken, bevor er lange ausatmete.

»Solange ich in der Regierung bin, wird es niemals zu spät sein.« Selena legte die Hand auf seine Schulter. »Die Rechte von Minderheiten, der Schutz von Arbeitnehmenden, die schützende Regulierung von Technologie, das dürfen keine politischen Variablen sein. Es sind Grundrechte.«

»Eine Freundin von uns …« Er schüttelte den Kopf. »Sie hat sich entschieden, als Frau zu leben und nicht mehr als Mann. Auf Enceladus. Bisher. Doch seit der Wahl … Sie musste weg von dort. Die Anfeindungen. Der Hass. Sie konnte es nicht länger ertragen.«

Freyja musterte Selena. »Du siehst, die Grundrechte sind nur so stark wie ihre Durchsetzung. Und an der scheint es zu hapern.«

»Genau deshalb müssen wir politisch handeln.« Sie wandte sich wieder an Karabo. »Geben Sie meinem Büro den Namen ihrer Freundin. Ich werde mich persönlich darum kümmern.«

»Sorgen Sie sich nicht, um sie wird sich gekümmert.« Sein schmales Lächeln wich einem breiter werdenden Grinsen. »Dennoch, falls Freyja und Sie eines Tages gemeinsam einen Kommentar zu unserer Verfassung schreiben würden, es wäre sicherlich die spannendste Lektüre des Jahrhunderts.«

»Wenn wir beide es überleben würden«, entgegnete Selena lachend.

Freyja nickte kaum merklich, ein Anflug von Anerkennung in ihrer Miene. »Ich würde mich jedenfalls auf die Debatte freuen.«

Karabo lächelte sanft, bevor er ihr seine Hand entgegenstreckte. »Vielen Dank für dieses Gespräch, Frau Vizepräsidentin. Für Ihre Zeit.«

Sie quittierte das Angebot mit einem kurzen Händedruck, ihre Miene voller Wärme. »Selbstverständlich.«

Kaum waren ihre Worte verklungen, drehte sich Karabo geschmeidig um und ging in die Richtung, in die Cedrik und Bjarki zuvor aufgebrochen waren, gefolgt von Freyja, die sich mit einem kurzen Nicken verabschiedet hatte. Selenas Augen ruhten auf seinem Rücken, während er den Korridor hinabmarschierte.

»Karabo?«, rief Selena genau in diesem Moment, lauter, als es nötig gewesen wäre.

Er hielt inne und drehte sich noch einmal zurück zu ihr. »Ja?«

Ein breites Lächeln umspielte ihre Lippen. »Grüßen Sie Ihren Mann von mir!«

Karabo nickte. »Das werde ich!«

Während Selena eine Nachricht an ihren Mann schrieb, um ihn über die neusten Entwicklungen zu informieren, stand Alina kurz vor ihrem Abflug nach Solaris Prime am Schreibtisch ihres alten Herrn. Der Mittachtziger, dessen wenige Haare trotz der kunstvollen Kämmfrisur noch immer nicht den ganzen Kopf bedeckten, hustete laut. Sein faltiges Gesicht zerknitterte durch die Grimasse, die er dabei zog, zusätzlich. Zitternd griff er nach dem Scotch-Glas, das zwischen den fünf parallel angeordneten Datenchips, dem Tablet und dem Aschenbecher auf dem sonst völlig leeren Tisch stand. Seine Schluckgeräusche mischten sich mit Lynyrd Skynyrds *Sweet Home Alabama*, das aus dem goldenen Schallplattenspieler erklang, der hinter ihm auf der kleinen Kommode seinen Platz hatte. Der Alte räusperte sich, bevor er seinen Bürostuhl über einen der Knöpfe in der Armlehne drehte und den Blick auf das bläulich-grüne Wasser des Ozeans richtete.

Ein sanftes Lächeln zeichnete sich in Alinas Gesicht ab, die vor dem Schreibtisch saß. Ihre Stimme war eine Mischung aus

Überzeugung und Unsicherheit. »Es gibt einen neuen Vertrag mit dem Mars.«

»War der Alte nicht mehr gut genug?«, fragte er, ohne ihr auch nur einen Seitenblick zu schenken. Er stellte das Glas auf den Tisch, griff nach einer der Zigarren und drehte sie langsam zwischen den Fingern.

»Doch, Pa. Er war gut genug, aber diese Regierung, diese Planetengouverneurin von den Solidaritas …« Alina seufzte. »Die macht allen Unternehmen seit ihrer Wahl vor zwei Jahren nur Probleme.«

»Die anderen sind mir egal.« Der Alte führte die Zigarre mit einer gleichmäßigen Bewegung zur Nase und atmete tief ein. »Schadet sie unserem Geschäft?«, fragte er, bevor er mit einem leisen Krächzen einen schlanken Butanbrenner hervorzog, dessen goldenes Gehäuse das durch das Panoramafenster einfallende Sonnenlicht reflektierte. Die Flamme züngelte mit gnadenloser Perfektion in die Höhe. Der Alte hielt die Spitze der Zigarre darüber, ohne dass sie das Feuer berührte. Geduldig drehte er die Giftnudel, bis sich die Kanten dunkel verfärbten und der erste feine Rauchfaden aufstieg.

Alina stützte den Ellenbogen auf die Stuhllehne und rieb sich die Stirn. »Ja.«

»Dann«, entgegnete der Alte, bevor er die Zigarre an seine Lippen setzte, um langsam daran zu ziehen, »müssen wir sie loswerden.« Ein letztes, prüfendes Blasen auf die Glut. Der gleichmäßig rote Kreis spiegelte sich im Panoramafenster.

»Das ist leichter gesagt als getan.«

Er nahm einen weiteren Zug und schüttelte den Kopf. »Du strengst dich offensichtlich nicht genug an.«

Alinas Augen verengten sich, ihre Stimme klang gekränkt. »Das darfst du mir wirklich nicht vorwerfen, Pa.«

»Wieso? Weil du die Wahrheit nicht ertragen kannst?« Er schnaubte leise, bevor er einen weiteren Zug nahm, nur um sich dann zurück zum Schreibtisch drehen zu lassen. »Wie sieht denn dieser neue Vertrag mit der Marsregierung aus?«

»Sie kaufen mehr. Garantierte Abnahme.«

»Aha.« Der Alte legte die Zigarre auf den Aschenbecher, schob einen der Datenchips in sein Tablet und tippte ungelenk auf den Monitor. »Zu einem niedrigeren Preis?«

Alina nickte.

»45 Solari pro Kubikmeter?«

»Etwas weniger.«

Der Alte legte das Tablet ruckartig auf den Tisch zurück, sein kalter Blick fest auf seine Tochter gerichtet. »Wie viel?«

Alinas Stimme war kaum mehr als ein leiser Hauch, der in der Musik zu ertrinken drohte. »30.«

»30?« Die Miene ihres Vaters wurde finsterer als ein Sandsturm über Olympus Mons. »Willst du mich verarschen? Früher haben wir das Dreifache bekommen.«

»Aber Pa!« Alina schlug die Beine übereinander. »Die Kosten sind auch gesunken – noch mehr als jemals zuvor.« Ein Lächeln huschte über ihr Gesicht. »Wir sparen uns die Landegebühr auf dem Mars.«

Der Alte grummelte leise und trank einen Schluck Scotch, um dann seine Arme vor der Brust zu verschränken.

»Und außerdem nehmen die jetzt 25 Millionen Kubikmeter ab«, fügte sie hastig hinzu.

»Das hilft gar nichts. Bei diesem Spottpreis.« Er schlug mit der Faust so fest auf den Tisch, dass die Zigarre in den Aschenbecher fiel. Energisch schüttelte er den Kopf. »Und was ist, wenn du die Menge nicht lieferst? Strafzahlungen?«

Alina nickte – langsam, fahrig.

»Bist du vollkommen irre?« Ein lautes Krachen erfüllte den Raum, als er mit einer schwungvollen Bewegung den gesamten Tisch leer fegte. Das Scotch-Glas zerbarst in Tausende Teile und löschte die Zigarre, die ihm auf den Boden gefolgt war, mit einem leisen Zischen. »Ich alter Narr! Niemals hätte ich einer Versagerin wie dir unser Familienunternehmen überlassen dürfen.«

»Warum musst du immer so mit mir umspringen?«, fragte Alina mit einem vorwurfsvollen Kopfschütteln.

Der Alte atmete tief durch – erneut presste sich ein Husten aus seinem Mund. »Guter Stahl, Liebes, wird heiß geschmiedet – und meine Tochter kann nichts anderes sein als der beste Stahl.« Er schnaubte leise »Und jetzt schau, dass du die Sache auf die Reihe bekommst. Zeig diesem Universum, dass du eine verdammte Corsis bist!« Er erhob sich stöhnend aus dem Stuhl.

»Du weißt, dass ich deinen Namen nicht zu Unrecht trage, Pa.«

»So? Dann beweis es mir.« Er schüttelte den Kopf. »Hast du überhaupt einen Plan?«

»KI-Arbeitskräfte.« Ein Lächeln brach Alinas ernste Miene auf. »Die sind der Schlüssel.«

»Unmöglich. Das wird nicht passieren. Nicht mit dieser Regierung.« Der Alte wackelte zu der Zigarrenbox neben dem Schallplattenspieler.

Mit einer eleganten Bewegung erhob Alina sich von ihrem Sitzplatz und trat einige schnelle Schritte zu der Kommode. Sie erreichte ihr Ziel vor ihrem Vater und legte ihre Hand auf die Box aus Mahagoniholz. »Es ist nicht unmöglich – es ist der einzige Weg, der funktioniert. Wir sparen dadurch pro Kubikmeter Wasser fast zehn Solari.«

»Und wie willst du die Aufhebung des Verbots auf Solaris Prime durchsetzen, wenn du es noch nicht einmal schaffst, dich gegen eine lumpige Planetengouverneurin, eine Sozialistin, zu behaupten?«, fragte der Alte, während er am Arm seiner Tochter zog.

»Der Präsident – er ist der Schlüssel.«

»Und die Vizepräsidentin das Problem.«

Alina rutschte mit ihrer rechten Hand, an der bereits das gesamte Gewicht des Alten hing, von der Zigarrenbox ab, doch bevor ihr Vater reagierte und sich eine Zigarre nehmen konnte, legte sie ihre Linke auf die Box. »Absolut richtig. Deshalb ist Julius Marek mein Ziel.«

»Willst du einfach bei ihm Anklopfen und sagen: Hallo, hier bin ich?« Der Alte lachte hämisch. Ein weiteres Röcheln entwich ihm, dann zog er an Alinas linkem Arm. »Selbst wenn sich der Präsident noch an seine Wahlkampfversprechen erinnern sollte …« Er hustete laut, sein Kopf rot vor Anstrengung. »Selbst wenn er das tut, wird Julius Marek dich für einen solchen Gefallen mehr bluten lassen als die Planetengouverneurin – vor allem, wenn er erkennt, wie wichtig es für dich ist, dass das Verbot gekippt wird.«

»Da hast du absolut recht – aber weißt du, was die Mächtigen am meisten wollen?«

Der Alte legte die Stirn in Falten. Alina nahm ihre Hand von der Zigarrenbox. Noch bevor sie ihren Satz vollenden konnte, öffnete er die Box und griff gierig nach einer Zigarre.

Ihre Stimme war süß wie ein Kuss mit dem mandelartigen Nachgeschmack von Zyankali. »Immer das, was sie gerade am schwersten haben können.«

»Und wie willst du das anstellen?«, fragte er, während er zurück zu seinem Stuhl wackelte.

»Seit seiner Wahl lädt Julius Marek fleißig alle wichtigen Akteure aus der Wirtschaft ein – und jeder ist seinem Ruf gefolgt und hat sich bereits mit dem neuen Präsidenten getroffen. Fast jeder.« Alina lächelte triumphierend. »Nur ich nicht.« Sie zuckte mit den Achseln. »Und sowohl er als auch sein Fraktionsvorsitzender versuchen seit Tagen, mich zu erreichen – erfolglos.«

»Ja, bist du denn von allen guten Geistern verlassen? Du kannst doch unseren Präsidenten nicht warten lassen! Die Konkurrenz schläft nicht!«

»Noch nicht, es ist zu früh.«

Der Alte hielt kurz inne, bevor er sich mit einem unhörbaren Lachen zurücklehnte. Er betrachtete seine Tochter mit maßloser Genugtuung und nickte langsam. »Vielleicht hast du den Namen wirklich nicht zu Unrecht.« Mit einer hölzernen Bewegung zog er das goldene Feuerzeug aus seiner Tasche.

Während Alina noch für einen Wimpernschlag im Büro blieb und ihren Vater beim Entzünden seiner nächsten Zigarre beobachtete, betrat Jekaterina einen spärlich eingerichteten Besprechungsraum auf Solaris Prime. Er erinnerte mehr an eine Gefängniszelle von gestern als einen Ort, an dem die Politik von morgen gestaltet wurde.

Statt aus großen Panoramafenstern bestanden die Wände aus dunklem Metall, das die kalte Beleuchtung reflektierte. Die hellblauen Hologramme der halbhohen Zypressen in den Ecken des Raums schenkten keine Wärme, sondern nur Trostlosigkeit, die vom Fußboden aus grauem Vinyl perfekt abgerundet wurde. In der Mitte stand ein ovaler, metallener Besprechungstisch, um den acht grün gepolsterte Sitzmöbel mit kurzen Lehnen angeordnet waren.

Auf einem der Stühle saß, seinen Blick auf die Tür gerichtet, ein etwas dicklicher Mittfünfziger. Das schüttere, braune Haar war fast vollständig seiner immer weiter wachsenden Stirn gewichen. Das Gesicht des Mannes war wettergegerbt, seine Lippen schmal, die Augen verengt. Er trug eine weiße Generalsuniform mit eukalyptusgrüner Krawatte und gleichfarbiger Schulterklappe. An seinem Revers hefteten zahllose goldene und silberne Auszeichnungen, die das kalte Licht in alle Richtungen reflektierten. Sein Rücken war durchgedrückt, seine Ellenbogen stemmte er fest auf den Tisch.

Ein breites Lächeln zierte seine Miene, als die Kommissarin den ersten Schritt in den Besprechungsraum gesetzt hatte. »Frau Orlov.«

»Herr Clausius.« Jekaterina legte ihre Stirn in Falten. Ihr Lippen wurden schmal, als sie zu einem der Stühle marschierte. »Was machen Sie denn hier?«

»Freuen Sie sich etwa nicht, mich heute schon zum zweiten Mal zu sehen?«

»Freude?« Sie stieß ein gequältes Lachen aus. »Nein, das trifft es nicht. Eher Verwunderung darüber, was der Kommissar für militärische Angelegenheiten etwas zu diesem Treffen beitragen könnte.«

»Sie wissen eben nicht alles.« Er lachte leise. »Der Präsident hat mich gebeten, an dem Gespräch teilzunehmen. Haben Sie ein Problem damit?«

Jekaterina schüttelte langsam den Kopf und holte tief Luft, doch bevor sie etwas erwidern konnte, öffnete sich die Tür in ihrem Rücken erneut.

»Ingolf!«, rief Julius durch den ganzen Raum. »Ich bin froh, dass du es geschafft hast.« Das Klackern von Paulas High Heels, die ihm folgte, übertönte das Geräusch der Tür, als sie sich wieder schloss.

»Natürlich, Julius.« Der Kommissar erhob sich und schüttelte erst Paula und danach ihrem Gatten die Hand. »Wenn mein Präsident und Parteifreund mich ruft, dann bin ich immer zur Stelle.«

»Wo ist denn die Vizepräsidentin?«, erkundigte sich Paula mit einem unüberhörbaren Unterton, während sich das Präsidentenpaar setzte.

Jekaterina antwortete ohne Zögern und mit fester Stimme. »Sie ist auf dem Weg, sie sollte gleich hier sein.«

»Besser wäre es«, seufzte Paula theatralisch, »wir haben ja schließlich nicht den ganzen Tag Zeit.«

Erneut öffnete sich die Tür mit einem leisen Zischen. Selena und Cedrik marschierten in den Besprechungsraum und setzten sich auf die Stühle neben Jekaterina.

»Ah, die Vizepräsidentin und ihr Gatte«, stellte Ingolf mit einer spöttischen Miene fest.

Julius' Blick schweifte durch die Runde, bevor er mit einem breiten Lächeln nickte. »Dann können wir ja beginnen.«

»Danke, dass alle an einem solchen Tag wie heute Zeit gefunden haben.« Selenas Stimme war verbindlich. »Wie sie …«

»Können wir diese Höflichkeiten überspringen?« Paula trommelte rhythmisch mit den Fingernägeln ihrer verwundeten Hand auf die Tischplatte. »Uns ist bewusst, weshalb wir hier sind. Kommen wir doch gleich zum Punkt.«

»Nun gut. Dann in aller Kürze«, entgegnete Selena. »Wir brauchen ein geeintes Vorgehen der interstellaren Regierung auf Enceladus.«

Julius nickte. »Das sehen wir genauso.« Das Lächeln auf seinem Gesicht wurde breiter. »Deshalb haben wir bereits einen Vorschlag erarbeitet.« Er wandte sich dem Kommissar für militärische Angelegenheiten zu. »Ingolf, wärst du so freundlich?«

»Gerne, Herr Präsident.« Er holte tief Luft. »Für uns ist die Sache ganz klar, es kann nur einen Weg geben. Wir müssen Stärke gegenüber dem Saturn und seinen Monden zeigen.«

»Das sehen wir genauso«, entgegnete Selena. »Die Kommissarin für Justiz – Jekaterina, korrigiere mich bitte, wenn ich das in deinem Dossier falsch herausgelesen habe – schlägt deshalb eine groß angelegte Ermittlung zu den Hintergründen dieser Tat vor, um …«

Ihre Worte ertranken in Julius' schallendem Gelächter. »Wollen wir jetzt Wattebäuschchen auf den wütenden Mob werfen?«

»Unserer Ansicht nach«, sagte Paula, während sie ihrem Mann einen Seitenblick zuwarf, »sollten wir härtere Geschütze auffahren.«

Selena wandte sich Julius zu. »An was haben Sie gedacht, Herr Präsident?«

»Ein Embargo«, stieß Ingolf mit messerscharfer Stimme hervor, noch bevor jemand anderes in der Lage gewesen wäre, eine Antwort zu formulieren. Für einen Moment kehrte absolute Stille im Besprechungsraum ein.

»Ein Embargo?«, wiederholte Cedrik stirnrunzelnd. »Das erscheint mir doch eine zu drakonische Maßnahme zu sein. Und eine wenig zielgerichtete, wenn ich das noch anmerken darf.«

Paula zuckte mit den Achseln. »War es nicht der Wunsch der Progrediens, dass wir etwas unternehmen? Es war nicht unser Parteibüro, das auf Enceladus verwüstet wurde.« Sie wandte sich ihrem Mann zu. »Siehst du? Ich habe dir gleich gesagt, dass sie dafür nicht genügend Mumm haben. Denen geht es immer nur um die Show.«

»Das stimmt.« Julius nickte kurz, bevor er sich wieder zu Selena drehte. Seine Stimme war fest, aber auf seinen Lippen lag dieses schwache, fast unmerkliche Lächeln. »Nun denn, Frau Vizepräsidentin, was ist Ihre Meinung?«

Selena atmete tief durch. Ihr Blick glitt langsam durch den Raum. Einen Moment lang verharrten ihre Augen, ihre Miene ausdruckslos wie eine perfekt geschliffene Maske. Dann richtete sie sich behutsam auf, ihre Haltung unerschütterlich wie zuvor. »Wir sind sicher in der Sache nicht immer der gleichen Ansicht und wir spielen beide auf Sieg.« Sie hielt kurz inne. »Aber wir wollen sauber und ordentlich gewinnen, im Rahmen der Spielregeln, die uns die Verfassung der Vereinigten Planeten der Solaren

Union gibt. Das Verhalten unserer Mitbürger auf Enceladus verletzt diese ureigenen Spielregeln und deshalb halte ich es für unerlässlich, dass wir diesen Angriffen auf die Grundfesten der Demokratie entschieden entgegentreten. Wir …«

»Aus diesem Grund sage ich, das Embargo muss kommen«, unterbrach Ingolf sie.

Jekaterina schüttelte den Kopf und rief: »Nein, juristische Schritte sind das einzige Mittel, das uns hier zur Wahl steht. Wir können von anderen nicht verlangen, dass sie sich an Regeln halten, die wir brechen.«

»Das Embargo wäre kein Regelbruch«, konstatierte Paula, bevor sie sich ihrem Mann zuwandte. »Oder, Schatz?«

Julius nickte zustimmend.

»Ich würde behaupten, dass es eine durchaus strittige verfassungsrechtliche Frage wäre«, warf Cedrik ein.

Selenas stählerne Stimme durchschlug die Diskussion wie ein Kanonenschlag. »Ich denke, wir werden unsere Möglichkeiten parteiintern in Ruhe beraten.«

Während das Lächeln auf Julius' Gesicht breiter wurde, erhob Paula sich mit einem vorwurfsvollen Kopfschütteln. »Dann gibt es wohl nichts weiter zu besprechen.«

Zur selben Zeit, als sich der Besprechungsraum auf Solaris Prime langsam leerte, telefonierte die Planetengouverneurin des Mars, Silvia Thier, mit dem Oppositionsführer und Fraktionsvorsitzenden ihrer Partei im interplanetaren Parlament Kallan Dresk.

»Sie hat den Deal angenommen«, verkündete sie mit einem triumphierenden Unterton in der Stimme. »Was wäre ihr schon anderes übrig geblieben?«

»Sehr gut. Dann sind wir im Rennen.«

»Ich erledige immer meinen Teil, Kallan.« Silvia atmete tief durch. »Wie sieht es mit dir aus?«

Er schnaubte leise. »Ich opfere alles für unsere Partei, das weißt du.«

»Mit Erfolg?«

»Ich habe mit meinen Freunden in der Regierung gesprochen. Wir kämpfen nicht alleine.«

Silvia spielte mit einem Datenchip. »Und?«

»Wir sitzen vielleicht nicht im selben Boot, aber rudern zumindest in dieselbe Richtung. Dieses Mal. Auf dem Ball drehen wir ihr den Wasserhahn zu.«

»Also läuft alles nach Plan?«

»Ja.« Kallans Stimme klang beinahe kämpferisch. »Sei dir sicher, der Mars wird nicht der einzige Planet mit einer Solidaritas-Regierung in dieser Union bleiben.«

Eine halbe Stunde, nachdem sich Kallan von der Planetengouverneurin verabschiedet hatte, öffnete sich die Tür zur Suite des Vizepräsidentenpaars mit einem leisen Zischen.

Ein lautes Stöhnen entwich Cedrik, als er sich nach wenigen Schritten auf der Bettkante niederließ. »Wir brauchen einen Plan.«

Ein Lächeln huschte über Selenas Gesicht. Sie setzte sich neben ihren Mann, löste mit einer geschmeidigen Bewegung die Schuhe von ihren Füßen, nur um danach ihre rechte Ferse zu massieren. »Das ist absolut richtig.«

Er ließ seinen Oberkörper zurück auf das Bett fallen und starrte an die Decke. »Hast du schon eine Idee?«

»Das könnte man so sagen.« Selena folgte seinem Beispiel.

Langsam drehte er den Kopf zu seiner Frau und strich ihr eine Strähne aus dem Gesicht. »Und was hast du vor?«

»Ich will Julius bei seiner größten Schwäche packen.«

»Seinen leeren Worten?«

»Nein.« Selenas Augen blitzten für den Bruchteil einer Sekunde auf, sie atmete tief durch. »An seinem Schwanz.«

Cedrik lachte genauso laut wie herzlich. »Wenn ich mir sein Imponiergehabe so anschaue, musst du da wohl sehr genau zielen, um nicht danebenzugreifen.«

Sie verdrehte die Augen.

»Was hast du dir vorgestellt?«, fragte er hastig, bevor seine Frau die Möglichkeit hatte, über seinen Humor zu schimpfen.

»Ich werde ihm nachher auf dem Präsidentenball eine Falle stellen. Eine, aus der er sich nicht mehr herauswinden kann – niemand wird einen übergriffigen Präsidenten unterstützen.«

»Willst du, dass Nova es mit ihm in der Besenkammer treibt oder was?«

»Nein.« Selena schüttelte den Kopf, ihre Haare knisterten leise, als sie an der Bettdecke rieben. »Die Aufgabe ist zu groß für sie. Julius werde ich selbst übernehmen.«

Mit einer ruckartigen Bewegung richtete Cedrik sich auf. »Und was stellst du dir genau vor?«

»Wir werden seinen Sexismus auf dem Präsidentenball deutlich nach außen kehren – so, dass es das ganze Universum sehen kann.« Sie strich mit den Fingernägeln ihrer linken Hand langsam über den Rücken ihres Mannes. »Mein rotes Kleid wird ihn überzeugen.«

Ein Lächeln manifestierte sich auf Cedriks Gesicht. »Ah, ich verstehe. Und die Journalisten, die beim Ball sind …«

»Genau«, unterbrach sie ihn. »Sie werden draufhalten wie hungrige Aasgeier.«

Er runzelte die Stirn. »Was, wenn er nichts tut? Wenn er nicht darauf anspringt?«

»Er wird. Wir müssen ihm nur die Chance für den Fehler geben.« Selenas Stimme war kälter als die Temperaturen auf Enceladus.

Cedrik wiegte den Kopf von links nach rechts und wieder zurück. »Das Wichtigste wird sein, dass wir seine Entourage loswerden, die die ganze Zeit um ihm schwirrt wie Motten um eine Laterne.«

»Genau.« Selena nahm ihre Hand von Cedriks Rücken, richtete sich neben ihm auf und spreizte den Daumen ab. »Zuerst wäre da seine Frau, Paula.«

»Um die kümmere ich mich.«

Sie hob eine Augenbraue, ein verspieltes Lächeln auf ihren Lippen. »Aber wehe, du veranstaltest eine Kissenschlacht mit ihr.«

»Nein, da musst du dir keine Sorgen machen«, entgegnete er lachend. »Lieber gehe ich ins Kloster.«

»Du im Kloster?« Sie neigte ihren Kopf leicht zur Seite. »Du weißt, dass Mönche viel schweigen.«

Er grinste breit. »Das ist meine Kernkompetenz.«

»Wohl kaum.« Sie schüttelte laut lachend den Kopf. »Aber zurück zum Präsidentenball.« Sie spreizte ihren Zeigefinger von der Hand ab. »Jekaterina wird Ingolf übernehmen. Am besten, bevor er auf dem Ball erscheint. Wenn nicht, wird sie ihn unter einem Vorwand von dort weglocken.«

»Gute Idee.« Cedrik massierte mit kreisenden Bewegungen seine Schläfen. »Fehlt also nur noch Tiberius.«

Selena spreizte ihren Mittelfinger von der Hand ab. »Das wird Novas Aufgabe.« Ihr Blick schweifte in die Ferne. »Hast du eine Idee für sie?«

»Hm.« Cedrik strich über sein Kinn, bevor er energisch nickte. »Sie soll sich am besten an einen Wirtschaftsboss hängen. Es wird nicht lange dauern, bis Tiberius sich das Schauspiel nicht mehr anschauen kann und zu ihr geht.«

»Genau!« Selenas Stimme war entschieden. »Sehr gut. Wenn Nova ihn eingefangen hat, wird Ardyn ihr zu Hilfe kommen. Zu zweit werden sie den Ochsen lange genug beschäftigen.«

»Und du hast ausreichend Zeit, Julius in der Öffentlichkeit als das zu entlarven, was er wirklich ist: ein sexistischer Volksverhetzer.«

Die Vizepräsidentin ballte ihre Hand zur Faust, ein triumphierendes Lächeln nahm ihre Miene ein. »Genau dann, wenn er die anderen mit seinen Worten nicht mehr einlullen kann, weil jeder erkennt, was für ein Schwein er ist, wird sein ganzes Kartenhaus zusammenbrechen.«

Cedrik nickte. »Und sollte doch eine Karte stehen bleiben, rütteln wir einfach immer weiter, immer kräftiger am Tisch …«

»… bis das Parlament ihn schlussendlich absetzt und der Weg für die erste Präsidentin der Vereinigten Planeten der Solaren Union frei ist.« Selena richtete den Zeigefinger auf sich selbst. »Für mich.«

»Aber«, er hob die Hand, »wir dürfen auf keinen Fall den Fehler aus dem TV-Duell wiederholen.«

Selena schüttelte den Kopf. »Mach dir keine Sorgen, Schatz. Ich unterschätze ihn kein zweites Mal.« Sie lachte leise, aber umso diabolischer. »Und wenn er glaubt, dass er sich noch einmal aus der Affäre ziehen kann, wird er sich gewaltig täuschen.«

Der Präsidentenball

Das Vizepräsidentenpaar trat in den großen Ballsaal der Regierungsraumstation. Die Lichtbänder, die in einzelnen Fäden von der Decke herabhingen, strahlten eukalyptusgrün und spiegelten sich im auf dem Boden verlegten Marmor. Durch das Panoramafenster, das gegenüber dem Eingang lag, schimmerten Tausende Sterne wie stumme Zeugen dieses prunkvollen Anlasses. An den Wänden des Saals standen runde Tisch aus weißem Kristall. Sie umrundeten mit den grauen, ledernen Stühlen, die sie umsäumten, die schier endlos wirkende Tanzfläche.

Jekaterina marschierte mit einem kurzen Zwinkern in Richtung des Vizepräsidentenpaars aus dem großen Saal. Ihr folgte Ingolf mit völlig aus dem Takt von Frank Sinatras *The Way You Look Tonight* gefallenen Schritten. Cedrik legte den Arm um Selenas Taille, die sich ihm mit einem breiten Lächeln zuwandte. Gerade, als das Ehepaar weiter in den Raum trat, drang Julius' Stimme zu ihnen.

»Willkommen auf meinem Ball, Frau Vizepräsidentin.« Er ließ den Blick über das enge, rubinrote Kleid mit dem tiefen Ausschnitt wandern und zog die Augenbrauen hoch. »Sie haben sich aber in Schale geworfen.«

Selena verneigte sich leicht, mehr aus Anstand als aus Höflichkeit. »Sehr freundlich, Herr Präsident.«

Die Miene von Paula, die neben ihrem Mann stand, verfinsterte sich zunehmend, doch Julius' Blick löste sich keinen Millimeter von Selenas betonter Weiblichkeit.

Cedrik beobachtete das Schauspiel einen Moment, bevor er, ohne die Augen von Paula zu nehmen, mit souveräner Stimme sagte: »Und Ihre Gattin, Herr Präsident, steht dem in nichts nach.«

Ein Lächeln huschte über Paulas Gesicht, nicht nur so hell, sondern auch so flüchtig wie ein Wetterleuchten in einem unsichtbaren Sturm. Sie winkte einen Kellner mit einer forschen Handbewegung herbei. Routiniert balancierte er das Tablett mit den kleinen Champagnergläsern auf seiner Hand. Sie nahm eines der Gläser und reichte es Cedrik. Ihre Stimme war freundlich, doch von unüberhörbarer Frustration durchzogen.

»Es ist immer wieder faszinierend, wie sehr sich zwei Menschen unterscheiden können, die denselben Ring tragen.«

Selena zupfte fast beiläufig ihren Ausschnitt zurecht, neigte den Oberkörper ein wenig nach vorne und bot damit dem Präsidenten eine noch bessere Aussicht. Cedrik quittierte das Schauspiel mit einem triumphierenden Lächeln und reichte seiner Frau den Champagner.

Die Präsidentengattin nahm ein weiteres Glas vom Tablett, drehte sich zu ihrem Mann und stieß ihm dabei mit dem Ellenbogen in die Seite, als wäre es das Natürlichste im ganzen Universum. »Oh, Verzeihung, wie ungeschickt von mir«, sagte sie mit stoischer Stimme.

Julius' Blick wanderte von Selenas Oberweite zum Glas in der Hand seiner Frau. »Nichts passiert, Schatz.«

Auf der anderen Seite des Raums schielte Liana durch die Menschenmenge auf Selena. »Was für eine unglaubliche Frau«, flüsterte sie ihrer Mutter zu, schenkte deren Augenverdrehen aber nicht den Hauch von Aufmerksamkeit, sondern schwärmte weiter. »Ich weiß gar nicht, auf wen ich neidischer sein soll, die Vizepräsidentin oder ihren Mann.«

Nova stand nah genug am Tisch der beiden, sodass Lianas Flüstern sie erreichte, aber gerade weit genug weg, um nicht aufdringlich zu wirken. »Glaub mir, sei lieber auf ihn eifersüchtig«, mischte sie sich mit einem warmen Lächeln in das Gespräch ein.

Lianas Wangen erröteten leicht. Beschämt schaute sie zu Nova und stammelte: »Also … ich … haben Sie das etwa …«

»Was erlauben Sie sich denn? Kennen Sie keinen Anstand?«, unterbrach Alina ihre Tochter, ihre Augen verengt, ihre freie Hand zur Faust geballt. »Wissen Sie überhaupt, wen Sie hier vor sich haben?«

»Verzeihen Sie.« Nova atmet leise ein und trat anmutig an den Tisch heran, um ihr Champagnerglas vorsichtig, aber bestimmt darauf abzustellen. »Gestatten Sie, dass ich mich vorstelle.« Sie streckte ihre Hand aus. »Mein Name ist Nova Ferell, ich bin eine enge Mitarbeiterin der Vizepräsidentin.«

Alina zog ihre Augenbrauen hoch, während ihr Blick zwischen Novas Gesicht und Hand pendelte, als könnte sie sich nicht entscheiden, wo sie eher einschlagen sollte.

Ihre Tochter rollte mit den Augen und nahm das Angebot an. »Mein Name ist Liana Corsis – und das ist meine Mutter, Alina Corsis.« Sie ließ ihren Blick über Novas hoch geschlitztes, weißes Ballkleid mit den rubinroten Akzenten im Brustbereich gleiten. »Es freut mich, Sie kennenzulernen, Frau Ferell.«

»Bitte, wir sind im gleichen Alter, will ich meinen. Ich bin Nova.«

»Und die Jugend braucht weder Respekt noch Anstand?«, fragte Alina, ohne dass ihr Ton an Schärfe verloren hätte.

Novas Stimme war butterweich. »Nein, Frau Corsis, das heißt es natürlich nicht.« Sie lockerte den Handschlag und griff nach ihrem Glas, ohne den Blick von Liana zu nehmen. »Aber was spricht dagegen, etwas ungezwungener miteinander zu sprechen?«

»Ach Ma, wir sind hier nicht bei einem deiner Geschäfte, sondern auf einem Ball«, pflichtete Liana ihr bei. »Wenn du mich schon hier herzwingst, dann lass mich doch zumindest ein bisschen Spaß haben.« Das warme Lächeln auf ihrem Gesicht wuchs immer mehr zu einem breiten Grinsen heran, ihre Augen schweiften von Nova zurück zur Vizepräsidentin.

Selena räusperte sich leise, und Julius' Augen fanden ihren Weg zurück zu ihrem offenen Herzen. »Herr Präsident, ich habe gehört, ein Blick sagt mehr als tausend Worte. Ihrer scheint mir gerade einen sehr«, sie leckte langsam über ihre Lippen, »direkten Vorschlag zu machen.«

Ein kaum hörbares Einatmen entglitt Julius, sein Mund öffneten sich leicht, doch bevor er auch nur ein Wort herausbrachte, legte sich die perfekt manikürte Hand seiner Frau auf seinen Unterarm. Ihr Lächeln war kalt.

»Schatz, wenn du weiter so schaust, muss ich wohl anfangen, dich zu teilen – und das wäre doch schade, oder?«

»Divide et imperat«, warf Cedrik lächelnd ein und blinzelte Paula zu.

Julius verlagerte sein Gewicht von links nach rechts, als Selena ihm fast beiläufig sanft in die Seite schlug. Ihre Worte klangen wie ein Versprechen, das jeder Mann bereuen würde und dennoch eingehen wollte: »Jetzt bin ich aber beruhigt. Für einen Moment dachte ich, ich müsste mich persönlich um die«, sie zog kurz ihre Augenbrauen hoch, ihre Miene eine Mischung zwischen Herausforderung und gespielter Begierde, »Verteilung kümmern.«

»Oho.« Cedrik lachte laut. »Und Sie glauben gar nicht, wie gut sich meine Frau um Verteilungen kümmern kann.«

Die Augen der Präsidentengattin verengten sich. Langsam schüttelte sie den Kopf. »Das glaube ich Ihnen – und doch beneide ich Sie nicht dafür, dass Sie jeden Abend mit ihr …«

Das Räuspern des Präsidenten verschluckte Paulas Worte. Er erhob sein Glas, seine Stimme feierlich. »Auf eine erfolgreiche Regierungszusammenarbeit!«

Die anderen folgten seinem Beispiel, und ein vertrautes Klirren übertönte für einen Moment die orchestralen Klänge.

Selenas Lippen umspielte ein kaum merkliches Lächeln, während sie ihr Glas hob. Ihre Stimme war sanft, doch in ihren Worten schwang ein Unterton mit, gezielt gesetzt, um nachzuwirken. »Oh ja, Herr Präsident. Auf eine enge Zusammenarbeit.« Sie neigte den Kopf. »Ich bin sicher, Sie haben mir einiges beizubringen … wenn Sie die Zeit dafür finden.« Sie hielt Julius' Blick für den Bruchteil einer Sekunde zu lange, ließ ihre Fingerspitzen über den Stiel des Glases gleiten, ehe sie den ersten Schluck nahm. Gerade als die Tropfen des prickelnden Champagners Selenas Lippen benetzten, erfüllte eine Stimme die Gesellschaft, durchzogen mit dem Ton der giftigen Anklage des Vorwurfs.

»Meine Herrschaften, ich bin erstaunt. Dieses Bild drängt jedem Beobachter mehr Fragen als Antworten auf. Haben die Mitglieder der Regierung denn etwas zu feiern? Die gewaltsame Niederschlagung von Unbewaffneten während der Amtseinführung etwa?«

Selena seufzte leise, bevor sie mit fester Stimme entgegnete. »Fraktionsvorsitzender Dresk. Ich hatte gehofft, mich weiter in geduldiger Vorfreude auf unser nächstes Treffen üben zu dürfen.«

Kallan, ein Mann mittlerer Größe, trat so schnell zu den beiden, dass nicht nur sein wild zerzaustes Haar, sondern auch sein dichter, buschig weißer Bart im Wind wehte. Seine Augen waren weit geöffnet und voller Leidenschaft, während der anthrazitfarbene Anzug, makellos geschnitten, wie eine Rüstung der Moderne saß und kombiniert mit dem roten Schlips wirkte, als wäre er der goldene Käfig eines wilden Raubtiers.

Julius löste seinen gierigen Blick von Selena und drehte sich leicht in Kallan Dresks Richtung, seine Stimme gefasster als zuvor. »Fraktionsvorsitzender, wie kann die Regierung der Opposition zu Diensten sein?«

»Lassen Sie sich von der Kammerzofe der Vizepräsidentin nicht beirren, Frau Corsis. Veyra hat eine Schwäche für kleine, taumelnde Mädchen.« Die Stimme von Tiberius Kael war von Hass und Abneigung erfüllt, als er mit durchgedrücktem Rücken zu Nova, Liana und Alina an den Tisch trat.

Der Fraktionsvorsitzende der Conservativae war ein mittelgroßer Mann mit einem schmalen Gesicht und markanten Wangenknochen. Das kurz geschnittene Haar lichtete sich am Oberkopf und betonte seine hohe Stirn. Er trug einen dunklen Anzug mit blauer Krawatte und schwarzen Lackschuhen.

»Solche Worte … und ausgerechnet vom Stallburschen des Präsidenten.« Novas Antwort provozierte ein Kichern bei Liana.

Alina warf ihrer Tochter kopfschüttelnd einen stechenden Seitenblick zu.

»Ich wusste gar nicht, dass Sie wissen, was eine Kammerzofe ist«, fuhr Nova fort.

Tiberius schnaubte. »Wie sollten Sie das auch wissen?«

»Ich bitte Sie, Herr Kael, Frau Ferell.« Alinas Stimme war bedacht. Sie erhob sich von ihrem Stuhl. »Das hier ist ein festlicher Anlass. Es gibt weitaus geeignetere Formate für einen Disput über Stallburschen und Kammerzofen, meinen Sie nicht auch?«

»Ganz Ihrer Meinung, Frau Corsis.« Tiberius musterte Nova langsam, bevor er sein Jackett enger um die Schultern zog. »Wobei der Anlass wohl doch nicht allzu festlich sein kann, wenn man sogar so eine«, er rümpfte die Nase, »hier reinlässt.«

Novas Augen verengten sich zu schmalen Schlitzen. »So eine? So eine was? Was wollten Sie sagen, Fraktionsvorsitzender Kael?«

Lianas Lippen verzogen sich zu einem schiefen Grinsen. »Wunderschöne Frau!« Ihre Worte verloren sich im Applaus der anderen Gäste, der am Ende des orchestralen Musikstücks einsetzte. »Wunderschöne Frau«, wiederholte sie hastig. »Ja, das muss er gemeint haben.«

Nova schenkte ihr ein sanftes Lächeln, bevor sich ihre Miene wieder verfinsterte.

»Wunderschöne Frau?« Tiberius lachte laut. »Vielleicht, wenn man Schönheit mit einer Mischung aus Dreck und Ungeziefer gleichsetzt.« Er schüttelte mit vor Lachen zugekniffenen Augen den Kopf. »Glaub mir, Kleine, man bekommt zwar das Mädchen aus der Gosse, aber die Gosse nicht aus dem Mädchen.«

Nova sah sich hastig um, fokussierte Selena auf der anderen Seite des Saals. Ihre Mentorin allerdings war in ihr eigenes Gespräch verwickelt.

»Was diese Regierung für mich tun kann?«, wiederholte Kallan Dresk langsam. »Herr Präsident, wäre es nicht die bessere Frage, was Sie und Ihre Regierung für die Menschen unserer Union zu tun vermögen?«

»Ich bin davon überzeugt, dass unsere Koalition den Menschen sehr viel …«

Julius' Satz wurde von einem Hustenanfall seiner Frau unterbrochen. Er drehte sich zu ihr, doch sie schob seinen hilfebietenden Arm mit einer geschickten Bewegung genauso dezent wie präzise zur Seite und hielt sich die Hand vor den Mund, ihre Finger zitterten leicht. Die tiefen Kratzer in ihrer weichen Haut, die Selena heute Morgen gezogen hatte, waren immer noch deutlich zu erkennen. Unter dem aufmerksamen Blick von Cedrik verebbte ihr gequältes Röcheln langsam. Paulas gerötetes Gesicht wurde von einem gezwungenen Lächeln erfüllt.

»Die Herrschaften mögen entschuldigen. Ich werde mich kurz frisch machen und mir einen Happen zu Essen genehmigen.« Sie schaute tief in Cedriks Augen. »Herr Veyra, würden Sie mich begleiten?«

Der Vizepräsidentinnengatte wandte sich seiner Frau zu, seine Stirn in Falten gelegt.

Selena nickte mit einem wohlwollenden Lächeln. »Das ist eine ausgezeichnete Idee. Sie können sich sicher sein, Ihr Mann und ich werden uns köstlich amüsieren.« Sie lächelte für den Bruchteil einer Sekunde in Richtung des Präsidenten, bevor sie mit giftiger Stimme fortfuhr. »Und das Beste daran: Die Fingernägel meines Gatten sind viel ungefährlicher als meine. Versprochen.«

Paula ließ die Worte der Vizepräsidentin kommentarlos an sich abtropfen wie Regen, der auf eine Glasscheibe trifft. Noch bevor Cedrik eine Chance hatte, zu reagieren oder gar seine eigene Ansicht kundzutun, hängte sie sich mit einer eleganten Bewegung an seinen Arm und gab ihm einen sanften Schubs. Er nickte mit einem freundlichen Lächeln, bevor die beiden losmarschierten. Paulas Absätze, die fast wie Hologramme wirkten, veränderten ihre Farbe, als sie beim Hinwegstolzieren ihr Schritttempo erhöhte.

Als die beiden sich einige Schritte entfernt hatten, wandte sich Selena zurück zum Präsidenten und zu Kallan Dresk. Ein triumphierendes Lächeln umspielte ihre Lippen.

»Fraktionsvorsitzender Tiberius Kael, such dir doch Gegner in deiner Kleidergröße. Meinst du nicht, das stünde dir besser zu Gesicht?« Ardyn Teshars Stimme war kompromisslos, als er sich mit seinem großen, muskulösen Körper zwischen Tiberius und Nova schob. Seine langen, blonden Haare hatte er zu einem so strengen Pferdeschwanz gebunden, dass es mehr wie eine tödliche Waffe als wie eine einladende Frisur wirkte.

Tiberius schüttelte den Kopf. Eine gespielte Freundlichkeit zierte sein Gesicht. »Ah, die Kavallerie reitet ein. Der Fraktionsvorsitzende der Progrediens höchstselbst rettet die taumelnde Prinzessin auf dem elysischen Ball.«

»In diesem Märchen müssten Sie dann der widerwärtige Drache sein«, warf Nova ein.

Während Tiberius keinerlei Reaktion auf ihre Provokation zeigte, entlockten die Worte Liana ein weiteres Kichern.

Ihre Mutter schüttelte den Kopf und wandte sich Nova zu. »Frau Ferell, es wäre vielleicht in unserer aller Interesse, wenn Sie die Sache jetzt auf sich beruhen ließen und gemeinsam mit Ihrem Fraktionsvorsitzenden weitergehen würden.«

»Eine ausgezeichnete Idee, Frau Corsis«, bestätigte Tiberius nickend, sein Blick fest auf Alina gerichtet. »Es gäbe da sowieso einige Angelegenheiten, die wir persönlich besprechen sollten.«

Ardyn strich mit der Hand durch seinen Bart, bevor er nickte. »Da sind wir völlig einer Meinung, Tiberius.« Er drehte sich leicht zur Seite, um Nova mit seinen himmelblauen Augen zu durchdringen. »Die Vizepräsidentin und ihr Gatte freuen sich sicher auf eine Begrüßung durch uns beide.«

»Ganz sicher.« Ein Zucken durchfuhr Novas Kiefer. Mit einer geschickten Bewegung drehte sie sich um ihre eigene Achse.

»Darf ich …« Lianas Stimme stockte. »Darf ich dich vielleicht begleiten? Ich würde sie sehr gerne kennenlernen.«

Ardyn neigte den Kopf leicht zur Seite, legte seine Stirn in Falten und holte tief Luft, doch bevor er die Möglichkeit hatte, seinen Einwand vorzubringen, nickte Nova demonstrativ. »Sehr gerne! Ich bin mir sicher, die Vizepräsidentin würde sich darüber genauso freuen.«

»Liana Corsis! Wir hatten eine Abmachung für heute Abend!« Alinas Stimme knallte wie ein Peitschenhieb durch die orchestrale Musik des Ballsaals.

»Aber Ma, ich bin 25. Lass mich doch auch ein bisschen Spaß haben und neue Leu…«

»Es wäre besser, wenn du auf deine Mutter hörst, Kleine«, unterbrach Tiberius sie.

Nova drehte sich zurück, ihr Gesichtsausdruck war finster. »Ich glaube weder, dass Liana Ihre *Kleine* ist, noch, dass Sie wissen, was für eine junge, hübsche Frau wie sie das Beste ist, Herr Kael.« Sie schnaubte leise. »Sie wissen es ja noch nicht einmal bei einem Stück Holz.«

Ardyn griff nach Novas Arm. »Frau Ferell, es reicht.« Er wandte sich Alina und Tiberius zu. »Wir werden Sie nicht weiter behelligen. Frau Corsis, ich wünsche weiterhin gute Geschäfte.« Dann sah er den Fraktionsvorsitzenden der Conservativae an, seine Stimme bedacht und nicht ohne eine gewisse Freundlichkeit. »Wir sehen uns morgen im Unionsparlament.«

»Ich danke Ihnen für Ihr Verständnis.« Alina nickte und drehte sich zu Tiberius. »Ich hielte es aber im Übrigen für besser, wenn Sie sich ebenfalls aufmachen würden. Dieser Abend …« Ihre Augen wanderten zu Liana. »Ich habe meiner Tochter versprochen, dass ich ihn gemeinsam mit ihr verbringen werde – und nicht mit Politik.«

»Denken Sie nicht, dass …«

»Fraktionsvorsitzender Kael, ich bitte Sie. Das ist der Abend meiner Tochter«, unterbrach Alina seinen Versuch der Widerrede mit kompromissloser Stimme.

Während Tiberius kurz innehielt, bevor er schließlich gezwungen nickte, drehte sich Ardyn mit einem Lächeln im Gesicht um. Novas Arm fest in seiner Hand, trat er einen Schritt von dem kristallenen Tisch weg. Doch ehe er sich weiter entfernen konnte, erklang erneut die Stimme von Tiberius.

»Ardyn, bevor ich es vergesse: Hast du mit deiner Fraktion schon über die Vorfälle bei der Amtseinführung und auf Enceladus sprechen können?«

Der Fraktionsvorsitzende der Progrediens hielt kurz inne und atmete tief durch. Er wandte sich Nova zu und lockerte seinen Griff. »Frau Ferell, gehen Sie doch schon vor, ich komme gleich nach.« Er deutete mit der flachen Hand zum Eingang des Ballsaals.

Widerwillig setzte sie sich in die Richtung in Bewegung, in der die Vizepräsidentin stand und sich gestenreich mit Julius und Kallan unterhielt.

»Wo waren wir stehen geblieben?« Der Fraktionsvorsitzende der Solidaritas mimte ein nachdenkliches Gesicht. »Genau. Ihre Koalition wird den Menschen in dieser Union sehr viel geben. Blutige Schläge, wenn sie ihre Sorgen und Nöte offenbaren, beispielsweise.«

Julius schüttelte energisch den Kopf. »Bitte ersparen Sie uns Ihre Polemik und Propaganda. Die Wahlen sind vorüber. Faire Wahlen. Ehrliche Wahlen – und vor allem Wahlen, die Sie gemeinsam mit Ihrer Partei verloren haben, Fraktionsvorsitzender Dresk.«

»Und Wahlen, die Sie gezwungen haben, Herr Präsident, Ihre Werte für eine Koalition mit den Progrediens zu verraten«, entgegnete Kallan scharf, um sich dann Selena zuzuwenden. »Ihre Politik«, er schüttelte den Kopf, »das, was Sie moderne Gesellschaft nennen, das ist der letzte Sargnagel im Holzpyjama unserer Union – wenn nicht sogar der ganzen menschlichen Zivilisation.«

»Weit gefehlt, Fraktionsvorsitzender Dresk. Mit uns wird die Union aus dem Abgrund herausklettern, in den Sie sie gestoßen haben«, erwiderte Selena mit ausgeglichener Stimme.

»Das glaube ich kaum, Frau Vizepräsidentin. Ihre fehlgeleitete Ideologie über die richtigen Werten und Normen ignorieren auf schier groteske Art und Weise die Lebensrealitäten unserer leidenden Unionsbürger.«

»Seien Sie unbesorgt, Fraktionsvorsitzender Dresk.« Julius verzog das Gesicht zu einem überheblichen Lächeln. »Diese Koalition wird von meiner Partei geführt, von mir. Und das ist großartig. Besser als je zuvor. Genau diesen fleißigen Leuten, von denen Sie sprechen, schenken wir unser Ohr und geben ihren Sorgen und Problemen hier auf Solaris Prime eine Stimme.«

Selena presste ihre Lippen fest aufeinander, während Kallan Julius anschaute und sagte: »Sind Sie sich da sicher, Herr Präsident? Wie gedenken Sie denn ob der … Herausforderungen, die uns aus der Kolonie auf Enceladus entgegenschlagen, vorzugehen?« Er hielt kurz inne. »Ein Mond, der auch noch seit vielen Jahren von Ihrem Parteifreund Artjom Petrow regiert wird.«

»Mit aller Härte!«, platzte es aus Julius hervor.

Auf der anderen Seite des Ballsaals hatte sich Nova erst wenige Meter von der Gruppe entfernt, als Liana an ihrer Mutter vorbei hinter ihr herstürmte.

Sie griff nach ihrem Arm, während sie gemeinsam von der Masse verschluckt wurden. Nova wandte sich mit einem erschrockenen Gesichtsausdruck um. Sie schaute für einige Sekunden tief in die Augen ihrer Verfolgerin und fragte dann mit einem ironischen Unterton: »Willst du etwa mit mir tanzen?«

Liana zitterte wie Espenlaub, ihre Stimme nicht mehr als ein leichter Windhauch an einem warmen Sommertag. »Nichts lieber als das.«

Nova zuckte kurz, legte dann beide Arme um ihre Taille und zog sie eng zu sich heran. »Na, wenn das so ist, lass uns tanzen.«

Am Eingang des Saals schüttelte Selena langsam den Kopf. »Ich denke nicht, dass wir hier mit aller Härte etwas erreichen werden.«

»Das ist das einzig richtige Vorgehen. Wir müssen verhindern, dass sich eine solche Aktion wiederholt oder die Situation weiter eskaliert«, unterbrach Julius sie laut und entschlossen.

Selena räusperte sich, ohne eine Miene zu verziehen. »Ich hatte Ihnen bereits in unserem gemeinsamen Gespräch mit der

Kommissarin für Justiz vorhin gesagt, dass ich das allem voran mit meiner Partei besprechen muss.«

Kallan lachte, ein lautes, theatralisches Lachen. »Ein Streit in der Regierung. Noch am ersten Tag, Stunden nach der Amtseinführung.«

»Frau Vizepräsidentin.« Julius' Augen verengten sich. »Ich denke, diese Entscheidung treffe noch immer ich als Präsident und nicht Sie.«

»Sind Sie sich da sicher?«, antwortete Selena scharf.

Die Erheiterung in Kallans Gesicht war unübersehbar, seine Stimme triefte vor Sarkasmus. »Also ich bin mir da nicht so sicher, Herr … Präsident.«

»Was wollen Sie damit andeuten, Frau Vizepräsidentin?«, zischte Julius.

Selenas Stimme bebte. »Andeuten?« Sie atmete tief durch. »Andeuten will ich gar nichts – nur sicherstellen, dass Sie, Herr Präsident, und Ihre Partei unsere Zusammenarbeit auf Augenhöhe auch als eine solche leben.«

Ein kehliges Lachen, so laut, dass sich Nahestehenden umdrehten, schallte aus Kallans Rachen.

Julius würdigte ihn keines Blickes, seine Augen blieben fest auf Selena gerichtet, die Ader an seinem Hals trat merklich hervor. »Seien Sie versichert, Frau Vizepräsidentin, ich vergesse das nicht – selbst dann nicht, wenn Sie mich nicht länger stündlich daran erinnern.«

»Das soll ich glauben?« Selena schüttelte langsam den Kopf. »Da bleibt wohl eher der Wunsch Vater des Gedankens.« Sie ballte ihre freie Hand zu Faust.

Die beiden schauten sich gegenseitig tief in die Augen. Es wirkte, als versuchten sie, den jeweils anderen mit nur einem einzigen Blick zu töten – der Wettkampf zwischen zwei Gladiatoren, der immer mehr die Aufmerksamkeit manch eines unbeteiligten Ballgastes auf sich zog.

Derweil führte Nova Liana behutsam über die Tanzfläche. Mit einem aufmunternden Lächeln im Gesicht flüsterte sie ihr nach einer ungelenken Bewegung zu: »Entspann dich. Du machst das großartig.«

Liana versuchte, einem komplizierten Schritt zu folgen, und trat ihrer Tanzpartnerin auf die Füße. »Tut mir leid!« Ihre Stimme zitterte, ihre Wangen erröteten.

Nova schüttelte nur sanft den Kopf und zog sie näher an ihren Körper. »Glaub mir, hier sieht niemand so genau hin. Nur tanzen.«

Sie führte Liana in einer langsamen Kreisbewegung, ihre Schritte beinahe lautlos auf dem weißen Marmor. Mit einer gekonnten Schrittfolge brachte Nova sie in eine sanfte Rückwärtsdrehung, bei der sich Lianas Blick im eukalyptusgrünen Licht der Decke verlor. Eine weitere, genauso geschickte Bewegung, und sie zog sie wieder zu sich heran, bis ihre Gesichter so nah waren, dass sie den Tanz unterbrachen.

»Du bist eine wunderschöne Frau, weißt du das?«

Lianas Wangen röteten sich erneut, als sie ihren Blick von den Lichtbändern der Decke zurück zu ihrer Tanzpartnerin gleiten ließ. »Das sagst ausgerechnet du.«

»Ja, ausgerechnet ich«, konstatierte Nova mit einem warmen Lächeln im Gesicht, bevor sie leise kicherte.

Ihre Fingerspitzen strichen über Lianas unbedeckten Rücken, nur gelegentlich vom feinen Stoff ihres schwarzen Kleides unterbrochen, dessen tiefer Ausschnitt ihre warme Haut preisgab. Ihre Berührung folgte der geschwungenen Linie ihrer Taille, tastend, als wollte sie sich jede Kontur einprägen. Die Atemzüge, die Liana nahm, ließen den eng anliegenden Stoff sanft heben und senken, eine stille Versuchung. Nova verweilte mit ihrer Hand einen langen Moment auf der Haut ihrer Tanzpartnerin. Ihre Miene war voller Wärme, das Lächeln eine stumme Aufforderung.

Der Raum um die beiden schien sich zu drehen, als Nova sanft eine Strähne von Lianas Haar zurückstrich. Ihr Gesicht war zum Greifen nah. Novas pechschwarze Augen hielten den Blick ihrer Tanzpartnerin gefangen, suchten nach etwas – einer Antwort, einer Erlaubnis. Ihre Finger glitten behutsam an der Wange entlang, streichelten die weiche Haut, während der süße Duft ihres Parfums die Luft zwischen den beiden jungen Frauen erfüllte.

Das Licht der Saaldecke spiegelte sich in ihren Augen, in denen ein aufgewühltes Glimmen lag, als sie auf Lianas volle, tiefschwarz geschminkte Lippen blickte. Novas Atem wurde flacher, als sie sich langsam, fast zögerlich, näherte.

Liana bewegte sich keinen Millimeter, aber ihre Lippen öffneten sich einen Hauch, als würde sie bereits ahnen, was folgen würde. Die sanfte Wärme ihres Atems mischte sich mit dem süßlichen Parfüm, ein Anflug von Lavendelrauch und dunklen Beeren, während sich die Distanz zwischen ihnen weiter verringerte.

Genau in diesem Moment, als sich ihre Welten berühren sollten, durchdrang der unangenehm schrille Schrei einer vertrauten Stimme den Saal. Die Magie des Augenblicks zersplitterte wie Glas.

Ohne die Frauen als Teil der großen Masse zu erkennen, wandte sich am Rande der Fläche Ardyn Tiberius zu. »Um deine Frage zu beantworten: Ja, natürlich habe ich mit einigen aus meiner Fraktion gesprochen.«

»Und?«, fragte Kael gespielt beiläufig, während er seinen Anzug zurechtrückte.

»Ach.« Ardyn legte die Stirn in Falten. »Du weißt ja. Es ist immer schwierig zu sagen, was all die Leute auf Solaris Prime denken – selbst bei denen in der eigenen Fraktion kann man das nicht so genau wissen.«

Tiberius entfernte einen Fussel von seinem marineblauen Jackett. »Du willst mir also erzählen, dass du deine eigene Mannschaft nicht im Griff hast?«

»Was sagt denn deine Fraktion? Tendiert ihr zu einem Embargo oder doch eher zu juristischen Maßnahmen?«, entgegnete Ardyn grinsend, ohne die Frage mit einer Antwort zu würdigen.

»Ach, du hast es ja selbst gesagt: Man kann nie genau wissen.«

»Siehst du, Tiberius, wir haben alle dieselben Probleme.« Ardyn ließ seinen Blick durch den Saal schweifen. »Wie sieht der …« Er verstummte unvermittelt, als seine Augen auf der Menschentraube um den Präsidenten, Selena und Kallan haften blieben. »Das ist gar nicht gut«, murmelte er.

Er eilte so überstürzt in Richtung der Vizepräsidentin, dass er unmöglich das Grinsen wahrzunehmen vermochte, das für den Hauch einer Sekunde in Tiberius' Gesicht aufblitzte.

Denn in der Zwischenzeit hatte an anderer Stelle ein gleichsam langsames wie lautes Klatschen die Blicke von Julius und Selena auseinandergerissen. Die Stimme des applaudierenden Kallan war mit Spott getränkt. »Eine Regierung, die gegen sich statt für ihre Bürger kämpft.« Er sprach in einer solchen Lautstärke, dass immer mehr Gäste auf das Schauspiel aufmerksam wurden »Ein armseliger Machtkampf verdrängt konstruktive Vorschläge und produktive Regierungsarbeit.« Er zeigte mit flachen Händen auf die beidem. »Sie zwei haben nicht den Hauch einer Idee, wie Sie den Sorgen der Menschen auf Enceladus begegnen können.«

»Oh doch, das haben wir!«, antwortete Selena wie aus der Pistole geschossen.

Die Zuschauer murmelten leise, unverständlich, aber ein Mann erhob seine Stimme klar und deutlich. »Ich bin Heron Dallas von

Solaris-News. Können Sie mir sagen, Frau Vizepräsidentin, welche Maßnahmen dürfen wir in Bezug auf Enceladus erwarten? Wie werden Sie auf den Angriff auf Ihre Parteizentrale reagieren?«

Selena räusperte sich, richtete ihr Haar. »Wir befinden uns in dieser Sache in der Abstimmung.«

»Sie wollen damit sagen, dass die Regierung noch keine Antwort auf diese Frage hat? Müssen die Bürgerinnen und Bürger der Solaren Union also weiterhin mit Angriffen auf die Demokratie rechnen, wie wir sie heute erlebt haben?«

Der Blick der Vizepräsidentin flitzte durch die Menge, von links nach rechts, von rechts nach links, zum Präsidenten, zur Menge, in den Ballsaal, zurück zum Präsidenten, zum Journalisten.

Kallans ironische Miene wich einem selbstsicheren Grinsen. »Bitte, Frau Veyra, erleuchten Sie uns über die Maßnahmen. Wir sind alle gespannt.«

»Gehe ich also recht in der Annahme, dass sich die Regierung in dieser Sache ohnmächtig zeigt?«, fragte der Journalist.

Julius schüttelte energisch den Kopf. »Auf gar keinen Fall. Wir sind handlungsfähig. Wahrscheinlich handlungsfähiger als alle Regierungen vor uns. Ich habe bereits einen Vorschlag vorgelegt, einen guten Vorschlag, den besten Vorschlag für die aktuelle Situation.«

Der Journalist legte seine Stirn in Falten. »Und wieso folgen daraus keine Maßnahmen?«

»Das liegt nicht an mir.« Julius zeigte auf Selena. »Es ist Sache der Vizepräsidentin. Sie hat sich nicht für Maßnahmen ausgesprochen. Sie spricht von Bürokratie. Von Absprachen. Warum? Das kann ich Ihnen nicht sagen. Die Demokratie ist in Gefahr, das sieht jeder. Ich sehe es. Aber sie tut nichts. Ich tue etwas. Ich. Nicht sie.«

Dallas zückte ein Tablet aus seiner Tasche und ließ seine Finger über den Touchscreen gleiten. Andere Zuschauende folgten seinem Beispiel, die ganze Menschentraube vertiefte sich in Notizen.

»Können wir das so zitieren, Frau Vizepräsidentin?«, fragte ein junger Mann aus der Menge. »Sie sind nicht bereit dazu, Maßnahmen zu ergreifen?«

»Nein.« Selena schüttelte den Kopf. »Das ist so nicht richtig. Wir prüfen zum aktuellen Zeitpunkt alle Möglichkeiten, aber eine finale Entscheidung …«

»Und welche Maßnahmen wollen Sie dann ergreifen?«, erkundigte sich der junge Mann.

Der Journalist schüttelte den Kopf. »Sie haben keine Ahnung, was sie tun sollen. Das werde ich schreiben.«

Die Vizepräsidentin drückte ihren Rücken durch. »Wir werden«, sagte sie mit fester Stimme, »aufgrund der von Enceladus ausgehenden Unruhen …« Sie atmete tief durch. »Also … um zu verhindern, dass sich die Unruhen weiter ausbreiten … also … ich meine, weiter an Intensität gewinnen …«

Julius trat einen Schritt von ihr weg, mehr symbolisch als zur Fortbewegung.

Nach einem kurzen Stocken, verkündete Selena schließlich: »Ein Embargo verhängen.«

Ein Raunen schwappte durch die Umherstehenden. »Ein Embargo?«, fragte der Journalist ungläubig. »Für den ganzen Saturn?«

»Also, ja …« Selenas Stimme zitterte leicht. »Ein Embargo gegen den ganzen Saturn.«

Während die übrigen Umstehenden immer schneller auf ihre Geräte tippten, formulierte Dallas die nächste Frage: »Und ab wa…«

»Die Frau Vizepräsidentin wird gerne zu einem anderen Zeitpunkt weitere Details mit Ihnen besprechen«, unterbrach Ardyn den Journalisten und baute sich neben Selena auf. »Heute wollen wir uns gemeinsam auf die Feierlichkeiten zu Amtseinführung konzentrieren.« Er folge mit den Augen der Welle des Nickens, die durch die Zuschauenden floss und erst an Julius brandete. Der Journalist holte erneut Luft, doch noch bevor er weiterfragen konnte, fügte Ardyn an: »Ich danke Ihnen allen und wünsche uns einen gelungenen Abend.«

Die Miene des Präsidenten erfüllte sich mit Zufriedenheit, als er sich einige Schritte entfernt unverständlich leise mit seinem Fraktionsvorsitzenden Tiberius Kael unterhielt, der inzwischen auch zur Gruppe gestoßen war. Die Blicke der beiden Männer trafen sich dabei nur für einen Moment, doch ihnen wohnten mehr Worte inne als allen Büchern so manch einer Bibliothek.

»Liana!« Alinas Stimme war nicht nur laut, sondern so durchdringend, dass selbst die Geigen des Orchesters kurz übertönt wurden. Köpfe drehten sich. Ein älterer Mann an einem nahe stehenden Tisch ließ vor Schreck seinen Löffel fallen. Die Musik spielte weiter, aber die zersplitterte Magie des Augenblicks wurde durch die kalten Funken der Enttäuschung ersetzt. Liana zuckte zurück, ihre Hand rutschte von Novas Schulter und ihre Bewegungen wirkten steif und fahrig. Nova hingegen blieb reglos, ihr Blick wanderte langsam zu Alina.

Ihre Stimme erklang ein zweites Mal, diesmal leiser, aber umso unmissverständlicher: »Was machst du da? Was sollen denn die Leute denken? Komm hierher. Sofort!«

Nova trat einen halben Schritt zurück, ihre Haltung unverändert elegant, als hätte sie sich von nichts beeindrucken lassen. »Das war ein schöner Tanz«, sagte Nova kaum hörbar, aber dennoch wie ein Schwur.

Liana seufzte leise und senkte ohne eine weitere Reaktion ihren Kopf. Langsam und mit einem gequälten Gesichtsausdruck trat sie den Weg zurück zu ihrer Mutter an, die mit verschränkten Armen am Rande der Tanzfläche stand.

Novas Blick haftete noch einige Sekunden auf dem schmalen Rücken, der sich immer weiter von ihr entfernte. Sie grinste, als sie ihre Augen von dem Anblick löste und durch den Saal schaute, nur um Cedrik zu fixieren, der gerade mit Paula vom Buffet zurückschlenderte.

Er führte eine einladende Handbewegung in ihre Richtung aus. Geschickt bewegte sich Nova durch die Menge zu den beiden hinüber.

»Ich werde besser zu meinem Mann zurückkehren«, sagte Paula zu Cedrik, ohne Nova bei ihrer Ankunft eines Blickes zu würdigen. »Es hat mich gefreut, mit Ihnen zu plaudern.« Mit einem letzten Lächeln drehte sie sich um und marschierte in Richtung des Eingangs zurück.

Cedrik wandte sich dem Schützling seiner Frau zu. »Was hast du heute wieder angestellt?«

»Ich? Du weißt, ich bin immer anständig«, kicherte Nova leise.

Er verdrehte die Augen. »War das Mädchen auf der Tanzfläche Alina Corsis' Tochter?«

»Vielleicht.« Novas Blick sank langsam auf den Marmor am Fußboden.

Er schüttelte den Kopf. »Weißt du eigentlich, mit wem du dich da anlegst? Alina Corsis ist …«

Er brach den Satz ab, als er sah, wie sich Ardyn und Selena näherten. Seine Frau war kreidebleich, der Blick ihres Begleiters ernst und durchdringend. Cedrik lief hastig einige Schritte auf die beiden zu, Nova folgte ihm.

»Was ist los?«, fragte er.

Selena zuckte mit den Achseln, während Ardyn mit bebender Stimme sagte: »Wir haben ein Problem.«

Das Embargo

Cedrik hypnotisierte die Eingangstür zu Selenas Büro und trommelte mit seinen Fingern auf der metallenen Tischplatte des Besprechungstisches. Direkt gegenüber saß mit steifer Haltung Jekaterina, die langsam und bedächtig auf ihrem Tablet herumtippte.

»Sie wird gleich kommen.« Novas Stimme war ausgeglichen.

Die Kommissarin für Justiz schielte zu ihr. »Sie sollte sich besser beeilen«, stellte sie mit einer unüberhörbaren Schärfe in ihren Worten fest. »Jede Sekunde, die wir warten, verlieren wir Zeit, die uns helfen könnte.«

Cedrik schüttelte den Kopf, ohne seinen Blick von der Tür abzuwenden. »Du stellst dir das alles so einfach vor, aber das ist nicht einfach.«

»Oh, ich stelle mir gar nichts vor.« Jekaterinas Miene war ernst. »Ich analysiere nur die Fakten – und die sagen, es sieht schlecht aus für uns.«

»Bisher haben wir doch jede Hürde übersprungen.« Ein vorsichtiges Lächeln zeichnete sich auf Novas Lippen ab. »Erinnerst du dich noch, im Wahlkampf, als dieser Reporter …«

»Das ist nicht zu vergleichen, Nova«, unterbrach Cedrik sie. »Es war eine ganz andere Zeit. Selena ist nicht irgendeine Abgeordnete, die über einen Listenplatz in die zweite Kammer des Parlaments der Erde eingezogen ist, sondern die erste Vizepräsidentin der Vereinigten Planten der Solaren Union.«

Jekaterina lehnte sich leicht nach vorne. »Genau deshalb darf sie sich einen solchen Fehler nicht leisten.« Ein spöttischer Unterton erfüllte ihre Stimme. »Aber das scheint nicht jeder in diesem Raum zu verstehen.«

»Sie hat doch uns. Was kann da schon schiefgehen?« Nova ließ sich langsam auf dem schwarzen Ledersessel neben Cedrik nieder.

Jekaterinas Stirn legte sich in Falten, während ihre Lippen sich zu einem schmalen Strich pressten. Ihr Kopf bewegte sich mit kurzen Bewegungen von einer Seite zur anderen.

»Was schiefgehen kann?« Cedrik seufzte. »Ach, Nova, ich will dir gar keinen Vorwurf machen. Du bist jung, unbekümmerter als wir. Wenn man einmal so viel erlebt hat – na ja, eines Tages wirst du es verstehen, vermute ich.«

Novas Augenbrauen zogen sich zusammen. »Cedrik, bitte nicht diese Karte schon wieder. Nur weil ich jung bin, heißt das nicht, dass ich keine Ahnung von Politik habe.«

Während Jekaterina ihren Worten, ohne den Blick von ihrem Tablet zu nehmen, nur ein mitleidiges Lächeln schenkte, atmete Cedrik tief durch. »Aber du verstehst es offenbar nicht!« Seine Stimme wurde lauter. »Die haben nur darauf gewartet, dass sie einen Fehler macht – und Selena hat sie nicht enttäuscht. Sie hat direkt am ersten Tag geliefert.«

Nova ließ ihren Blick kurz durch das Büro der Vizepräsidentin gleiten – von der hypnotisierten Tür vorbei an den mit den aktuellen Nachrichten gefüllten Bildschirmen an der Bürowand über die Panoramafenster, durch die man die Erde wie einen kleinen Spielball im Universum erkennen konnte, bis zurück zu dem mahagonibraunen Besprechungstisch, an dem sie und Cedrik saßen.

Sie schüttelte nachdenklich den Kopf. »Okay, vielleicht hast du recht. Aber du und Jekaterina, ihr habt doch die ganze Nacht die Gesetze der Union gewälzt. Habt ihr nichts gefunden, was uns hilft?«

»Natürlich gibt es eine Möglichkeit: eine Abwandlung des Mondbelieferungsbegrenzungsgesetzes von 2189, die ebenfalls auf Artikel 39 unserer Verfassung basiert.« Die Kommissarin schüttelte den Kopf. »Es ist allerdings ein Weg, der fast achzig

Jahre nicht gegangen wurde – und er ist nicht nur ein juristischer Drahtseilakt, vor allem wenn man sich den neusten Kommentar von Freyja Einardóttir und diesem Doktor für Verfassungsgeschichte durchliest.«

Cedrik nickte, seine Stimme wurde schärfer. »Genau das ist der Punkt. Und darüber hinaus geht es nicht nur um den rechtlichen Rahmen. Wenn Ardyn es nicht schafft, dass Tiberius und der Präsident mit in dieses Boot steigen, dann werden wir absaufen, noch bevor wir den Hafen verlassen haben.«

Zur gleichen Zeit nickte Julius in seinem Büro, ein breites Grinsen auf dem Gesicht. »Unser Plan hat besser funktioniert, als ich erwartet habe.« Er ließ den Blick zwischen Paula und Tiberius hin- und herwandern. »Ich bin stolz auf euch beide.«

»Ein Embargo«, lachte der Fraktionsvorsitzende. »Für den ganzen Saturn! Dass sie darauf eingestiegen ist. Man kann sich nur fragen: Wie wahnsinnig ist dieses Weib?«

»Wer die Dummheit der Hühner belächelt«, gab der Präsident zu bedenken, während er seine Frau mit anschaute, »sollte niemals die Klugheit des Fuchses vergessen.«

Paula nickte zustimmend. »Es braucht gegen eine Naturgewalt wie …« Sie hielt für einen Augenblick inne, bevor sie grinsend fortfuhr: »*Uns* mehr als große Brüste und einen tiefen Ausschnitt.«

»Groß ist in diesem Zusammenhang vielleicht übertrieben, Schatz.«

»Da hast du absolut recht«, stimmte Tiberius zu. »Ich erinnere mich an eine Jugendliebe von mir – die hatte wirklich riesige Brüste. Dagegen ist die Vizepräsidentin nichts anderes als ein altes, schmales Brett.«

»Dass du genügend Erfahrung hast, um das einzuschätzen, war mir klar, Tiberius«, entgegnete Paula. »Du wechselst seit deiner Jugend die Frauen wie andere Männer die Unterhosen.«

Die Stimme des Sekretärs erklang durch die Kommunikationsanlage. »Herr Präsident, Ardyn Teshar, der Fraktionsvorsitzende der Progrediens, ist für den vereinbarten Termin hier.«

Der Sessel knarzte leise, als Julius sich nach vorne beugte und auf das Display an der rechten Seite des Schreibtischs tippte. »Danke für die Information.«

»Soll ich Herrn Teshar gleich zu Ihnen schicken?«

»Nein, lassen Sie ihn warten. Er braucht sicher noch ein wenig Zeit, um über alles nachzudenken – wenn er überhaupt dazu in der Lage ist.« Gelächter erfüllte den Raum. »Ich gebe Bescheid, wann er eintreten darf.«

Mit einem leisen Zischen öffnete sich die Tür, und Selena betrat ihr Büro. Ihr Blick fiel auf Cedriks angespannte Miene, als sie sich auf dem Stuhl gegenüber von ihm niederließ. »Wie schlimm sieht es aus?«, fragte sie mit aufgewühlter Stimme.

Er entgegnete: »Frei heraus?«

Jekaterina entwich ein leises Seufzen, während sich ein sanftes, fast trauriges Lächeln auf ihrem Gesicht zeigte. Ihr Kopf neigte sich leicht zur Seite, bevor sie ihn langsam schüttelte.

Ohne das Mitleid der Kommissarin mit ihrer Aufmerksamkeit zu belohnen, sagte Selena: »Wie immer, Schatz.«

»Wenn auf einer Skala eins für machbar steht und zehn für beschissen, dann stehen wir bei fünfuundzwanzig.« Cedrik nickte seiner Sitznachbarin zu. »Nova, fang du an.«

»Die Ankündigung des Embargos kommt auf allen Nachrichtenkanälen. Jeder will eine Stellungnahme von dir. Ich habe über ein Dutzend Talkshow-Anfragen abgelehnt. Während die Menschen in den Kernwelten, vor allem auf Erde und Mars ein gewisses Verständnis für solche Maßnahmen haben – teilweise werden sie sogar befürwortet –, sind die konservativen Randkolonien außer sich. Ich habe mit unserem Leiter der Öffentlichkeitsarbeit gesprochen. Er hat klipp und klar gesagt, zurückrudern wäre nur mit einem Rücktritt möglich.«

Sie schaute zu Cedrik, als er sich nach vorne lehnte.

»Wir haben zwei Probleme«, übernahm er das Wort. »Zum Ersten das juristische Problem. In der fast 200-jährigen Geschichte der Union gab es noch nicht ein einziges Mal eine derartige Maßnahme. Jekaterina und ich haben die ganze Nacht die Verfassung und jegliche Kommentierung dazu studiert. Ob die Umsetzung des Embargos verfassungskonform ist, bleibt …«

»… zwar fraglich«, unterbrach die Kommissarin für Justiz ihn, »aber es gibt zumindest eine Möglichkeit. Offensichtlich ist allerdings, dass es ein eiserner Weg wird, den wir da beschreiten. Falls es schiefgeht – nun, dann wird jemand die Verantwortung übernehmen müssen.«

Cedrik holte tief Luft und nickte, seine Lippen kaum mehr als ein Strich. »Zum Zweiten stehen wir vor einem politischen Problem. Da es keine allgemeine, rechtliche Grundlage zur Verhängung von Embargos gegen einzelne Planeten der Solaren Union gibt, braucht es eine Ratifizierung des Unionsparlaments. Die Opposition hat sich geschlossen gegen deine Maßnahme gestellt. Unsere Koalition hat in den beiden Kammern die Mehrheit, aber wir brauchen jede Stimme, auch alle der Conservativae, und die werden, wenn überhaupt sicher nicht billig zu bekommen sein.« Er zuckte mit den Schultern. »Kurzum: Die haben uns ordentlich an den Eiern.«

Selena schüttelt den Kopf. »Da habe ich uns ein schönes Eigentor geschossen.«

»Definitiv«, stellte Jekaterina fest. »Du bist lachend in Julius' Falle marschiert.«

Die Vizepräsidentin verschränkte die Arme vor der Brust, während ihr Blick durch das Panoramafenster auf die Erde fiel. Cedrik senkte die Augen auf das vor ihm liegende Tablet und las einige der neuen Berichte, die von Nachrichtenagenturen veröffentlich wurden.

Die erdrückende Stille wurde von Nova durchbrochen. »Es gibt auch gute Neuigkeiten.« Selena wandte sich ihr zu, während sie fortfuhr. »Unsere eigene Fraktion steht voll hinter der Maßnahme. Ardyn hat in diesen Minuten einen Termin mit dem Präsidenten und dem Fraktionsvorsitzenden der Conservativae, Tiberius Kael. Und …«

Cedrik hob seinen Blick, richtete ihn auf ihre Lippen.

»Es ist doch auch eine gute Nachricht, dass es nicht mehr schlimmer werden kann.«

Ein sanftes Lächeln huschte über Selenas Gesicht.

»Wenn ich in meinen zwanzig Jahren als Anwalt etwas gelernt habe, dann eine Sache«, konstatierte Cedrik. »Schlimmer geht immer.«

»Sollen wir den Struwwelpeter reinlassen?« Julius' Frage brachte Tiberius abermals zum Grinsen.

»Jetzt, wo du es sagst, fällt es mir auch auf: Man könnte meinen, Teshar wäre Heinrich Hoffmanns Inspiration gewesen.«

»Ist dir das vorher nicht aufgefallen?«, fragte der Präsident mit einem herausfordernden Blick.

Bevor er die Möglichkeit gehabt hätte, zu antworten, erhob Paula ihre stoische Stimme mit unterschwelliger Bestimmtheit. »Es reicht jetzt. Reißt euch zusammen. Das gestern war nur der erste Streich.«

Julius nickte und wandte sich zur Kommunikationsanlage. »Schicken Sie ihn rein.«

»Sehr wohl, Herr Präsident.«

»Und der zweite folgt sogleich«, flüsterte Tiberius.

Noch bevor sein letztes Wort vollständig verklungen war, öffnete sich die Tür mit einem leisen Zischen und Ardyn betrat das

Büro. Tiefe Ringe unter den Augen, sein langes Haar offen, leicht zerzaust, jeder Muskel in seinem Gesicht angespannt.

»Fraktionsvorsitzender Teshar, willkommen an meinem bescheidenen Arbeitsplatz«, begrüßte ihn Julius, ohne sich aus dem schwarzen Ledersessel hinter seinem breiten Eichenholzschreibtisch zu erheben. »Bitte, nehmen Sie Platz.«

Tiberius nickte wortlos in Ardyns Richtung, während Paula den Gast nur regungslos anstarrte.

»Ich danke Ihnen, Herr Präsident.« Er setzte sich. »Auch dass Sie es so kurzfristig einrichten konnten.«

»Außergewöhnliche Zeiten erfordern außergewöhnliche Maßnahmen, das weißt du doch«, sagte Tiberius mit freundlicher Stimme. »Ich bin mir sicher, gemeinsam können wir den Karren auch wieder aus dem Dreck ziehen.«

»Ich würde nicht einmal sagen, dass der Karren so tief im Dreck steckt«, entgegnete Ardyn, seinen Blick auf Julius gerichtet. »Oder würden Sie das anders sehen, Herr Präsident?«

Der ließ einen alten Kugelschreiber zwischen seinen Fingern kreisen. »Nun …« Er drehte den Kopf zur Seite, als würde er in die Ferne starren. »Das Vorpreschen der Vizepräsidentin war …« Er seufzte schwer. »Ich weiß, dass wir diese Sache besprochen hatten, aber zwischenzeitlich hat sich ergeben, dass meine Partei und ich, nun ja, wir bewerten die Situation zum gegenwärtigen Zeitpunkt anders.« Er ließ den Blick zurückschweifen, schaute Ardyn tief in die Augen. »Wir stellen die Planetarregierung auf Enceladus. Wie kann sie damit einfach so vorpreschen, wenn sie vorher noch gesagt hat, sie bräuchte Zeit, darüber nachzudenken? Können Sie sich nur im Entferntesten vorstellen, welche Hölle gestern Abend – an meinem Abend – losgebrochen ist, als das alles öffentlich bekannt wurde?« Er knallte den Kugelschreiber so fest auf den Schreibtisch, dass dieser unter dem Druck in seine Einzelteile zerbarst.

Tiberius zuckte kurz, Paula blieb regungslos und Ardyn hielt dem Blick des Präsidenten stand.

»Bleibt nur die Frage: Wollte sie mich absichtlich in diese Situation bringen oder ist sie mit dem Amt des Vizepräsidenten schlicht überfordert?«

Ohne seinen Blick abzuwenden, antwortete Ardyn gefasst: »Herr Präsident, im ersten Moment mag sich das so darstellen, aber wenn wir die Sache aus einer anderen Perspektive …«

»Eine andere Perspektive?« Tiberius lachte laut. »Ardyn, wir kennen uns jetzt schon wie lange? Zehn Jahre? Du kannst uns doch nicht erzählen, dass du selbst glaubst, was du da sagst.« Er schüttelte den Kopf. »Deine Parteifreundin hat gestern Abend Scheiße gebaut – noch am Tag ihrer Amtseinführung.«

Ardyn zog eine Augenbraue hoch und wandte den Blick vom Präsidenten zum Fraktionsvorsitzenden der Conservativae. »Und ich kenne dich gut genug, um zu wissen, dass dir klar ist, dass es darüber ganz verschiedene Meinungen in der Union gibt. Gerade die Menschen in den Kernwelten halten harte Maßnahmen für unabdingbar. Und wenn ich bemerken darf, hat gestern nicht nur der Präsident ebenfalls diese Ansicht vertreten, sondern auch der neue Kommissar für militärische Angelegenheiten.«

»Wir haben unsere Meinung eben nach genauer Prüfung der Tatsachen geändert.« Paula schüttelte den Kopf. »Und diese Kernweltler?« Sie stieß einen zischenden Laut hervor. »Träumer und Spinner. Das Embargo ist ein Schlag ins Gesicht der Bürger, die sich dagegen wehren, vom Staat vorgeschrieben zu bekommen, was sie gut zu finden haben und was nicht. Man kann es nicht anders zusammenfassen: Es ist ein Geschenk für Ihre Wähler und ein Angriff auf die Grundsätze der Menschen, die mein Mann vertritt, weil ihnen nicht passt, was Sie zu sagen haben. Dieses Embargo zahlt genau auf die Ausgrenzung ein, die

Sie sich in ihrem Verein wünschen. Ein Frontalangriff auf die Freiheit Tausender Bürger der Solaren Union.«

»Aber, Frau Präsidentengattin, unsere Parteien bilden eine Koalition. Wir sitzen alle im selben Boot, deshalb …«

Julius schüttelte kurz und intensiv den Kopf, während er Ardyn unterbrach. »Wir sitzen sicher nicht im selben Boot, Fraktionsvorsitzender Teshar.«

»Vielleicht haben Sie recht.« Ardyns Blick glitt zurück zu ihm. »Aber wir rudern zumindest in die gleiche Richtung. Also, Herr Präsident, lassen Sie uns offen sprechen.« Er atmete tief durch. »Wir brauchen dieses Embargo für den Saturn. Unsere Partei kann diese Ankündigung nicht zurücknehmen – und niemand hier wird ein Interesse daran haben, dass diese Koalition schon am zweiten Tag zerbricht.«

Tiberius lehnte sich leicht nach vorne. »Du würdest eher die Koalition opfern, als deine Vizepräsidentin fallen zu lassen?«

»Ich möchte weder das eine noch das andere. Deshalb bin ich hier. Ich will einen Weg finden, dass wir bei diesem Spiel gemeinsam als Sieger vom Platz gehen können.«

»Ich will ehrlich zu Ihnen sein, Fraktionsvorsitzender Teshar, ich sehe aktuell keinen Weg, wie wir das erreichen könnten«, entgegnete Julius mit einem schwer zu deutenden Unterton in der Stimme.

»Na ja, die Progrediens könnten ja …« Paula strich sich eine Strähne aus dem Gesicht. »Obwohl, das klappt sowieso nicht.«

Tiberius blickte zu ihr, seine Stirn in Falten gelegt. »Meinst du etwa …«

»Nein, das kommt nicht infrage«, unterbrach Julius die beiden.

»Herr Präsident, es wäre auf jeden Fall ein Gewinn für unsere Regierung!«

»Wir schaffen …«

»Sag es nicht, Julius, sag nicht, dass wir das schaffen. Bisher hat es auch noch nicht geklappt«, schnitt Paula ihrem Mann den Satz ab. »Tiberius hat recht, es wäre ein Gewinn. Darüber sind wir uns doch alle einig.«

Ardyns Blick wanderte hin und her, während er mit der Hand seinen langen Bart kämmte.

»Nun gut«, sagte Julius und fixierten ihn. »Es geht um Alina Corsis.«

Ardyn riss die Lieder auseinander. »Die Alina Corsis, die gestern mit ihrer Tochter beim Präsidentenball war?«

Der Fraktionsvorsitzende der Conservativae nickte langsam, aber Julius ließ ihm keine Möglichkeit, etwas zu sagen. »Tiberius und Paula versuchen seit der Wahl, Alina für unsere Regierung zu gewinnen. Leider entzieht sie sich bisher geschickt jedem Annäherungsversuch. Ihr wirtschaftlicher Einfluss und die intensiven Kontakte zu manch einem Abweichler aus der Opposition – es wäre ein großer Gewinn für uns.«

»Und wie genau können wir Ihnen bei dieser Sache helfen, Herr Präsident?«, sagte Ardyn nickend.

Paula entgegnete ohne Zögern: »Arrangieren Sie ein Treffen mit Alina Corsis und meinem Mann.«

»Und in der nächsten Sitzung werden wir dem Embargo zustimmen«, ergänzte Tiberius.

»Nicht erst nach dem Treffen«, wandte Ardyn ein. »Wenn Alina Corsis sich für einen Termin meldet, dann stimmt deine Partei zu, Tiberius.«

Er grinste. »Hast du etwa Angst, wir würden eine solche Chance absichtlich hinauszögern, nur um am Ende nicht zustimmen zu müssen?«

Ardyn zuckte mit den Achseln, während er die Worte kurz im Raum stehen ließ. Seine Stimme war ausgeglichen. »Nun gut, dann haben wir einen Deal?«

»Noch nicht ganz, Fraktionsvorsitzender Teshar.« Julius verzog die Lippen zu einem schmalen Schlitz, bevor er fortfuhr. »Enceladus.«

»Wie bitte? Was meinen Sie, Herr Präsident?«

»Die Vizepräsidentin muss hinfliegen. Mit der Planetenregierung sprechen. Mit Artjom Petrow.« Julius atmete tief durch. »Und mit den Menschen. Vertrauen aufbauen.«

Ardyn erhob sich langsam vom Sessel. »Nun gut, ich werde mit der Vizepräsidentin Rücksprache halten.« Er machte einen Schritt in Richtung der Tür. »Ich …«

»Sie missverstehen, Fraktionsvorsitzender Teshar«, unterbrach Paula ihn. »Es gibt nur ein Ja oder Nein. Entweder Sie stimmen unserem Weg zu, damit wir … Wie sagten Sie noch gleich?« Sie machte eine nachdenkliche Pose. »Beide als Gewinner von diesem Feld gehen, oder aber …« Sie zog ihre Augenbrauen hoch, doch bevor sie den Satz weiterführen konnte, erhob Tiberius die Stimme.

»Oder aber du und deine Partei gehen mit eurer Vizepräsidentin baden. Ihr werdet doch die Koalition nicht platzen lassen wollen. Also entscheide dich.«

»Wenn das so ist …« Ardyn schüttelte mit gequälter Miene den Kopf. »Herr Präsident, wenn das so ist, dann will ich Ihnen sagen…« Seine Lippen formten ein Lächeln. »Die Vizepräsidentin freut sich sehr auf den Besuch auf Enceladus. Und ich freue mich, dass wir uns einig geworden sind. Ein wahrer Sieg für die Demokratie, würde ich meinen. Und für unsere Koalition.« Ohne eine Antwort abzuwarten oder sich noch einmal umzudrehen, verließ er das Büro.

Julius sammelte die zerbrochenen Teile seines Kugelschreibers auf. Tiberius lehnte sich genüsslich zurück, während sich Paulas Gesicht mit einem triumphierenden Grinsen schmückte, ihre Stimme entschlossener denn je.

»Ich denke, du kannst den Fraktionsvorsitzenden Dresk informieren.«

»Oh, mit dem größten Vergnügen, Paula.« Er wandte sich zu Julius. »Und auf den zweiten Streich folgt der dritte sogleich.«

Alina saß vor dem kleinen Schreibtisch in ihrer Suite im Gästesektor auf Solaris Prime und las einen Bericht über einen Zwischenfall auf einem der Wassertransporter von seinem Weg aus dem Asteroidengürtel nach Solaris Prime. Die weiße Decke des Betts, das hinter ihr stand, wies nicht eine Falte auf und das große Panoramafenster auf der rechten Seite spiegelte sanft die geschlossenen Türen des gegenüberliegenden Wandschranks.

Nachdem Alina zuerst das Tablet zurück auf den Schreibtisch gelegt und sich dann vom Stuhl erhoben hatte, vibrierte ihr Kommunikator. Seufzend nahm sie den Anruf an, doch anstatt einer Begrüßung, drang erst ein lautes Husten durch das Gerät, gefolgt von einem schweren Röcheln.

»Pa«, fragte sie, »ist alles in Ordnung bei dir?«

»Das wollte ich dich fragen.« Ein weiteres Keuchen bahnte sich seinen Weg durch das Gerät. »Was war denn bei diesem Präsidentenball los?«

»Die Vizepräsidentin …« Alina schüttelte den Kopf. »Sie hat die Nerven verloren.«

Der Alte seufzte vorwurfsvoll, dann folgten Schluckgeräusche und danach das Klirren eines Glases, das abgestellt wurde, bevor er seine Stimme erneut erhob, rau und anklagend. »Ich hab dir gleich gesagt, dass sie das Problem ist.«

Alina schnaubte. »Jetzt sind wir sie wenigsten los.«

»Pass auf, dass du die Rechnung nicht ohne den Wirt machst.«

»Was willst du damit sagen, Pa?«, fragte sie mit einem unüberhörbar genervten Unterton.

»Unterschätze niemals deine Gegner.« Ein weiteres Husten erschütterte die Verbindung. »Du musst dich auf das Schlimmste vorbereiten.«

»Das Embargo war ihr letzter Fehler.« Alina schnaubte. »Die Conservativae werden auf gar keinen Fall zustimmen. Das können sie nicht.«

»Das kannst du nicht wissen. Geh kein Risiko ein.«

Alina massierte mit der freien Hand ihre Schläfe. »Du meinst also wirklich, ich sollte das Wasser von Enceladus verschiffen?«

»Auf jeden Fall. Schaff es auf einen der Jupitermonde, nach Europa beispielsweise.«

»Ich werde es mir überlegen«, entgegnete sie kopfschüttelnd. »Vielleicht …«

Die Stimme des Alten verschluckte ihre Worte. »Da gibt es noch etwas, das wir besprechen müssen.«

»Was denn?« Sie ließ sich auf die Bettkante fallen und atmete tief durch.

Erneut wurde die Verbindung von Schluckgeräuschen geflutet, bevor sich der Alte räusperte. »Liana.«

»Was ist mit ihr?«, fragte sie mit fast unmerklich zitternder Stimme.

Der Tonfall ihres Vaters war eindringlicher und anklagender als zuvor. »Einer meiner alten Freunde war gestern auf dem Ball.«

»Und?«

»Er hat mich angerufen, Alina.« Er schnaubte. »Sie hat mit einer Frau getanzt?«

»Ja, aber ich habe das sofort unterbunden«, antwortete sie schnell.

»Das kann so nicht weitergehen. Dieses Kind ist außer Kontrolle. Stell dir nur mal vor, was passiert, wenn das die Runde macht.«

Alina nickte. »Ich weiß, du hast recht.« Ihre freie Hand ballte sich zur Faust. »Aber ich komme ihr nicht bei.«

»Es gibt mehr Ketten als wütende Hunde.« Der Alte stieß ein kehliges Grunzen aus. »Das solltest du doch aus eigener Erfahrung wissen.«

»Was schlägst du vor?«, fragte sie mit geschlossenen Augen.

»Ich habe eine gute Freundin, die hat ein Heilmittel für diese Krankheiten. Ich schicke dir die Anschrift. Kontaktiere sie!« Seine Stimme wurde leiser, fast flehend. »Wir müssen der Kleinen helfen.«

»Ich weiß.«

»Reden hilft nicht mehr, Alina. Wenn wir sie nicht heilen, verlieren wir sie nicht nur als unsere Erbin, sie schadet auch noch dem Unternehmen.«

»Ja, verdammt, ich hab es verstanden.« Sie schlug mit der Faust auf das Bett, ihre Stimme voller Wut. »Ich kümmere mich darum.«

»Das will ich hoffen, ansonsten erlöse ich sie von ihrem Leid – ohne dich«, sagte der Alte.

Noch bevor Alina etwas erwidern konnte, ertönte der rhythmische Piepton der unterbrochenen Verbindung aus ihrem Kommunikator.

Novas Miene hellte sich auf, als Ardyn das Büro der Vizepräsidentin betrat. Während Cedrik die aktuellen Meldungen der Nachrichtenkanäle auf den Wandmonitoren verfolgte und Jekaterina in ihr Tablet vertieft war, erhob sich Selena. Der Klang ihrer Stimme war eine Mischung aus Hoffnung, Vorfreude und Sorge.

»Und? Wie ist es gelaufen?«

Ardyn seufzte laut.

Bevor er etwas sagen konnte, warf Cedrik, ohne den Blick von den Nachrichten zu nehmen, ein: »Das klingt nicht vielversprechend.«

»Gib ihm doch erst einmal eine Chance«, entgegnete Nova.

»Es waren … schwierige Verhandlungen, aber wir haben einen Deal.«

Selena atmete auf. »Das ist gut, sehr gut sogar.«

»Und wie hoch ist der Preis, den wir zahlen müssen?«, fragte Cedrik.

Ardyn holte erneut Luft. »Sie wollen, dass die Vizepräsidentin nach Enceladus fliegt und mit den Leuten dort spricht – der Regierung, den Menschen. Um … Vertrauen aufzubauen, wie sie sagen.«

»Das sollte doch machbar sein, oder?« Nova ließ ihren Blick zu Selena gleiten, die vorsichtig nickte.

»Ja, das denke ich auch.«

»Ich glaube«, fuhr Ardyn fort, während er sich auf den freien Platz am Tisch setzte, »dass sie sehen wollen, wie du dort scheiterst und dich noch weiter in die Sackgasse manövrierst.«

»Überraschend.« Jekaterinas Stimme hatte einen spöttischen Unterton. »Wie kommen sie nur darauf?«

Novas Blick verharrte auf der Vizepräsidentin, ein Lächeln umspielte ihre Lippen. »Aber Selena spricht den Menschen aus dem Herzen. Sie wird das schaffen.«

Jekaterina schüttelte den Kopf, bevor sie mit den Fingern wieder auf ihrem Tablet herumtippte.

»Enceladus ist weder die Erde noch der Mars«, warf Cedrik ein, ohne seine Augen von den Monitoren abzuwenden.

»Ich werde an deiner Seite stehen.« Nova legte unauffällig ihre Hand auf Selenas Oberschenkel, um sie sanft zu streicheln, was die Vizepräsidentin mit einem warmen Lächeln quittierte.

»Wir alle! Und diesmal werden wir dich nicht aus den Augen lassen«, sagte Ardyn mit genauso freundlicher wie fester Stimme. »Kein zweiter Ballsaalmoment.«

»Ich will diese Einigkeit nicht unterbrechen, aber ich kann nicht durch das Sternensystem reisen und die Regierungsgeschäfte vernachlässigen. Meine Unterstützung muss eine rein psychische bleiben«, konstatierte Jekaterina, ohne vom Tablet aufzusehen.

Selena nickte. »Selbstverständlich. Und es ist auch gut so, wenn du hier bist und die Burg für uns verteidigst.«

Cedrik trommelte mit den Fingern auf der Tischplatte und legte den Kopf ein wenig schief, bevor er mit ungläubiger Stimme fragte: »Und sonst wollten sie nichts?«

»Nun … fast.«

Die Pause des Fraktionsvorsitzenden war gerade lang genug, dass Selenas Mann einen weiteren Einwurf vorbringen konnte: »Wäre ja auch zu schön gewesen.«

»Die Conservativae wollen erst zustimmen, wenn Alina Corsis einem Treffen mit dem Präsidenten zustimmt.«

Selena runzelte die Stirn. »Und das ist alles?«

»Wieso will man denn mit der Frau sprechen?«, fragte Nova mit verengten Augen und nahm die Hand vom Oberschenkel der Vizepräsidentin.

Cedrik zuckte mit den Schultern. »Macht und Reichtum.«

»Macht und Reichtum«, wiederholte Nova.

»Ja, Cedrik hat vollkommen recht«, sagte Ardyn nickend. »Sie ist die Geschäftsführerin eines der größten Unternehmen, das es in der Solaren Union gibt. Sie hält das Wassermonopol auf dem Mars. Das macht sie zu einer einflussreichen Verbündeten für Julius und die Conservativae.«

Jekaterina schielte von ihrem Tablet zu Ardyn. »Aber wieso ruft der Präsident sie nicht einfach selbst an?«

»So wie man sich auf den Fluren erzählt, schneidet Alina nicht nur Julius und seine Frau, sondern auch Tiberius, seit die Wahlen entschieden wurden. Das hast du doch auf dem Präsidentenball gemerkt.«

Nova nickte. »Die Frage ist nur, wieso?«

»Ich habe absolut keine Idee«, entgegnete Ardyn schulterzuckend. »Es ist ein untypisches Verhalten für eine so mächtige Unternehmerin.«

Cedrik rümpfte die Nase. »Und bis wann soll der Termin mit der Unwilligen stattfinden?«

»Es gab kein Ultimatum. Sie stimmen allerdings einem Embargo erst zu, wenn der Termin steht.«

»Dieser Preis«, entgegnete Selena, »scheint mir nicht allzu hoch, oder irre ich mich da?«

Ardyn schüttelte den Kopf. »Nein, ich war auch überrascht.« Seine Miene hellte sich auf. »Ich hatte Schlimmeres erwartet.«

»Siehst du, Cedrik.« Novas Stimme hatte einen spöttischen Unterton. »Dein Pessimismus war völlig übertrieben.«

Er würdigte sie nicht für den Bruchteil einer Sekunde mit seiner Aufmerksamkeit.

Selenas Lippen umspielte ein sanftes Lächeln, obwohl sie ihre Augenbrauen nach oben zog. »Haben wir einen Kontakt zu Frau Corsis?«

»Zum aktuellen Zeitpunkt«, antwortete Ardyn, »haben wir keinen direkten Kontakt. Ich konnte gestern auf dem Ball kurz mit ihr sprechen, aber nachdem ihre Tochter unbedingt dich kennenlernen wollte, ist sie ihr hinterhergerannt.«

»Ihre Tochter also.« Selena nickte zufrieden. »Das ist doch ein Ansatzpunkt.«

»Das ist es, aber es wird Zeit benötigen, um den Kontakt vorsichtig aufzubauen«, gab Ardyn zu bedenken. »Wir können die Tür nicht einfach einschlagen.«

»Wir sollten trotzdem …« Cedrik brach den Satz ab, sein Gesicht verlor in nur einem Wimpernschlag seine gesamte Farbe, während sich sein Blick immer tiefer in den Monitor zu bohren schien.

»Was ist denn jetzt schon wieder?«, fragte Nova augenrollend, doch Cedrik versteinerte, als wäre er vom Blitz getroffen worden.

»Schatz, was ist los?« Selenas Stimme war schwer vor Sorge. Sie folgte seinem Blick zu den Nachrichten.

Ardyn drückte hastig auf der Multimediasteuerung herum, um den Ton des dritten Monitors zu aktivieren.

»… Eilantrag eingereicht«, schallte die basslastige Stimme von Kallan Dresk aus dem Lautsprecher. Der Fraktionsvorsitzende stand vor einer Wand, die vom gleichen Rot wie seine Krawatte gefärbt wurde und ansonsten nicht ein weiteres Motiv trug. »Es gibt nur diesen Weg: Das Embargo gegen die Saturnmonde, das die neue Vizepräsidentin gestern auf dem Präsidentenball angekündigt hat, muss sofort in der heutigen Unionsparlamentssitzung diskutiert werden.« Er strich sich durch den Bart. »Wir wollen wissen, ob die Regierung, ob die gesamte Koalition, ob sowohl die Conservativae als auch die Progrediens hinter dieser Ankündigung stehen.«

Das Bild wechselte und zwei Moderatoren, eine blauhaarige Frau und ein grauköpfiger Mann, in einem der Nachrichtenstudios wurden eingeblendet. »So weit das Statement des Oppositionsführers Kallan Dresk. Was denkst du, Tyler, wird die Koalition geschlossen für das Embargo stimmen? Oder endet dieses Regierungsexperiment bereits am zweiten Tag?«

»Oh, jetzt wird es richtig interessant.« Jekaterina hob eine Augenbraue. »Mal sehen, wer am Ende noch steht.«

»Dieser verdammte Mistkerl!«, platzte es aus Ardyn heraus.

Novas Gesicht war von Panik gezeichnet. »Diese Sitzung – die beginnt in zwei Stunden. Scheiße, was machen wir denn jetzt?«

Währenddessen sprach Julius in seinem Büro erneut in die Kommunikationsanlage. »Ja, genau den. Wir haben etwas zu feiern. Und denken Sie an die Gläser, wir wollen den Champagner nicht aus der Flasche trinken.«

»Sehr gerne, Herr Präsident«, antwortete sein Sekretär.

Tiberius strahlte wie ein Honigkuchenpferd. »Die kürzeste Vizepräsidentschaft aller Zeiten.«

»Und dennoch viel zu lang«, entgegnete Paula mit einem provokanten Lächeln, während sie die Wunden auf ihrer Hand rieb.

Julius konstatierte: »Ihre Partei hat gar keine andere Wahl, als sie fallen zu lassen.«

»Unmöglich, dass sie das politisch überlebt. Kallan hat seine Rolle perfekt gespielt«, fügte Tiberius hinzu.

Julius nickte. »Aber es war nicht billig für uns.«

»Schatz, das ist zweitrangig. Wichtig ist, dass diese kranke Psychopatin Geschichte ist.« Paula beugte sich mit spitzen Lippen zu ihrem Mann.

»Das ist wahr. Einer so durchtriebenen Schlange schlägt man besser gleich den Kopf ab«, stimmte Tiberius zu, während sich das Präsidentenpaar inniger küsste, als es in diesem Moment angemessen gewesen wäre.

Mit einem leisen Zischen öffnete sich die Tür, und zwei junge Männer von stattlicher Statur traten mit Champagner und Gläsern ein.

Cedriks Stimme war fest wie ein Fels in der Brandung. »Zuerst müssen wir uns beruhigen.«

»Also ich bin völlig ruhig«, sagte Jekaterina und legte das Tablet vor sich hin.

Die Augen der Vizepräsidentin waren feucht, während sie sich mit der Hand Luft zufächelte.

Cedrik seufzte leise. »Emotionale Ausbrüche helfen uns nicht weiter.« Sein Blick wanderte bedächtig zwischen den vieren hin und her. »Wir liegen vielleicht zurück, aber noch ist das Spiel nicht aus.«

»Im Fußball«, warf Jekaterina ein, »würde man sagen, es steht zwei zu null in der 90. Spielminute.«

Ardyns Miene verfinsterte sich zunehmend. »Ihr wisst, ich mag euch, aber …«

»Sag es nicht«, unterbrach Cedrik ihn knapp. »Wir spielen immer noch im gleichen Team – oder muss ich dich daran erinnern, wer dich als Fraktionsvorsitzenden für diese Legislatur vorgeschlagen hat?«

»Nein, musst du nicht, dafür bin ich Selena auch sehr dankbar, aber …«

»Kein Aber. Der Tag, an dem du deine Dankbarkeit durch Taten statt nur durch Worte ausdrücken kannst, ist schneller gekommen, als wir alle dachten.«

»Schatz«, sagte Selena leise, »Ardyn hat vielleicht recht. Möglicherweise sollte ich besser zu…«

»Auf gar keinen Fall. Wenn wir schon untergehen, dann mit dem Säbel zwischen den Zähnen!«, unterbrach Cedrik auch sie.

Nova nickte. »Ihr wisst, ich bin selten seiner Meinung, aber er hat recht.«

Er lächelte kurz, ein warmes Lächeln voller Anerkennung. »Also, schauen wir uns die Fakten an.«

»Fakt ist, ich habe echt Mist gebaut«, stellte Selena fest.

»Ja, Schatz, aber das wussten wir schon gestern Abend und das lässt sich nicht mehr ändern. Beschäftigen wir uns lieber mit den Fakten, die uns helfen, die Sache in den Griff zu bekommen.«

»Wir haben zwei Stunden Zeit, damit einerseits Alina Corsis beim Präsidenten anruft, um einen Termin zu vereinbaren, und andererseits um die Reise der Vizepräsidentin nach Enceladus anzukündigen – am besten für übermorgen«, stellte Ardyn klar.

Jekaterina nickte. »Dann werde ich mich darum kümmern, die rechtlichen Sicherungen zu schaffen, damit uns dieses halsbrecherische Manöver nicht sofort um die Ohren fliegt.«

»Gute Idee.« Cedrik kratzte sich am Kopf, während die Kommissarin, ohne zu zögern, aus dem Stuhl emporschoss, sich ihr

Tablet unter den Arm klemmte und aus dem Raum stürmte. »Was ist mit Alina Corsis? Wissen wir, wo sie ist?«

»Ihr Unternehmen hatte bereits vor dem gestrigen Präsidentenball angekündigt, dass die Geschäftsführerin verschiedene Termine hier auf Solaris Prime wahrnehmen wird. In welchem der 9.237 Gästezimmer auf der Station sie ist, weiß ich allerdings nicht.«

»Gut, das macht nichts. Ich werde meinen Kontakt bei der Suitenverwaltung bemühen, er kann uns das Zimmer sicher nennen. Und am besten auch das ihrer Tochter.« Cedrik massierte sich seine rechte Schläfe. »Dann haben wir alles zusammen, oder?«

Selena nickte zustimmend.

»Das Beste ist wohl, wenn wir uns aufteilen, was meint ihr?«, fragte Nova mit bedachter Stimme.

»Auf jeden Fall«, bestätigte Cedrik.

»Frau Ferell und die Vizepräsidentin können die Ankündigung vorbereiten«, schlug Ardyn vor, »während wir beide versuchen, Alina Corsis von diesem Anruf zu überzeugen.«

Cedriks Blick wanderte zu Nova. »Nein«, sagte er. »Ich denke, es wäre klüger, wenn sie gemeinsam mit mir versuchen würde …« Er hielt einen Moment inne. Seine Augen blitzten kurz auf. »Frau Corsis zu überzeugen.«

Ardyn legte die Stirn in Falten: »Wieso denn das?«

»Ich habe da so ein Gefühl«, entgegnete er und tippte eine Nachricht in seinen Kommunikator.

»Nun gut!« Selena nickte lächelnd, ihre Stimme war wie ein unumstößlicher Beschluss. »Dann werde ich mich gemeinsam mit dem Fraktionsvorsitzenden um die Reiseankündigung kümmern – und um die Fraktion selbst.«

Cedrik erhob sich von seinem Stuhl und wandte sich mit einer einladenden Handbewegung Nova zu. »Lass uns das weitere Vorgehen auf dem Weg zum Gästesektor von Solaris Prime besprechen. Mein Kontakt wird sich sicher gleich mit der Zimmernummer melden. Wir dürfen keine Zeit verlieren.«

Ohne zu zögern, folgte sie ihm auf seinem Weg aus dem Büro der Vizepräsidentin.

Die Ankündigung

»Wie viel ist noch drin?«, fragte Cole mit entschlossener Stimme.

Sally marschierte zu der blau leuchtenden Anzeige in der Wand auf der gegenüberliegenden Seite des Kontrollraums und wischte mit dem Ärmel ihrer Arbeitsuniform die kleinen Tropfen von dem Bildschirm. »173 Millionen Liter.«

Cole seufzte leise. »Also noch zwei?«

Sie nickte.

»Sally? Also noch zwei?« Er schrie so laut, dass die schwarzen Metallwände des Raums seine Worte mit einem dumpfen Echo zurückwarfen.

»Verdammt noch mal«, entgegnete sie und verdrehte die Augen. »Ich hab doch genickt.«

»Du sollst mit mir reden. Wie oft muss ich dir das noch sagen? Ich sehe dein Nicken nicht, wenn ich auf die Kontrollanzeige schaue.« Coles Stimme war weit davon entfernt, sich zu beruhigen. »Kannst du mir jetzt wenigstens Antwort geben?«

»Meine Fresse!« Sally schnaubte. »Ja-ha!«

»Danke!« Er drückte einige Tasten auf dem Eingabefeld, bevor sein Blick zur hellblau schimmernden holografischen Projektion in der Mitte des Kontrollraums wanderte. »Okay, der nächste Transporter sollte in sieben Minuten landen.«

Sie nickte langsam. Anstatt sich weiter dem Anzeigepanel vor ihr zu widmen, starrte sie durch das große Panoramafenster in den riesigen, düsteren Hangar auf eines der rhythmisch blinkenden, grünen Lichter, als wollte sie es mit ihrem Blick hypnotisieren.

»Was ist mit dem Pumpendruck?«

Sally zuckte zusammen, als Coles Stimme durch den Kontrollraum schallte. Ihre Augen rissen sich von der hypnotisierenden Anflugbefeuerung los und glitten zurück auf die Anzeige. »Zwei Bar – alles in Ordnung.«

»Sehr gut.« Er nickte zufrieden. »So bekommen wir das hin.«

Sally drehte den Kopf zu ihm, langsam und mit nachdenklicher Miene. »Glaubst du wirklich, dass das nötig ist?«

»Alina Corsis selbst muss es wohl angeordnet haben – also scheint denen da oben der Arsch ganz schön auf Grundeis zu gehen«, antwortete Cole, ohne den Blick von der holografischen Anzeige zu nehmen.

»Oh, Mann!« Sally seufzte. »Ich hab echt geglaubt, mit dem neuen Präsidenten wird es besser.«

»Das kommt ja nicht vom Präsidenten, das hat die Vizepräsidentin verbrochen.«

»Aber glaubst du wirklich, die machen das? Ein Embargo für alle Saturnmonde? Nichts mehr rein, nichts mehr raus?« Sie schüttelte den Kopf. »Wie geht es dann mit uns weiter?«

Coles Blick wanderte weg vom Hologramm, hin zu ihr. Er schaute ihr fest in die Augen. »Ich … ich weiß es nicht. Wahrscheinlich …« Er zuckte mit den Achseln. »Wahrscheinlich werden die uns freistellen.«

»Freistellen?« Sallys Miene wurde finster.

»Meinst du, Corsis bezahlt Menschen in einem Verladehangar, wenn nichts mehr verladen werden darf?«

»Und wie soll's dann weitergehen?« Sallys Augen wurden feucht. »Was ist mit der Kohle?«

Sein Blick löste sich wieder von ihr. Mit in Falten gelegter Stirn starrte er auf den metallenen Boden.

»Cole, du weißt, ich hab nicht so viele Solari auf die Seite legen können.« Eine Träne kullerte ihre Wange hinab, langsam, aber unabwendbar.

»Mann, Sally! Hey, komm her.« Er trat einige Schritte an sie heran, um seine muskulösen Arme fest um sie zu legen. »Es geht immer weiter, das weißt du doch.«

Sie drehte den Kopf, vergrub ihre Augen in seiner Uniform und schniefte leise. Für den Hauch eines Augenblicks gab er ihr Halt, bis eine Stimme aus der Kommunikationsanlage schallte.

»Enceladus Verladestation für Enceladus Flugkontrolle. WTA-290 im Endanflug. Landung in Ladebucht zwei. Bereithalten.«

»Wir müssen weitermachen«, flüsterte Cole mit einem sanften, fast warmen Lächeln auf den Lippen. »Bis jetzt haben sie uns noch nicht vor die Tür gesetzt.«

Er löste die Umarmung. Während Sally sich die Träne mit dem Ärmel ihrer grauen Arbeitsuniform aus dem Gesicht wischte, marschierte Cole kopfschüttelnd zu seinem Terminal.

»Enceladus Flugkontrolle für Enceladus Verladestation. Wir haben verstanden. Landung in Ladebucht zwei.« Seine Finger flogen über das Bedienfeld. »Landeprozedere wird eingeleitet.«

Der düstere Hangar hinter dem Panoramafenster wurde von dem einsetzenden rhythmischen Blinken der Warnleuchten in ein helles Rot getaucht. Eine metallene Stimme schallte so laut, dass sie sogar durch die dicke Verglasung deutlich zu verstehen war: »Achtung! Bitte verlassen Sie den Sicherheitsbereich.« Das Rot wurde nach wenigen Augenblicken zu einem dunklen Violett, ergänzt von einer weiteren Warnung: »Achtung! Verlassen Sie jetzt den Sicherheitsbereich.«

»Higgs-Feld-Generator in Ladebucht zwei deaktiviert«, dröhnte eine synthetische Stimme aus einem Lautsprecher im Kontrollraum. »Schwerkraft: Null Komma eins eins drei g. Landebereitschaft hergestellt.«

Als die Worte verklungen waren, fragte Cole: »Sally, kannst du bitte die Öffnung der Hangardecke einleiten?«

Ohne ihn eines Blickes zu würdigen, tippte sie stumm nickend auf die Konsole.

Die dunkle Ladebucht wurde vom einfallenden Licht erhellt, als sich die Decke öffnete. Vom anfliegenden Transporter aufgewirbelt, kräuselte sich feiner, kaum wahrnehmbarer Nebel am Boden und stieg langsam empor. Mit ihm suchte sich ein kleiner, roter Schraubenschlüssel seinen Weg nach oben.

Während das Schiff auf Enceladus die Landung fortsetzte, saß Liana in ihrer Suite auf dem kleinen Stuhl vor ihrem Schreibtisch und teilte einen Apfel aus dem Obstkorb in gleichmäßige Schnitze. Vorsichtig legte sie das Messer auf den Rand des Tellers, kaute ein Apfelstück und malte auf einem der Papierbögen das Porträt einer jungen Frau mit pechschwarzen Augen. Sanft zog sie die Linien der langen Haare, radierte am Kinn, verbesserte an den Ohren, überzeichnete die kleine Stupsnase. Immer wieder trank sie einen Schluck ihres Lieblingstees, gelber Tee aus Jun Shan, ohne ihre Arbeit zu unterbrechen. Nach einigen weiteren Strichen mit dem Kohlestift legte sie ihn beiseite. In einer fließenden Bewegung nahm sie ihr Werk in die Hand und betrachtete es mit ausgestreckten Armen. Ein Lächeln umspielte ihre Lippen. Behutsam wie ein Kind, das seine erste Schneeflocke gefangen hat, platzierte sie das eindrucksvolle Gemälde auf dem Tisch, griff erneut zu einem Bleistift und setzte ihn an der rechten Wange an.

In diesem Moment öffnete sich die Tür zu ihrer Suite mit einem leisen Zischen. Ihre Mutter marschierte ein, als wäre sie Zenturio in der Legio Germania und bereit, mit Caesar Rom zu stürmen. Lianas Hand verkrampfte und ein unkontrollierter Strich brandmarkte ihr Kunstwerk.

»Ich dachte wirklich, dass du es verstanden hättest«, schrie Alina, ihre Augen verengt, ihr Gesicht hochrot. »Ich habe dich tatsächlich für klüger gehalten. Offensichtlich habe ich mich geirrt.« Sie trat an den Tisch.

Liana ließ den Bleistift fallen und drehte sich langsam zu ihrer Mutter. Ihre Stimme zitterte. »Was willst du damit sagen?«

»Wir hatten uns geeinigt, dass du einen Mann mit nach Hause bringst, eine schöne Hochzeit – und jetzt das?« Sie schüttelte energisch den Kopf. »Eine Frau?« Alina schnaubte. »Willst du unsere Familie, unsere Tradition … alles, was wir sind, völlig der Lächerlichkeit preisgeben?«

»Wir. haben. nur. getanzt. Ma! Ist das auch verboten?«, entgegnete Liana mit einem Gesichtsausdruck voller Unverständnis, ihren Arm vorsichtig über das Porträt gelegt. »Habe ich jetzt schon wieder etwas falsch gemacht?«

»Dass du dich traust, so eine Frage zu stellen!« Alina schnaubte. »Was wäre wohl passiert, wenn ich dich nicht gerettet hätte? Ich kann …« Ihre Stimme erstickte in einer Mischung aus Hass und Enttäuschung.

»Du kannst was?« Liana schniefte.

»Ich hätte nie gedacht, dass meine eigene Tochter mir in dieser Art und Weise ins Gesicht spuckt. War ich eine so schlechte Mutter?«

»Es … ich …«, stotterte Liana leise schluchzend.

»Jetzt komm mir nicht schon wieder so.« Alinas Blick fiel auf die Zeichnung unter den Armen ihrer Tochter. »Ist sie das etwa?«

»Das …« Lianas Augen schnellte zwischen ihrer Mutter und dem Blatt hin und her. Sie presste die Zähne zusammen, während ihre Hand in einer hastigen, ungelenken Bewegung über die Zeichnung strich. Ein flüchtiges Zittern ergriff ihre Wangen. »Es ist …« Ein leises Rascheln erfüllte den Raum, als Liana mit Tränen in ihren Augen das Papier zerknüllte. »Das ist nichts.« Sie schob das Knäuel von sich, vorbei an ihrer Teetasse und dem Teller mit dem Messer, in Richtung des kleinen Obstkorbs am anderen Ende des Tisches.

»Wir beide müssen uns ernsthaft unterhalten, junges Fräulein. So geht es nicht weiter. Es wird Zeit, dass du jetzt endlich den richtigen Weg einschlägst.«

»Aber Ma …«

»Nein«, unterbrach Alina sie harsch. »Es muss sich etwas ändern.« Sie schüttelte energisch den Kopf. »Offensichtlich bin ich nicht in der Lage, dich ordentlich zu erziehen und die Frau aus dir zu machen, die du sein solltest.« Sie drehte sich um, marschierte zurück in Richtung Tür. »Ich habe jetzt ein Treffen mit einem unserer Kunden.« Sie blieb kurz stehen. »Entschuldige, mit einem *meiner* Kunden.« Ein abfälliges Schnauben kam über ihre Lippen. »Danach hole ich dich ab. Wage es nicht, in dieser Zeit die Suite zu verlassen.« Die Tür öffnete sich.

»Und … wo soll ich dann hin?«, rief Liana ihrer Mutter hinterher.

»Ich habe eine gute Freundin, die kennt sich mit Problemfällen, wie du einer bist, sehr gut aus. Sie wird dir helfen, zurück auf den richtigen Weg zu finden.«

Mit Tränen in den Augen blickte Liana auf die Tür, die sich langsam hinter Alina schloss.

»Nova«, sagte Cedrik derweil auf der anderen Seite der Raumstation, während die beiden nebeneinander durch den langen Ehrenkorridor marschierten, um den Ort zu erreichen, den Alina gerade verlassen hatte.

»Ja?«

»Was …« Er verstummte schlagartig, als ihnen zwei Kommissarialbeamte entgegenkamen. Ihre weißen Uniformen waren genauso makellos wie eng anliegend, ihre Haare kurz geschnitten und perfekt frisiert, ihre Schuhe so gut poliert, dass man sie mit einem mattschwarzen Spiegel verwechseln konnte. Sie grüßten fast gleichzeitig mit einem freundlichen Nicken, eine Geste, die Cedrik mit einem gequälten Lächeln und Nova mit einem knappen Winken quittierte.

Er sprach weiter, gedämpft, fast ein Flüstern, als die beiden Männer einige Meter entfernt waren. »Was war zwischen dir und Alinas Tochter?«

Nova blieb stehen, so abrupt und ohne Vorwarnung, dass Cedrik sich nicht nur umdrehen, sondern sogar zwei Schritte zurückgehen musste, um wieder auf ihrer Höhe anzukommen. »Woher …«

»Gestern. Beim Präsidentenball. Ich habe euch gesehen, zwar nur kurz, aber lange genug, um zu erkennen, dass ihr nicht nur darüber gesprochen habt, wann die beste Zeit für einen Surfurlaub auf dem Mars ist.« Er bohrte seinen Blick in ihre pechschwarzen Augen, die das Licht der eukalyptusgrünen Leuchtbänder reflektierten.

»Was soll da schon gewesen sein? Da war nichts.« Sie setzte sich wieder in Bewegung. »Und außerdem: Sollten wir uns nicht um Alina Corsis kümmern?«

Cedrik folgte ihr. »Das tue ich gerade.« Mit einigen schnellen Schritten holte er seinen Rückstand auf und griff nach ihrem Arm, sodass sie nicht nur zum Anhalten, sondern auch zum Umdrehen gezwungen war.

Ihr Blick wanderte über seine graue Anzugshose zu den schwarzen Lackschuhen. »Wir … es war …«, stammelte sie.

Cedrik löste seinen festen Griff um ihren Arm und tippte mit der Hand leicht an ihr Kinn. Sie folgte der freundlichen Aufforderung und schaute in sein Gesicht, als er sie fragte: »Hast du sie um den Tanz gebeten oder sie dich?«

Ihre Blicke trafen sich. »Ich habe sie gefragt.« Nova verzog ihre Miene zu einem flehenden Ausdruck. »Ich habe das eigentlich aus Spaß gesagt, aber …«

»Mach dir keine Sorgen.« Seine Stimme war genauso ausgeglichen wie bestimmt. »Selena erfährt das nicht.« Ein warmes Lächeln umspielte seine Lippen. »Es ist aber wichtig, dass du jetzt ehrlich zu mir bist.«

Sie nickte vorsichtig, ihr Gesichtsausdruck nicht weniger flehend als zuvor.

Mit berechnender Stimme fragte er: »Habt ihr euch geküsst?«

Novas Wangen erröteten. Ihre Augen sprangen durch den Korridor, aber wurden immer wieder von Cedriks Blicke eingefangen. »Nein.«

Seine Stirn legte sich in Falten, während er den Kopf schüttelte. »Wollte sie nicht?«

»Doch.« Nova atmete tief durch und ihre Züge entspannten sich langsam. Sie drehte sich leicht zur Seite, weg von Cedrik, hin zu der lieblosen Wand, die das kalte Licht der Lichtbänder reflektierte. »Aber …«

»Aber?« Er tippte ihr erneut sanft ans Kinn, sodass sie sich zurückdrehen musste.

»Ihre Mutter …« Nova schüttelte den Kopf. »Sie hat den Moment kaputtgemacht.«

Ein Lächeln kehrte auf Cedriks Gesicht zurück, als er mit triumphierender Stimme fragte: »Das heißt, euer intimer Moment steht noch aus?«

Sie seufzte leise. »Ich denke nicht, dass er jemals wiederkommt.«

Er setzte sich mit festem Schritt in Bewegung. Ohne ihm einen zu großen Vorsprung zuzugestehen, folgte Nova ihm durch den Korridor.

»Vielleicht musst du … dem Moment nur noch einmal auf die Sprünge helfen.« Cedrik grinste. »Wie bei dem Motor eines Lincolns, wenn man ihn das erste Mal nach einem langen Winter aus der Garage holt, um an der Westküste entlang in den Süden zu fahren.«

»Wieso sollte …« Nova schüttelte energisch den Kopf, ihre Stimme wurde fester, ihre Schritte so entschieden, dass sie durch den Korridor hallten. »Nein, das kann nicht dein Ernst sein, Cedrik.«

Er zuckte mit den Achseln. »Es ist unsere beste Chance. Selenas einzige Chance.«

»Nein.« Nova schüttelte energisch den Kopf. »Es muss einen anderen Weg geben.«

»Welchen denn?«

»Wir sollten …« Ihre Augen verengten sich. »Also … Vielleicht …« Sie atmete tief durch. »Was ist denn mit dir? Du könntest doch mit Alina Corsis sprechen.«

»Ich?« Cedriks Kopf wiegte sich hin und her, als ob er tatsächlich über die Situation nachdächte. »Ich habe mit der Frau in meinem ganzen Leben noch nicht geredet. Sie wird mir genauso wenig zuhören, wie sie den anderen bisher zugehört hat. Alina Corsis will mit niemandem aus dieser Regierung sprechen – warum auch immer.« Seine Stimme klang weich, fast sanft, seine Augen hingegen waren eiskalt.

»Aber wir könnten es doch versuchen. Du musst es versuchen!«, entgegnete sie.

»Nova.« Cedrik blieb stehen. »Ich weiß nicht, ob du es immer noch nicht verstanden hast oder es vielleicht einfach nicht verstehen kannst. Wir haben«, er schaute auf seine Uhr, »genau eine Stunde und fünfundvierzig Minuten Zeit, um zwischen Alina Corsis und dem Präsidenten der Solaren Union einen Termin zu organisieren. Wenn wir das nicht schaffen, können wir heute Abend unsere Koffer packen und zurück auf die Erde fliegen.« Er legte die Hände flach auf die Brust. »Mir ist das egal, ich eröffne meine Kanzlei wieder. Mandanten gibt es in dieser Union genug. Aber was wird aus dir? Gehst du wieder nach Hause?

Zurück in das Loch, aus dem meine Frau dich gezogen hat? In deine Gang?«

Nova schüttelte den Kopf. Ihre Hände ballten sich langsam zu Fäusten, als sie tief Luft holte, doch bevor sie etwas sagen konnte, fuhr Cedrik fort.

»Du hast einen Draht zu Liana. Bring sie dazu, ihre Mutter zu überzeugen.« Seine Stimme wurde leiser. »Entweder mit dem Zuckerbrot oder mit der Peitsche.«

In Novas Miene hielt das blanke Entsetzen Einzug. »Das kann nicht dein Ernst sein.«

»Glaub mir«, entgegnete Cedrik, »wenn ich einen anderen Weg wüsste, würde ich dich nicht darum bitten.«

Sie vergrub ihr Gesicht in den Händen, während er näher zu ihr trat und sanft ihre Schulter streichelte.

»Nova, tu es nicht für mich, tu es auch nicht für dich.« Er atmete tief durch. »Wenn du jetzt darüber nachdenkst, was das Richtige ist, denk immer daran, was Selena alles für dich getan hat. Wie viel sie riskiert hat. Jetzt brauchst du nur eine einzige Sache zu tun, um ihr zu helfen. Ist das zu viel verlangt?«

Sie blieb stumm.

»Siehst du.«

Gerade als er den Satz zu Ende gesprochen hatte, vibrierte sein Kommunikator. Mit einer eleganten Handbewegung zog Cedrik das Gerät aus dem Jackett und las die zwei neuen Textnachrichten, die fast gleichzeitig angekommen waren. Die erste kam von seinem Kontakt. Es war die Zimmernummer, die er gesucht hatte. Die zweite Nachricht war von Ardyn mit den Informationen über die Ankündigung seiner Frau vor der Presse.

»Ich muss los. Die anderen beiden brauchen mich. Liana ist in der Suite AD-302.« Cedrik wandte sich um, doch bevor er davonmarschierte, seufzte er noch einmal leise. »Nova, Selena zählt auf dich.«

»Der Higgs-Feld-Generator des Schiffs ist deaktiviert. Die Erhöhung der Masse wird jetzt komplett von uns übernommen«, bestätigte Cole. »Gefühlte Schwerkraft in Ladebucht zwei liegt wieder konstant bei null Komma drei g.« Er nickte zufrieden. »Du kannst den Pumpvorgang einleiten.«

Sally tippte mit steifen Bewegungen auf das Bedienfeld, ihr Blick halb auf das Terminal, halb durch das Panoramafenster in den Hangar gerichtet. Der zylindrische Frachter schwebte wenige Meter über dem silbermetallischen Hangarboden, gehalten von seinen leistungsstarken Gravitationstriebwerken. Seine mattgraue Außenhülle war von einer dünnen Eisschicht überzogen – ein Überbleibsel der gefrierenden Wasserdampfwolken, die er beim Anflug durchstoßen hatte.

Paarweise angeordnete Triebwerke pulsierten in rhythmischem Wechsel, ihr helles Orange tauchte den gesamten Hangar in flackerndes Licht. Kleine Partikel tanzten durch den Raum, während die Abgasströme sanfte Turbulenzen erzeugten.

An den Seiten des Frachters waren die sechs Andockmodule mit ihren ausgefahrenen Kupplungen sichtbar bereit, sich mit den Versorgungsleitungen der Station zu verbinden. Ein leises Vibrieren durchlief den Rumpf, als die internen Tanks für die bevorstehende Flüssigkeitsaufnahme vorbereitet wurden.

»Tankstutzen fahren aus«, meldete Sally, noch immer mit leicht zitternder Stimme. Mit gläsernem Blick beobachtete sie, wie sich die sechs dicken Versorgungsleitungen den Andockmodulen näherten.

Ohne ein im Kontrollraum wahrnehmbares Geräusch stießen die Kupplungen ineinander und schlossen sich. Kleine, weiße Rauchschwaden stiegen empor. Die Anzeige vor Sally leuchtete grün auf.

»Tankstutzen verriegelt.« Sie tippte erneut etwas in das Bedienfeld ein. »Tankvorgang eingeleitet. Pumpendruck stabil bei zwei Bar, Durchflussmenge bei zwanzig Metern pro Sekunde je Rohr. Erwartete Tankdauer liegt bei fünfzehn Minuten.«

»Sehr gut.« Über Coles Gesicht huschte ein flüchtiges Lächeln, während er sich auf den Stuhl fallen ließ, um sich mit seinem Tablet zu beschäftigen.

Sally verlagerte ihr Gewicht von ihrem linken auf ihr rechtes Bein. »Es …« Ihre Stimme war wieder so traurig wie zuvor. »Ich mache mir einfach Sorgen. Auch wegen der Kleinen, Cole.«

Ohne den Blick von seinem Tablet zu nehmen, antwortete er: »Wir machen uns alle Sorgen. Aber …« Er seufzte. »Aber am Ende wird doch immer alles gut.«

»Manchmal kann ich das einfach nicht mehr glauben.«

Er tippte mit kurzen Bewegungen auf seinem Tablet und zog die Brauen zusammen. »Schau mal.« Er bedeutete Sally, zu ihm zu kommen. »Die Frau Vizepräsidentin gibt eine Pressekonferenz.«

Auf dem Bildschirm war Selena zu erkennen, Cedrik und Ardyn standen hinter ihr, leicht zur Seite versetzt. Sie trug ein enges, weißes Kleid und hohe Boots in der gleichen Farbe. Ihre schulterlangen, blonden Haare waren so scharf frisiert, dass sie wirkten, als hätten sie einen militärischen Befehl zum Stillstand erhalten. Sie gaben den Blick auf ihr marklos symmetrisches Gesicht frei – mit dem langen, schwarzen Lidstrich, den von Rouge betonte Wangen und den breiten, kirschroten Lippen. Die Vizepräsidentin trat mit einem grazilen Schritt näher zu den zahlreichen Mikrofonen und ließ den Blick langsam durch den Saal gleiten, nur um dann eine der Kameradrohnen zu fokussieren.

Sally schnaubte. »Schau dir diese Schlampe an! Wie soll die uns jemals verstehen?«

Cole nickte schweigend.

»Sehr verehrte Bürgerinnen und Bürger unserer Solaren Union.« Selena formte mit den Händen eine Raute, ihre Stimme war sanft, aber bestimmt. »Ich weiß, dass der gestrige Tag viele von ihnen verunsichert hat. Und ich kann ihnen versichern, dass es uns genauso geht.« Mit einer Kopfdrehung deutete sie zu den Männern hinter ihr, während Ardyn und Cedrik vorsichtig nickten. »Zum Ersten der Vorfall auf Enceladus, ein Angriff auf die Parteizentrale einer demokratischen Partei.« Sie hielt inne, als auf dem Bildschirm neben ihr die Bilder des zerstörten Büros der Progrediens eingeblendet wurden. Selena atmete tief durch. »Das ist nichts anderes als ein Angriff auf die Demokratie selbst.« Sie löste kurz die Raute auf, formte ihre Hand zu einer Faust. »Und dann ein weiterer, noch barbarischerer Akt, der sich bei der feierlichen Amtseinführung ereignet hat. Das war für uns alle ein großer Schock. Meine eigene Mitarbeiterin, Frau Ferell … Sie war mittendrin – und …« Ihre Stimme zitterte. »Ich hatte Angst um ihr Leben.« Auf dem Bildschirm neben Selena wurde ein Bild von Nova mit den Blutspritzern im Gesicht eingeblendet. »Diese Fotografie hat sich für immer in mein Gedächtnis eingebrannt.«

Sally schüttelte entsetzt den Kopf. »Sie hatte Angst um das Leben ihrer Mitarbeiterin – dass ich nicht lache. Wieso zeigen sie nicht, was mit Chatwin passiert ist? Dass er halb tot im Krankenhaus liegt? Und warum? Weil er gesagt hat, was wir alle denken!«

»Es war dieses Bild, das mich davon überzeugt hat, dass sich im Umgang mit den Saturnmonden etwas ändern muss. Stellen Sie sich nur einmal vor …« Selena schluckte schwer und schaute weg, nicht mehr in die Kamera, sondern in eine imaginäre Ferne, bevor ihr Blick wieder zurückschweifte. »Verzeihen Sie mir, man mag es gar nicht aussprechen.« Sie schüttelte den Kopf, fächerte sich mit der Hand Luft zu. »Aber die Wahrheit, meine sehr verehrten Bürgerinnen und Bürger, die Wahrheit muss gesagt werden. Stellen Sie sich einmal vor, diese Kriminellen hätten auch noch die Möglichkeit bekommen, Waffen zu gebrauchen. Es wäre nicht nur meine Mitarbeiterin blutverschmiert aus dieser altehrwürdigen Zeremonie hervorgegangen, sondern noch viele andere mehr. Aus diesem Grund halte ich es für unabdingbar, dass wir das Embargo gegen die Saturnmonde verhängen und damit verhindern, dass unkontrolliert Waffen zu Extremisten geschmuggelt werden.«

»Extremisten«, murmelte Cole, ohne eine Miene zu verziehen. »Menschen mit Plakaten und eigener Meinung.«

»Aber …« Selena schaute tief in die Kamera, in ihren smaragdgrünen Augen spiegelte sich der mit Journalisten voll besetzte Saal. »Isolation allein kann niemals die Lösung sein. Aus diesem Grund habe ich auch aus größter Überzeugung den Präsidenten dazu gedrängt, dass ich selbst nach Enceladus reisen kann, um mir dort persönlich ein Bild von den Herausforderungen zu machen, vor denen unsere Bürgerinnen und Bürger stehen. Ich bin mir sicher, dass wir es nur mit einer Kommunikation auf Augenhöhe schaffen, die Menschen auf Enceladus weiter im warmen Schoß der Solaren Union zu halten.«

Sally schlug mit der Faust auf den Tisch. »Die soll mal herkommen. Die knüpfen wir auf!«

»Mir wäre es ehrlich gesagt lieber, sie würde bleiben, wo sie ist«, stellte Cole mit einem Kopfschütteln fest. »Das gibt nur noch mehr Ärger.«

»Diese Kommunikation mit den Menschen auf Augenhöhe, um die Herausforderungen vor Ort, auf Enceladus, zu adressieren«, fuhr Selena mit einem Lächeln auf den Lippen fort, »ist nicht nur mein persönlich innigster Wunsch, sie wird uns allen helfen«, sie zeigte auf den Monitor, »dieses schreckliche Bild eines wunderschönen Gesichts voller Blut mit anderen Augen zu sehen. Vielen Dank.«

Über das Tablet war das Gemurmel des Saals zu hören, während sich Selenas Begleiter neben ihr positionierten. Cedrik nahm sie lange genug in den Arm, dass die Kameras die Geste einfangen konnten.

Ardyn trat ans Mikrofon. Nachdenklich schüttelte er den Kopf und sagte mit ernster Stimme: »Frau Vizepräsidentin, ich danke im Namen der ganzen Fraktion für diese Worte.« Ein Lächeln erhellte sein Gesicht, als sich sein Blick auf sie richtete. »Ich bin froh, dass wir dich an unserer Seite haben, Selena! Und natürlich freue ich mich, gemeinsam mit dir als Fraktionsvorsitzender der Progrediens nach Enceladus zu fliegen.« Er wandte sich den Journalisten zu. »Bitte haben Sie Verständnis, dass die Vizepräsidentin im Anschluss an eine so emotional geladene Nacht keine Fragen beantwortet.«

»Das ist doch alles zum Kotzen!« Sallys Gesicht war gleichermaßen von Hass wie von Trauer erfüllt. »Die auf Solaris Prime machen wirklich, was sie wollen. Wir sind denen einfach scheißegal.«

»Noch gibt es kein Embargo und vielleicht kommt es gar nicht«, sagte Cole mit stoischer Stimme, während er das Tablet zur Seite legte.

Sie schüttelte den Kopf. »Aber die Abstimmung wird kommen …«

»… und unser Präsident Julius Marek wird uns nicht im Stich lassen«, beendete er ihren Satz.

»Bist du dir da so sicher?« Sally schleppte sich zum Kontrollterminal zurück. »Glaubst du wirklich, dass wir eine Rolle spielen?«

Cole seufzte. »Wenn nicht einfache Menschen wie wir, wer dann?«

In der Zeit, in der die Pressekonferenz stattgefunden hatte, tigerte Nova auf einem der langen Korridore im Gästesektor hin und her. Das leise Klackern ihrer Absätze ließ ihre Schritte wie eine tickende Uhr klingen, ein immer weiter voranschreitender Countdown. Irgendwo in der Ferne war ein herzliches Lachen zu hören, gefolgt von dem vertrauten Geräusch, wenn sich eine Tür auf

Solaris Prime öffnete. Ein weiteres Mal passierte Nova die Tür, ein weiteres Mal blieben ihre Augen auf dem kleinen Schild hängen, auf dem in großer Schrift die Nummer eingraviert war: AD-302.

»Das ist nicht richtig«, murmelte sie leise vor sich hin und schüttelte energisch den Kopf.

Das Lachen kam näher, bis Karabo um die Ecke bog und mit seinem Mann Händchen haltend auf Nova zuschlenderte.

»Können wir Ihnen helfen? Suchen Sie etwas?«, fragte er mit mitfühlender Stimme, als die beiden sie erreicht hatten.

Nova blieb wie angewurzelt stehen und schaute Karabo verwirrt an. Sie öffnete den Mund, aber anstatt Worten entwich nur Luft.

Karabos Partner, ein groß gebauter Mann mit einer wilden Mähne aus langen, braunen Haaren, die wie ein grotesker Treppenwitz im Gegensatz zu Karabos haarlosem Schädel wirkten, runzelte die Stirn, ohne die Wärme in seinem Gesicht zu verlieren. »Geht es Ihnen gut? Sollen wir vielleicht jemanden rufen?«

Mit zugekniffenen Augen schüttelte Nova den Kopf.

Karabo ließ die Hand seines Begleiters los und trat einen vorsichtigen Schritt auf sie zu. »Sind Sie sicher?«

Nova holte tief Luft, aber es half nichts. Ihre Lider flatterten, als sie in seine warmen, unerbittlichen und viel zu nahen Augen schaute. Ihre Finger krallten sich in den Stoff ihres Ärmels, als könnte sie sich daran festhalten. Ihr Tonfall sprach deutlicher, als tausend Worte es vermocht hätten. »Ich … also …« Sie schluckte. »Ich wollte gerade gehen.«

Der Blick des Wuschelkopfes glitt zur Tür der Suite, dann zurück zu seinem Begleiter, dann zu Nova. »Machen Sie sich keinen Kopf, das wird schon wieder. Mein Mann und ich, wir streiten uns auch ständig.«

»Ja, da hat er recht. Er ist einfach nicht in der Lage, die Zahnpastatube zuzumachen. Jeden Morgen dasselbe mit dem schlimmen Finger.« Karabo warf seinem Partner einen bösen Blick zu, verziert mit einem Grinsen, so breit, dass seine weißen Zähne hervorblitzten.

»Es …« Nova schüttelte den Kopf. »Es war kein Streit, nein, wir …«

Das leise Zischen der sich öffnenden Tür unterbrach ihren Satz wie die ersten Sonnenstrahlen am Morgen die kalte Dunkelheit der Nacht.

»Nova?«

Der Klang ihres Namens ließ Nova fast unmerklich zusammenzucken.

»Was machst du denn hier?« Es war die warme Stimme von Liana, voller Überraschung. Sie stand in der Tür, gekleidet in einen übergroßen, schwarzen Kapuzenpullover, eine viel zu weite Hose und rosafarbene Plüschsocken. Ihre bernsteinfarbenen Augen wanderten zwischen Nova, Karabo und dessen Mann hin und her.

»Ich … also …«, stammelte Nova mit entsetzter Miene.

Bevor sie einen Satz zu bilden vermochte, ergriff Karabo das Wort, mehr zu seiner besseren Hälfte sprechend als zu einer der beiden Frauen. »Ich denke, ihr kommt jetzt ohne uns klar.« Er trat einen Schritt zurück, um wieder nach der Hand seines Mannes zu greifen. »Lass uns gehen, Schatz.«

Sein Partner nickte wohlwollend, seine Stimme sanft und eindringlich, während er zwinkerte. »Ihr schafft das schon, Mädels.«

Novas Augen hefteten sich an Karabos Rücken. Die gleichmäßigen, fast synchronen Schritte der beiden Männer verhallten leise im Korridor, als sie sich immer weiter entfernten. Erst als sie um die nächste Ecke bogen, drehte Nova sich langsam zurück zu Liana.

»Möchtest du vielleicht reinkommen?«, fragte Liana mit einem einladenden Lächeln.

Sie nickte, eine kurze, energische Bewegung.

Liana trat einen Schritt nach hinten, um den Weg in die Suite freizugeben, während ihre unerwartete Besucherin den Rücken durchdrückte und tief durchatmete, um dann in Lianas Besuchersuite einzutreten.

Als sich die Tür hinter Nova mit einem leisen Zischen geschlossen hatte, blitzten ihre Augen auf. Ohne ein weiteres Wort zu verlieren, griff sie nach dem Kragen ihrer Gastgeberin, zog sie eng zu sich und presste ihre Lippen auf Lianas. Für den Bruchteil einer Sekunde erstarrte Liana – dann zerfloss sie in Novas Berührung.

Derweil schaute Ardyn auf der anderen Seite der Regierungsraumstation in der Empfangshalle vor dem Parlamentssaal auf seine Uhr. »Die Sitzung beginnt in fünfzehn Minuten.« Sein Blick viel zu Cedrik. »Haben wir schon etwas gehört?«

Der schüttelte mit einer knappen Bewegung den Kopf.

»Wir sollten reingehen.« Selenas Stimme war entschlossen, als sie auf die Eingangstür zum Unionsparlament zeigte.

»Machst du dir gar keine Sorgen?«, fragte Ardyn fast unhörbar, während sie sich gemeinsam in Bewegung setzten.

Sie wandte sich dem Fraktionsvorsitzenden zu. Ihre Stirn war gerunzelt, die Augen verengt. Sie holte tief Luft – doch bevor sie antworten konnte, hallte Tiberius' Stimme von der gegenüberliegenden Seite durch den Vorraum. Der Ruf war so laut, dass einige der umstehenden Abgeordneten irritiert in seine Richtung schauten.

»Ardyn!«, rief er mit einem spöttischen Unterton, während er mit schweren Schritten zu den dreien stapfte. »Auf ein Wort?«

»Tiberius!«, entgegnete der Angesprochene weder leiser noch weniger fest. Die Gruppe unterbrach ihren Gang ins Parlament und drehte sich dem Störer zu. »Für meinen Koalitionspartner jederzeit«, fuhr er fort, nachdem der Fraktionsvorsitzende der Conservativae zu ihnen gestoßen war.

»Unser Präsiden erwartet immer noch einen Anruf.«

Selena warf Cedrik einen vielsagenden Blick zu. Er nickte kurz. Ohne dass es eines weiteren Wortes bedurfte, drehte er sich um und marschierte in einen der Korridore, die zum Gästesektor führten.

Tiberius schaute ihm hinterher. »Hat mich auch gefreut, Herr Veyra.«

»Fraktionsvorsitzender Kael, Sie wissen doch, auf uns von den Progrediens kann man sich verlassen.« Selena fixierte ihn. »Seien Sie sich sicher, dass sich Frau Corsis melden wird.«

Während Ardyn zustimmend nickte, drehte Tiberius den Kopf langsam zu ihm. »Frau Vizepräsidentin«, entgegnete er, ohne sie eines Blickes zu würdigen, »das hoffe ich doch sehr. Es wäre jammerschade, wenn die Zusammenarbeit mit Ihnen bereits am zweiten Tag Ihrer Amtszeit enden müsste.«

»Also in meinen Ohren«, mischte sich der nahe stehende Kallan Dresk in das Gespräch ein, »klingt das wie Musik.« Mit einer Selbstverständlichkeit, als hätte man ihn eingeladen, trat er einen Schritt näher. »Vielleicht will Präsidenten Marek ihr auf dem Weg gleich folgen.« Ein kehliges Lachen entwich ihm. »Dann würde er unserer Union tatsächlich einen großen Gefallen erweisen.«

Immer mehr der ankommenden Abgeordneten drängte sich um die kleine Gruppe, tauschten Blicke aus, tuschelten miteinander, lachten leise.

Ardyn musterte die Frauen und Männer einige Augenblicke, bevor er Kallan fixieren. »Oppositionsführer Dresk«, sagte er nüchtern, »ich hoffe, wir können uns in dieser Legislaturperiode auf mehr von Ihnen freuen als Provokationen.«

»Sobald die beiden Parteien dieser Koalition den Schützengraben verlassen und den Bürgerinnen und Bürgern helfen, anstatt aufeinander zu schießen, ist es mir ein ureigenes Anliegen, gemeinsam mit Ihnen die Solare Union besser zu machen.« Kallan breitete die Arme aus, als wollte er eine Predigt beginnen. »Oder habe ich unrecht?«

Einige der umstehenden Oppositionsmitglieder nickten, während Angehörige der Regierungsparteien beschämt den Kopf schüttelten.

»Ja, genau so ist das!«, rief jemand.

Ein anderer fügte hinzu: »Leere Worte von der Opposition, sonst nichts!«

»Meine Damen und Herren Abgeordnete, die Sitzung beginnt in zehn Minuten. Bitte nehmen Sie Ihre Plätze ein.« Die metallische Stimme schnitt durch die brodelnde Stimmung des Vorraums wie ein heißes Messer durch kalte Butter.

Kallan schüttelt lächelnd den Kopf. »Genießen Sie diesen Moment, Frau Vizepräsidentin. Es könnte Ihr letzter in diesem Saal sein.«

»Oh, Herr Dresk, ich wusste gar nicht, dass Sie Hellseher sind. Ich hoffe, Ihre Prognosen sind präziser als Ihre Wahlkampfversprechen«, konterte Ardyn schroff.

Die Masse, die die Gruppe eben noch umringt hatte, setzte sich langsam in Richtung der großen Eingangstür des Plenarsaals in Bewegung. Kallan ließ sich mitziehen, vertiefte sich in ein Gespräch mit einem Parteifreund, ohne einen seiner vorherigen Diskutanten eines weiteren Blickes zu würdigen.

»Es scheint, als würde die Zeit knapp werden, Ardyn«, mahnte Tiberius und machte sich ebenfalls auf den Weg.

Selena tippte mit statischen Bewegungen auf ihren Kommunikator.

Ein schmales Lächeln huschte über Ardyns Gesicht. »Wir müssen rein.«

Sie nickte kurz, wandte sich in Richtung der Eingangstür und versendete dabei mit einem schnellen Tastendruck eine Nachricht. »Ich weiß.«

Die Abstimmung

Cedrik atmete schwer, als er an der Tür von Lianas Suite ankam. Das Summen von Musik drang aus dem Raum. Er hob die rechte Hand, locker zur Faust geballt, und klopfte vorsichtig gegen das kalte Metall. Die drei dumpfen Schläge hallten leise im Korridor wider. Langsam trommelte er mit den Fingern seiner Linken auf der Hosennaht. Nichts passierte.

Erneut hob er den Arm, klopfte fester, um dann sein Ohr gegen die Tür zu pressen. Nichts passierte. Cedrik ballte die Faust kraftvoller zusammen, hämmerte immer wieder auf das Metall. Erst das Vibrieren seines Kommunikators ließ ihn innehalten. Er zog das Gerät aus der Innentasche des Jacketts und las die Textnachricht seiner Frau. *10 Minuten, Schatz. Wir gehen rein – ich brauche etwas.*

Währenddessen lagen Nova und Liana auf dem Bett in der Suite. Der schwarze Kapuzenpullover, den die Gastgeberin getragen hatte, lag auf dem Boden – neben dem Eingang, wo die wilde Schlacht ihren Anfang genommen hatte. Dicht daneben türmten sich Novas flache Stiefel mit einer Schnürung aus Leder, gefolgt von Lianas schlabbriger Hose. Auf halber Strecke lag Novas Arbeitskleidung – der schwarze Lederminirock und der graue Oversize-Strickpullover. Kurz vor dem Bett waren die rosafarbenen Plüschsocken und Fetzen, die sich einmal Netzstrumpfhose genannt hatten, zu finden.

Liana beobachtete mit schmalen Lippen eine Schweißperle, die sich Stück für Stück ihren Weg über Novas Rücken bahnte, deren sehnsüchtiger Blick sich in der Unendlichkeit des

Universums verlor, in die sie durch das große Panoramafenster starrte. Langsam näherte sich Lianas Hand ihrer Besucherin, nur um nach einem Zucken sanft über die hervorstehenden Knochen ihrer Wirbelsäule zu streichen. Vorsichtig legte Liana ihre Arme um Novas Taille, zog sie näher zu sich heran, hob den Kopf leicht und flüsterte kaum merklich in ihr Ohr.

»Was denkst du?«

Die Worte wurden von der donnernden Musik des Raums fast vollständig verschluckt.

Nachdem eine Sekunde lang jegliche Reaktion ausblieb, erhob Liana ihre Stimme erneut, diesmal nicht nur lauter, sondern auch verunsicherter. »Habe ich …« Sie stockte. »Hab ich etwas falsch gemacht?«

Zur gleichen Zeit nahm Selena ihren Platz auf der Regierungsbank im Parlament der Solaren Union ein. Nicht nur die Blicke der Abgeordneten, die sich nach und nach in ihren Fraktionsblöcken niederließen, sondern auch die der Tausenden tuschelnden Zuschauenden, die in den zahllosen Versatzgeschossen über dem runden Plenarsaal saßen, ruhten auf ihr. Sie schloss die Augen, atmete langsam aus und drückte den Rücken immer weiter durch.

Rechts neben Selena saß der Kommissar für militärische Angelegenheiten, Ingolf Clausius. Sein Daumen zuckte über den Bildschirm, während die winzige grüne Figur auf seinem Tablet von Plattform zu Plattform hüpfte. Schräg hinter ihm las die Kommissarin für Justiz, Jekaterina Orlov, in der von Freyja Einardóttir und Doktor Karabo Tembe kommentierten Verfassung der Vereinigten Planeten der Solaren Union.

In der Mitte des Plenarsaals, auf halbem Weg zwischen der Regierungsbank und den Plätzen der Abgeordneten, standen sich Tiberius und Ardyn gegenüber, ihre Münder mit den

Händen verdeckt, um zu verhindern, dass jemand von ihren Lippen zu lesen vermochte.

»Nein, nur wenn sie sich meldet – ansonsten stimmen wir gegen das Embargo. Vereinbarung ist Vereinbarung.«

Ardyn seufzte. »Ich will hoffen, dass für euch Vereinbarung auch Vereinbarung ist, wenn sie sich meldet.«

»Was willst du denn damit andeuten?« Tiberius legte die Stirn in Falten.

»Andeuten? Ich?« Ardyn schüttelte den Kopf. »Ich will gar nichts andeuten, sondern lediglich sichergehen, dass du und deine Partei euren Teil erfüllt, nachdem wir unseren erfüllt haben.«

»Natürlich«, nickte Tiberius zustimmend, »du hast mein Wort. Wenn sich Alina Corsis vor der Abstimmung wegen des Termins meldet, dann werden wir für das Embargo stimmen.«

In diesem Moment schlenderte Julius von der Eingangstür in Richtung der Regierungsbank. Er winkte den Zuschauenden über seinen Köpfen mit einer ausladenden Geste zu. Einige quittierten das mit einem kurzen, aber energischen Klatschten. Eine junge Frau, kaum älter als zwanzig, rief: »Das ist unser Mann!«

Nach einem tiefen Atemzug öffnete Selena langsam ihre Augen, legte ihren Kommunikator vor sich und seufzte leise.

»Meine Damen und Herren Abgeordnete, die Sitzung beginnt in zwei Minuten. Bitte nehmen Sie Ihre Plätze ein«, erklang erneut die Stimme durch die Lautsprecher.

Der Präsident schaute zusehends hektischer über die Zuschauerränge, seine Gesichtszüge wurden hölzern, bis sein Blick Paula traf, die ihm mit einem sanften Lächeln zunickte. Sie saß in der dritten Reihe im zweiten Halbstock, ihre Arme locker vor der Brust verschränkt. Ohne sich von ihr abzuwenden, erhöhte er das Bewegungstempo auf seinem Schaulauf zum Polstersessel des Präsidenten auf der Regierungsbank – links neben Selena. Tiberius und Ardyn setzten sich in Richtung ihrer eukalyptusgrünen Sessel an den Spitzen der Fraktionen, denen sie vorsaßen, in Bewegung. Kallan zog seine rote Krawatte zurecht und öffnete den Knopf des Jacketts, um sich sanft auf seinem Platz niederzulassen.

Immer wieder hämmerte Cedrik gegen die erbarmungslose Tür, seine Haut leicht aufgerissen von den harten Schlägen. »Nova!«, schrie er, »bist du verdammt noch mal da drin? Wir …«

»Entschuldigen Sie bitte?«, wurde seine Brüllerei von Alina Corsis unterbrochen. Ihre Miene war von Verwirrung erfüllt, ihre Augen fest auf ihn gerichtet. »Kennen Sie meine Tochter oder hämmern Sie einfach aus reiner Lust an fremde Türen?«

Cedrik wandte den Kopf langsam zu ihr, zog die Faust zurück, hielt sie vor seinen Mund, räusperte sich kurz und richtete sein Jackett. »Frau Corsis.« Der Ton seiner Stimme war eine Mischung aus Verwunderung, Überraschung und Begeisterung.

»Sind Sie nicht der Anwalt, der mit der Vizepräsidentin verheiratet ist?«

»Genau.« Er streckte ihr die Hand entgegen. »Cedrik Veyra. Freut mich, dass wir uns einmal persönlich treffen.«

Ihr Blick fiel auf seine Geste, sie zog eine Augenbraue nach oben. »Beantworten Sie lieber meine Frage.«

Noch bevor er antworten konnte, waren weitere Schritte im Korridor zu hören. Karabo und sein Partner kehrten Händchen haltend von ihrer eigenen Suite zurück. Alinas Gesicht wurde von einem unverkennbaren Hauch aus Ekel und Abscheu erfüllt, während Cedrik zur Begrüßung mit einem freundlichen Lächeln nickte.

»Sind Sie die Eltern der beiden Mädels?«, fragte der Größere im Vorbeilaufen.

Alina zog die Augenbrauen zusammen. »Wie meinen Sie das? Das ist die Suite meiner Tochter!«

»Da haben Sie aber Glück mit Ihrer neuen Schwiegertochter«, kicherte er.

Ohne Vorwarnung schnellte Alinas Hand zu seinem Arm, um ihn aufzuhalten. »*Schwiegertochter*?« Ihre Stimme war schroff, ihr Gesicht vollständig vom Ekel übermannt. »Was wollen Sie damit andeuten?«

Karabo drehte sich mit einer ruckartigen Bewegung um die eigene Achse und schaute sie mit einem schiefen Lächeln und großen Augen an. »Verzeihen Sie, er wollte gar nichts andeuten.« Sein Blick wanderte von Alina zu seinem Partner. »Komm, Mio, das ist nicht unsere Sache.«

»Sie beide gehen nirgendwohin.« Ihr Griff wurde fester, ihre Finger gruben sich in Mios Haut, aber sein Gesicht zeigte keine Regung.

Seine Stimme klang genauso freundlich wie beharrlich. »Gute Frau, würden Sie mich bitte loslassen?«

Während Cedrik die drei beobachtete, drehte sich in der Suite hinter der kalten, verschlossenen Tür genau in diesem Moment Nova zu Liana, strich zärtlich eine Strähne aus ihrem Gesicht.

»Nein, du …« Sie schmunzelte. »Es ist alles perfekt.« Sie spitzte ihre Lippen, küsste sie vorsichtig auf die Stirn. »Du bist perfekt.«

Lianas Augen wurden feucht. Ein Lächeln, das ihre Zähne entblößte, umspielte ihre Lippen. Sanft strich Nova mit dem Daumen über Lianas zarte Haut unterhalb der Lider. Ihre Worte klebten an der Luft wie goldener Blütennektar, verführerisch und kaum greifbar.

»Hey, Süße, was ist denn los?«

»Ach …« Leise zog sie die Nase hoch, griff nach Novas Arm, setzte sich auf. »Es … es ist nichts.«

»Das sieht für mich aber nicht aus, als wäre nichts.« Nova folgte dem Beispiel, setzte sich im Schneidersitz vor sie. Sie griff nach der Fernbedienung und stellte die laute Musik ab. Die Suite wurde wenige Sekunden lang von Stille ergriffen, bevor Nova wieder ihre Stimme erhob. »Erzähl es mir.« Langsam legte sie ihre Stirn an Lianas. »Probleme halbieren sich, wenn man sie teilt.«

»Meine Mutter …« Sie schüttelte den Kopf. »Sie … wird das nicht akzeptieren.«

Nova lehnte sich nach hinten, den Kopf leicht schief gelegt. »Was wird sie nicht akzeptieren?«

»Na …« Liana zuckte mit den Achseln. »Das hier. Das mit uns.«

»Und ist das wichtig für dich?«

»Sie ist meine Mutter.«

Nova nickte langsam mit geschlossenen Augen. »Aber genau deshalb … Sie liebt dich doch. Sie wird dich am Ende so akzeptieren, wie ich dich akzeptiere.«

»De… denkst du, wir könnten sie dazu … also … bringen?«, stotterte Liana, während Nova sich wieder nach vorne lehnte und sie fest umklammerte.

»Auf jeden Fall. Nichts ist so stark wie die Liebe einer Mutter«, flüsterte Nova in ihr Ohr. Ein fast unmerklicher Schatten zog über ihre Miene, bevor sie die Umarmung löste und sich dann mit einer eleganten Bewegung vom Bett erhob.

Liana wischte sich über die Augen und schaute Nova hinterher, wie sie sich in Richtung des kleinen Tisches bewegte. »Wie … also … deine Familie? Weiß sie … es?«

»Es?« Sie warf ihr einen Schulterblick zu. »Du meinst, dass ich lesbisch bin?«

Liana nickte mit gesenktem Blick.

»Meine Familie ist …«, sagte Nova beiläufig, während ihre Hand über die Tischplatte glitt. »Cedrik und Selena sind meine Familie.« Sie griff nach dem zerknüllten Papier, das zwischen dem Teller mit den Apfelschnitzen und dem Obstkorb lag. Das

Messer auf dem Tellerrand klirrte leise, als Nova es versehentlich anstieß. »Was ist das?«

»Das …« Liana sprang auf und riss ihr das Blatt aus den Händen. »Das ist nichts.«

Ohne Widerstand auch nur anzudeuten, ließ Nova das Papier fahren. »Hey, Süße!« Ein warmes Lächeln huschte über ihr Gesicht »Mach dir keine Sorgen, du musst dich nicht rechtfertigen vor mir.«

»Ich …«, stotterte Liana, »also … vielleicht wäre es besser …« Ihre Stimme versagte.

Nova trat zu ihr, legte ihren Arm um sie und sagte voller Wärme und Verständnis: »Alles ist gut. Beruhig dich.«

»Sehr geehrte Damen und Herren Abgeordnete dieses hohen Hauses.« Die Stimme des Vorsitzenden war im ganzen Saal zu hören. Die Stille der Pause, die er einlegte, wurde nur durch das leise Summen der Kameradrohnen, die durch den Raum flitzten, gestört. »Ich begrüße sie zur ersten Sitzung unseres Parlaments nach der Wahl des Präsidenten der Vereinigten Planeten der Solaren Union und begrüße deshalb auch gerne zum ersten Mal auf der Regierungsbank die Frau Vizepräsidentin Veyra und den Herrn Präsidenten Marek.«

Durch die Reihen der Koalition schwappte frenetischer Applaus, während von den Bänken der Opposition Kopfschütteln zu sehen und beleidigende Zwischenrufe zu hören waren. Julius erhob sich unter dem prüfenden Blick seiner Frau, die auf den Zuschauerrängen ihre langen, schwarzen Haare in den Fingern drehte, kurz von seinem Platz, deutete eine Verbeugung an, um sich dann mit einem gönnerhaften Lächeln zur nächsten Kameradrohne auszurichten.

Der Vorsitzende hob die Hand. Schlagartig kehrte Ruhe in den Saal zurück. »Wir beginnen mit unserem ersten

Tagesordnungspunkt: die in der Sache gegenüberstehenden Anträge zum Saturn-Embargo. Der Oppositionsführer und Fraktionsvorsitzende der Solidaritas, Kallan Dresk, beantragt auf dem Wege eines Eilantrages, dass sich das Parlament der Vereinigten Planeten der Solaren Union gegen eine solche Maßnahme ausspricht.«

Diesmal ertönte vonseiten der Opposition ein kurzer, aber nicht minder frenetischer Applaus.

»Die Vizepräsidentin der Vereinigten Planeten der Solaren Union tritt diesem Antrag entgegen und beantragt auf dem Wege der Antragsbegegnung den Erlass eines Embargos gegen den Saturn und alle ihm zugehörigen Monde zur Verhinderung der Ausbreitung von staatszersetzenden Aktivitäten.«

Selenas Blick richtete sich auf die Sitzblöcke der Koalition, schweifte über die Abgeordneten und schoss sich schlussendlich auf ihren Fraktionsvorsitzenden ein, aber der Saal blieb still. Lediglich das leichte Schnauben von Julius und das Tippen von Ingolf waren zu hören.

Alinas Augen blitzten auf, die blauen Adern ihrer Hand an Mios Arm traten hervor. Ihre Stimme war kalt und schneidend. »Ich frage …«

Sie verstummte, lockerte ihren Griff, als ein Zischen das Öffnen der Tür ankündigte und Nova in der Schwelle erschien – mit schief sitzendem Rock und zerzaustem Haar.

Cedrik schaute an ihr vorbei, zu Lianas Silhouette, die gerade noch rechtzeitig den Kapuzenpullover überstreifte. Sein Grinsen wurde breiter, als es den ganzen Tag gewesen war. Die Blicke von Mio und Karabo trafen sich für den Bruchteil einer Sekunde, ein kurzes Nicken, erst zueinander, dann in Novas Richtung. Alinas Gesicht hingegen wurde kreidebleich als hätte sie den Tod persönlich gesehen.

»Vielleicht«, sagte Cedrik, seine Stimme gefasst, aber bestimmt, »unterhalten wir uns gemeinsam in Ruhe.«

Die Überraschung in Novas Miene wich einer Mischung aus quälendem Unbehagen und trotziger Unerschütterlichkeit, während Alinas Augen sich zusehends verengten. Die Hand, mit der sie sich gerade noch an Mio gekrallt hatte, wurde zu einer Faust. Mit Schritten, die an einen in die Schlacht ziehenden Soldaten erinnerten, marschierte sie an den drei Männern vorbei und stieß Nova wie einen nassen, verfilzten Straßenköter, der ihr im Weg stand, beiseite.

Unbeeindruckt davon, dass Nova sich nur mit Mühe auf den Beinen halten konnte, wandte sich Cedrik dem Pärchen zu. »Vielen Dank für Ihre Hilfe. Kümmern Sie sich jetzt gerne wieder um Ihre eigenen Angelegenheiten.«

»Das werden wir«, entgegnete Mio und strich sich eine wilde Strähne aus dem Gesicht.

Karabos Freundlichkeit war einer unübersehbaren Anspannung gewichen. Er verlagerte sein Gewicht von rechts nach links und betrachtete Nova, die genauso ungelenk wie erfolglos versuchte, ihre Kleidung zurechtzurücken. »Ich denke, wir sollten an dem Gespräch teilnehmen.«

Mio zog die Augenbrauen zusammen und entgegnete mit einem kurzen, aber umso energischeren Kopfschütteln: »Das geht uns nichts an, Karabo.« Er musterte Nova eindringlich. »Sie ist eine erwachsene Frau. Ich bin mir sicher, dass die uns hier nicht brauchen.«

»Da sind wir uns einig«, stimmte Cedrik zu. »Ich denke nicht, dass es hier etwas gibt, wobei Sie helfen können.« Er drehte sich Nova zu. »Oder siehst du das anders?«

Stumm presste sie die Lippen aufeinander, ihr Blick wanderte von ihm über die beiden Männer zurück in die Suite und blieb an Alina haften.

Karabo runzelte die Stirn. »Sollen wir nicht besser bleiben?«, fragte er Nova, die leicht zusammenzuckte.

Ihr Gesicht formte ein stilles, aber aufforderndes Lächeln, nachdem sie sich von der Suite zurück in den Flur gedreht hatte.

Er nickte sanft, als hätte er verstanden, was nicht gesagt wurde, und wandte sich wieder Mio zu. »Nur weil sie eine erwachsene Frau ist, heißt das nicht, dass man sie alleinlassen muss.«

»Wenn sie etwas will, dann sagt sie es schon«, entgegnete Mio schnaubend. »Und ich habe nichts gehört.«

»Mein Vorschlag ist und bleibt die beste Idee.« Karabos Stimme war fest. »Ich lasse die beiden Mädels nicht allein.«

Ohne die Zustimmung seines Partners abzuwarten, umkreiste er Cedrik und streckte die Hand nach Nova aus, die sie mit einem warmen Lächeln ergriff. Behutsam führte er sie zurück in den Raum.

»Das Mitgefühl von dem Mann bringt mich eines Tages noch ins Grab«, seufzte Mio resignierend, bevor er Karabos Beispiel folgte und die Suite betrat.

Ohne eine weitere Gegenrede vorzubringen, aber mit einem deutlichen Zucken im Kiefer, marschierte auch Cedrik über die Schwelle. Nachdem er beherzt die Steuerung der Tür betätigt und sie damit hinter sich geschlossen hatte, nickte er langsam und mit erhobenen Augenbrauen beim Anblick der illustren Gruppe in der Suite.

Zur gleichen Zeit verkündete der Vorsitzende des Parlaments: »Die Anträge wurden den Fraktionen bereits vor der Sitzung zugestellt.«

Die Fraktionsvorsitzenden nickten. Ardyns Blick glitt zu Selena, die langsam den Kopf schüttelte. Seine Augen verengten sich, seine Stirn legte sich in Falten. Er drehte sich zu einem Fraktionsmitglied, das eine Reihe hinter ihm saß und flüsterte leise.

»Sodann«, fuhr der Vorsitzende mit kräftiger Stimme fort, »können wir …«

»Herr Vorsitzender«, unterbrach Ardyn den Redner, »bitte, wir bräuchten eine kurze Unterbrechung.«

Aus den Reihen der Opposition schrie ein älterer Mann: »Wieder so ein Taschenspielertrick!«

»Ruhe auf den billigen Plätzen«, entgegnete eine junge Abgeordnete der Progrediens.

Schreie, aufgrund ihrer schieren Anzahl eine unverständlich einheitliche Masse, erfüllten den Saal. Ein lauter Gong ertönte, gefolgt von der mechanischen Stimme: »Zur Ordnung!« Die Schaumschlägerei verstummte.

»Eine Unterbrechung?«, fragte der Vorsitzende, seine Augenbraue leicht nach oben gezogen. »Die Sitzung wurde doch gerade erst eröffnet.«

»Eine ungeheuerliche Verzögerung! Die wollen nur die Abstimmung hinausziehen«, schrie Kallan in Ardyns Richtung.

Tiberius schenkte sich Wasser in sein Glas, trank einen Schluck und ließ seinen Blick zu Paula wandern, die auf den Zuschauerrängen im zweiten Versatzgeschoss auf der rechten Seite mit den Fingern sanft auf ihren Oberarm trommelte.

»Fraktionsvorsitzender Teshar, wie begründen Sie die Unterbrechung?«, wollte der Vorsitzende wissen.

Ardyn erhob sich, sprach bedacht, aber genauso bestimmt. »Mir wurden soeben neue Informationen zugetragen, die unser Abstimmungsverhalten beeinflussen könnten.« Er kratzte sich am Kopf. »Informationen von größter Wichtigkeit. Wir brauchen einen Moment, um uns mit der Fraktion der Conservativae zu beraten.«

»Herr Vorsitzender!« Kallans Stimme war laut, mehr ein Schrei. »Es ist offensichtlich, was die Regierung hier versucht.«

Die Abgeordneten der Opposition klatschten frenetisch. Der alte Mann in ihren Reihen rief: »So sieht es nämlich aus!« Mehrere Mitglieder der Progrediens buhten laut, schüttelten die Köpfe.

Tiberius lehnte sich an die große Lehne seines Sessels. Sein Blick wanderte von Paula, zurück in den Saal und langsam zwischen Kallan, Ardyn, Selena und Julius hin und her.

Der Vorsitzende hob die Hand. »Bitte, meine Damen und Herren Abgeordnete, mäßigen Sie sich. Bewahren Sie die Würde dieses hohen Hauses.«

Ardyn und Kallan setzten sich wieder, ihre Fraktionsmitglieder verstummten. Es kehrte eine gespenstische Stille in den Saal ein.

»Fraktionsvorsitzender Teshar«, fuhr der Vorsitzende fort, »ich sehe zum aktuellen Zeitpunkt keine Veranlassung, die Sitzung zu unterbrechen. Ihnen stand angemessen Zeit zur Verfügung, den Antrag auch mit Ihrem Koalitionspartner zu beraten.«

»Herr Vorsitzender!« Ardyns Stimme schallte durch den Plenarsaal. »Wir stellen einen Geschäftsordnungsantrag auf eine Unterbrechung der Sitzung! Sie müssen darüber abstimmen lassen.«

Seine Fraktionsmitglieder hinter ihm hämmerten mit den Knöcheln auf die Tische, während in den Reihen der Opposition kollektives Kopfschütteln Einzug hielt.

Liana kauerte auf dem Bett, ihre angewinkelten Knie zum Oberkörper gezogen, die Hände vor das Gesicht geschlagen. Neben ihr auf der Kante hatte Nova Platz genommen, die Beine übereinandergeschlagen, ihre Miene eine Mischung aus Sorge, Mitleid und Zuneigung. Vorsichtig streichelte sie Liana.

Mio und Karabo saßen nebeneinander auf der gegenüberliegenden Seite des Bettes und hielten sich noch immer an den Händen.

Vor dem Bett stand neben Cedrik, dessen eindringlicher Blick zwischen den vieren hin und her glitt, Alina, ihr Gesicht weniger rot, ihr Rücken gerader als zuvor. Sie starrte ihre Tochter an, schüttelte den Kopf. »Ich kann nicht glauben, dass du mir das antust. Deine ständige Kritzelei war schon unerträglich. Und jetzt das? Du treibst es tatsächlich … mit einer Frau.«

Das Geräusch eines leisen Schluchzens bahnte sich seinen Weg durch Lianas Hände.

Karabo holte Luft, doch Mio erhöhte den Druck seines Griffs ein klein wenig und schüttelte mit einer fast unmerklichen Bewegung den Kopf.

»Frau Corsis«, sagte Cedrik, seinen Blick fest auf Nova gerichtet, »ich kann Ihre Enttäuschung verstehen. Wirklich. Es ist ein Schlag ins eigene Kontor, wenn die Menschen, für die wir alles zu opfern bereit sind, unsere Wünsche, unsere Werte, unsere Visionen verachten oder sogar verschmähen.«

Novas Blick glitt zum Fußboden.

Alina wandte sich nicht von ihrer Tochter ab, ihre Stimme wurde lauter, bebend. »Weißt du, was du mir angetan hast? Wenn das an die Öffentlichkeit kommt …« Sie ballte die Hand so fest zur Faust, dass ihre Adern hervortraten. »Du warst bei dem Gespräch mit Silvia Thier dabei. Wir sind angewiesen auf die Randwelten. Mein Unternehmen, nein, ich verdiene dort das Geld, das dein Schickimickileben finanziert. Hast du denn überhaupt nicht verstanden, was die mit meinem Unternehmen – deinem Erbe – und mit mir anstellen, wenn die erfahren, dass ich es nicht geschafft habe, meine Tochter zu einem anständigen Menschen zu erziehen – sondern nur zu so einer …« Sie sog unüberhörbar Luft durch ihre Nase ein und spuckte auf den Boden. »… gottverdammten Lesbe?«

Karabo sprang auf, seine Stimme streng. »Sie ist keine schlechtere Frau, nur weil sie Frauen liebt.« Mio versuchte ihn, am Arm wieder nach unten auf die Bettkante zu ziehen, aber er riss sich los. »Sie können stolz auf ihre wundervolle Tochter sein! Das ist es, was sie verdient hat.«

Alina trat einen Schritt auf ihn zu. »Halten Sie sich gefälligst aus meinen Angelegenheiten raus!«

»Seine Eltern hatten auch kein Verständnis dafür, dass er Männer liebt«, sagte Mio sanft. »Sie müssen …«

»Sagen Sie mir nicht, was ich tun muss«, unterbrach Alina ihn. In ihren Augen loderte abgrundtiefer Hass. »Vor allem nicht in einem Zimmer, das ich bezahle!« Sie trat schnell einen weiteren Schritt auf die beiden Männer zu. »Ich kann sehr gut verstehen, wie sich seine Eltern fühlen müssen, wie es ist«, sie zeigte mit einer abrupten Handbewegung auf Liana, »als Mutter so zu versagen.«

Nova spannte ihre Beinmuskulatur an, erhob sich wenige Zentimeter von der Kante, doch Cedrik führte eine geschickte Bewegung in ihre Richtung durch und stupste sie mit seiner flach an ihre Stirn gelegten Hand sanft zurück aufs Bett. Sein Kopfschütteln war umso energischer. Liana schluchzte lauter.

Karabo trat einen weiteren Schritt auf Alina zu. Er war nur noch eine halbe Armlänge von ihr entfernt, streckte die Hand aus. »Bitte, versuchen Sie doch Ihre Tochter zu verstehen.«

Sie schlug nach seinem Arm, verfehlte ihn aber, während sie immer lauter schrie. »Nehmen Sie Ihre schmutzigen Finger weg von mir! Wer weiß, was Sie alles für Krankheiten haben!«

Liana verlor ihre letzte Körperspannung, fiel in sich zusammen, ihr hochrotes Gesicht voller Tränen, voller Schmerz, voller Verzweiflung.

Ihre Mutter schaute sie an, wie sie dalag, und schüttelte den Kopf. »Du bist nicht nur eine dreckige Lesbe – du bist auch noch ein Weichei.«

Karabo trat zwei Schritte zurück, setzte sich wieder auf die Bettkante und legte eine Hand auf Lianas Seite. »Hey, du, Mäuschen, sie wird es verstehen.«

»Finger weg, habe ich gesagt!«, schrie Alina mit einem lodernden Feuer in ihrem Blick.

Ein hastiger Satz von ihr nach vorne, eine schnelle Armbewegung und das laute Klatschen einer inbrünstigen Backpfeife eroberte den Raum. Karabo hielt sich sofort die Wange, seine Miene war nicht nur von Schmerzen sondern auch von Schock erfüllt. Unkontrolliert blinzelte er die Feuchtigkeit aus seinen Augen.

Während Novas Körper ein unübersehbares Zucken durchlief und Liana unentwegt laute Schluchzer ausstieß, blieb Cedriks Gesichtsausdruck unverändert regungslos, aber voller Interesse.

Mit einer schnellen Bewegung erhob sich Mio von der Bettkante, bewegte sich zwischen die Angreiferin und seinen Partner, baute sich auf und sagte eindringlich: »Es reicht jetzt!« Er wandte sich zu Karabo um. »Alles in Ordnung, Schatz?«

Karabo quittierte die Frage mit einem gequälten Lächeln, ohne dass eine Träne seine Augen verließ. »Schon ok.«

»Hier ist erst alles in Ordnung, wenn Sie endlich verschwunden sind.« Alinas Aussprache war feucht, als spuckte sie Gift aus ihrem Rachen. Sie trat wieder einige Schritt weg von Mio, ohne sich von ihm abzuwenden, lehnte sich an den Tisch und verkrampfte ihren Griff in der Kante.

»Ich glaube«, entgegnete Mio, während er sich zurück auf die Bettkante neben seinen Partner setzte, »wir sind genau am richtigen Ort.«

»Am richtigen Ort?« Alina wiederholte seine Worte mit schäumender Wut im Gesicht. Ihre Finger lösten sich aus der Verkrampfung. Langsam ließ sie die Hand blind über den Tisch streichen, tastete sich vor. Sie stieß gegen die Teetasse, die mit einem dumpfen Geräusch umfiel. Der gelbfarbene Tee ergoss sich auf die Platte und tropfte auf den Fußboden. Ein beinah unhörbares Klirren bahnte sich seinen Weg hinter ihrem Rücken hervor und nötigte Cedrik nur ein müdes Heben seiner Augenbrauen ab.

»Alles wird gut. Ganz sicher!«, sagte Karabo zu Liana.

Die gesamte Muskulatur in Alinas Körper verkrampfte sich.

»Vielleicht nicht heute, aber irg…« Sein letztes Wort wurde von einem erschrockenen, fast ungläubigen Einatmen unterbrochen.

Langsam drehte Alina das Messer, das sie in Karabos Bauch gestoßen hatte. Dickes, dunkelrotes Blut quoll aus der Stichwunde hervor wie flüssige Lava aus einem Vulkan. Ihre Augen glühten förmlich.

»Jetzt fassen Sie niemanden mehr an mit Ihren verseuchten Pranken, Sie dreckige Schwuchtel!«

Stück für Stück zog sie das Messer aus der weichen Haut ihres Opfers. Das Schaben, das die Reibung der Klinge an seiner Rippe erzeugte, war unüberhörbar. Karabos Gesicht erbleichte, sein warmes Lächeln erkaltete, seine Augen verloren den Glanz, bevor er langsam zur Seite kippte. Mit einem dumpfen Geräusch schlug sein Kopf auf dem Boden auf. Seinen Lippen formten Worte, doch das aus seinem Mund gurgelnde Blut erstickte seinen letzten Atemzug.

Liana rollte sich auf den Bauch und weinte bitterlich. Novas Augen weiteten sich. Alina hielt das tropfende Messer in ihrer Hand. Ihr Gesicht war mit Blutspritzern übersät, die man mit Sommersprossen hätte verwechseln können.

Cedrik beobachtete Mio, der wie versteinert auf den leblosen, blutüberströmten Körper seines Partners starrte.

Im Parlament kündigte der Vorsitzende in diesem Moment mit stoischem Gesichtsausdruck an: »Es wurde durch den Fraktionsvorsitzenden der Progrediens, Herrn Ardyn Teshar, ein Geschäftsordnungsantrag zur Unterbrechung der Sitzung gestellt. Ein solcher Antrag lässt keine Redebeiträge zu. Wir kommen direkt zur Abstimmung.«

Selena nahm ihren Kommunikator in die Hand und tippte hastig eine Nachricht an ihren Mann.

Tiberius' Blick haftete an Julius, als der Vorsitzende fortfuhr: »Wer stimmt für den Geschäftsordnungsantrag zur Unterbrechung der Sitzung?«

Die Abgeordneten der Progrediens hoben die Hände.

Alinas Blick sprang zwischen ihrer Tochter und dem toten Karabo hin und her, ihre Gesichtszüge erstarrten immer mehr, das warme Blut tropfte unaufhaltsam vom Messer in ihrer Hand. Sie trat einen Schritt zurück, dann noch einen, hielt sich ihre blutverschmierten Finger vor den Mund, schaute erneut hin und her.

»Das ist alles seine Schuld!«, hauchte sie fast atemlos in die Suite.

Ohne sich abzuwenden, wich Alina mit schweißnasser Stirn weiter zurück, bis sie an den Schreibtisch stieß. Die Laute ihrer schnellen Atemzüge erfüllten den gesamten Raum, ließen alle anderen Geräusche ertrinken.

»Du hast ihn getötet!«, schrie Nova sie mit Tränen in den Augen an.

Alina stammelte mit zitternder Stimme: »Nein … das war nicht meine Schuld … Er hätte alles zerstört! Ich …« Sie zuckte ohne den Hauch einer Spannung in ihrem Körper mit den Achseln, ihr Gesicht voller nicht enden wollender Verzweiflung. »Ich hatte keine andere Wahl! Er …« Ein Würgen erstickte ihre Worte.

Cedrik wandte sich zu Nova, schüttelte den Kopf und nickte in Lianas Richtung. Ein leichtes Zucken erfüllte Novas Kiefer, ihre Zähne knirschten, doch sie wich seinem eindringlichen Blick aus, drehte sich zu Liana und umfasste sie mit einer festen Umarmung.

Ein kleiner Tropfen des warmen Blutes löste sich so träge von Alinas Kinn, als hätte er sich noch nicht entschieden, ob er den kalten Fußboden berühren oder an ihr haften bleiben wollte. Dann fiel er, lautlos und schwer wie ein Regentropfen in einer lauwarmen Sommernacht. Es war, als würde er stundenlang fallen, bevor er beim Aufprall auf den Boden zerplatzte. Langsam breitet sich der kleine Tropfen aus, vermischte sich mit dem gelben Tee aus der Tasse zu einem saftigen Orange – und die beiden Flüssigkeiten formten sich zu einer prächtigen Feuerlilie.

Hektisch wischte Alina über ihr Gesicht. Ihre Bewegungen wurden immer schneller, immer gründlicher, doch statt sich von dem Blut zu befreien, das überall an ihr haftete, verteilte sie es lediglich gleichmäßiger.

Das leise Summen von Cedriks Kommunikator durchbrach Lianas endloses Schluchzen. Ohne seine Augen von Mio abzuwenden, zog er das Gerät aus seinem Jackett, um die Nachricht zu lesen: *Keine Zeit mehr. Jetzt oder nie.* Er drehte sich Alina zu, die mit leerem Blick auf Karabo starrte.

Ihre Lippen formten Worte, ein leiser Hauch, als würde sie ihm etwas zuflüstern. »Helfen. Sie. Mir.«

Cedrik runzelte die Stirn. »Ihnen helfen?« Er schaute durch den Raum, seine Augen verengten sich. »Nun gut.« Er atmete lange und tief durch. »Aber das wird Sie auf jeden Fall eine Kleinigkeit kosten.«

»Was wollen Sie? Geld?« Alina zitterte am gesamten Körper. »Wie viel? Sagen Sie mir eine Zahl, Sie bekommen sie.«

Julius' Kommunikator vibrierte. Seine Augen schnellten auf die Ränge der Zuschauenden zu seiner Frau. Tiberius lehnte sich nach vorne, sein Blick folgte dem seines Präsidenten. Paula kratzte sich vorsichtig an der Augenbraue, verzog aber keine Miene. Ihr Mann vollführte eine fast unmerkliche Kopfbewegung in Richtung des Geräts auf dem Tisch vor ihm. In großen Lettern stand der Name des Anrufers auf dem Display – oder vielmehr der Anruferin: *Alina Corsis.*

Als Selena auf den Kommunikator schielte, hellte sich ihre Miene schlagartig auf.

Nach einigen Augenblicken des Blickkontaktes mit ihrem Mann, zuckte Paula sanft mit den Achseln, ohne die Kratzbewegung zu unterbrechen.

Tiberius' Blick wanderte zu Julius, zurück zur Präsidentengattin, dann wieder zu ihm. Er bekam keine Reaktion. Sein Gesichtsausdruck wurde immer nervöser, fragender. Noch immer keine Reaktion. Seine Augen glitten zu Ardyn, der ihn mit erhobener Hand auffordernd anstarrte.

Der Vorsitzende des Parlaments atmete tief ein.

Erneut schaute Tiberius zu Paula, wieder zu Julius, zurück zu ihr. Keine Reaktion. Zögerlich streckte der Fraktionsvorsitzende der Conservativae den Arm empor, ohne seine Augen von der Ersten Frau der Union zu lösen. Die Mitglieder seiner Fraktion folgten sofort seinem Vorbild.

Die Präsidentengattin erhob sich kopfschüttelnd von ihrem Platz und verließ den Halbstock.

Ohne eine Emotion zu zeigen, verkündete der Vorsitzende: »Augenscheinlich ist das die Mehrheit. Wir unterbrechen die Sitzung für fünfzehn Minuten.«

Während Selena ein leises Seufzen der Erleichterung entglitt, tippte Julius auf seinen Kommunikator und hielt ihn sich ans Ohr.

Währenddessen streichelte Nova sanft durch Lianas Haar, deren Schluchzen mittlerweile einem stillen Blick in die Ferne gewichen war.

Mit einer sperrigen Bewegung trennte Alina die Verbindung. In der linken Hand hielt sie den Kommunikator, mit der Rechten umklammerte sie noch immer die Waffe. Ihre Stimme war fest. »Mein Vorschuss ist bezahlt.«

Cedrik nickte zufrieden. Er näherte sich ihr, griff nach dem Messer – doch sie ließ es nicht los.

»Geben Sie es mir«, sagte er mit einem warmen Lächeln.

Sie verzog das Gesicht, verengte die Augen – bis sie schließlich ihre Finger lockerte und die Waffe freigab.

Er hielt das Messer in der Rechten, stieg über die fleischige Hülle des leblosen Karabo und setzte sich auf die Bettkante neben Mio. Vorsichtig legte er seinen linken Arm um die Schultern des großen Mannes, der sich seit dem Tod seines Partners nicht einen Millimeter gerührt hatte. Er zog ihn an sich heran, seine Stimme war gedämpft.

»Alles wird gut, du wirst ihn wiedersehen.«

Mit diesen Worten stach er präzise zu. Die Klinge glitt lautlos zwischen Mios Rippen, ein kurzes Schmatzen durchbrach die Stille. Ein dumpfer Ruck, dann ein feuchtes Ploppen, als das Messer sein Herz durchbohrte – sein Atem stockte, seine Lippen bebten. Dunkles Blut rann über Cedriks Hand. Ein leises, gurgelndes Röcheln entfloh Mio, sein Kopf sank auf den Schoß seines Mörders, der langsam die Waffe zurückzog. Eine dunkle Spur folgte der Klinge, bevor das Blut in trägen Wellen aus der klaffenden Wunde strömte.

Mit seiner Linken strich Cedrik Mio eine der wilden Strähnen aus dem Gesicht und flüsterte: »Das Letzte, was wir brauchen, sind Zeugen.«

Die Rechtsberatung

Nachdem Selena eine weitere Textnachricht an Ardyn versandt hatte, neigte sie den Kopf. Ihre Lippen glänzten wie frisch polierter Granit und ihre schwarzen Wimpern warfen lange Schatten auf ihre Wangen. Ihre Hände hielt sie unter den leise plätschernden Wasserstrahl, der sich aus dem goldenen Hahn vor ihr ergoss wie ein silberner Faden.

Selena atmete tief durch. Langsam bewegte sie ihre Hände zum Seifenspender, um sie gleichmäßig mit dem hellblauen, nach Lavendel duftenden Reinigungsmittel zu benetzen. Durch die Lautsprecher, die zwischen den eukalyptusgrün strahlenden Lichtbändern in den hohen Decken des Waschraumes befestigt waren, erklang dezent Ludwig van Beethovens *Ode an die Freude*. Fast genüsslich rieb Selena ihre Hände ineinander, nur um die Seife danach vom kühlen Nass abzuspülen zu lassen, während die Melodie leise zwitscherte.

Mit einem kaum hörbaren Zischen öffnete sich die Tür zum Waschraum und Paula stolzierte über den weißen Marmor zu den Waschbecken. Als ihr Blick auf Selena fiel, verharrte sie für den Bruchteil einer Sekunde in ihrer grazilen Bewegung. Die Präsidentengattin zog ihre Augenbrauen hoch und legte den Kopf leicht nach hinten, nur um dann an das Becken neben Selena zu treten.

Die Augen der beiden Frauen trafen sich genau in dem Moment im Spiegel, als die letzten Akkorde von Ludwig van Beethovens Meisterwerk verhallten und die ersten Klänge von Georg Friedrich Händels *Ombra Mai Fu* den Waschraum fluteten. Das Lächeln in Selenas Gesicht wurde noch breiter.

Ohne nur den Hauch einer emotionalen Regung zu zeigen, holte Paula ihren Eyeliner hervor und zog ihren Lidstrich nach. Ihre mechanische Bewegung erinnerte weniger an graziles Schminken, sondern vielmehr an einen Soldaten im Zweiten Weltkrieg, der sein Maschinengewehr nachlud.

Langsam zog Selena die Hände aus dem Wasserstrahl, der sofort verebbte. Die kleinen Tropfen, die an ihrer Haut hafteten, fielen ins Becken und reflektierten die Lichtstrahlen der Lichtbänder in allen Farben. Das leise Brummen des Handföhns setzte ein und die warme Luft strömte aus den mit glänzendem Edelstahl umrundeten Öffnungen neben dem Wasserhahn. In wenigen Augenblicken wurden die letzten Reste Feuchtigkeit sanft von ihren Händen geblasen.

»Sie sollten sich beeilen, Frau Vizepräsidentin«, sagte Paula, ohne den Blick von ihrem eigenen Spiegelbild abzuwenden. »Nicht, dass Sie die Abstimmung über Ihre politische Zukunft verpassen.«

Selena trat einen Schritt zurück. »Sorgen Sie sich weniger um meine Zukunft, sondern vielmehr um die Ihres Mannes.«

Über Paulas Gesicht huschte ein gefälliges Lächeln. Sie zog ihren Lippenstift nach, während Selena auf dem Weg zur Tür des Waschraums ihren Kommunikator zückte, um mit wenigen, aber umso eleganteren Bewegungen eine Nachricht an Cedrik zu tippen. *Auf dem Weg zur Abstimmung. Danke, dass du die Alina-Corsis-Sache geregelt hast. Ich liebe dich, Schatz. Bis später.* Ohne sich noch einmal zur Präsidentengattin umzudrehen, trat sie über die Schwelle und verließ mit einem breiten Lächeln den Waschraum.

Alles für eine bessere Zukunft. Ich dich auch. Freue mich, dich im Arm zu halten. Nachdem Cedrik die Antwort an seine Frau versendet hatte, schob er den Kommunikator zurück in sein Jackett.

Nicht ein einziger Mucks war in der Suite zu hören, bis ein Klopfen die Stille durchbrach, gefolgt von einem Ruf, gedämpft durch das schwere, kalte Metall der Tür. »Die Rechtsberatung ist hier!«

Langsam schob Cedrik Mios Kopf von seinem Schoss. Der leblose Körper fiel durch das Gewicht vornüber. Der dumpfe Laut des Aufschlags, als er neben Karabo zum Liegen kam, ließ Alina kurz zusammenzucken – niemand sonst in der Suite rührte sich.

Nach wenigen Augenblicken erhob sich Cedrik grazil von der Bettkante, stieg mit einem gekonnten Schritt über das Leichenfeld hinweg und ging zur Tür, die er mit einem Knopfdruck öffnete. Langsam schob sie sich zur Seite auf und gab den Blick auf eine kleine, hagere Frau Anfang siebzig frei. Sie trug eine runde Brille in ihrem faltigen Gesicht, ihre graue Haartracht lag in einer Dauerwelle.

Hinter ihr erhoben sich drei junge Männer, groß, muskulös, ohne Kopfhaar, mit grimmigem Gesichtsausdruck. Sie waren schwarz gekleidet, eine schlichte, aber makellose Uniform. Neben ihnen standen Koffer und allerlei Gerätschaften.

Die Lippen der Frau wurden von einem warmen Lächeln umspielt, als sie den Vizepräsidentinnengatten ansah. »Ich grüße dich, Cedrik. Schön, dass wir uns dieses Mal wieder persönlich treffen.«

»Ning, gut, dass du so schnell kommen konntest.« Er nickte mit einer nicht minder gewinnenden Miene.

»Natürlich, für meine besten Kunden nur der beste Service!« Ihr Blick wanderte an Cedrik vorbei ins Zimmer. »Zwei Mandanten hast du gesagt?«

»Ja, zwei.«

Ihre Augen sprangen zwischen Alina und Nova hin und her. »Ich dachte, das Urteil wäre schon gesprochen worden. Brauchst du noch Zeit, um die Verhandlung abzuschließen?«, fragte sie flüsternd.

Er legte die Stirn in Falten, wandte sich kurz um, ihrem Blick folgend. Alinas Mundwinkel zuckten leicht, ihre Augen weiteten sich, als sie erkannte, dass sie im Zentrum der Aufmerksamkeit stand. Nova zeigte nicht den Hauch einer Reaktion.

Dann schüttelte Cedrik lachend Kopf. »Ja, natürlich.« Er rollte mit den Augen, ohne dass die Heiterkeit in seinem Gesicht verschwand. »Nicht die beiden, Ning. Die Mandantschaft dieses Falles liegt neben dem Bett.«

»Gut, das spart Zeit. Du weißt, der Terminkalender ist voll.«

Ohne eine Antwort zu erwarten, drehte sich Ning zu den drei Männern. Ihr kurzes Nicken setzte sie in Bewegung. Mit fachmännischer Gelassenheit nahmen sie die Gerätschaften und Koffer auf und marschierten an ihr vorbei. Cedrik wandte sich um, vollführte eine einladende Geste und schloss die Tür, nachdem Ning den dreien in die Suite gefolgt war.

Ihr Blick schweifte durch den Raum. »Bolek, du kümmerst dich um den Schwarzen, Lolek, du um den daneben.« Ihre Augen musterten Alina, während Bolek einen Koffer öffnete, um Handschuhe herauszuziehen. »Tolek, du erledigst die Sache mit den Kleidern und mit dem Messer.«

»Warum darf ich nie an die Leichen ran?«, entgegnete er leise, als er eines der Geräte auseinanderbaute. »Ich will nicht immer nur den langweiligen Mist machen.«

Ohne Tolek auch nur einen Blick zu schenken, nickte Ning in Richtung des Monitors. »Funktioniert das Teil?« Sie wandte sich Cedrik zu. »Du weißt doch, ich hasse es, wenn es auf der Arbeit so still ist.«

Ein Lächeln huschte über sein Gesicht, bevor er einige Schritte nach vorne trat und den Bildschirm einschaltete. Sofort dröhnte ihm eine Frauenstimme aus dem Gerät entgegen. »Gleich unsere Saturn-News-Sondersendung zum Ergebnis der Abstimmung auf Solaris Prime und der Frage …«

»Bitte keine Politik.« Nings Schrei war so laut und energisch, dass er die Ankündigung der Moderatorin verschluckte. Sie atmete tief durch und verschränkte die Arme vor der Brust, während ihr Blick auf Cedrik haftete. »Übertragen die heute nicht das Konzert von der Erde aus dem Musikvereinssaal in Wien?«

Cedrik drückte auf einige der Knöpfe an der Seite des Monitors. Hinter ihm zog Lolek zuerst eine gelbe Plastiktüte über Mios Körper, dann eine rote. Das Knistern wurde wenige Augenblicke später von den leisen Klängen des Wiener Opernorchesters übertönt.

»Viel besser!«, konstatierte Ning und zog ihre Ärmel nach oben. »Das ist ehrliches Handwerk!«

Tolek nickte und streckte seine Hand in Cedriks Richtung aus. »Das Jackett, bitte.«

»Was für ein beschissener Tag.« Sally nahm kopfschüttelnd einen großen Schluck Bier aus ihrem Glas und schaute sich in der Kneipe auf Enceladus um.

Die silbernen Rohre an der Decke reflektierten das neonfarbene Licht, das aus den Leuchtbändern im metallenen Fußboden fiel. Der schwere, leicht ölige Geruch recycelter Luft hing in der Bar, vermischt mit dem bitteren Aroma von zu viel und zu altem Alkohol. Aus den Lautsprechern waberte leise Musik, zu leise, um verständlich zu sein. Die Melodie durchmischte sich mit dem Gemurmel der Gäste, die mit wenig hoffnungsvoller Miene die Dutzenden Tische in der Kneipe füllten. Ihre Gesichter wirkten blass, fast kränklich, als wären sie schon viel zu lange unter der Erde, um sich vor der Kälte auf der Oberfläche des Saturnmondes zu schützen.

Mit einem leisen Seufzen stellte Sally das Bierglas zurück auf den Tisch. »Ich hab keine Ahnung, wie ich das schaffen soll.«

Der neben ihr sitzende Hanad legte seinen Arm um die junge Frau und presste für einen Augenblick die Lippen aufeinander, bevor er tief Luft holte. »Lass den Kopf nicht hängen.«

»Das sagst du so einfach – wenn der Kack mit dem Embargo, kommt, bin ich dermaßen am Arsch.«

»Die machen das sicher nicht«, entgegnete Hanad und vollführte eine große Geste, als wollte er alle Gäste der Kneipe in seine Arme schließen. »Da rasten die Menschen hier völlig aus.«

Chan nickte mit kurzen Bewegungen. »Mit Recht!« Er schlug seine Faust so heftig auf den Tisch, dass die Gläser klirrten. Ein Mann, der am Nachbartisch saß, drehte sich mit fragendem Gesichtsausdruck zu der Gruppe um. Chan hob entschuldigend die Hand bevor er sich nach vorne beugte. »Wie lange sollen wir uns noch verarschen lassen?«

»Und was soll das bringen? Was soll das ändern?« Sally seufzte. »Schau dir an, was sie mit Chatwin gemacht haben. Der liegt immer noch im Krankenhaus.« Ihre Augen wurden feucht. Langsam, aber unaufhaltsam suchte sich eine Träne einen Weg über ihre Wange.

»Die können uns nicht alle niederknüppeln«, konstatierte Chan mit breiter Brust. »Wir …« Er zeigte zuerst auf Sally, dann auf Hanad, und schließlich auf sich selbst. »Jeder von uns ist eine hart arbeitende Bürgerin oder ein schwer schuftender Bürger dieser Solaren Union. Die da oben können uns nicht vergessen. Das dürfen sie nicht. Sonst erinnern wir sie daran, dass wir noch hier sind.«

Sally zog die Nase hoch und legte mit dem Ärmel ihres Hoodies ihre Augen trocken, während Hanad das Bierglas in seiner Hand drehte und den letzten Rest im Kreis schwingen ließ.

Das Gemurmel der anderen Kneipengäste schien lauter zu werden, doch mitnichten heiterer. Dort, wo vor vier Wochen nach dem Wahlsieg von Julius Marek noch Jubeln und Jauchzen gewesen waren, waren heute bittere Tränen und sorgenvolle Mienen. Die junge Kellnerin bemühte sich redlich, die Gäste zu unterhalten, aber in den letzten Tagen kam niemand mehr hierher, um sich zu vergnügen, sondern nur noch, um zu vergessen.

Chan hob sein Bierglas, der Blick seiner verengten Augen wanderte durch die Kneipe und blieb am großen Monitor neben dem Tresen hängen. »Schaut mal, da!« Er hob den Zeigefinger, ohne das Glas abzustellen, und richtete ihn auf den Bildschirm.

Sally und Hanad folgten mit den Augen seinem Finger. Das animierte Logo von Saturn-News, eine stilisierte Zeichnung des Planeten mit seinen Ringen, nahm zwei Drittel des Monitors ein. Darunter in großen Lettern: *Brennpunkt.*

»Lauter«, rief einer der anderen Gäste. »Ich will das hören.«

Mit einem Lächeln nickte die Kellnerin ihm zu und tänzelte zu dem Gerät, um die Lautstärke zu erhöhen.

»… willkommen zu diesem Brennpunkt«, schallte es aus den Lautsprechern. Die junge Moderatorin war in der Totalen zu sehen. Sie trug braune Sandalen mit kleinen Absätzen, darüber einen navyblauen Minirock, der ihre schlanke Figur noch schlanker wirken ließ. Ihr Oberkörper wurde von einem gleichfarbigen Blazer bekleidet, den sie über einem weißen Top trug. Das leicht gelockte, schwarze Haar fiel sanft auf ihre Schultern und bildete eine groteske Einheit mit dem dunklen Lippenstift. »Mein Name ist Kalpana Kaul.«

Das Bild wechselte und die Moderatorin drehte sich ein wenig nach links. Jetzt war sie nur noch ab der Hüfte aufwärts auf dem Monitor zu sehen, hinter ihr ein Hologramm des Unionsparlaments.

»Es ist die Drucksache 210-12P14, die heute im Parlament der Vereinigten Planeten der Solaren Union zur Abstimmung steht – der Antrag für oder gegen das sogenannte Saturn-Embargo.«

»Die…« Sallys Gesicht wurde farblos. »Das war …« Wieder stieg ihr das Wasser in die Augen. »Schon … heute?«

»Die soll endlich sagen, was Phase ist«, rief Chan und stellte sein Bierglas so grob auf dem Tisch ab, dass einige Tropfen herausschwappten.

Einer der anderen Gäste, ein älterer Mann zwei Tische weiter, zischte in die Richtung der Gruppe: »Ruhe jetzt!«

»… live zur Regierungsraumstation Solaris Prime zu meinem Kollegen Masahiro Son.«

Im Nachrichtenstudio wurde das Hologramm eines Reporters mit hoher Stirn und wenigen, fast fusslig wirkenden Haaren eingeblendet. Er war im mittleren Alter, höchstens Anfang fünfzig, und trug einen Anzug im gleichen Navyblau wie die Moderatorin im Studio.

»Masahiro, ich grüße dich. Wo bist du gerade?«, fragte die Frau mit einem freundlichen Lächeln. »Was kannst du mir, was kannst du den Zuschauerinnen und Zuschauern über die Abstimmung zum Saturn-Embargo berichten?«

Der Reporter nickte. »Hallo, Kalpana, Grüße zu dir ins Studio. Ich stehe hier vor dem Plenarsaal, wo vor einigen Minuten die Abstimmung zu Ende gegangen ist – mit einer faustdicken Überraschung.«

Hanad umklammerte sein Glas mit zitternden Händen, während Chan in kurzen Bewegungen mit den Fingerspitzen auf den Tisch trommelte. Sally presste ihre Augen zusammen.

Währenddessen trat Ning in der Suite auf der Raumstation einen Schritt zurück und klatschte zufrieden in die Hände. Sie wandte sich zu Cedrik, der gerade den Monitor ausschaltete. »Die rechtliche Beratung in diesem Fall wäre damit abgeschlossen.« Nings Stimme schnitt durch die klinische Stille in der Suite.

Bolek und Lolek schulterten jeweils einen der Säcke mit den Leichen, Tolek baute das Gerät zur Großflächendesinfektion zusammen. Der gesamte Raum glänzte, das Bett war reinlicher als je zuvor. Alina saß auf einem Stuhl, nicht ein Tropfen Blut haftete noch an ihr. Ihr Gesicht trug eine Mischung aus Zufriedenheit und Unschuld, war aber dennoch nicht frei von Sorge. Liana kauerte auf dem Fußboden, ihren Kopf an Novas Schulter gelegt. Die beiden jungen Frauen starrten durch das Panoramafenster in die Leere des Weltalls.

»Vielen Dank für die Hilfe, Ning«, sagte Cedrik, während er die kleine Gruppe zur Tür begleitete. »Die Rechnung an die gleiche Adresse wie immer.«

»Selbstverständlich.« Sie lächelte, als sie über die Türschwelle trat, um den drei Männern zu folgen, drehte sich dann aber noch einmal um. »Ach, und Cedrik?«

»Ja?«

»Richte Selena aus, dass das Kleid, das sie bei der Amtseinführung getragen hat, einfach perfekt war.« Sie schüttelte sanft den Kopf. »Schade, dass sie es nicht öfter tragen kann. Aber vielleicht ergibt sich ja bald wieder eine neue Möglichkeit.«

Lächelnd nickte er. »Natürlich, Ning, das mache ich.«

Mit einem leisen Zischen schloss sich die schwere Tür. Cedrik atmete tief durch, bevor er sich umwandte und mit bedachten Schritten zurück zu den anderen trat. Seine Stimme war nicht nur bestimmt, sondern auch erfüllt von einer unbeschreiblichen Wärme.

»Meine Damen, wir sollten besprechen, wie es jetzt weitergeht.«

»Willst du uns verarschen? Du fragst ernsthaft, wie es weitergeht?« Nova schüttelte den Kopf. »Für Mio und Karabo geht es gar nicht weiter!«

»Nova, ich weiß, dass das für dich schockierend sein muss, aber …«

»Schockierend?«, schrie sie und fuchtelte so wild, dass Lianas Kopf von ihrer Schulter rutschte. »Dass Menschen glauben, eine

Veranstaltung wie die Gleichheitsnacht auf Enceladus, ein Abend voller Liebe und Gleichberechtigung, hätte ein Eisbeben ausgelöst, das ist schockierend. Das hier …« Sie sprang auf und zeigte auf den Platz, an dem vor wenigen Momenten noch Mio und Karabo gelegen hatten. »Das ist nicht schockierend, das ist …«

Lianas immer lauter werdendes Schluchzen zwang sie zurück auf den kalten Fußboden. Fest schloss Nova sie in die Arme.

»Das«, sagte Alina, mit bebender Stimme, »das alles wäre nicht passiert, hättest du die Finger von meiner Tochter gelassen. Nur deshalb sind die beiden jetzt tot!«

Nova schnaubte. »Liana und ich haben wohl am wenigsten mit diesen Morden zu tun.«

»Bist du dir da wirklich sicher?« Alina stemmte ihre Hände auf die Armlehnen des Stuhls und erhob sich ruckartig.

Doch bevor sie einen Schritt in die Richtung der beiden jungen Frauen treten konnte, baute sich Cedrik vor ihr auf, seine Stimme sanft, fast einfühlsam. »Frau Corsis.« Er bewegte die Hände vor seiner Brust auf und ab. »Ich denke, es wäre besser, wenn wir uns an diesem Punkt aufteilen. Sie haben sicher noch einige wichtige Geschäfte zu erledigen – und in der Zeit, in der Sie sich diesen Aufgaben widmen, kümmere ich mich um die beiden.«

Alinas Augen verengten sich. »Wollen Sie mich etwa von meiner Tochter …«

»Frau Corsis, ich komme mit Ning und ihren Mitarbeitern sehr gut aus.« Sein Blick war fest auf Alina gerichtet. »Aber dennoch versuche ich, es zu vermeiden, sie mehrmals an einem Tag zu treffen.«

»Wollen Sie …«

»Frau Corsis, ich sage es Ihnen zum letzten Mal, so deutlich, wie es mir nur irgend möglich ist: Ich will nichts. Aber ich werde alles tun, was notwendig ist.« Er atmete tief durch. »Ihre Tochter braucht jetzt einen Tapetenwechsel. Darum werde ich mich kümmern. Seien Sie unbesorgt, bei mir wird sie besser aufgehoben sein, als sie es bei Ihnen jemals war.« Alina presste ihre Fingernägel so fest in ihre Handflächen, dass das Weiß ihrer Knöchel zum Vorschein trat, während Cedrik freundlich nickte und einen Arm ausstreckte. »Kommen Sie, ich bringe Sie zur Tür.«

»Danke«, entgegnete Alina schroff, bevor sie seinen Arm zur Seite stieß. »Ich finde alleine nach draußen.«

Cedrik schmunzelte. Das leise Klackern ihrer hohen Schuhe durchdrang die Stille in der Suite, gefolgt von seinen dumpfen Schritten. Gerade als sie die Schwelle überschritten hatte, rief er ihr nach: »Ich bin sicher, wir sprechen uns bald wieder.«

Nachdem sich die Tür mit einem leisen Zischen geschlossen hatte, wandte er sich mit einem breiten Lächeln zurück in den Raum und marschierte in Richtung Nova und Liana.

Im selben Moment starrten die Kneipenbesucher auf Enceladus gebannt auf den Monitor, als auf Solaris Prime, nur einige Flure von Lianas Suite entfernt, Kallan Dresk mit seiner festen und entschlossenen Miene neben Masahiro Son trat.

Der Reporter nickte kurz. »Bei mir ist der Oppositionsführer und Fraktionsvorsitzende der Solidaritas, Kallan Dresk.« Er wandte sich mit ernstem Gesichtsausdruck seinem Gesprächspartner zu. »Herr Dresk, ich grüße Sie. Vielen Dank, dass Sie nach einer solchen Abstimmung Zeit für ein Gespräch mit Saturn-News gefunden haben. Sagen Sie uns doch bitte, wie schätzen Sie persönlich das Ergebnis ein?«

»Es ist für mich selbstverständlich, Herr Son, dass ich mir dafür Zeit nehme.« Kallan drehte sich zur Kamera. »Es ist die Aufgabe eines jeden Volksvertreters, seinen Wählerinnen und Wählern Rede und Antwort zu stehen. Auch an solchen Tagen.« Er atmete tief durch. »Wir, meine Partei und ich, sind die letzte Bastion der Randkolonien in diesem Parlament – das wurde heute noch einmal deutlich. Dass der neue Präsident Marek kein Mann des Volkes ist, war uns allen schon lange klar. Ich würde behaupten, es war offensichtlich, dass er nach der Wahl einen jeden, der ihm seine Stimme gegeben hat, betrügen würde. Aber dass mit Tiberius Kael, dem Fraktionsvorsitzenden der Conservativae, auch die ganze Partei den Menschen auf diesen Monden in den Rücken fällt, das hat sogar mich überrascht.«

»Sie haben nicht damit gerechnet, dass dieses Gesetz angenommen wird, das das Embargo ermöglicht?«

»Nein«, entgegnete Kallan, während er mit der Hand durch seinen Bart strich, »ich war fest davon überzeugt, dass man diesem Irrsinn der Vizepräsidentin Einhalt gebieten würde. Leider hat die Mehrheit der Abgeordnete in den zwei Kammern des Parlaments, leider hat diese Regierung die Menschen bitter enttäuscht – schon am zweiten Tag ihrer Amtszeit. Diese heutige Abstimmung wird in die Geschichte der Solaren Union eingehen als der dunkelste Tag für die Bewohnerinnen und Bewohner der Randkolonien.« Er hielt für einen Augenblick inne und ballte seine Hände zu Fäusten. »Aber egal, wo Sie mich jetzt dort draußen hören oder sehen, seien Sie sicher, Kallan Dresk und die Solidaritas stehen fest an Ihrer Seite – gegen diese Regierung.«

»Vielen Dank für Ihre persönlichen Worte und den Einsatz für unsere Heimat.« Der Reporter wandte den Blick wieder zur Kamera. »Das war Masahiro Son live von der Regierungsraumstation Solaris Prime über das Ergebnis der Abstimmung zum Saturn-Embargo. Zurück ins Studio.«

»Vielen Dank, Masahiro«, entgegnete die Moderatorin »Ja, meine Damen und Herren, das sind wahrlich überraschende und erschreckende Nachrichten. In der Abstimmung über das Embargo erzielte die Vizepräsidentin einen zweifelhaften Erfolg. Die Maßnahme wurde mit den Stimmen der Koalition aus Conservativae und Progrediens angenommen und soll bereits heute eingeleitet werden. Dazu spreche ich jetzt mit unserem Politikexperten …«

Mit einem lauten Krachen schlug Chans Bierglas in den Monitor, zerbarst in tausend kleine Teile und ließ den Bildschirm mit einem letzten, quälenden Knistern erlöschen. Eine Frau am Nachbartisch keuchte, der am Tresen sitzende Mann fluchte. Sally starrte auf die Trümmer des Gerätes, ihre Augen rot, ihre Wangen nass.

»Das ist …« Hanad schüttelte den Kopf, während Chan schreiend seinen Satz beendete.

»Eine Kriegserklärung an jeden Mann und jede Frau, die auf diesem Mond leben und sich jeden Tag den Arsch aufreißen.«

Während die Kneipe durch das rhythmische Trommeln von Fäusten auf Tischen erschüttert wurde, schüttelte Selena am Ausgang des Plenarsaals mit einem zufriedenen Grinsen Ardyns Hand.

»Wir haben es geschafft. Ein Erfolg auf ganzer Linie!«

»Der erste Schritt, Frau Vizepräsidentin. Noch steht uns die Reise nach Enceladus bevor. Und die Menschen dort werden mit dem Ergebnis der Abstimmung nicht zufrieden sein.«

»Aber dieser Herausforderung stehen wir erst übermorgen gegenüber. Jetzt haben wir uns einen Moment des Triumphes verdient – und morgen einen Tag der Ruhe und Erholung, soweit die Regierungsarbeit das zulässt.«

Ardyn nickte langsam, während sie Seite an Seite den Plenarsaal verließen. Sicherheitskräfte bahnten ihnen einen Weg durch die Reporterinnen und Reporter, die versuchten, die beiden im Vorraum zu umringen und zu einer Erklärung zu bewegen.

»Bitte haben Sie Verständnis, dass die Vizepräsidentin ihre Reise nach Enceladus vorbereiten muss und deshalb heute keine Zeit für weitere Stellungnahmen hat«, sagte Ardyn mit entschlossener Stimme.

Einer der Reporter schrie vorwurfsvoll: »Wollen Sie sich vor der Öffentlichkeit verstecken, Frau Vizepräsidentin?«

Selena blieb kurz stehen, wandte sich zu ihm um und holte tief Luft – doch bevor sie imstande war, etwas zu entgegnen, schob Ardyn sie sanft mit einem leichten Kopfschütteln weiter.

»Nicht jetzt, nicht hier, nicht schon wieder«, flüsterte er leise.

Sie schnaubte geräuschlos, während sie seiner Aufforderung folgte. Die beiden bahnten sich, abgeschottet durch acht Sicherheitskräfte, unermüdlich ihren Weg durch die Dutzenden Vertreter der Presse, hin zum Ausgang.

Vor den Türen stand Julius mit Paula und Tiberius. Langsam klatschte der Präsident in die Hände, als Ardyn und Selena durch die Tür kamen, seine Stimme voller Spott. »Sie haben Großes geleistet, Frau Vizepräsidentin.«

Sie verzog keine Miene und ließ den Unterton im leeren Korridor verhallen. »Ich danke Ihnen, Herr Präsident. Wann werden Sie Ihren Termin mit Frau Corsis abhalten?«

»Übermorgen, kurz nach Ihrem Abflug in Richtung Enceladus.« Er lächelte. »Aber sorgen Sie sich nicht, ich brauche Sie nicht bei diesem Gespräch.«

»Das trifft sich gut, ich hatte sowieso kein Interesse an dieser Lobbyistenplauderei.«

»Hoffen wir, dass uns das nicht allen gemeinsam auf die Füße fällt«, entgegnete Julius, während er sich mit seiner kopfschüttelnden Frau in Bewegung setzte, weg von Selena und Ardyn.

Der streckte seine Hand in Richtung Tiberius aus, seine Stimme verbindlich. »Ich bin froh, dass es noch Politiker gibt, auf deren Wort man sich verlassen kann.«

Der Fraktionsvorsitzende der Conservativae nickte und nahm das Angebot zum Handschlag an. »Eine Vereinbarung, Ardyn, ist nur etwas wert, wenn man sich daran hält.«

Ohne die beiden Männer, die sich in ihr eigenes Gespräch vertieften, weiter zu beachten, zog Selena ihren Kommunikator hervor, um sich Novas Standort anzeigen zu lassen. Dann tippte sie eine Nachricht. *Wir haben gewonnen. Embargo erfolgreich beschlossen. Bleib, wo du bist, ich komme – wir feiern!*

Das leise Vibrieren der neuen Mitteilung auf Novas Gerät wurde von Lianas lautem Schluchzen verschluckt. Cedrik kam von der Tür zurück, setzte sich stumm auf die Bettkante und richtete seinen Blick auf die beiden jungen Frauen.

»Liana, sie ist weg«, flüsterte Nova und drückte ihr einen sanften Kuss auf die Wange. Behutsam strich sie ihr über den Rücken, bevor sie vorsichtig die Tränen von Lianas Gesicht tupfte. Als diese den Kopf hob, begegneten sich ihre Blicke.

»Wieso?«, fragte sie. »Wieso mussten die beiden sterben?«

»Ich ...« Nova presste die Lippen aufeinander.

»Sie waren einfach zur falschen Zeit am falschen Ort.« Cedriks Stimme war bedacht, aber dennoch voller Wärme.

»Am falschen Ort?« Liana zog die Nase hoch und schüttelte den Kopf. »Zur falschen Zeit?«

Er nickte langsam. »Deine Mutter, sie...« Er zuckte mit den Achseln. »Sie hat die Kontrolle verloren. Aber jetzt kann sie dir nichts mehr antun.«

»Die Kontrolle verloren?«, wiederholte Liana.

»Das Wichtigste ist doch jetzt, dass es uns gut geht. Uns beiden.« Nova drückte sie fest an sich.

Langsam schmiegte Liana den Kopf an ihre weiche Brust, ein bitteres Lächeln auf dem Gesicht.

»Euch wird nichts passieren, dafür sorge ich. Das verspreche ich euch.« Cedriks Stimme war kalt und von Entschlossenheit durchdrungen. Sein Blick wanderte zwischen den beiden jungen

Frauen hin und her, bevor er mit den Achseln zuckte. »Ich denke, es ist besser, wenn ich euch allein lasse.«

Nova nickte, ohne sich ihm zuzuwenden. »Das denke ich auch.«

Langsam schritt er in Richtung Tür. Bevor er die Suite verließ, drehte er sich den beiden noch einmal zu. »Liana.« Seine Stimme ließ keinen Widerspruch zu. »Wir fliegen übermorgen nach Enceladus. Du wirst mit uns kommen. Nutze den Tag morgen und erhole dich – und dann klettere aus deinem Loch.« Cedrik räusperte sich, bevor er den Kopf leicht drehte. »Und Nova? Wenn du meine Frau siehst – wir sollten sie nicht mit den Ereignissen dieses Tages belasten.« Ohne eine Antwort abzuwarten, trat er über die Schwelle. Die Tür schloss sich fast geräuschlos.

Nova atmete tief durch und drückte Liana mit ihrer einen Hand umso kräftiger an ihre Brust, während sie ihr mit der anderen durchs Haar strich. »Alles wird gut.«

Sie schluchzte. »Wie kannst du das sagen?«

»Am Ende wird immer alles gut«, antwortete sie, »denn wenn es nicht gut ist, dann ist es nicht das Ende.«

Ein gequältes Lächeln, mehr Mitleid als Erheiterung, huschte über Lianas Gesicht. »Glaubst du das wirklich?«

Noch bevor Nova Luft zum Antworten zu holen vermochte, erfüllte das laute Hämmern gegen die Tür der Suite den Raum.

Selenas Stimme war zu hören. Die Vizepräsidentin schrie: »Nova, ich weiß, dass du da drin bist!«

»Ich muss jetzt gehen.« Sie betrachtete Liana mit einem warmen, aber nicht minder festen Blick, während sie langsam ihren Kopf von ihrer Brust wegdrückte. »Er passt auf dich auf. Vertrau mir.«

»Wie kannst du das sagen?«, fragte sie ungläubig. »Woher willst du das wissen?«

»Du bist mir wichtig, und ich bin Selena wichtig – und für Selena tötet er.« Mit einer sanften Bewegung strich sie eine Strähne aus Lianas Gesicht und fixierte ihre Lippen.

Erneut hallte das laute Hämmern in der Suite wider. »Nova, Cedrik hat mir gesagt, dass du da bist! Komm jetzt raus!« Selenas Stimme klang zunehmend genervter. »Wir haben etwas zu feiern!«

Als sich Nova wortlos erhob, griff Liana nach ihrem Arm, verfehlte ihn aber und fiel dabei zur Seite. Sie schluchzte laut, ihr Gesicht errötete.

Ohne einen Blick zurückzuwerfen, marschierte Nova zur Tür, öffnete sie und begrüßte die Klopfende mit warmer Stimme: »Hallo, Selena.«

Das Make-up der Vizepräsidentin war perfekt, ihre Kleidung makellos und ein breites Lächeln zierte ihr Gesicht, als hätte man es dorthin zementiert, während sich die Tür hinter ihrem Schützling schloss. »Hallo, meine Kleine.« Selenas Augen funkelten voller Vorfreude. Sie griff nach Novas Händen und drückte sie fest. Wortlos setzten die beiden sich in Bewegung.

»Und?«, fragte Nova, nachdem sie einige Meter durch den Flur gegangen waren.

»Wir haben es geschafft! Danke, dass du so tapfer warst. Danke, dass du die Sache mit Liana geregelt hast.«

Novas leerer Blick glitt auf den Boden, ihre Stimme zitterte. »Komm, lass uns gehen.«

Die Tür

Cedrik betrachtete im breiten Kleiderschrank der Suite einige Sekunden lang die wild durcheinander hängenden Krawatten. Nachdem er sich mit hastigen Bewegungen erfolglos durch die schier endlose Auswahl gewühlt hatte, griff er zu einer grün-blau-gestreiften Variante. Kopfschüttelnd trat er vor den großen Spiegel und warf sich den Schlips fahrig um den Kragen. Schwungvoll kreuzte er die Enden, schlang sie routiniert ineinander, um sie dann festzuziehen, zu fest. Er schnaubte leise. Vorsichtig lockerte er den Knoten, riss das breite Stück nach unten, nur um beide wieder zu kreuzen. Dieselben Bewegungen, dieselbe Reihenfolge – seine Finger arbeiteten dieses Mal präziser, weniger wie die Hände eines Dreijährigen und mehr wie eine gut geölte Maschine. Noch bevor er sein Werk vollendet hatte, öffnete sich mit einem leisen Zischen die Tür der Suite.

Behäbig schlenderte Selena über die Schwelle. Ihre leicht geschwollenen Lippen umspielte ein zufriedenes Lächeln, ihre Gesichtszüge hingegen waren genauso eisern wie scharf. Mit einem fast unhörbaren Seufzen streifte sie ihre Schuhe ab, die mit einem leisen Klacken auf dem Boden aufschlugen, nur um danach von hinten an ihren Mann heranzutreten. Für den Bruchteil einer Sekunde durchbohrte Selenas Blick das Spiegelbild seiner Augen, bevor sie ihm sanft den Nacken küsste.

»Wie war die Nacht?«, fragte Cedrik, ohne sich von seinem Krawattenknoten abzuwenden, den er zu richten noch nicht aufgegeben hatte.

»Aufregend.« Selena spielte sanft mit ihren Zähnen am Hals ihres Mannes, bevor sie leise kicherte. »Wie immer.«

Er schüttelte lächelnd den Kopf, nachdem er die Arbeit am Knoten abgeschlossen hatte. »Das dachte ich mir fast.«

»Du, Schatz?« Sie strich mit den Fingerkuppen langsam über die Seite seines Halses zum Kinn und drückte vorsichtig mit ihrem Zeigefinger dagegen.

Cedriks Haupt folgte der stechenden Aufforderung, die von den sich in seine Haut grabenden Fingernägeln seiner Frau ausgingen, immer weiter, bis er schließlich dazu gezwungen war, seinen gesamten Körper zu drehen.

»Hm?«

Sie schaute ihrem Mann fest in die Augen, bohrte den Fingernagel ihres Zeigefingers tiefer in die Haut seines Kinns. »Was ist in der Suite von Novas Betthäschen passiert?«

»Schatz«, entgegnete Cedrik mit freundlich funkelnden Augen und sanft gehobenen Mundwinkeln. Sein Gesichtsausdruck verharrte in unbeweglicher Ruhe, während er, ohne den Augenkontakt zu verlieren, Selenas Finger ergriff – nicht grob, aber doch bestimmt. Er zog ihn langsam zu seinem Mund, nur um ihn sanft, fast liebevoll, zu küssen. »Keine Fragen, deren Antworten du nicht hören willst.«

Selena zog eine Augenbraue hoch, ihre Stimme entschlossen, aber freundlich und warm. »War es ein Auftrag für die alte Ning?«

»Ich soll dich von ihr grüßen.« Cedriks Grinsen wurde breiter. Er küsste den Zeigefinger seiner Frau ein weiteres Mal, bevor er mit den Achseln zuckte, seine Stimme ein leises Flüstern. »Hat Nova gepetzt?«

»Sie wollte nichts sagen.« Selena zog ihren Finger aus der Hand ihres Mannes, trat einen Schritt vom Spiegel zurück und ließ sich lässig auf die Bettkante fallen. »Das musste sie aber gar nicht. Ich habe es in ihrem Gesicht gesehen. Die ganze Nacht war da dieser Ausdruck.« Sie schüttelte den Kopf. »Sie ist völlig aufgelöst.« Elegant schlug sie die Beine übereinander, ließ sich zurückfallen und stützte sich mit ihren Händen auf dem Bett ab.

Cedriks Augen verengten sich, sein Blick blieb regungslos auf das Gesicht seiner Frau gerichtet. »Wird sie denn zu einem Problem?«

»Nein, ich habe sie im Griff«, versicherte Selena. Sie lehnte sich nach vorne, öffnete einhändig die Knöpfe ihrer Bluse, entledigte sich des zerknitterten Kleidungsstücks, nur um den Blick auf ihren mit Kratzspuren übersäten Oberkörper freizugeben, der mehr an eine grausame Schlacht als an eine heiße Liebesnacht erinnerte.

Ein Lächeln huschte über Cedriks Gesicht, bevor er geschickt sein Jackett anzog, das fein säuberlich auf der Lehne des Stuhls neben dem Spiegel hing. »Sehr gut.«

»Aber trotzdem!« Sie strich sanft mit der Hand über einen der großen Kratzer an ihrer Schulter. »Du musst aufpassen. Wir stehen jetzt ganz anders im Rampenlicht als vorher.«

»Das ist mir bewusst und deshalb bin ich sehr vorsichtig, Schatz«, entgegnete Cedrik, trat zu Selena, bückte sich langsam und küsste sie für wenige Sekunden sanft auf die Stirn, bevor er mit einer geschickten Bewegung nach den schwarzen Lackschuhen griff, die unter dem Bett hervorragten. Mit einem leisen Schlurfen zog er die Schuhe hervor und schlüpfte hinein, während der prüfende Blick seiner Frau auf ihm lag. Er atmete schwerfällig ein. »Aber du solltest nicht vergessen, auch JFK wäre ohne Sam Giancana nicht Präsident der ehemaligen Vereinigten Staaten von Amerika geworden. Sogar der König von Camelot brauchte jemanden für das Grobe.«

Selena wandte sich wieder ihrem Kratzer zu, folgte der reizenden Erinnerung in ihrer Haut, frisch und leicht gerötet, bis an sein Ende. Ihre Zunge glitt langsam über ihre Lippen. »Wir sind aber nicht mehr im Wilden Westen des 20. Jahrhunderts.«

»Du weißt doch selbst, Schatz.« Elegant erhob sich Cedrik aus der Hocke. »Die Regeln der Macht ändern sich niemals. Wenn wir dein Ziel erreichen wollen, dürfen wir uns von nichts aufhalten lassen.«

»Ja … ich weiß.« Selena nickte kurz. »Pass einfach auf dich auf … auf uns.«

Ein freundliches Lächeln zierte Cedriks Gesicht, als er zu ihr hinunterblickte. Langsam strich er über ihre Schulter und hauchte ihr einen flüchtigen Kuss auf die Lippen.

Selenas Stimme war warm, ihre Miene voller Glückseligkeit. »Danke, dass du für mich da bist.«

»Natürlich, das bin ich immer, mein Schatz. Wir schaffen das.« Er streichelte über ihr Haar. »Wir werden hier etwas verändern. Für alle Menschen in dieser Union.«

Sie seufzte leise, ein sanfter Hauch, der in der Stille des Raums verhallte. Behutsam kuschelte Selena ihren Kopf an den flachen Bauch ihres Mannes. Cedriks Hände legten sich um sie, sein Griff so fest und gleichzeitig zärtlich, als würde er einen zerbrechlichen Schatz in einem tosenden Sturm festhalten. Sie schloss die Augen, ihr Atem flach.

»Soll ich mit Nova reden und die Sache klären?«, fragte Cedrik mit ernster Stimme.

»Das werde ich selbst erledigen, später.« Selena öffnete die Lider und wich von seinem Bauch zurück. »Jetzt muss ich erst mal duschen und danach habe ich eine Besprechung. Die Regierungsgeschäfte warten nicht.«

Er nickte. »Ist gut.«

»Was hast du heute geplant?«

»Ich war gerade auf dem Weg, meinen alten Kumpel zu besuchen, der uns Lianas Zimmernummer gegeben hat. Ich muss mich noch bei ihm bedanken.«

»Okay. Sehen wir uns dann später?«, rief sie ihrem Mann hinterher, als er in Richtung Tür marschierte.

Cedrik nickte, bevor er im Korridor verschwand.

Während Selena ihre letzten Hüllen fallen ließ und sich auf den Weg ins Badezimmer begab, erreichte Nova die Suite mit der Nummer AD-302. Sie zupfte ihren schwarzen Rollkragenpullover zurecht und richtete die gleichfarbigen Wollhosen, bevor sie tief durchatmete. Langsam hob sie die Faust, nur um dann umso beherzter gegen das kalte Metall der schweren Tür zu hämmern. Das Echo der Schläge verhallte in der Stille des Korridors. Sie zog die Ärmel ihres Pullovers nach oben und donnerte erneut an die unnachgiebige Tür.

Ihre Stimme war eine Mischung aus Flehen und Ungeduld, ihr Atem flach. »Liana … Ich weiß, dass du da bist.«

Die Tür blieb stumm und unbewegt.

Nova schlug erneut ihre Faust auf das Metall, härter, verzweifelter. »Ich weiß, dass du mich hörst.«

Immer wieder hämmerte sie gegen die Tür, immer roter wurden ihre Knöchel. Die Spannung in ihren Fingern ließ nach, die letzten Schläge waren mehr das Klatschen ihrer flachen Hand als ein beherztes Klopfen – bis sie schließlich aufhörte und ihre Stirn an die Tür lehnte.

Kein Geräusch drang aus dem Inneren der Suite.

Nova trat einen Schritt zurück und schüttelte langsam den Kopf, ihre Augen wurden feucht. Sie wich weiter nach hinten, ihr Atem flach und unregelmäßig. Ihr Rücken prallte gegen die kalte Wand gegenüber der Tür, ein dumpfer Stoß, der durch ihren ganzen Körper vibrierte. Ihre Beine verloren ihre Spannung. Nova sank schwer und hölzern auf den grauen Vinylboden, als wäre sie eine Marionette, der plötzlich die Fäden durchschnitten worden waren. Sie zog die Knie an den Oberkörper, umschlang sie mit den Armen.

»Ich verstehe, wenn du nicht antworten willst«, schrie Nova und schlug die Fäuste auf den Boden. »Verdammt noch mal, ich verstehe dich so gut. Vielleicht verstehe ich sogar, dass du mich nicht sehen willst.«

Eine Träne bahnte sich den Weg über ihre Wange, unaufhaltsam, verlor schließlich die Haftung und fiel langsam von Novas Gesicht. Sie schniefte mehrmals, ihre Augen verengten sich.

»Wahrscheinlich hasst du mich. Natürlich tust du das. Wahrscheinlich ist das auch gut so.«

Die einzige Antwort, die der Korridor ihr bot, war die erdrückende Stille, die alle Worte aufsog und für immer verschluckte.

Nova wischte sich mit dem Ärmel über ihre nassen Augen, ihre Stimme flehend. »Liana, ich bitte dich.« Ihr Atem zitterte. »Bitte hör mir zu.«

Das Metall der Tür antwortete ihr nicht.

»Ich kann nicht weggehen.« Nova schüttelte den Kopf, raufte sich mit den Fingern durch den Haaransatz. »Nicht so. Nicht von dir. Vor allem nicht, ohne dass du weißt … dass du verstehst, dass du mir nicht egal bist. Dass ich dich …« Ihre Stimme brach, sie senkte den Kopf, vergrub ihn in ihren Armen. »Ich hätte dich beschützen müssen. Ich hätte mich gegen sie stellen müssen. Gegen sie alle.« Ihr Kiefer zuckte unter dem der Druck ihrer Zähne, die aufeinander mahlten. »Aber ich habe es nicht getan. Das wirst du mir niemals verzeihen. Das werde ich mir selbst nicht verzeihen.« Sie schluchzte laut und bitterlich. »Und jetzt? Jetzt sitzt du da drin, allein – und ich hier draußen. Ich weiß nicht, wie ich das rückgängig machen soll. Ich weiß nicht, wie ich das jemals wiedergutmachen soll.« Sie zog die Nase hoch, hob den Kopf, richtete ihren Blick zurück auf die Tür. »Aber Liana«, sagte sie mit immer fester werdender Stimme, »wenn du diese Tür nicht öffnest … wenn du mich nicht ansiehst … dann bedeutet das, dass sie gewonnen hat. Deine Mutter. Die Frau, die dir einreden will, dass du falsch bist. Dass du schwach bist. Dass du nicht genug bist.« Sie schüttelte den Kopf. »Aber du bist genug, Liana. Mehr als genug. Für mich. Für mich bist du alles.«

Die Tür verweigerte noch immer jede Antwort.

Nova schaute den Gang hinab, in die Richtung, aus der gestern Mio und Karabo gekommen waren. Mit schmerzverzerrter Miene seufzte sie leise, bevor sich die Anspannung ihrer Finger löste. Sie legte die Hände flach auf den kühlen Boden, drückte sich ab und richtete sich auf.

»Ich kann die Vergangenheit nicht ändern. Ich kann nicht ungeschehen machen, was passiert ist. Was du gesehen hast. Was wir zusammen gesehen haben. Aber ich kann hier warten, bis du bereit bist, mich zu dir zu lassen. Oder mich wegzuschicken.« Sie trat an die Tür heran. »Aber du musst es selbst entscheiden, Liana. Nicht deine Mutter.« Ihr Mund war wenige Zentimeter vom Metall entfernt, ihre Stimme mehr ein Flüstern als ein Rufen. »Du.«

Sie atmete tief durch, trat einen Schritt zurück. »Und ich verspreche dir, wenn du mich wegschickst, dann werde ich trotzdem weiter für dich da sein, falls du es dir irgendwann anders überlegst – so wie vorgestern. Wie auf dem Präsidentenball. Als wir getanzt haben, ohne an das morgen zu denken.«

Gerade als Nova sich von der Tür abwandte, erfüllte ein vertrautes Zischen den Korridor. Über ihre Lippen huschte ein warmes, fast freudiges Lächeln, als sich die Tür öffnete. Dahinter stand Liana, ihr Gesicht geschwollen, ihre Augen leer, ihre Miene ein einziger Schmerz. Ihr ganzer Körper zitterte, sie krallte sich in den Türrahmen. Noch immer trug sie den übergroßen, schwarzen Kapuzenpullover, die viel zu weiten Hosen und die rosafarbenen Plüschsocken, die sie schon gestern getragen hatte. Novas Mund öffnete sich, doch bevor sie der Freude in ihren Augen Ausdruck verleihen konnte, holte Liana tief Luft. Ihre

Stimme mehr ein müder Hauch ohne Ton als eine echte Aufforderung.

»Bitte, geh.«

Zwei Worte, und die Tür schloss sich wieder.

Tränen schossen unaufhaltsam aus Novas Augen. Ihr Mund war weit geöffnet, doch kein Ton verließ ihren Rachen. Sie vergrub das Gesicht in den Händen, schluchzte so laut, dass das Echo durch den ganzen Korridor hallte.

Während sich Nova zurück zu ihrer eigenen Suite schleppte, schlenderte Cedrik auf dem Weg zu seinem alten Kumpel durch eine der unteren Sektionen auf Solaris Prime. Der lange Korridor war schmal, gekachelt mit reflektierendem Stahl. Wie in den meisten Gängen auf der Regierungsraumstation befanden sich beidseitig in regelmäßigen Abständen Türen, die mit sanft beleuchteten Raumnummern – eine Farbmischung aus einem kalten Blau und einem dunklen Lila – gekennzeichnet waren. Das wärmere Weiß, das aus den in den Boden eingelassenen Lichtbändern hervorbrach, trug sein Übriges dazu bei, dass der Korridor in eine sterile, kühle Atmosphäre getaucht war.

Cedrik passierte den Raum, auf dessen Türschild LK-8176 stand, dann den mit der Anschrift LK-8178. Leise, aber für jeden der es hätte hören müssen, nicht nur zu laut, sondern auch zu schräg, pfiff er *Always Look on the Bright Side of Life*, den zeitlose Klassiker aus der uralten Monty-Python-Komödie *Das Leben des Brian*. Das Echo der schiefen Töne, die mehr an das Sterben eines Vogels erinnerten als an ein Musikstück, schallte durch den Korridor und kündigte Cedriks Ankunft meilenweit im Voraus an.

Plötzlich blieb er stehen. Das Pfeifen verstummte. Seine Augen weiteten sich.

Einige Meter vor ihm, ein Stück weiter den Gang hinab, war die Schiebetür der Suite mit der Nummer LK-8192 nicht vollständig geschlossen, befand sich in einem seltsamen Zwischenzustand, als wäre sie mitten in der Bewegung erstarrt. Der Spalt war kaum breit genug, als dass sich ein ausgewachsener Hüne wie Cedrik hätte durchzwängen können, und doch so weit, um zu offenbaren, was dahinter fehlte. Die Suite war dunkel. Keine Stimmen, keine Geräusche. Nur Musik drang leise durch den Spalt, fast wie ein Flüstern.

Cedrik musterte die Tür.

Im Licht der Bodenstreifen schimmerte etwas – direkt auf der Schwelle, in der Führungsschiene der Schiebetür. Es war kaum mehr als ein schattiger Punkt auf dem kalten Metall.

Er trat einen Schritt näher, die Stirn in Falten gelegt.

Die Kanten des Türrahmens waren makellos, keine Dellen, keine Kratzer. Nichts deutete auf Gewalt hin. Doch unten, am Rand, steckte etwas Winziges, kaum mehr als ein Schatten. Ein Fremdkörper, der die Schienen blockierte? Oder nur eine Laune des Lichts? Der dunkle Fleck wurde schärfer, je näher Cedrik kam, offenbarte sich schließlich als ein kleiner Magnet. Auf ihm eine dunkelrote Flüssigkeit. Daneben, in der Führungsschiene selbst, ein weiterer Tropfen. Und noch einer.

Cedrik näherte sich der Tür wie ein Puma auf der Jagd – langsam, lautlos, aber immer bereit gnadenlos zuzuschlagen. Das Ziel selbst blieb, wie es war. Regungslos. Erstarrt.

Gerade als er die Tür erreicht hatte, drang ein dumpfer Knall aus der Suite, dann ein Klirren – und jäh brach die Musik ab. Cedrik atmete flach, beugte den Kopf vorsichtig nach vorne. Aus dem Spalt strömte warme Luft, trug einen unverkennbaren Duft in den Gang, eine Mischung aus rostigem Eisen, süßlich, fast wie ein Hauch von rohem Fleisch, und einem penetranten Parfüm.

»Vanille«, murmelte er leise. Sein Torso hob und senkte sich sanft, während er durch den Spalt spähte. Die Öffnung reichte aus, um einen Teil des Raums hinter der Tür zu enthüllen, beleuchtet vom warmen Licht, das aus dem Korridor hineinfiel. Auf dem Boden lag ein Tablet – oder das, was davon übrig war, nachdem es in seine Einzelteile zerborsten war. Scherben reflektierten die einfallenden Strahlen. Ein Schatten breitete sich daneben aus, so ausladend und regungslos wie unnatürlich. Es war allerdings nicht auszumachen, was ihn hätte werfen können, nur eine vage Silhouette einer undefinierbaren Gestalt.

Cedrik blinzelte. Nichts in der Suite rührte sich. Nichts gab einen Ton von sich.

Dann – eine kurze Bewegung im Schatten. Nicht mehr als ein sanftes Zucken, gefolgt von einem leisen Stöhnen. Wieder kehrte Stille ein.

Cedriks Augen verengten sich. Ein kaum hörbares Husten folgte aus dem Raum, tief aus der Lunge kommend, begleitet von einem feuchten, schwerfälligen Gurgeln. Er wich einen halben Schritt zurück, zog mit einer fließenden Bewegung die schwarzen Lederhandschuhe aus der Innentasche seines Jacketts und streifte sie über, griff durch den Spalt und drückte auf den Knopf, der die Tür öffnete.

Ein tiefes, klagendes Knarren zerriss die Stille, aber das Metall bewegte sich keinen Zentimeter. Als der Lärm wenige Sekunden später verstummt war, glitt Cedriks Blick nach unten. Er grummelte leise und kniete sich lautlos hin. Mit festem Griff fixierte er die Krawatte mit der Linken am Oberkörper, während er mit Daumen und Zeigefinger seiner Rechten den feuchten Magneten ertastete. Ein kaum hörbares Klacken, als er den Störenfried aus der Schiene löste. Das Material seines Handschuhs sog den roten Tropfen auf, der zuvor auf dem kalten Metall gehaftet hatte.

Langsam erhob Cedrik sich, ließ den Magnet durch die Finger gleiten, bevor er ihn in die Hosentasche steckte. Er atmete tief durch, griff erneut durch den Spalt, betätigte erneut den Knopf.

Diesmal ertönte ein leises Summen. Geschmeidig öffnete sich die schwere Tür.

Plötzlich donnerte etwas gegen den Rahmen, rutschte über den Rand und kippte zur Hälfte in den Korridor. Ein Oberkörper, von dunkelrotem Blut durchtränkt, prallte auf den Boden. Dann ein dumpfes Knacken, als der Schädel auf dem metallenen Untergrund aufschlug. Der harte Aufprall ließ ein Zucken durch den Körper fahren. Ein rasselnder Atemzug folgte, gurgelnd, als hätte sich die Luft gegen das Leben des Mannes verschworen. Dunkles Blut quoll in schweren Strömen aus einer klaffenden Bauchwunde, dickflüssig wie Lava. Die kurzen, schwarzen Haare sogen es auf. Die Hände des Mannes krampften sich um die Ränder der Wunde. Seine Finger zuckten, als wären sie dazu in der Lage, das unaufhaltsame Auslaufen des Lebens aus dem Körper zu verhindern.

Die Finger verließen die Bauchwunde und griffen ins Leere. Sie krümmten sich, versuchten verzweifelt, Halt zu finden. Sein Brustkorb bäumte sich auf, ruckartig, wie unter Schockwellen. Ein Krampf fuhr durch seine Glieder. Seine Beine, die noch in der Suite lagen, zuckten heftig.

Der glasige Blick des Mannes suchte Cedrik, doch als er ihn fand, schien er durch ihn hindurchzusehen. Die Augen waren leer und unfokussiert, als würde er bereits in eine andere Welt schauen. Die Lippen des Blutenden zitterten. Sie öffneten sich langsam, nur einen Spalt. Ein Laut, nicht mehr als ein ersticktes Krächzen, unterbrochen vom feuchten Blubbern, als Flüssigkeit tiefer in seine Luftröhre sickerte. Dann stieß er ein Wort hervor, krampfhaft, voller Schmerz: »Ence … la … dus …«

Der Körper des Mannes bäumte sich erneut auf, verzog sich in einem letzten Reflex. Ein Ruck durchfuhr die Glieder, ein Keuchen entwich ihm, begleitet von einem nassen Gurgeln. Blut lief aus den Mundwinkeln, dunkler Schaum sammelte sich zwischen seinen Zähnen, während seine Brust in flachen, unkontrollierten Stößen arbeitete. Drei röchelnde Silben, jede heiserer als die vorherige, gebrochen von dem Hauch an Atem, der ihm noch blieb: »Gleich … heitsn … acht …«

Cedriks Augen weiteten sich. Er reagierte sofort. Hastig bückte er sich zu dem Mann, packte ihn an den Schultern. »Was haben Sie gesagt?«

Die Augenlider des Blutenden schlossen sich langsam, glitten hinab wie der rote Vorhang am Ende eines Theaterstücks. Sekunden vergingen, während Cedrik ihn musterte. Plötzlich fuhren dessen Lider ruckartig wieder auf, gaben den Blick auf die geröteten Augen frei. Die Hand des Mannes hob sich ein kleines Stück vom Boden. Er zitterte, bewegte sie in Cedriks Richtung, zu der Krawatte an seinem Hals. Cedrik wich einige Zentimeter zurück, fast unmerklich, und doch eine unüberwindbare Distanz. Ein letztes Krächzen verließ seinen Rachen, seine Augen weiteten sich.

»Was haben Sie gemeint?« Cedriks Griff verstärkte sich. »Wer war das?«

Ein blutiges Husten, dann der dumpfe Aufprall, als der Arm des Mannes schlaff auf den Boden fiel. Die Spannung wich aus seinem Körper und er sackte zusammen wie ein losgelassener Faden.

Ein letzter Atemzug, der sich in der Stille verlor. Dann nichts mehr – nur der schier endlose rote Fluss aus warmem Blut.

Cedrik packte den Mann an den Schultern, rüttelte ihn, schüttelte ihn – doch der Fremde blieb schlaff. Mit einem kurzen Zischen sog er Luft durch die Zähne ein. Er richtete sich auf und fuhr mit Daumen und Zeigefinger langsam über seinen Nasenrücken, trat einige Schritte um den Körper, ohne seinen Blick von ihm abzuwenden. Dann griff er nach den Füßen des Mannes und schleifte ihn aus dem Korridor zurück in die Suite. Eine unübersehbare Blutspur zeichnete sich auf dem Boden ab wie das scharlachrote Band eines Malers, der mit zittriger Hand das Ende einer Tragödie skizzierte.

Drinnen betätigte Cedrik den Lichtschalter und atmete tief durch. Sein Blick schweifte durch die Suite und blieb an einem Baumwollshirt hängen, das auf einem Stuhl lag. Ohne zu zögern, marschierte er zu dem Oberteil, griff danach und eilte in das kleine Badezimmer. Er tränkte das Shirt mit kaltem Wasser, nur um dann mit dem tropfenden Stoff in der Hand zielstrebig zu der Blutspur im Korridor zu marschieren. Auf dem Weg blieb sein Blick für den Hauch einer Sekunde auf den zierlichen Spitzen von Tritten haften, die sich in der Blutlache abzeichneten und kleine, kreisrunde Vertiefungen hinter sich herzogen. Cedrik musterte die Abdrücke länger als nötig, bevor er seinen Marsch fortsetzte.

Im Korridor ging er in die Hocke, ohne den Boden mit seinen Knien zu berühren, und wischte die dunkelroten Flecken sorgfältig auf.

Nach einem letzten Blick auf den metallenen Untergrund, dessen Glanz das warme Licht des Ganges reflektierte, trat er zurück in die Suite und ließ die Tür zufahren. Ein zufriedenes Lächeln huschte über sein Gesicht.

Auf einer anderen Ebene der Station schloss sich hinter Alina die Tür zur Suite ihrer Tochter mit einem leisen Zischen. Liana saß auf der Bettkante, ihr Blick auf die Unendlichkeit des Universums gerichtet. Alina zog lautlos den kleinen Stuhl unter dem Schreibtisch hervor und ließ sich darauf nieder. Sie atmete tief durch, während ihre Finger sanft auf die Tischplatte trommelten. Eindringlich musterte sie Liana.

»Ich wollte das nicht. Das hätte nicht so passieren dürfen.« Alina schüttelte den Kopf. »Aber du hast mich dazu gezwungen. Du und dein rebellisches Verhalten.«

Keine Reaktion.

Alina verlagerte ihr Gewicht, schlug die Beine übereinander. »Redest du jetzt gar nicht mehr mit mir? Du kannst doch nicht einfach nur hier sitzen, als wärst du ein Eisklotz von Enceladus.«

In einiger Entfernung zur Raumstation, aber dennoch deutlich durch das große Panoramafenster erkennbar, zog ein kleines Schiff vorbei. Der metallene Rumpf reflektierte die Sonnenstrahlen und ließ sie durch das Glas dringen. Liana blinzelte.

»Hörst du mir zu?«, fragte Alina mit zunehmend lauter werdender Stimme.

Ihre Tochter atmete ein, öffnete die Lippen gerade weit genug, um ihre weißen Zähne erahnen zu lassen – nur um sie dann wieder zu schließen. Sie schluckte leise.

»Mein Gott, Liana, du tust so, als wäre ich ein Monster! Ich habe dich beschützt! Ich habe immer nur das getan, was das Beste für dich war. Das Beste für meine Tochter!«

Ein weiterer Lichtstrahl durchbrach das Glas. Liana blinzelte erneut, ihre Stimme nur ein Hauch. »Ich weiß.«

Alina hielt kurz inne, das leise Trommeln ihrer Finger auf der Tischplatte verstummte. Ein Lächeln huschte über ihr Gesicht, als sie die Hände hinter dem Kopf verschränkte. »Also siehst du es ein. Ich wollte dich davor bewahren, so wie diese …« Sie rümpfte die Nase, starrte für den Bruchteil einer Sekunde auf das Schiff, das noch immer im Panoramafenster zu erkennen war, und schüttelte dann den Kopf. »… zu enden. Ich habe dein ganzes Leben lang nur versucht, dich in die richtige Spur zu lenken.«

»Ja, Ma.«

Alina nickte, ihre Stimme hart wie Kruppstahl. »Das meine ich doch! Ich war die Einzige, die wusste, was gut für dich ist. Ich bin die Einzige, die es noch immer weiß.«

»Ja, Ma.«

»Sag doch nicht einfach nur ›Ja, Ma‹!« Alina atmete tief durch, um dann energisch den Kopf zu schütteln. »Das ist weder das, was ich wollte, noch der Grund, warum ich hier bin.«

»Ich weiß.«

Alina sprang vom Stuhl auf, der rücklings umkippte und mit einem Knall auf dem Boden aufschlug. »Warum tust du das?« Sie ballte ihre Hände zu Fäusten. »Ich will doch einfach nur, dass du mich verstehst. Dass wir wieder die Familie werden, die wir waren – Mutter und Tochter.«

»Ich weiß.«

Alinas Schultern fielen nach unten, ihr Körper verlor die Spannung. Krampfhaft stützte sie sich auf der Tischkante ab, bevor sie Lianas ausdruckslose Miene gerahmt von ihren kurzen Haaren mit einem Blick durchbohrte, der beinahe in der Lage gewesen wäre, jemanden zu töten. Ihre Tochter allerdings schenkte ihr keine Sekunde auch nur ein klein wenig Aufmerksamkeit.

»Mein Gott!«, flüsterte Alina leise.

Das Raumschiff warf eine letzte Reflexion in die Suite, als es schließlich den Ausschnitt des Panoramafensters überschritt und im Weltraum verschwand. Liana schloss die Augen.

»Weißt du was?« Alina schrie, ihr Gesicht hochrot – jeder Muskel stärker angespannt als zuvor. »Vergiss es! Ich …« Sie schüttelte den Kopf. »Ich habe es versucht. Zwecklos! Mehr als ich getan habe, kann eine Mutter für ihre Tochter nicht tun.«

»Ich weiß«, entgegnete Liana mit geschlossenen Lidern.

»Hör auf!« Alina winkte mit einer harschen Handbewegung ab. »Hör einfach auf damit!«

Sie schnappte nach Luft, drückte sich von der Tischkante ab, und ohne einen weiteren Blick an Liana zu verschwenden, marschierte sie aus dem Raum. Das Zischen der Tür, das leise Verhallen ihrer Schritte – und zurück blieb nichts außer Stille – friedlicher, endgültiger Stille.

Liana öffnete langsam die Augen und starrte wieder durch das große Panoramafenster.

Der Mars

Die Planetengouverneurin des Mars, Silvia Thier, saß in ihrem Büro in der Regierungszentrale des Planeten und griff nach dem Kommunikator, der vor ihr auf dem Schreibtisch neben dem Tablet lag. Mit einer eleganten Bewegung scrollte sie durch die Kontaktliste, um schließlich ihren Parteigenossen, den Oppositionsführer auf Solaris Prime, anzurufen. Ein leises, rhythmisches Piepen drang aus dem Gerät – bis es von einer freundlichen, aber keinesfalls bescheidenen Stimme beendet wurde.

»Kallan Dresk, Fraktionsvorsitzender mit Erfolg hier. Mit wem spreche ich bitte?«

Die Planetengouverneurin rollte mit den Augen. »Kallan, lass den Quatsch!«

»Silvia?«, fragte er süffisant. »Bist du das? Willst du dich etwa entschuldigen, weil du Zweifel an meiner Kompetenz hattest?«

Sie seufzte kopfschüttelnd. »Nein, das wollte ich sicher nicht. Du solltest vor lauter Überheblichkeit nicht das Wesentliche aus den Augen verlieren.« Ihre Stimme wurde fester. »Wir haben gestern vielleicht eine Schlacht gewonnen, aber noch lange nicht den Krieg.«

»Ich bitte dich«, entgegnete Kallan laut lachend, »das war mehr als eine siegreiche Schlacht, es war ein Gemetzel. Und das Beste ist, weder die Veyra noch ihre überhebliche Partei wissen, dass sie es sind, die unter die Räder gekommen sind.«

»Aber aktuell ist sie weiterhin die Vizepräsidentin dieser Union.«

»Eine Frage der Zeit, Silvia, eine Frage der Zeit. Wir haben alle Trümpfe in der Hand. Die beiden Koalitionäre zerfleischen sich und wir werden als die lachenden Dritten aus der Manege steigen.«

Sie schloss die Augen und massierte sich die Schläfen mit den Zeigefingern. »Dein Optimismus in allen Ehren, Kallan, aber ich rechne nur mit den Sachen, die ich auch selbst in der Hand habe.«

»Fassen wir doch einmal den Stand der Dinge zusammen.« Der Oppositionsführer schnaubte leise. »Alina Corsis kann nicht länger Wasser von Enceladus exportieren. Selena Veyra muss genau dorthin einen Ausflug machen – zu einem Mond, der sie alles andere als freundlich empfangen wird. Und Julius Marek …« Kallan lachte schallend. »Er ist eine Witzfigur als Präsident. Sogar eine Vollzeitpessimistin wie du muss doch sehen, dass wir auf der Siegerstraße sind.«

»Ich hoffe«, entgegnete Silvia kopfschüttelnd, »du wirst recht behalten.«

Er seufzte theatralisch. »Deine Laune ist wirklich äußerst deprimierend.«

»Kallan, manchmal wünschte ich mir, ich hätte auf dem Mars genauso viele Freunde wie du auf Solaris Prime.«

»Wieso denn das?« Seine Stimme war fast sorgenvoll, zumindest aber mitleidig. »Was ist los? Soll ich dir jemanden vorbeischicken, der dir bei den Problemen hilft?«

»Es ist,« Silvia runzelte die Stirn, »nicht diese Art von Problem.«

»Was ist es dann?«, fragte Kallan.

Nur sein Räuspern durchbrach die Stille, bevor die Planetengouverneurin dann leise schluckte.

Seine Stimme wurde fordernder, lauter. »Jetzt rede endlich mit mir.«

Silvia griff nach dem Tablet, wischte einige Daten zur Seite, bis das Gerät ein Sitzungsprotokoll anzeigte. »Ich hatte heute Morgen eine Besprechung mit dem Planetaren Amt für Geowissenschaften und Rohstoffe.«

»Und wieso?« Kallan klang verwirrt. »Gibt es ein Problem mit dem Regolithabbau?«

»Die seismischen Sensoren in der Nähe des …« Silvia fuhr mit zwei Fingern über den Bildschirm ihres Tablets, bis die Buchstaben größer wurden. Sie neigte den Kopf ein wenig zur Seite, ihre Stirn in Falten gelegt, während sie die Zeilen konzentriert musterte. »Ja, genau, des östlichen Randes des Hellas-Beckens haben schon vor Tagen kleinere Anomalien festgestellt. Wir haben die Stelle untersuchen lassen. Dort sind überall Risse im Boden.«

Mit einem leisen Zischen öffnete sich die Tür zu ihrem Büro. Der junge Mann mit den schwarzen Haaren und der gelben Uniform, der vorgestern Alina und Liana zu ihr gebracht hatte, stand in der Schwelle, kreidebleich, als hätte er dem Tod höchstselbst die Hand geschüttelt.

Die Stimme des Oppositionsführers schallte aus dem Kommunikator. »Wisst ihr schon, was …«

»Einen Moment, Kallan, ich bin gleich wieder da«, unterbrach sie ihn, bevor sie sich von dem Gerät abwendete und zu dem jungen Mann blickte, ihre Stimme genervt, aber mit einem ungeduldigen Unterton. »Was gibt es?«

»Es … sie …«, stammelte er.

Silvia presste die Lippen aufeinander. »Meine Güte, wird das noch ein ganzer Satz oder soll ich erraten, was Sie mir sagen wollen?«

Die Röte, die dem jungen Mann ins Gesicht stieg, war fast von der gleichen Intensität wie die der Krawatte des Fraktionsvorsitzenden. »Verzeihung, aber Sie …« Er atmete tief durch. »Sie sollten mitkommen, wir haben ein Problem.«

Die Planetengouverneurin seufzte augenrollend. »Kallan, da ist sie wieder«, sprach sie in ihren Kommunikator. »Die Realität des Mars. Ich muss Schluss machen.«

»Hm.« Der Oppositionsführer grummelte leise. »Halte mich bitte auf dem Laufenden – und gib mir Bescheid, wenn die Partei oder ich dir irgendwie helfen können.«

»Ja, ist gut.« Ohne eine Antwort abzuwarten, beendete Silvia das Gespräch, erhob sich von ihrem Stuhl und richtete ihren Blazer.

Während die Planetengouverneurin hastig ihr Büro verließ, klopfte Selena an die Tür zu Novas Suite, die sich nur Sekunden später öffnete. Sie gab den Blick auf die Ziehtochter der Vizepräsidentin frei, die mit verschränkten Armen hinter der Schwelle stand, das Weiß um ihre pechschwarzen Pupillen leicht gerötet, ihre Gesichtszüge kantig.

»Was ist los?«, fragte Nova, während der Ton ihrer Stimme eine Mischung aus überzeugt professioneller Härte und tiefer Verletzung spiegelte.

Ein warmes Lächeln huschte über Selenas Lippen, als sie freundlich, fast herzlich entgegnete: »Wir müssen reden.«

»Gestern Abend wolltest du das nicht – und heute Morgen auch nicht. Du warst weg, bevor ich aufgewacht bin.« Nova schüttelte den Kopf. »Wieso jetzt plötzlich?«

Selena drehte sich kurz nach rechts, blickte den langen Korridor entlang, dann nach links, nur um dann ihre Ziehtochter zu fixieren. »Wollen wir uns nicht drinnen unterhalten?«

»Wenn es sein muss«, grummelte Nova und trat einen kleinen Schritt zurück.

Selena marschierte an ihr vorbei in die Suite. Ihre Absätze hallten laut durch die Stille des Zimmers, als sie sich, ohne auf ihre Gastgeberin zu warten oder auch nur für einen Moment zu zögern, zum Bett bewegte. Noch bevor sich die Vizepräsidentin auf der Kante niedergelassen hatte, erfüllte das leise Zischen der Tür den Raum. Nova schlurfte hinter Selena her und lehnte sich mit ihrer Schulter an die Wand.

»Ich habe das Gefühl, dass da etwas zwischen uns steht.« Selena klopfte mit der flachen Hand auf den Platz neben sich.

Novas Lippen formten sich zu einem schmalen Strich, während sie mit einer kurzen Bewegung den Kopf schüttelte. »Dass etwas zwischen uns steht?« Sie schnaubte leise. »Du hast keine Ahnung, was bei Liana passiert ist.«

»Nova, das ist nicht wichtig für mich – aber du bist es.« Selenas Stimme war ausgeglichen, fast sanft. »Ich sehe doch, dass dich das belastet.«

»Belasten?« Novas Augen funkelten. »Das ist ein schönes Wort dafür.« Sie verschränkte die Arme vor ihrer Brust. »Aber wie könnte ich auch erwarten, dass du mich verstehst?«

Selena hielt dem Blick stand. »Bist du dir sicher, dass ich nicht verstehe?«

»Wenn du das wirklich tust, dann sag es mir.« Nova trat einen Schritt vor. »Sag mir, warum du das zugelassen hast. Sag mir, warum du ihn nicht gestoppt hast.«

»Weil …« Selena blinzelte kurz. »Weil ich etwas erreichen will in dieser Union. Weil wir nur so etwas verändern können. Das ist der Grund, wieso wir das alles machen.«

»Verändern?« Nova schüttelte den Kopf »Mit Blut an den Händen?«

»Das Richtige wird nicht falsch, nur weil es mit den falschen Mitteln erreicht wird.« Selena presste die Lippen aufeinander, ihre Finger krallten sich in die Bettdecke, kneteten den Stoff. Ihr Blick huschte kurz zur Seite, bevor sie wieder ihre Ziehtochter fixierte.

»Vielleicht nicht.« Novas Stimme war kaum mehr als der Hauch eines Flüsterns. »Aber es kommt der Moment, da … sind wir selbst die falschen Mittel.«

Stille. Nur Selenas schweres, gleichmäßiges Atmen erfüllte den Raum.

Dann ließ sie die Bettdecke los und schüttelte den Kopf. Ihre Stimme war fest, ihre Miene ernst. »Das ist der Unterschied zwischen uns.« Sie zeigte mit dem Finger auf Nova. »Du willst das

Richtige tun. Ich …« Sie deutet auf sich selbst. »Ich will … nein.« Ein eisernes Lächeln zementierte sich in ihrem Gesicht. »Ich *werde* das Richtige bewirken.«

Nova holte Luft, doch bevor sie das erste Wort formen konnte, schallte der Alarmton aus Selenas Kommunikator durch die Suite. Mit einer schnellen Bewegung griff die Vizepräsidentin nach dem Gerät und aktivierte es.

»Was gibt es?«

»Du musst sofort in den Lageraum kommen. Beeil dich!«, entgegnete Jekaterina mit hektischer Stimme und beendete das Gespräch, ohne auf eine Antwort zu warten.

Selena sprang, wie von der Tarantel gestochen, von der Bettkante auf und eilte zur Tür. »Wir reden später weiter, okay?«

Nova rührte sich keinen Millimeter, ihr Blick blieb auf dem Bett haften. Ihre Augen wurden feucht, eine Träne suchte sich langsam den Weg über die weiche Haut ihrer Wange – und fiel genau in dem Moment auf den Boden, als sich die Tür schloss.

Alina saß auf dem kleinen Stuhl in ihrer Suite auf Solaris Prime. Völlige Dunkelheit umgab sie. Sie blinzelte kurz, als die helle Anzeige ihres Kommunikators aufleuchtete. Mit einem Seufzen griff sie nach dem Gerät und nahm den Anruf an, ihre Stimme bestimmt. »Pa, was gibt es?«

Ein Husten drang durch die Leitung, gefolgt von den keuchenden Worten des Alten. »Was ist mit deiner Tochter? Ist Liana wieder gesund im Kopf?«

Alina atmete tief durch, ihr Blick glitt durch die Dunkelheit. »Ja. Ich habe die Sache geklärt.«

»Siehst du, mein Kind.« Er lachte. »Wenn du auf deinen alten Herrn hörst, dann läuft es doch so, wie es soll.«

Ihre Augen verengten sich, ihre Lippen formten Worte, aber kein Ton wollte ihre Kehle verlassen.

»Du hast gezeigt, dass du eine Corsis bist. Corsis versagen nicht. Niemals«, lobte der Alte mit genauso freudiger wie keuchender Stimme.

»Danke, Pa.« Über Alinas Lippen huschte ein gequältes Lächeln. »Aber um ehrlich …«

Bevor sie den Satz beenden konnte, unterbrach ein gleichmäßig rhythmisches Piepen die Leitung.

Nachdem Cedrik sich davon überzeugt hatte, dass von nichts in der Suite eine konkrete Gefahr ausging, betrachtete er den Toten auf dem Boden.

»Dich hätte ich heute wirklich nicht gebraucht.« Er seufzte leise. »Nun gut, schauen wir doch mal, wer du bist.«

Die Suite an sich war ordentlich und aufgeräumt – abgesehen von den Überresten des Tablets, die auf dem Boden lagen, und den Blutspuren, die der Sterbende großzügig vom Schreibtisch bis zur Tür verteilt hatte. Ansonsten war der Raum ein Standardquartier der Regierungsraumstation: ein breites Bett mit weißer Bettdecke, ein kleiner Stuhl, ein Arbeitstisch, ein großes Panoramafenster und eine Handvoll Schränke für Kleidung und sonstige Alltäglichkeiten.

Das Bett war säuberlich, fast militärisch gemacht, nicht eine Falte in der Decke. Der Schreibtisch auf der gegenüberliegenden Seite war leer, abgesehen von der kleinen Obstschale mit vier glänzend roten Äpfeln und drei noch grünlichen Bananen. Kein Foto einer Familie, keine Datenchips, keine Unterlagen. Nichts Persönliches.

Cedriks Schritte waren leise, fast tastend, als er sich einem der großen Schränke näherte. Das Glas des zerborstenen Tablets knirschte unter seinen Füßen – das einzige Geräusch in der gespenstischen Stille der Suite. Nachdem er auf den kleinen Knopf gedrückt hatte, öffnete sich die Schranktür lautlos und gab den

Blick auf den Inhalt frei. Eukalyptusgrüne Uniformen reihten sich ordentlich auf der silbernen Kleiderstange nebeneinander. Darunter standen schwarze Schuhe, so gut gebohnert, dass sie das fahle Licht reflektierten. Cedrik drehte den Kopf in Richtung des Toten, ein Lächeln auf den Lippen.

»Dass einen die Kleiderauswahl umbringt, kann ich verstehen.«

Er trat einen Schritt vom Schrank zurück, wandte sich dem kleinen Nachttisch neben dem Bett zu, öffnete die große Schublade und nahm den einzigen Gegenstand heraus, der zu sehen war: einen halb leeren Medikamentenblister mit der Aufschrift *Metopex-4*.

»Du hattest mit Strahlenbelastung zu kämpfen«, murmelte Cedrik. »Also ein Entdecker? Ein Forscher?« Er seufzte leise, ohne sein Lächeln zu verlieren. »Zumindest bist du kein sehr gesprächiger Kamerad.«

Er ließ den Blister in seiner Hand kreisen. Sein Blick schweifte erneut durch den Raum, von der Obstschale zum Bett, zu dem kleinen Nachttisch und hin zum geöffneten Schrank – und blieb dort an einer der Uniformen hängen. Es war dieses Kleidungsstück, das die ganze Ordnung zu stören schien. Es hing leicht schief, fast unmerklich, aber aus der Entfernung betrachtet doch deutlich genug, um bemerkt zu werden.

Cedrik legte seine Stirn in Falten. Mit einer geschmeidigen Bewegung ließ er den Blister in seiner Jacketttasche verschwinden, um dann mit ernster Miene an den Schrank zurückzukehren. Er fasste mit der Rechten an den auffälligen Stoff, zog die Uniform heraus und hielt sie vor sich. Weder Markierung noch Insignien – oder gar ein Namensschild.

»Wäre ja auch zu einfach gewesen«, lachte Cedrik selbstironisch, bevor er den Kopf zur Seite neigte. Er drehte das Kleidungsstück und tastete mit der Linken vorsichtig die Taschen ab – von oben nach unten. Als er das rechte Täschchen auf Höhe der Taille erreichte, erfüllte ein beinahe unhörbares Rascheln den Raum.

Cedrik hielt inne, griff in die Tasche und zog einen zerknitterten Zettel hervor. Ohne sich weiter mit der Uniform aufzuhalten, hängte er sie fein säuberlich zurück in den Schrank und entfaltete das Stück Papier. Darauf stand etwas mit blauem Kugelschreiber geschrieben, in einer Handschrift, die mehr an ägyptische Hieroglyphen als Buchstaben erinnerte. Er kniff die Augen zusammen.

Instabilität unerwartet. Risse entdeckt? Bitte nachrechnen! Danke dir, Roman.

Cedriks Lächeln wurde breiter, als er sich dem Toten zuwandte. »Wissenschaftler also. Aber was hast du herausgefunden, das dich das Leben gekostet hat? Und was hat das mit Enceladus und der Gleichheitsnacht zu tun?«

Genau in diesem Moment schlug Selena hektisch die Hand auf das Terminal. Zuerst ertönten die Piepslaute, dann das vertraute Zischen, mit dem die Tür zum Lagezentrum aufglitt. Der Raum war erfüllt von einer Symphonie aus Brummen und Surren, lauten Rufen und leisem Geflüster. Überall flackerten die bläulichen Strahlen der Hologramme, die Wände waren mit wechselnden Daten übersät. Einer der Beamten an dem fast voll besetzten runden Schreibtisch wischte hektisch über seine Anzeige, ein anderer schielte mit schweißnasser Stirn auf ein kleines Tablet in seinen Händen.

Auf dem Platz des Oberbefehlshabenden saß Julius, den Rücken durchgedrückt, seine Miene ernst. Neben ihm knarrte das weiche Leder des Sessels, auf dem sich Ingolf Clausius gerade zurücklehnte. Der Kommissar für militärische Angelegenheiten trommelte mit den Fingern ein asymmetrisches Muster auf die Armlehne. Zwischen den beiden stand Paula. Ihre rechte Hand ruhte auf der Schulter des Präsidenten, während ihre Linke mit lässiger Eleganz einen Kugelschreiber drehte. Das Lächeln im Gesicht der Präsidentengattin kannte weder Wärme noch Zweifel, ihr durchbohrender Blick war fest auf Jekaterina Orlov gerichtet. Die Kommissarin für Justiz hingegen schenkte Paula keine Aufmerksamkeit. Sie saß auf ihrem Platz, mit konzentrierter Miene ungebrochen in die Anzeige im Schreibtisch vertieft.

Selena eilte zu ihrem Sessel und wich auf dem Weg einem Beamten aus, der sie übersah und beinahe umrannte. Seine Entschuldigung, die mehr ein Stammeln war, wurde von der Geräuschkulisse verschluckt. Ohne ihn eines weiteren Blickes zu würdigen, erreichte die Vizepräsidentin ihren Platz, ließ sich in das weiche Leder fallen und drehte sich zum Präsidenten, ihre Finger fest um die Armlehnen gelegt.

Ihre Stimme war besonnen, aber nicht ohne eine gewisse Dringlichkeit vermissen zu lassen. »Was ist passiert?«

Julius' Torso hob sich rhythmisch, nicht ein einziges Zucken durchfuhr seine Glieder, seine Lippen blieben geschlossen. Sekunden vergingen.

»Herr Präsident? Können Sie mich hören?«, fragte Selena kopfschüttelnd.

Paula hob die Augenbrauen, das Lächeln auf ihrem Gesicht wurde immer schiefer, ein gehässiger Laut wie ein verkapptes Kichern entwich ihrem Rachen.

Ohne ihren Blick von den Daten zu nehmen, sagte Jekaterina: »Es ist der Mars.«

»Der Mars?«

»Ja.« Die Kommissarin nickte knapp, bevor sie über die Anzeige auf ihrem Schreibtisch wischte. »Wir wissen noch nichts Genaues, aber irgendetwas passiert dort.«

»Wir erwarten jede Sekunde Informationen von der Planetengouverneurin«, fügte Paula hinzu. Ihre Worte strotzten nur so vor

Arroganz und Überheblichkeit. »Aber machen Sie sich keine Sorgen, Frau Vizepräsidentin: Es gibt weder einen Grund, ein weiteres Embargo zu verhängen noch die Brüste zu zeigen.«

Selenas Augen verengten sich. »Wer hat Sie überhaupt zu dieser Party eingeladen?«

»Ich. Und ich schätze die Unterstützung meiner Frau.« Der Präsident lehnte sich leicht zu ihr. »Oder sind Sie der Meinung, dass wir in Krisensituationen auf eine helfende Hand verzichten sollten?«

»Wie käme ich dazu?« Selena schüttelte langsam den Kopf. »Aber ihre Gattin ist wohl eher der Große Sprung nach vorn als echte Hilfe.«

Über Paulas Miene huschte ein fast unmerklicher Schatten. Ihre Hand auf Julius' Schulter verkrampfte sich so sehr, dass der Präsident sich zurücklehnte, danach griff und sie sanft mit seinen Fingern streichelte.

Selena wandte sich Jekaterina zu, ihre Stimme nicht mehr als ein leises Flüstern. »Was macht die hier?«

»Das fragst du mich?« Die Kommissarin zuckte mit den Achseln. »Die Frau ist …«

»Herr Präsident!« Das Rufen des Mitarbeiters, ein junger Mann, der links von ihnen saß, unterbrach Jekaterina. »Die Planetengouverneurin des Mars ist in der Leitung.«

Julius vollführte eine auffordernde Handbewegung in Richtung des Beamten. »Stellen Sie Frau Thier durch, wir haben keine Zeit zu verlieren.« Er kämmte mit den Fingern durch seine schwarzen Haare, seine Stimme verlor die Lautstärke, er murmelte mehr, als er sprach. »Vielleicht verrät Sie uns dann auch gleich, warum wir hier sind.«

»Wird erledigt!« Der junge Beamte tippte auf der Konsole herum. Das leise Brummen des Projektors in der Mitte des Raums, das sein Starten ankündigte, ließ die Gespräche im Lagezentrum verstummen – lediglich das Piepsen der Anzeigen unterbrach das monotone Geräusch. Wenige Augenblicke später tanzten kleine, blaue Punkte umher, erst ungeordnet, dann immer zielgerichteter, bis sie schließlich den überdimensionalen Kopf von Silvia Thier materialisierten.

»Frau Planetengouverneurin«, begrüßte der junge Beamte sie, »herzlich willkommen. Sie sind verbunden mit dem Lagezentrum der Solaren Union. Präsident Marek und Vizepräsidentin Veyra sind hier, genauso wie der Kommissar für militärische Angelegenheiten, Herr Clausius, und die Kommissarin für Justiz, Frau Orlov.«

Ein leises Rauschen ging von dem Hologramm aus, die Lichtpunkte flackerten kurz, bevor sie sich wieder zu Silvias Gesicht formierten. »Herr Präsident, Frau Vizepräsidentin, danke, dass Sie sich so schnell Zeit genommen haben.«

»Ihre Nachricht klang einigermaßen dringend«, entgegnete Julius mit genauso fester wie von Freude erfüllter Stimme. »Und Sie wissen, wir helfen immer, wenn wir können. Das haben wir so versprochen – das habe ich versprochen. Also sagen Sie mir, wie kann ich Ihnen helfen?«

»Ich will gar nicht lange drum herumreden, Herr Präsident.« Silvias Augen verengten sich. »Unsere Wissenschaftler hier auf dem Mars haben vor wenigen Minuten einen Erdrutsch festgestellt.«

Ingolf schüttelte den Kopf. »Sie wollen uns also allen Ernstes sagen, wir sind hier, weil auf dem Mars ein bisschen Dreck einen Berg hinuntergerollt ist?«

»Herr Kommissar …« Silvia presste ihre Lippen aufeinander. »Nach den ersten Berechnungen ist das *bisschen Dreck,* von dem Sie sprechen, ungefähr so viel, wie in vier olympische Schwimmbecken passt.«

Selena wandte sich zu einem der Wissenschaftler in der Runde. »Verzeihen Sie es mir, aber ich kenne mich mit dieser Maßeinheit nicht aus. Was bedeutet das in Zahlen?«

»Einen Moment.« Der Beamte tippte auf sein Tablet. »Das sind fast zehntausend Kubikmeter.«

Die Vizepräsidentin strich sich übers Kinn, ihre Stimme eine Mischung aus Sorge und Erleichterung. »Aber der Hang ist nicht auf eine Stadt gerutscht?«

»Nein«, entgegnete Silvia kopfschüttelnd und atmete tief durch. »Das macht es allerdings nicht besser.« Sie runzelte die Stirn. »Ihre Wissenschaftler müssten gerade unsere aktuellen Daten erhalten haben.«

Der Mann, der Selenas Frage beantwortet hatte, nickte knapp, bevor sich seine Augen weiteten.

»Wollen Sie uns vielleicht Ihre Erkenntnisse mitteilen?«, fragte Paula mit unüberhörbarer Schärfe in der Stimme.

Selena schnaubte leise. »Jetzt lassen Sie dem Mann doch wenigstens einen Moment Zeit. Er scheint ja daran zu arbeiten.«

Die Präsidentengattin funkelte sie für den Bruchteil einer Sekunde an, bevor auf den Tischmonitoren der Arbeitsplätze eine Silhouette des Mars erschien. Der Wissenschaftler nahm eine weitere Eingabe auf seinem Tablet vor. Ein roter Punkt leuchtete auf. »Der Hangrutsch ereignete sich nach den Daten der Marsbehörde ungefähr bei den Koordinaten sechzig Grad Süd, einhundert Grad Ost – direkt an der Küste einer Insel.«

»Was bedeutet das genau?«, fragte Jekaterina, während sie den Blick von den Daten löste und auf das Hologramm schaute. »Also nur für die Juristen unter uns, die sich nicht so gut mit Geologie auskennen.«

»Einfach gesagt? Da ist ein kleiner Berg in den Ozean gerutscht.«

Ingolf lehnte sich vor und griff nach der roten Markierung. Die Anzeige auf seinem Arbeitsplatz flimmerte, als er sie berührte. »Und das heißt?«

»Da kommt eine verdammt große Welle auf die Marsstädte zu«, blaffte Silvia.

Selena kratzte sich an der Stirn, bevor sie sich dem Wissenschaftler zuwandte: »Wie groß?«

»Nach aktuellen Berechnungen ist die Welle wohl um die zwölfhundert Meter hoch, zumindest am Einschlagsort.« Die Stimme des Mannes war fest. »Aber wir werden das natürlich hier direkt nachrechnen. Das sind so weit nur die Daten der Marsbehörden.«

Silvia schüttelte den Kopf. »Gehen Sie davon aus, dass unsere Leute gute Arbeit machen.«

»Wir rechnen also zum aktuellen Zeitpunkt mit einer über einen Kilometer hohen Welle?« Julius' Blick huschte zu Selena, zu Ingolf, zu Jekaterina, dann zu den anderen. »Das … das ist doch ein Fehler, oder? Das kann nicht …« Ein Ruck durchfuhr seinen Körper, seine Muskulatur spannte sich an. Paula drückte ihre Hand fester auf seine Schulter.

Die Planetengouverneurin nickte. »Das ist das, wovon wir hier ausgehen.«

»Also, ich nehme zur Kenntnis: Megatsunami-Warnung für den ganzen Mars? Wie viel Zeit haben wir?«, fragte Ingolf, seine Stimme entschlossen, sein Rücken durchgedrückt.

»Ich habe hier eine weitere Simulation.« Der Wissenschaftler tippte auf die Eingabe und eine neue Grafik leuchtete auf den Arbeitsplätzen auf. »Wir haben auf dem Mars eine Ozeantiefe von zwei Kilometern und eine Schwerkraft von null Komma drei acht g. Das sind die Parameter, die für die Berechnung zugrunde gelegt wurden. Deswegen ist die Welle deutlich höher, als sie es auf der Erde wäre, und sie baut sich auch langsamer wieder ab.«

»Eine große Welle, die groß bleibt.« Ingolf schüttelte den Kopf. »Können wir sie vielleicht mit einem gezielten Schuss brechen?«

Selena legte ihre Stirn in Falten, während Jekaterina ihre Hand vor die Augen schlug.

Der Präsident wandte sich zu dem Kommissar, ein fast unmerkliches Nicken. »Das ist ein guter Ansatz, wenn wir darauf …«

Paulas Fingernägel gruben sich in seine Schulter und ließen seine Stimme ersticken. Sie atmete tief und deutlich hörbar aus.

»Herr Kommissar, es gibt keine wissenschaftlichen Studien …«

»Es mag sein, dass es keine dafür gibt, aber gibt es welche dagegen?«, unterbrach Ingolf den Wissenschaftler.

Selena räusperte sich. »Vielleicht sollten wir uns damit zu einem späteren Zeitpunkt beschäftigen.« Sie wandte sich dem Mann zu. »Können Sie uns zuerst erläutern, wie die Situation aussieht?«

»Gerne, Frau Vizepräsidentin.« Die Animation auf der Anzeige bewegte sich langsam. »Es scheint so, dass die erste Welle in ungefähr acht Stunden in Hellas Metropolis eintrifft – mit einer Höhe zwischen sieben Meter und siebeneinhalb Metern.« Er wischte über sein Tablet. »New Tharsis dürfte knapp dreißig Minuten danach von einer fast sieben Meter hohen Welle getroffen werden. Bei Amazonis Hub und Elysium Prime erwarten wir dann noch einmal eineinhalb Stunden später etwa fünf Meter. Zum Schluss wird es Valles Marineris City mit maximal vier Metern treffen.«

Selena ließ den Zeigefinger über ihren Monitor gleiten, rotierte die Silhouette des Planeten und maß den Abstand zwischen dem eingezeichneten Ort des Erdrutsches und den Ballungszentren, bevor sie erneut den Wissenschaftler fokussierte. »Aber die Städte liegen doch alle nur wenige Tausend Kilometer vom Epizentrum entfernt. Müsste die Welle nicht schneller einschlagen?«

»Auf der Erde ist das so, ja.« Der Mann nickte. »Dort bewegen sich so große Wellen üblicherweise mit einer maximalen Geschwindigkeit von … Moment bitte, lassen Sie mich in meinen Aufzeichnungen nachsehen.« Er schaute auf sein Tablet. »Ah, hier ist es. Auf der Erde sind es siebenhundert, vielleicht achthundert Kilometer pro Stunde – auf dem Mars sind es knapp dreihundertfünfzig.«

Silvia seufzte laut. »Das Problem ist nicht nur die Welle selbst, sondern dass sie trotz der großen Distanzen nicht genug an Höhe verliert.« Sie schloss die Augen für einen Moment. »Für die Menschen auf dem Mars ist das … Sterben in Zeitlupe.«

»Haben Sie bereits die Notfallmaßnahmen eingeleitet?«, fragte Jekaterina.

»Das kann man so sagen.« Die Planetengouverneurin nickte knapp. »Wir haben damit begonnen, die Menschen in Sicherheit zu bringen, aber ohne Unterstützung der Unionsregierung sind wir aufgeschmissen.«

»Wie viele«, fragte Selena mit nachdenklicher Miene, »können Sie retten?«

»Zu wenige.« Silvias Lippen formten sich zu einem Strich. »Wir haben alle Kräfte mobilisiert – Sicherheitskräfte, Rettungskräfte, unsere Katastrophenschutzbehörde – verdammt, ich habe sogar die planetaren Territorialstreitkräfte in Marsch versetzen lassen. Es reicht hinten und vorne nicht. Wir können nur versuchen, den Schaden an menschlichem Leben so weit zu begrenzen wie irgend möglich.« Sie atmete tief durch, der Blick ihres Hologramms wurde eindringlicher. »Herr Präsident, wir brauchen Sie. Der Mars braucht Ihre Hilfe!«

Julius massierte sich langsam mit den Fingern die Stirn. »Das kann doch gar nicht sein«, murmelte er leise und mit einem fast unmerklichen Kopfschütteln. Erst nachdem seine Frau ihm in die Schulter gekniffen hatte, wandte er sich Ingolf zu. »Herr Kommissar, was haben wir? Wie schnell können wir Unionstruppen auf den Mars bringen?«

»Um auf die Welle zu schießen?« Ingolfs' Miene hellte sich auf.

»Nein.« Paula verdrehte ihre Augen. »Um die Menschen zu evakuieren.«

»Streitkräfte der Union auf einem Mitgliedsplaneten?«, fragte eine ältere Beamtin. »Das wäre so aber nicht …«

Der laute Schlag von Julius' Faust auf den Arbeitstisch unterbrach die Frau. »Das ist verdammt noch mal eine Notlage! Soll ich tatenlos zusehen, wie zwei Milliarden Menschen an meinem dritten Tag im Amt absaufen?« Er schüttelte den Kopf. »Nein, das werde ich nicht tun!«

»Sie hat nicht unrecht, es gibt dafür keine gesetzliche Grundlage«, warf Selena mit fester und gleichzeitig nachdenklicher Stimme ein.

Jekaterina schmunzelte. »Die lässt sich aber durchaus schaffen.«

»An was hast du gedacht?«, fragte Selena.

»Nun.« Die Kommissarin zuckte mit den Schultern. »Es sind schon einmal Unionstruppen auf einem Mitgliedsplaneten gelandet – während der KI-Kriege.«

»Sehen Sie Frau Vizepräsidentin«, giftete Paula in Selenas Richtung, »es gibt doch einige wenige Menschen Ihrer Partei, mit denen man etwas anfangen kann.« Sie wandte sich Jekaterina zu. »Können Sie uns die rechtliche Grundlage schaffen?«

Selena würdigte Paula nicht eines kurzen Blickes, sondern drehte sich ihrer Sitznachbarin zu und legte ihre Stirn in Falten. »Das sind über 130 Jahre. Ich glaube kaum, dass wir uns auf ein Gesetz aus dieser Zeit heute noch berufen können.«

»Nein, das können wir nicht.« Die Kommissarin schüttelte den Kopf. »Aber das Vorgehen hat sich seitdem nicht geändert. Alles, was wir brauchen, ist ein präsidentielles Dekret.«

»Aber das lässt sich auch nicht aus dem Boden stampfen.«

»Ich könnte es versuchen.« Jekaterina lächelte kalt. »Es ist nicht unmöglich.«

Paulas Augen leuchteten. »Was brauchen wir dafür?«

»Zumindest ein offizielles Beistandsgesuch des betroffenen Planeten«, stellte die Kommissarin fest.

Alle Augen richteten sich auf den Präsidenten. Paula kniff erneut in die Schulter ihres Mannes.

»Dann müssen wir dafür sorgen, dass es uns vorgelegt wird.« Julius wandte sich an die Planetengouverneurin. »Wollen Sie meine Hilfe – oder nicht?«

»Herr Präsident«, Silvia atmete schwer, die Miene des Hologramms war von einem uferlosen Schmerz erfüllt, »Ich hätte sie nicht kontaktiert, wenn es eine Lösung ohne die Beteiligung der Unionsregierung geben würde.«

»Na bitte!« Paulas Lächeln wurde breiter. »Dann liegt es bei Ihnen.«

Sie nickte langsam, hob die Faust vor den Mund, um sich zu räuspern, und sagte schließlich entschlossen: »Herr Präsident Marek, Frau Vizepräsidentin Veyra, der Mars ruft als Mitglied dieses Bundes den Artikel 35 der Verfassung der Vereinigten Planeten der Solaren Union an und bittet um Beistand der interplanetaren Regierung in einer existenziellen Notlage.«

»Und wir werden den Mars nicht ertrinken lassen, Frau Planetengouverneurin«, entgegnete Paula mit fester Stimme, bevor Julius etwas erwidern konnte. »Du solltest dazu eine Erklärung abgeben, Schatz.«

Ihr Mann schaute für den Bruchteil einer Sekunde in die Ferne, dann erhob er sich langsam aus seinem Stuhl und zeigte auf einen der Mitarbeiter. »Sie!«

»Ja, Herr Präsident?«

»Rufen Sie die Medienvertreter zusammen. Ich werde eine Erklärung abgeben. Frau Orlov, bereiten Sie das präsidentielle Dekret vor. Ich unterzeichne es, sobald Sie es geschrieben haben.«

»Ich denke, wir können die Unionstruppen in Bewegung versetzen.« Paulas Worte waren mehr ein Flüstern.

»Genau!« Julius wandte sich zu Ingolf, der gerade Luft holte. Noch bevor er ein Wort hervorstoßen konnte, fuhr der Präsident fort: »Herr Kommissar, wir haben keine Zeit für weitere Debatten. Ich will alles auf dem Weg zum Mars sehen, was zwei Beine hat – und sei es nur ein verdammter Rekrut mit einem Erste-Hilfe-Kasten.« Während Ingolf salutierte, drehte sich Julius Selena zu. »Und Sie, Frau Vizepräsidentin, machen Sie sich nützlich. Sie koordinieren die Maßnahmen zwischen den Unionsbehörden und dem Mars.« Dann wandte er sich um und marschierte Richtung Tür.

Bevor Paula ihm folgte, verengten sich ihre Augen, ihre Stimme eine Mischung aus Spott und Wut. »Und tun Sie uns allen einen Gefallen, Frau Vizepräsidentin – diesmal bitte kein Embargo.«

»Ich stehe immer für diese Union ein, Frau Präsidentengattin – etwas, das Ihnen offensichtlich gänzlich unbekannt ist.«

Das Dekret

Cedrik hatte jeden Winkel der Suite durchkämmt, ohne auch nur die Spur eines weiteren Hinweises zu entdecken. Mit einem genervten Seufzen wandte er sich wieder dem Mann auf dem Fußboden zu und ging zu ihm hinüber. Dort angekommen huschte ein kurzes Zucken durch seine Nasenflügel, zwei schnelle Atemzüge. Sein Kiefer spannte sich, während sein Blick von den Füßen entlang der blutverschmierten Uniform bis zum Kopf der Leiche wanderte.

»Du riechst aber nicht wie ein normaler Toter.«

Er hockte sich neben den Fremden und beugte sich leicht vor. Als seine Nase über dem Mund des Mannes angekommen war, erfüllte das leise Rasseln seines tiefen, nasalen Atemzugs die Suite.

»Das riecht wie …« Cedrik runzelte die Stirn. »Ich kann es gar nicht genau sagen.« Wieder atmete er ein. »Es ist metallischer, als es sein dürfte.«

Sein Blick fixierte die Lippen des Toten, die nicht nur blass vom Blutverlust waren, sondern leicht bläulich schimmerten. Er tastete mit den Lederhandschuhen den Hals des Mannes ab, vorsichtig, aber gründlich. Schließlich atmete er tief durch, als er die Hände löste und sich dezent nach hinten lehnte.

Leise murmelte er: »Blaue Lippen, geschwollener Mandeln.« Cedrik schüttelte den Kopf. »Was hast du nur geschluckt? Gift? Ein Geheimnis? Oder etwas ganz anderes?«

Er legte seine Rechte auf den Bauch des Mannes und drückte leicht. Blut ergoss sich aus der klaffenden Wunde – dann durchbrach ein dumpfes Gurgeln die Stille. Cedrik zog seine Hand zurück. Die dunkelrote Flüssigkeit tropfe langsam von seinem Handschuh auf den Boden. Weniger als einen kurzen Herzschlag später zuckte ein kaum sichtbares Zittern über die Bauchdecke des Toten. Wieder dieses Gurgeln. Ein fauliger Geruch stieg aus dem Mund des Mannes, gefolgt von einigen Tropfen einer galligen Masse. Dann verebbte der Blutfluss. Die Stille erobert die Suite zurück.

Ein Lächeln huschte über Cedriks Lippen, als er seine Rechte wieder auf die Bauchdecke des Toten legte. Dieses Mal drückte er entschlossener, fester, verlagerte fast sein ganzes Gewicht auf die Hand. Erneut das rinnende Blut, das dumpfe Gurgeln, der faulige Geruch. Wieder tropfte nur wenige Augenblicke später die gallige Masse aus dem Mund des Mannes, aber nicht nur einige Tropfen, sondern nahezu sturzbachartig. Dann unterbrach ein feuchter Laut die Töne, die von dem Toten ausgingen. Etwas anderes glitt aus dem Körper, mehr als nur die Flüssigkeit, die es umhüllte. Die äußere Schicht löste sich langsam auf und ein undefinierbares Teil kam zum Vorschein – hell, fest.

Cedrik griff mit einer fließenden Bewegung nach dem Kugelschreiber in seiner Jackettinnentasche. Ohne zu zögern, tippte er mit der Spitze gegen die Substanz. Die Oberflächenspannung des Schleims brach und ein kleiner Datenchip rutschte hervor. Cedrik griff nach dem Speichergerät und hielt es einige Sekunden in seiner Handinnenfläche.

»Na schau einmal an«, murmelte er, kippte die Hand leicht zur Seite und musterte den Fund, der das gedimmte Licht der Suite in alle Richtungen reflektierte. »Wer bist du denn?«

Nachdem er über den Datenchip gewischt hatte, löste er vorsichtig einen der Handschuhe von seiner Hand, zog seinen Kommunikator hervor und schob ihn in die Öffnung. Das Gerät summte leise, bevor es kurz aufleuchtete. Auf dem Display erschien eine Vielzahl an Dokumenten untereinander, doch statt der üblichen Dateinamen standen neben den Symbolen kryptische Zeichen.

Nachdem Cedrik die Dateien einige Augenblicke lang gemustert hatte, drückte er auf die erste Zeile. Ein Ladesymbol flackerte über den Bildschirm, der Kreis drehte sich. Und drehte sich. Und drehte sich. Genau in dem Moment, als er leise seufzte, verschwand die Ladeanzeige – und nichts passierte.

»Was soll denn das jetzt?«, fragte Cedrik seinen Kommunikator.

Erneut drückte er auf das Dokument in der ersten Zeile, erneut lud das Gerät und erneut geschah nichts. Er schüttelte den Kopf. Seine Miene wurde immer finsterer, je öfter er eine weitere Zeile auswählte und sich genau dasselbe Prozedere wiederholte.

»Das kann doch nicht wahr sein«, seufzte Cedrik schließlich, bevor sein Blick zurück auf den Toten fiel. »Was hast du zu verbergen?«

Gerade als er die Verbindung zwischen seinem Kommunikator und dem Chip getrennt hatte, vibrierte das Gerät. Er verstaute den Datenchip in seiner rechten Jacketttasche und nahm den Anruf entgegen.

»Cedrik«, meldete sich Jekaterina mit kompromissloser Stimme, noch bevor er sie zu begrüßen vermochte. »Selena braucht dich. Hier im Lagezentrum. Sofort.«

»Gibt es ein Problem?«, fragte er mit genauso bedachter wie unerschütterlicher Stimme.

»Mach dir am besten selbst ein Bild davon.«

»Ist gut.« Cedrik ließ den Blick durch den Raum schweifen. »Sag ihr bitte, ich bin auf dem Weg.«

Er beendete das Gespräch, ohne eine Antwort abzuwarten, und scrollte durch die Kontaktliste seines Kommunikators, bis er Nings Name erreichte. Er sendete ihr seinen momentanen Standort mit einer kurzen Nachricht: *Rechtsberatung erforderlich. Suite LK-8192. Türcode 4125. Ich muss weiter.*

Cedrik steckte das Gerät zurück in sein Jackett und trat zu dem schwach leuchtenden Kontrollterminal neben der Tür. Mit einem sanften Seufzer und einem nachdenklichen Runzeln auf der Stirn löste er den oberen Teil der Verkleidung der Türsteuerung und schloss einige Drähte kurz, um dann den gerade gesendeten Code über das Tastenfeld einzuprogrammieren. Ein leises Piepsen bestätigte sein Werk. Nachdem er das Gehäuse provisorisch geschlossen hatte, nickte er mit einem zufriedenen Lächeln und zog einen der kleinen Plastikbeutel aus der linken Jacketttasche hervor, in den er seine Handschuhe und den Stift steckte, nur um sie wieder in seinem Jackett zu verstauen.

Mit einem leisen Zischen öffnete sich die Tür. Cedrik trat in den Korridor und wartete einen Augenblick. Er schaute nach links, dann nach rechts. Nichts als gähnende Leere erfüllte den Gang. Als sich die Tür hinter ihm geschlossen hatte, marschierte er los.

Während sich Cedrik zum Lagezentrum aufmachte, saß Selena auf dem tiefen Hocker, dem es nicht nur an einer Lehne, sondern auch an Eleganz mangelte, in der kleinen, abhörsicheren Telefonzelle. In dem gesamten Raum, der selbst ein Ausdruck von reiner Funktionalität war, fand sich nicht ein Farbklecks. Er hatte die Größe eine Schuhschachtel und seine Wände aus kaltem, dunklem Metall wurden nur von einem klinischen Deckenlicht beleuchtet. Ansonsten hatte hier drinnen nichts Platz außer dem Hocker und einem kleinen Schreibtischchen. Selena telefonierte mit ihrem Schützling.

»Ja bitte?«, fragte Nova mit leidender Stimme.

Selena atmete tief durch. »Ich brauche dich.«

»Das klang vorhin aber anders.«

»Nova.« Sie verdrehte die Augen. »Jetzt ist nicht der Moment dafür.«

»Natürlich nicht.« Ihre Ziehtochter schnaubte leise. »Der Moment ist immer nur dann, wenn du das gerade willst.«

»Hör mir bitte einfach zu.« Selena massierte mit Zeigefinger und Daumen ihre Nasenwurzel. »Ich brauche dich. Auf dem Mars.«

»Wieso denn dort?«

»Dem Planeten drohte eine verheerende Naturkatastrophe.« Sie atmete tief durch. »Ich leite die Maßnahmen von Solaris Prime aus, aber ich brauche jemanden vor Ort, dem ich vertrauen kann. Meine eigenen Augen und Ohren.«

»Naturkatastrophe?« Novas Stimme war eine Mischung aus Sorge und Unglaube. »Was genau geht dort vor sich?«

»Ein riesiger Tsunami. Wir haben fünf Stunden, bevor die Welle die Städte erreicht.« Selena schüttelte den Kopf. »Ich erkläre dir alles, wenn du unterwegs bist – aber du musst sofort los.«

Novas Atem war gedrosselt und dennoch deutlich durch den Kommunikator zu hören. »Und du schickst mich dahin, weil …«

»Weil ich weiß, dass ich mich auf dich verlassen kann«, seufzte Selena theatralisch.

»Ach, das kannst du jetzt?« Nova stieß ein vorwurfsvolles Grunzen aus. »Das hörte sich vorhin noch anders an.«

Selena lächelte sanft, ihre Stimme wurde wärmer, weicher. »Du warst nicht bereit.«

»Warum schickst du nicht deinen tollen Mann?«, fauchte Nova.

»Cedriks Platz ist hier, das weißt du genau.« Sie hielt kurz inne. »Nova, wir müssen jetzt alle zusammenhalten. Funktionieren, wie wir das so oft getan haben. Wir können uns keine Fehler erlauben.«

»Und du willst, dass ich jetzt alles stehen und liegen lasse, um auf den Mars zu fliegen?«

»Ich weiß, dass du das tust«, entgegnete Selena mit einem Unterton, der eine Mischung aus spielerisch und herausfordernd war.

Nova schnaubte leise, ihr Atem wurde schneller. »Warum?«

»Weil …« Der Blick der Vizepräsidentin glitt in die Ferne und sie hielt einen Moment inne, bevor sie kurz blinzelte. »Weil du mich liebst.«

»Selena …«

»Flieg«, unterbrach sie Nova mit gleichermaßen energischer wie warmer Stimme. »Ich brauche dich – und die Menschen auf dem Mars auch.«

Für einen Moment kehrte Stille ein. Selena trommelte mit ihren Fingern auf ihrem Oberschenkel. Ihr Schützling holte tief Luft – nur um lange auszuatmen. Schließlich räusperte Nova sich, ihre Stimme bedacht, aber von einem fast unmerklichen Zittern erfüllt. »Wann … Wann geht der Flug?«

Selenas Lächeln wurde breiter, der Ton ihrer Worte konnte den Triumph nicht verbergen. »In zwanzig Minuten. Der Mars steht günstig. Flugzeit ist eine Stunde fünf. Ich schicke dir alles Weitere auf deinen Kommunikator.«

»Du bist eine manipulative Hexe«, stellte Nova fest, ohne dass ihre Stimme die Herzlichkeit verlor.

»Ich weiß, Süße« Selena nickte. »Und Nova?«

»Ja?«

»Pass auf dich auf.« Sie schloss die Augen. »Bitte.«

»Versprochen.«

Das leise, rhythmische Piepen, das das Ende des Gesprächs signalisierte, drang aus Selenas Kommunikator. Sie starrte für den Bruchteil einer Sekunde auf das Gerät, bevor sie es mit einem tiefen Seufzen wegsteckte und die kleine Telefonzelle verließ, um ins Lagezentrum zurückzukehren.

Selena marschierte zielstrebig durch das geschäftige Treiben. Einige Beamte standen zusammen, berieten sich und diskutierten, andere starrten auf den Monitor, der an ihren Sitzplätzen in den Tisch eingelassen war, und tippten hastig auf die Eingabefelder.

Es herrschte an allen Ecken und Enden eine angespannte Stimmung, aber nirgends hielt das Chaos Einzug.

Gerade als sie sich auf dem Sessel des Oberkommandierenden niedergelassen hatte, zeigte eines der großen Wandpaneele den Präsidenten, flankiert von seiner Frau und Ingolf, vor der Masse an Medienvertretenden im Presseraum auf Solaris Prime.

»Stellen Sie den Ton lauter«, rief Jekaterina einem jungen Beamten zu. »Wir wollen doch alle hören, was der Präsident uns mitzuteilen hat.«

»… verehrte Damen und Herren – großartig, dass Sie hier sind. Wirklich großartig. Ich werde es Ihnen sagen, und ich werde es offen und ehrlich sagen – weil niemand so ehrlich ist wie ich.« Julius hob die Hand, formte mit Daumen und Zeigefinger einen Kreis, die restlichen Finger ragten einfallslos nach oben. »Der Mars – ein unglaublicher Planet, die erste Kolonie der Menschheit, eine riesige Erfolgsgeschichte, eine der besten, die wir je hatten! Fast 500 Millionen Menschen, großartige Menschen, fantastische Leute, harte Arbeiter, große Patrioten.« Er beugte sich leicht nach vorne, senkt die Stimme. »Und jetzt?«

Selena massierte sich die Stirn. Ihr Atem war flach, aber sie blieb wortlos, während Jekaterina mit einem gequälten Grinsen den Kopf schüttelte, ihre Stimme ein Flüstern und dennoch staubtrocken. »Vielleicht wollte ich es doch gar nicht so unbedingt hören.«

»Es sind die Geister, die du gerufen hast«, entgegnete die Vizepräsidentin.

»… riesigen Katastrophe. Eine wirklich große, sehr große Katastrophe.« Julius hob langsam das Kinn, ein spitzbübisches Lächeln auf den Lippen. »Die Planetengouverneurin – nun ja, Sie wissen, wer sie ist. Viele Leute sagen, sie sei keine große Unterstützerin von mir. Ganz ehrlich, sie gehört zur anderen Partei. Nicht meine engste Freundin, das kann ich Ihnen sagen! Aber wissen Sie was? Sie hat mich angerufen.« Beide Hände des Präsidenten schnellten vor, die Handflächen nach oben geöffnet. »Mich! Persönlich! Und warum? Weil sie weiß, dass ich der Einzige bin, der das hinkriegt. Sie weiß es! Alle wissen es. Sie hat die interstellare Regierung um Hilfe gebeten – Artikel 35, ganz offiziell, völlig legal. Und das war sehr klug von ihr. Sehr, sehr klug.«

»Sie hat die Regierung angerufen, nicht ihn persönlich.« Jekaterina seufzte kopfschüttelnd.

Selena schnaubte leise. »Und es war natürlich nur er, der das alles initiiert hat. Wer auch sonst?«

»… sogar sie – die wirklich nicht oft mit mir übereinstimmt – mich um Hilfe bittet, dann wissen Sie, dass es ernst ist. Wirklich ernst. Aber wissen Sie, wen sie nicht angerufen hat? Wer nicht helfen kann?« Seine Hand hob sich, seine Lippen formten tonlos ein Wort – doch er hielt inne. »Ich denke, wir wissen es alle.« Er hielt sich die Hände an die Ohren, nur um dann zu nicken. »Selena Veyra! Oh ja, die Selena. Unsere Vizepräsidentin. Ganz große Katastrophe, diese Frau. Erinnern Sie sich? Gestern, nach der Amtseinführung? Da war sie sehr beschäftigt. Sehr beschäftigt damit, ein Embargo gegen den Saturn durchzusetzen! Ja, den Saturn! Eine dumme Entscheidung, eine wirklich dumme Entscheidung. Ich habe versucht, es zu stoppen. Ich habe alles versucht! Aber sie? Sie hat es durch das Parlament gedrückt. Und jetzt? Jetzt, wo es um Leben und Tod geht? Wo Millionen Menschen in Gefahr sind? Jetzt hört man nichts von ihr. Gar nichts.«

Die Augen der Vizepräsidentin verengten sich immer weiter. Hektisch tippte sie mit ihrer Fußspitze auf den Boden. Als einer der Beamten zu ihr trat und ihr ein Tablet reichte, lehnte sie sich zurück und atmete tief durch.

»Was ist das?«, fragte sie, während sie mit dem Finger über die Textzeilen wischte.

»Die Verordnung, dass die Katastrophenmaßnahmen von hier aus koordiniert werden. Sie müssten das bitte unterzeichnen.«

»Und dann«, stellte Jekaterina fest, »wird hier gleich die Hölle losbrechen.«

Selena schüttelte den Kopf. »Wir können die Drecksarbeit erledigen, während der Präsident mit seiner Frau gemeinsam große Reden schwingt.«

»Lassen Sie mich Ihnen sagen, was passiert ist – eine absolute Tragödie!«, schallte es aus dem Monitor. »Ein Erdrutsch – ein riesiger Erdrutsch, einer der größten, die man je gesehen hat. Wirklich riesig. Und das hat einen Tsunami ausgelöst. Einen gigantischen Tsunami! Die Wissenschaftler sagen, sie hätten so etwas noch nie gesehen! Noch nie! Viele Menschen sind in Gefahr. Viele, sehr viele. Und was habe ich getan?« Julius' Blick glitt langsam über die Journalisten im Raum, bevor er zufrieden nickte. »Ich habe sofort gehandelt. Sofort! Kein Zögern, keine Bürokratie, keine Zeitverschwendung. Ich habe ein präsidentielles Dekret erlassen – und lassen Sie mich Ihnen sagen: Das erste Dekret seit den KI-Kriegen. Das ist groß. Sehr groß.«

»Wahnsinnig groß.« Selena schüttelte den Kopf.

Jekaterina holte Luft, doch bevor sie etwas erwidern konnte, öffnete sich die Tür zum Lageraum und Cedrik marschierte mit strammen Schritten hinein, direkt auf die beiden Frauen zu.

»Wo warst du denn?«, fragte Selena ohne ihren Blick vom Monitor zu nehmen.

»Ich habe mich mit meiner Rätselgruppe getroffen.«

Die Kommissarin legte ihre Stirn in Falten, sagte aber nichts. Selena nickte, während Cedrik zuerst seine Frau und dann die andere Dame freundlich angrinste. Seine Stimme war entschlossen und dennoch mit einer gewissen Skepsis unterlegt. »Wieso bin ich hier? Was ist passiert?«

»Jekaterina, bring ihn bitte auf den neuesten Stand«, forderte Selena die Kommissarin auf.

»Na gut, dann komm mal mit, ich zeig es dir am besten.« Sie erhob sich und winkte Cedrik hinter sich her.

»… wenn es nach Selena Veyra ginge, würden wir immer noch diskutieren. Wir würden endlose Reden hören, große Worte – aber keine Taten sehen. Doch nicht mit mir! Manche Leute hätten gezögert. Manche hätten diskutiert. Aber nicht ich. Wir brauchen das Dekret. Wir brauchen es. Und jetzt? Jetzt setzen wir unsere Unionstruppen auf dem Mars ein.« Julius zeigte auf Ingolf. »Der Kommissar für militärische Angelegenheiten – ein großartiger Typ, sehr stark, sehr entschlossen – hat bereits die Flotte in Bewegung gesetzt. Sie sind auf dem Weg. Eine großartige Flotte, eine fantastische Flotte. Die besten Schiffe, die besten Soldaten, die beste Technik.«

Selena murmelte leise vor sich hin: »Was würden wir alle nur ohne diesen grandiosen Präsidenten machen?«

»Und lassen Sie mich Ihnen eines sagen: Der Mars wird nicht alleingelassen! Wir helfen. Wir helfen besser als je zuvor. Schneller, stärker, klüger. Wir werden den Mars retten. Und wenn ich das sage, dann passiert …«

Das Signal der Übertragung brach ab und der Ruf eines Beamten erfüllte den Raum. »Wir sind jetzt dran. Die Kontrolle über die Maßnahmen auf dem Mars liegt bei uns. Wir sind live.«

Selena seufzte leise, stützte sich auf die Armlehne und drückte sich nach oben. Mit einer kurzen Bewegung klatschte sie in die Hände. »Na dann, meine Damen und Herren, retten wir Leben!«

Dreißig Minuten danach atmete Ardyn tief durch, nur um dann beherzt an die Bürotür des Fraktionsvorsitzenden der Conservativae zu klopfen. Einen Wimpernschlag später, noch bevor er seinen Arm wieder gesenkt hatte, öffnete sich die schwere Schiebetür mit einem leisen Zischen und gab den Blick auf das beschauliche Büro frei.

Die sanften Klänge von Roland Kaisers *Santa Maria* erfüllten den ansonsten stillen Raum. Das Licht war gedimmt – hell genug, um jedes Detail zu beleuchten, aber nicht so intensiv, als dass die gemütliche Atmosphäre gestört werden würde. Tiberius saß auf seinem Sessel am gegenüberliegenden Ende des Büros vor dem halbhohen Fenster hinter dem breiten Schreibtisch voller Datenchips, die unter anderem mit Worten wie *Parlamentarische Beschlussvorlage* oder *Ausschusssitzung* beschriften waren. Sein Lächeln war höflich, seine Miene freundlich, aber dennoch umklammerten seine Hände krampfhaft die Kaffeetasse, als Ardyn eintrat und ihn mit einem kurzen Nicken begrüßte.

»Ich habe dich schon erwartet«, murmelte Tiberius und presste die Worte durch seine Zähne, als würden sie ihm wie verkohlte Holzsplitter im Rachen stecken. Er deutete auf einen der Plätze vor seinem Schreibtisch.

Ardyn nickte lächelnd, seine Stimme fest. »Hast du die Pressekonferenz deines Präsidenten gesehen?«

»Ja, das habe ich.« Der Fraktionsvorsitzende der Conservativae seufzte leise. »Gehe ich recht in der Annahme, dass du deshalb hier bist?«

»Das ist Wahnsinn.« Ardyn schüttelte den Kopf. »Er setzt Unionstruppen auf einem Mitgliedsplaneten ein.«

Tiberius' Lippen wurden zu einem schmalen Strich, seine Augen verengten sich und seine Hände an der Kaffeetasse zitterten fast unmerklich. »Ich weiß.«

»Ohne Mandat.« Ardyn spreizte die Finger einen nach dem anderen ab. »Ohne Rechtsgrundlage. Ohne Parlamentsbeschluss.« Er zuckte mit den Schultern. »Du kannst mir nicht erzählen, dass dir nicht klar ist, was das bedeutet.«

»Was meinst du genau?«, fragte Tiberius stirnrunzelnd.

Ardyn schnaubte leise. »Notfallmaßnahmen waren schon immer der erste Sargnagel der Demokratie – einer Demokratie, der wir beide uns gleichermaßen verpflichtet haben.«

Tiberius ließ die Tasse los, lehnte sich leicht nach vorne, seine Stimme mehr ein Schwur. »Aber Julius ist nicht ihr Totengräber.«

»Das«, entgegnete Ardyn, während er die Arme vor der Brust verschränkte, »sieht für mich anders aus.«

»Vielleicht siehst du nur nicht genau genug hin.« Tiberius lehnte sich wieder zurück, seine Stirn in Falten gelegt.

»Was willst du damit sagen?«

»Das klären wir ein anderes Mal.« Er drehte den Kopf langsam zur Seite, schloss die Augen und hob seufzend die Hand, bevor er fragend zu Ardyn schaute. »Wie würdest du vorschlagen, in dieser Sache vorzugehen?«

»Tiberius.« Er atmete tief durch. »Wir kennen uns jetzt bereits seit einem Jahrzehnt und ich weiß, dass wir politisch nicht immer auf einer Wellenlänge sind.«

»Ein schöner Euphemismus.«

Ardyn stieß ein kehliges Kichern aus. »Und ich weiß genauso gut, dass du im Herzen ein Demokrat bist.«

»Da«, entgegnete Tiberius, »bin ich wohl nicht minder schuldig als du.« Er kratzte sich am Hinterkopf. »Aber was schlägst du vor? Hast du einen Plan?«

Der Fraktionsvorsitzende der Progrediens nickte gequält. »Wir brauchen eine Klage vor dem Verfassungsgerichtshof gegen dieses Dekret. Das ist unser einziger legaler Hebel.«

Tiberius wiegte den Kopf langsam von rechts nach links und wieder zurück, seinen Blick auf einen der Datenchips gerichtet. »Da …« Er atmete tief durch. »Da bin ich nicht abgeneigt.«

»Das wäre dann der erste Schritt auf einem langen und beschwerlichen Weg«, stellte Ardyn fest, während er durch seinen Bart strich.

»Welche Herausforderungen hattest du denn darüber hinaus im Kopf?« Tiberius grinste. »Außer natürlich, mich davon zu überzeugen.«

»Die Zeit. Wir müssen schnell handeln. Und das unter maximalem Erfolgsdruck. Wir dürfen uns nicht den Hauch eines Fehlers erlauben.«

»Hast du noch etwas?«

»Ja, unsere Herausforderer. Die Vizepräsidentin wird mit an Sicherheit grenzender Wahrscheinlichkeit ihren Mann gegen eine solche Klage in den Ring schicken – und der Präsident wird auch nicht untätig bleiben.«

Tiberius schüttelte den Kopf, sein Grinsen mehr Schein als Sein. »Ich fasse also kurz zusammen. Wir müssen, um die Demokratie der Solaren Union zu retten, ein Dekret im ersten Anlauf stoppen – wofür wir wie lange Zeit haben?«

»Die Unionstruppen landen in weniger als dreieinhalb Stunden auf dem Mars.«

»Wie toll.« Der Fraktionsvorsitzende der Conservativae reckte nickend seinen gestreckten Daumen in Ardyns Richtung, bevor er seinen Ellenbogen auf der Stuhllehne abstützte und die Stirn an seine Hand legte. »Und was wir nicht vergessen dürfen – wir können uns nicht gegen unsere eigene Regierung stellen.« Er zischte leise. »Ich sehe schon die Schlagzeilen in der Presse vor mir: *Koalition sabotiert Präsidenten.*« Er seufzte. »Damit wären wir Steigbügelhalter für die Opposition – allen voran für diese gierigen Solidaritas um Kallan Dresk.«

Ardyn nickte. »Die Quadratur des Kreises also.«

»Könnte man so sagen.«

»Das ändert nichts daran, dass das eine verdammt gefährliche Situation ist. Wir können nicht tatenlos zusehen.«

»Vielleicht könnten wir jemanden finden, der mit unserer Hilfe für die Demokratie einsteht?« Tiberius lehnte sich nach vorne und hob eine Augenbraue. »Jemanden, der sich freuen würde, der Regierung eins auszuwischen?«

Ardyn schmunzelte stirnrunzelnd. »An wen hast du gedacht? Kallan?«

»Er ist der Einzige, der stark genug wäre, das durchzuziehen, und gleichzeitig glaubhaft bleiben würde. Seine Anhänger würden ihn sicher als Helden feiern.«

»Wir können allerdings kaum direkt mit ihm sprechen und ihn darum bitten.« Ardyn massierte seine Schläfe. »Er würde die Sache ausschlachten und uns gleich neben der Regierung an den Galgen hängen.«

»Das stimmt wohl.« Tiberius grinste. »Aber manchmal muss man die Waffe nicht selbst abfeuern, sondern sie nur jemandem in die Hand geben.«

»Da bin ich ganz deiner Meinung.« Ardyn erwiderte das Lächeln und fuchtelte mit dem Zeigefinger herum. »Und ich glaube, ich weiß schon, wer perfekt dafür geeignet ist.«

»Wen hast du im Sinn?«, fragte Tiberius mit einem ungläubigen Unterton.

Ardyn richtete sich auf und drückte seinen Rücken durch. »Eine gewiefte Juristin, eine ganz Große im Verfassungsrecht, eine knallharte Anwältin. Jemanden, der kein Risiko scheut und dazu auch noch gerade auf Solaris Prime ist.«

»Wer könnte das sein?« Tiberius massierte seine Nasenwurzel, dann weiteten sich plötzlich seine Augen. »Denkst du etwa an …«

»Genau«, unterbrach Ardyn ihn mit einem triumphierenden Lächeln. »Die alte Lehrmeisterin des Vizepräsidentinnengatten: Freyja Einardóttir.«

»Das ist eine«, Tiberius nickte mit einem breiten Grinsen im Gesicht, »geschickte Lösung.«

Ardyn erhob sich aus dem Sessel. »Dann lass uns die Demokratie retten, ohne dass die Demokratie es merkt.«

Tiberius nickte, während sich der Fraktionsvorsitzende der Progrediens in Richtung Tür aufmachte. »Sorgen wir dafür, dass die richtigen Leute die richtigen Ideen bekommen.«

Während Ardyn das Büro verließ und noch auf dem Weg zurück zu seinem eigenen Arbeitsplatz Freyja kontaktierte, blinkten auf den Anzeigen des Lagezentrums hektisch Dutzende Benachrichtigungen auf. Die Stimmen im Raum vermischten sich zu einem chaotischen Gegröle, das nur von den lautesten und eindringlichsten Rufen durchbrochen wurde. Auf dem Projektor in der Mitte flackerte das blaue Licht des Hologramms von Silvia Thier auf.

»Schalten Sie die Nachrichten ab! Die Lage gerät außer Kontrolle«, rief Selena ihr zu.

Das Hologramm der Planetengouverneurin schüttelte den Kopf. »Das kann ich nicht tun. Wie sollen die Menschen sich dann informieren? Der Präsident muss noch einmal vor die Kameras.«

»Sie können das veranlassen.« Jekaterinas Augen verengten sich, als die Vizepräsidentin sie ansah. »Meine Meinung? Es ist weniger eine Frage des Könnens als vielmehr eine Frage des Wollens.«

Selena holte tief Luft, doch bevor sie etwas entgegnen konnte, schallte die Stimme einer jungen Beamtin durch den Raum. »Die Katastrophenbehörde meldet, dass die ersten Notunterkünfte bereit sind.«

»Die Unionstruppen landen in weniger als zwei Stunden«, stellte Ingolf mit vor Kraft strotzender Stimme fest. »Habe soeben die Mitteilung des Flottenverbandsführers erhalten.«

Die Vizepräsidentin nickte, bevor sie erneut Luft holte, nur um wieder von einem anderen Beamten, einem Wissenschaftler, aufgehalten zu werden. »Wir haben neue Berechnungen für die Welle.«

Selena wandte sich zu Cedrik. »Kannst du dich bitte um Silvia Thier kümmern?« Er quittierte die Frage mit einem kurzen Nicken, bevor seine Frau den Wissenschaftler aufforderte: »Schicken Sie mir die Daten auf mein Terminal.«

»Frau Vizepräsidentin«, rief die junge Beamtin, »wir haben mehrere gemeldete Plünderungen. Durch Hellas Metropolis ziehen wohl ganze Ganggruppen und versuchen, alles mitzunehmen, was nicht niet- und nagelfest ist.«

»Wie schlimm ist es?«, fragte Selena.

»Wir haben Meldungen über geplünderte Läden, Lagerhäuser – und einen angegriffenen Evakuierungsbus.«

»Ist das bestätigt?«

»Nein.«

Selena schüttelte den Kopf. »Was ist mit der Polizei?«

»Die sind vollständig in die Evakuierung eingebunden.«

»Und die Territorialstreitkräfte?«

Die Finger der jungen Frau glitten auf der holografischen Anzeige umher. Kleine rote Punkte leuchteten auf, nur um wenige Augenblicke später wieder zu verblassen. »Über die Truppenbewegungen haben wir keine Informationen, aber ich kann versuchen, den zuständigen Colonel zu erreichen.«

Selena seufzte und wendete sich kopfschüttelnd Ingolf zu. »Können Sie die Koordination der regionalen Streitkräfte übernehmen, Herr Kommissar?«

»Natürlich.«

Die Vizepräsidentin sank auf ihren Sessel, ihr Blick fest auf die neu eingespielte Simulation auf ihrem holografischen Display gerichtet. Die Welle arbeitete sich im Zeitraffer vor, Stück für Stück auf die großen Städte des Mars zu. Selena strich eine wilde Strähne ihrer schulterlangen Haare nach hinten. Mit einer eleganten Bewegung zog sie ihren Kommunikator hervor, der keine neuen Nachrichten anzeigte. Sie schüttelte langsam den Kopf, ihre Lippen nicht mehr als ein Strich. Ihre Augen verloren sich für einen Moment in der Anzeige. Als Cedrik seine Hand auf ihre Schulter legte, zuckte sie zusammen.

»Alles wird gut, Schatz.« Seine Stimme war warm, ein Lächeln umspielte seine Lippen. »Du schaffst das!«

Selena griff nach seiner Hand, umklammert sie für den Bruchteil einer Sekunde und erhob sich nickend aus ihrem Sessel. Mit kompromissloser Stimme und Entschlossenheit in der Miene fragte sie Cedrik: »Was hast du mit der Planetengouverneurin vereinbart?«

»Die Nachrichten werden vom allgemeinen Programm auf wichtige Informationen umgestellt.«

»Gut, wenn …«

Das Rufen der jungen Beamtin unterbrach ihre Worte. »Frau Vizepräsidentin!« Sie tippte auf die Eingabekonsole. »Wir haben gerade die Meldung erhalten, dass es wohl ein Problem mit dem Wasser gibt.«

Cedrik runzelte die Stirn, das Lächeln in seinem Gesicht wurde breiter. Seine Frau warf ihm einen Seitenblick zu und zischte zwischen ihren Zähnen hervor: »Sag es ja nicht.« Dann wandte sie sich der Rufenden zu und fragte mit einer unüberhörbaren Strenge: »Von was reden Sie? Drücken Sie sich bitte deutlicher aus!«

»Verzeihen Sie, Frau Vizepräsidentin. Es …« Die junge Beamtin atmete tief durch. »Es geht um das Frischwasser in den Notunterkünften.«

»Was ist damit?«, fragte Selena, während sie einige der neuen Berichte wegwischte, die auf ihrer Konsole angezeigt wurden.

Noch bevor die junge Beamtin antworten konnte, erhob der Wissenschaftler seine Stimme. »Wir müssen die

Wasseraufbereitungsanlagen abschalten – und um ehrlich zu sein, ist unklar, wann wir sie wieder einschalten können. Oder ob.«

»Was ist mit den Wasserreserven auf den beiden Monden?«

Die junge Beamtin zuckte mit den Schultern. »Darüber haben wir keine Informationen.«

»Dann beschaffen Sie sie.«

Die Frau nickte knapp, bevor sie sich wieder ihrer Konsole zuwandte.

Die Klage

Während das hektische Treiben im Lagezentrum kein Ende fand, öffnete sich die Tür zum Büro des Fraktionsvorsitzenden der Solidaritas mit einem leisen Zischen und Freyja Einardóttir trat über die Schwelle.

Mit festen Schritten marschierte sie in den Raum, als wäre sie ein preußischer Offizier auf dem Marsch nach Paris. An Kallans Schreibtisch angelangt, zog sie, ohne eine Aufforderung oder gar eine Einladung abzuwarten, einen der Stühle zurück und ließ sich mit einem lauten Seufzer darauf nieder. Die Frau schlug ihre Beine übereinander, ein strenges Lächeln auf den Lippen, ihre Stimme so erbarmungslos, als wäre sie ihr gegeben worden, um damit Granit zu schneiden.

»Oppositionsführer Dresk.«

»Frau Einardóttir.« Kallan legte die Stirn in Falten. »Was verschafft mir die Ehre.«

Freyjas Blick wanderte durch den Raum, dann zum Schreibtisch und auf die kleine Statue, eine Büste von Karl Marx. Sie griff nach dem bronzenen Ebenbild des bärtigen Manns und drehte es in der Hand, sodass sich das gedämpfte Licht des Büros im Metall spiegelte. Der laute Knall, als sie den Urvater des Kommunismus unsanft auf dem Tisch abstellte, ließ den Fraktionsvorsitzenden der Solidaritas zusammenzucken. Noch bevor er überhaupt Luft holen konnte, schüttelte sie den Kopf, ihr Gesicht getränkt mit Mitleid, ihre Stimme voller Verachtung. »Sie haben ein Problem, Herr Dresk.«

»Ich? Ein Problem?« Kallan lachte laut und ließ sich in seine Stuhllehne fallen. »Davon weiß ich noch gar nichts.«

Freyja verschränkte die Arme vor der Brust, ein kaltes Lächeln auf ihren Lippen. »Genau das ist der Grund, warum ich hier bin.«

»Und was soll dieses ominöse Problem sein?«, fragte Kallan kopfschüttelnd.

Die Besucherin zeigte auf das kleine Fenster an der Seite des Büros. »Der Mars, Herr Dresk, der Mars ist das Problem.«

»Sie sprechen von dem Tsunami?« Kallan lehnte sich nach vorne und richtete den Blick der Büste aus, zurück auf die Eingangstür. »In der Tat ärgerlich, vor allem wenn man dort wohnt.« Er zuckte mit den Schultern. »Aber ein Problem für mich würde ich es nicht nennen. Meine Planetengouverneurin hat die Sache absolut im Griff.«

Freyja musterte ihn für einen Moment, dann neigte sie den Kopf zur Seite, ein trauriges Lächeln auf den Lippen. »So sehr, dass jetzt sogar Unionstruppen einmarschieren?«

»Einmarschieren?«, wiederholte Kallan mit einer rudernden Handbewegung. »Ich denke, dass das das falsche Wort ist. Wir …« Er grinste. »Silvia Thier hat um Hilfe gebeten – und diese interplanetare Regierung zeigt überraschenderweise, dass man sich auf sie verlassen kann. Ausnahmsweise. Das ist weniger ein Problem, sondern vielmehr eine seltene, aber umso glücklichere Fügung.«

Freyja nickte langsam. »Das mag sein.«

»Sehen Sie, es gibt keine Probleme«, stellte Kallan mit einem immer breiter werdenden Lächeln fest.

Sie drehte die Marx-Statue um, sodass sie den Fraktionsvorsitzenden mit ihrem kalten, bronzenen Blick anstarrte. »Kurzfristig betrachtet, sicherlich.«

»Glauben Sie mir, wir haben auch die langfristigen Folgen bedacht.« Er wandte die Büste erneut um, seine Bewegung schnell und mechanisch.

Freyja erhob sich langsam aus ihrem Stuhl. »Ich merke schon, Sie haben das bestimmt bis zu Ende durchdacht. Sie haben ja kein Problem.« Sie ging einen Schritt in Richtung Tür.

»Warten Sie«, brach es aus Kallan hervor, während er gleichzeitig aus seinem Sessel emporschoss. Er deutete mit der flachen Hand auf den Platz, von dem sie sich gerade erhoben hatte. »Sie kennen mich, ich bin immer für einen anderen Standpunkt offen.«

Freyja hielt in der Bewegung inne, drehte allerdings nur den Kopf zu ihm, und das auch erst, nachdem das Lächeln aus ihrem Gesicht verschwunden war. »Ist das so?«

»Bitte, setzte Sie sich noch einmal. Zumindest kurz.«

Sie folgte seinem Angebot und schlenderte mit fast federndem Schritt zurück zum Sessel. Langsam ließ sie sich nieder, drückte den Rücken durch und fixierte die Augen des Oppositionsführers, ohne ein Wort zu sagen. Die Sekunden vergingen.

»Also«, fragte Kallan, während er sich am Hinterkopf kratzte, »was meinten Sie mit kurzfristig?«

Freyja drehte den Blick der Büste erneut in Richtung des Fraktionsvorsitzenden der Solidaritas. »Was glauben Sie, was es bedeutet, wenn Unionstruppen zukünftig auf Mitgliedsplaneten landen?«

»Wir haben Sie doch eingeladen.« Kallan zuckte mit den Achseln. »Silvia hat den Notstand erklärt und sich auf den Artikel 35 der Verfassung der Vereinigten Planeten der Solaren Union bezogen. Es ist ja nicht so, dass jetzt auf jeden Planeten Soldaten gesendet werden können.«

»Ist das so?«

»Natürlich.« Kallan griff nach der Büste, doch Freyja legte ihre Hand auf Karl Marx. Der Kiefer des Oppositionsführers zuckte, seine Finger zitterten, aber die Statue bewegte sich keinen Millimeter.

»Und wenn ein anderer Planetengouverneur zukünftig vielleicht nicht die Interessen seines Planeten teilt, sondern vielmehr die des Präsidenten?«

Kallan blieb stumm, als seine Besucherin Karl Marx mit einer sanften Bewegung umwarf und seine Stirn mit einem lauten Knall auf dem Tisch aufschlug.

»Sie sehen«, fuhr Freyja mit einem eiskalten Lächeln fort, »wie groß Ihr Problem ist. Heute bittet Silvia Thier um Hilfe, morgen ein Planetengouverneur, der dem Präsidenten nahesteht – und übermorgen marschieren die Unionstruppen überall ein, ohne dass jemand es verhindern kann.«

Der Oppositionsführer seufzte leise, verlagerte sein Gewicht von rechts nach links. »Und was schlagen Sie vor?«

Seine Besucherin hob langsam die Hand, ließ ihren Blick kurz über Karl Marx gleiten. Dann sauste ihre Faust nieder und traf die Tischplatte so fest, dass die Statue einen kleinen Satz machte. »Wir müssen das Dekret stoppen.« Freyja hielt für einen Moment inne, bevor ihr ernstes Gesicht von einem Lächeln erobert wurde. »Und genau deshalb bin ich hier – als die beste Anwältin für Verfassungsfragen in der gesamten Union.«

»Sie wollen dagegen klagen?«

Freyja nickte stumm.

»Aber es ist doch ein Notfall.« Kallan schüttelte energisch den Kopf. »Wenn wir jetzt nichts tun, sterben Millionen auf dem Mars!«

Sie massierte sich die Schläfe. Langsam bewegte sie den Kopf von links nach rechts. »Dann helfen Sie ihnen, aber nicht mit diesem Dekret.« Sie warf ihre Hände in die Höhe. »Oder sehen Sie es als natürliche Auslese.« Ihr Finger richtete sich auf Kallan. »Sie haben andere Möglichkeiten. Doch wenn Sie jetzt nichts unternehmen, wird es kein Zurück mehr geben.«

»Aber«, fragte Kallan mit fast gebrochener Stimme, »was ist mit den Menschen? Ihnen muss geholfen werden.«

»Um jeden Preis?«

Er holte Luft, aber statt einer Antwort kam nur der warme Hauch seines Atems über die Lippen.

»Auch«, fuhr Freyja fort und nickte in Richtung der Karl-Marx-Büste, »wenn wir dadurch den Weg für eine Diktatur bereiten?«

Während Kallans Blick auf der Statue haften blieb, marschierte Nova langsam über die metallene Rampe des kleinen Raumtransporters, der sie auf den Mars geflogen hatte. In dem geräumigen Hangar, der sich vor ihr ausbreitete, standen einige wenige Schiffe, nicht größer als das, mit dem sie gelandet war, umringt von Technikern. Das gedämpfte Licht der Deckenbeleuchtung warf sanfte Schatten durch die stickige Luft auf den kühlen Boden. Aus einem offenen Wartungsschacht eines in der Nähe stehenden Wassertankers sprühten gelb-orangene Funken. Schweißgeräte zischten, kleine Transporter rollten lautlos vorbei und brachten Antimateriebehälter an ihre Bestimmungsorte. Dazwischen waren immer wieder tiefe Stimmen zu hören. All diese Geräusche verschmolzen zu einem fast monotonen Summen. Die unregelmäßigen Schläge eines Hammers auf einen der metallenen Rümpfe, die sich unter diese Grundstimmung mischten, klangen wie der deplatzierte Einsatz einer großen Trommel in einem ansonsten perfekten Orchester.

Gerade als Nova die Rampe ihres Schiffs verlassen hatte und mit dem Fuß den Boden des Hangars berührte, erfüllte die tiefe Stimme eines Arbeiters den Raum.

»Wat is' denn mit Ihnen los? Sind Se falsch abgebogen, junge Frau?«

Nova wandte sich zu dem Mann um, der nur wenige Meter von ihr entfernt stand, sein Gesicht voller Schmutz und sein gelb leuchtender Overall nicht sauberer. Sie lächelte knapp. »Ich glaube, dass ich hier richtig bin.«

»Und wat wollen Se hier, wenn isch fragen darf?«

»Ich bin hier, um zu helfen?«, entgegnete sie mit gerunzelter Stirn, mehr fragend als feststellend.

»Zu helfen?« Der Mann lachte laut, während er eine Zigarette hinter seinem Ohr hervorholte und sich zwischen die Lippen klemmte. »Wollen Se die Welle mit Ihren Gedanken aufhalten?«

Nova hob eine Augenbraue, bevor sie den Kopf schüttelte. »Nein, das kann ich wohl sicher nicht. Ich will den Menschen helfen, der Welle zu entkommen.«

Der Mann zog ein silbernes Feuerzeug aus seiner Tasche, zündete die Zigarette an und nahm einen tiefen Zug. »Ich glaub nich', dass Se da was tun können.« Er zuckte mit den Achseln, sein Gesicht voller Mitleid. »Aber na jut. Dann mal viel Spaß.« Er wandte sich von ihr ab und murmelte leise vor sich her: »Passen Se auf sich auf.«

Nova sah dem Mann kurz hinterher, bevor sie tief durchatmete und ihren Weg zu der breiten Tür fortsetzte, über der das holografische Display mit dem Wort *Ankunft* prangte.

Als sie nur noch wenige Schritte von der Tür entfernt war, ertönte ein grelles Piepen und ein blauer Lichtstrahl lief von ihren Schuhen bis zu ihrem Kopf und wieder zurück. Eine mechanische Stimme krächzte ihr entgegen, so laut, dass sie zu verstehen war, aber doch leise genug, um nicht durch den gesamten Hangar zu schallen. »Willkommen auf dem Mars, Frau Nova Ferell.« Die Schiebetür öffnete sich mit einem Quietschen, während die Stimme fortfuhr: »Bitte treten Sie in die Ankunftsschleuse.«

Nova betrat den kleinen Raum, den die Tür freigab – ein metallener Käfig, der gerade groß genug war, dass darin vielleicht vier Menschen Platz gehabt hätten. Wenige Augenblicke später schloss sich die Tür hinter ihr. Sekunden vergingen, während der Raum von einem gleißenden, blauen Lichtstrahl erfüllt wurde. »Scan abgeschlossen«, konstatierte die Stimme, bevor sich die Tür vor Nova mit einem leisen Zischen öffnete, um den Blick auf das riesige Ankunftsterminal des interplanetaren Marsflugplatzes freizugeben.

Helles Licht, das durch die gläserne Dachkuppel fiel und eine angenehme Wärme mit sich trug, durchflutete die große Halle. Durch die Kuppel selbst war die Silhouette der Raumstation erkennbar, die über dem Flugplatz schwebte – ein Koloss aus schwarzem Stahl. Es war die Heimat der militärischen und polizeilichen Kräfte des Planeten, die von vielen kleinen Shuttles umschwirrt wurde wie ein Wespennest.

Entlang der zwei langen Promenaden der Halle rahmten Bäume mit sattgrünen Blättern die Eingänge zu auserlesen Cafés, luxuriösen Loungebereichen für Geschäftsreisende und schmucken Geschäften mit extraterrestrischen Souvenirs. Um die aufgestellten Tischchen saßen vereinzelt Menschen, ihre Mienen ernst und angespannt, die wenigsten davon mit einem Getränk vor der Nase.

Unter dem Halbstock, auf der Ebene, auf der Nova stand, reihten sich die Flugsteige aneinander, die Türen durchweg geschlossen. Die Hologrammtafeln, die darüber angebracht waren, zeigten alle das Gleiche an: *Flug ausgefallen.*

Zwischen den Gates standen einige Transportkapseln, anstatt wie üblich lautlos über die magnetischen Schienen durch die Halle zu gleiten und Passagiere durch das Terminal zu befördern. Die große Skulptur des unbekannten Soldaten aus den KI-Kriegen in der Mitte war so hell erleuchtet wie eh und je. In der ansonsten stark frequentierten Halle liefen ungewöhnlich wenige Menschen umher – so wenige, dass jeder Schritt von Nova durch den ganzen Raum hallte. Untermalt wurde der Rhythmus nicht nur von einem tiefen Brummen in der Ferne, sondern auch von Antonio Vivaldis *Die vier Jahreszeiten: Der Frühling.*

»Frau Ferell!«

Nova zuckte zusammen, als das laute Donnern einer basslastigen Stimme durch das Terminal schallte und für einen Moment alle übrigen Geräusche verschluckte. Ein Mann mit schwarzen Haaren und kantigem Gesicht marschierte auf sie zu. Eine auffällige Narbe zog sich über seine rechte Augenbraue und verlief schräg zur Mitte der Stirn. Seine Lippen waren schmal und fest geschlossen. In seiner ganzen Miene lag nicht der Hauch von Emotion, sondern nur der Ausdruck eines Mannes, der selten spricht, aber immer beobachtet.

Die gelbe Uniform, die er trug, war glatt, eng anliegend und betonte seinen muskelbepackten Oberkörper. An den Schultern, dem Brustkorb und den Oberarmen befanden sich verstärkte, dunklere Panzersegmente, die Schutz boten, ohne das stilvolle Design zu stören. Auf der linken Brust war der Wolf des Mars abgebildet. Um die Taille trug der Mann einen schwarzen Gürtel mit geschlossenen Taschen und freien Halterungen. Über der gelben Hose um die Oberschenkel waren Waffenhalfter geschnallt, aus denen die Griffe von Pistolen ragten.

»Frau Ferell!«, rief der Mann erneut durch das Terminal.

Nova atmete tief durch, bevor sie den Kopf zu ihm drehte, gequält lächelte und leicht die Hand hob.

Als er sie wenige Augenblicke später erreichte, konstatierte er schroff: »Die Vizepräsidentin hat uns mitgeteilt, dass Sie kommen.«

»Und mit wem habe ich das Vergnügen?«

Die Augen des Mannes verengten sich, doch weder ergriff er Novas ausgestreckte Hand, noch antwortete er.

Sie räusperte sich, während ihr Arm langsam nach unten sank. »Bringen Sie mich zum planetaren Lagezentrum?«

»Bitte folgen Sie mir.« Ohne eine Antwort abzuwarten, drehte er sich um und marschierte zurück in die Richtung, aus der er gekommen war.

Während Nova dem Mann nach draußen folgte, saß Selena mit geradem Rücken und angespannter Miene auf dem Sessel des Oberbefehlshabenden im Lagezentrum auf Solaris Prime.

Sie zuckte kurz und fast unmerklich zusammen, als ihr Kommunikator, der auf dem Tisch vor ihr lag, vibrierte und flackerte. Schnell griff sie nach dem Gerät und ließ sich die Nachricht ihrer Ziehtochter anzeigen. *Erfolgreich gelandet. Flugverkehr in Hellas Metropolis eingestellt?*

Selenas Augen weiteten sich, ihre Stimme war streng und dennoch beinahe bebend, als sie sich Ingolf zuwandte. »Herr Kommissar?«

»Ja, Frau Vizepräsidentin?«

»Was ist am Flugplatz in Hellas Metropolis los?«

»Einen Moment.« Er tippte auf seinem Terminal. »Dort ist ein Bataillon der Territorialstreitkräfte, sie sichern den Flugbetrieb. Keine Meldungen über besondere Vorkommnisse.«

»Wie bitte?« Selenas Augen verengten sich. »Mich haben Berichte von eingestelltem Flugbetrieb erreicht.«

Ingolf tippte erneut auf sein Terminal. »Mit Verlaub, Frau Vizepräsidentin, davon ist mir nichts bekannt.« Er räusperte sich. »Es scheint so, als wären diese Berichte falsch.«

»Seien Sie sich sicher, meine Berichte sind korrekt.« Sie schüttelte energisch den Kopf. »Nehmen Sie Kontakt zu den Kräften vor Ort auf. Ich will wissen, was da los ist.«

»Sind Sie sicher, dass …«

»Herr Kommissar, ich bin mir sehr sicher.« Ingolf holte Luft, doch noch bevor er etwas entgegnen konnte, setzte Selena nach. »Und sollten Sie sich nicht sicher sein, dann überzeugen Sie sich sicherheitshalber davon, auf welchem Stuhl ich sitze und auf welchem Sie sitz…«

»Frau Vizepräsidentin!«, unterbrach die junge Beamtin sie. »Wir haben Rückmeldung vom Mars. Die Wasserreserven auf den Monden, irgendwas stimmt da nicht.«

Selena warf dem Kommissar einen letzten Blick zu, während er bereits befahl, eine Verbindung zu den Kräften am Flugplatz herzustellen, bevor sie sich der jungen Beamtin zuwandte und ihr schroff entgegnete: »Ich habe Ihnen schon einmal gesagt, dass Sie genauer sein müssen, damit ich Sie verstehe. Was stimmt denn nicht?«

»Es ist …«, stotterte die Frau sichtlich getroffen, »es scheint weniger Wasser gelagert zu sein, als beim Kommissariat für Ernährung, Landwirtschaft und Klimaschutz angegeben wurde. Viel weniger.«

Selenas Stimme war unerschütterlich, aber hatte dennoch die Wärme zurückgewonnen: »Dann holen Sie mir die Planetengouverneurin auf den Projektor. Das wird sie uns erklären müssen.«

»Ja, Frau Vizepräsidentin.« Sie nickte eifrig. »Ich kümmere mich direkt …«

Die letzten Worte der jungen Beamtin wurden von Jekaterinas schallendem Ruf verschluckt. »Selena, jetzt haben wir ein richtiges Problem.«

»Ja?«, fragte sie knapp, ohne den Blick von der Anzeige vor sich abzuwenden.

»Ich habe eben einen Schriftsatz des Verfassungsgerichtshofes zugestellt bekommen.«

»Und? Was wollen die jetzt?«

»Die Opposition klagt gegen das präsidentielle Dekret. Sie wollen den Militäreinsatz blockieren. Die Anhörung beginnt in fünfundzwanzig Minuten. Wir müssen *sofort* reagieren.«

Selena wandte sich zu ihrem Mann. »Bitte, kannst du das übernehmen? Kümmere dich gemeinsam mit Jekaterina darum.«

»Alles gut, Schatz«, sagte er mit einem warmen Lächeln auf den Lippen, »wir erledigen das. Rette du den Mars.«

Sie atmete tief aus. »Danke dir. Was würde ich nur ohne dich machen?«

Cedrik und Jekaterina gingen im Gänsemarsch in den Besprechungsraum, der an das Lagezentrum angrenzte. Gerade als sie hinter der Tür verschwunden waren und Selena den Schweiß von ihrer Stirn gewischt hatte, erklang erneut ein lautes Rufen im Raum.

»Die Planetengouverneurin!« Die Stimme der jungen Beamtin war energisch. »Ich habe sie erreicht. Sie können jetzt mit ihr sprechen, Frau Vizepräsidentin.«

Selena nickte mit einem schmalen Lächeln in Richtung der Frau, bevor sie sich dem sich formenden Hologramm von Silvia zuwandte.

»Was ist los?«, fragte die Planetengouverneurin gestresst.

»Frau Thier, mal abgesehen davon, dass der Fraktionsvorsitzende Ihrer Partei jetzt gegen das Dekret, das Ihnen vorhin noch so gelegen kam, klagt …«

»Ich weiß nicht, wie Sie die Sache sehen«, unterbrach Silvia Selena mit forscher Stimme, »aber ich bin froh, wenn die Maßnahmen, die wir ergreifen, immer wieder auf ihre Legalität hin überprüft werden.«

»Sei es drum.« Selena schüttelte den Kopf. »Ich will ganz offen fragen: Was ist mit dem Wasser auf Phobos und Deimos?«

Silvias Augen verengten sich. »Was soll damit sein?«

»Frau Planetengouverneurin, halten Sie mich bitte nicht zum Narren. Wir wurden darüber informiert, dass die Wassermengen, die Sie beim Kommissariat für Ernährung, Landwirtschaft und Klimaschutz angegeben haben, nicht korrekt sind.«

»Ja, also …« Silvia räusperte sich leise. »Nicht korrekt ist ein sehr …«

»Frau Thier!« Selena schoss aus dem Stuhl empor, ihre Stimme so laut, dass für einen Moment alle Anwesenden im Lagezentrum innehielten, nur um im nächsten Moment ihre Arbeit wiederaufzunehmen. »Es geht hier um Menschenleben – die

Leben der Bürgerinnen und Bürger, die Sie in Ihr Amt gewählt haben. Hören Sie jetzt verdammt noch einmal mit diesen Spielchen auf.«

»Wir haben offiziell mehr Wasser angegeben, als tatsächlich gelagert wird, das stimmt. Es war zuerst notwendig, bessere Preise mit Alina Corsis auszuhandeln. Wir sind davon ausgegangen, dass die Wasseraufbereitungsanlagen den Bedarf decken.«

»Da haben Sie sich aber gewaltig getäuscht.«

»Niemand hat voraussehen können, dass auf dem Mars ein Tsunami losbricht. Die geänderten Angaben waren«, Silvia zuckte mit den Schultern, »ein notwendiges Übel.«

Selenas Augen verengten sich, sie atmete tief durch. »Planetengouverneurin, bitte senden Sie uns die tatsächlichen Wasserbestände zu. Schauen wir, dass Ihr Fehler keinen Menschen das Leben kostet.«

»Ich werde mich darum kümmern.«

Gerade als das Hologramm verschwand und Selena sich zurück auf den Sessel sinken ließ, rief Ingolf mit fester Stimme: »Frau Vizepräsidentin, ich habe jetzt Kontakt zu den Kräften am Flugplatz.«

Sie wandte sich ihm zu. »Und? Wissen wir, warum dort nicht geflogen wird?«

Ingolf tippte auf seine Anzeige, dann schüttelte er den Kopf. »Noch nicht.«

»Wie wäre es, wenn Sie den Kommandanten einfach hierher durchstellen?«, fragte sie mit einem fast unmerklichen Augenrollen.

»Das könnte durch …«

»Herr Kommissar, das klang vielleicht missverständlicherweise wie eine Frage, aber es war keine. Stellen Sie den Befehlshabenden verdammt noch einmal durch!«

»Ja, Frau Vizepräsidentin.« Ingolf tippte erneut auf seiner Anzeige herum. »Es gibt da …« Er schüttelte den Kopf. »Also …«

»Was wollen Sie mir sagen, Herr Kommissar?«, fragte Selena forsch. »Machen Sie einen ganzen Satz aus Ihren Worten.«

»Die Verbindung, wir haben sie verloren.«

»Meine Güte!« Sie schnaubte leise. »Dann stellen Sie sie wieder her!«

»Wir versuchen es.«

Selenas Augen verengten sich. »Es gibt kein Versuchen. Tun Sie es.«

»Sollten wir vielleicht den Präsidenten benachrichtigen?«, fragte Ingolf. »Ich hielte es für sinnvoll, wenn unser gewählter Volksvertreter hier wäre.«

»Und ich hielte es für sinnvoll, wenn Sie sich um Ihre Aufgaben kümmern würden, anstatt mir Ratschläge zu erteilen.«

»Frau Vizepräsidentin, ich muss …«

Selenas Stimme wurde aggressiver, verlor immer mehr an Sachlichkeit. »Das Einzige, Herr Kommissar, was Sie jetzt müssen, ist, eine Verbindung zu den Streitkräften am Flughafen auf dem Mars herstellen.«

»Gegen einen solchen Umgang protestiere ich aufs Entschiedenste!« Er verschränkte die Arme vor der Brust. »So lasse ich nicht mit mir reden. Schon gar nicht von jemandem wie Ihnen!«

»Herr Kommissar!« Selena atmete tief durch. »Zum aktuellen Zeitpunkt sitze ich auf dem Stuhl des Oberkommandierenden.« Sie erhob sich langsam aus ihrem Sessel. Ihr Schatten fiel über sein Terminal. »Und das bedeutet für Sie: Ich führe und Sie folgen.« Die Anwesenden im Lagezentrum verstummten, alle Augen richteten sich auf Selena und Ingolf. Sie ballte ihre Hände zu Fäusten. »Und wenn Sie dazu nicht in der Lage sind, dann werde ich Sie austauschen. Durch jemand Kompetenteren.«

»Das erlauben …«

Selena wandte sich zu den beiden Soldaten um, die an der Eingangstür standen, und holte tief Luft.

Bevor ihr Rufen das Lagezentrum erfüllen konnte, stellte Ingolf fest: »Nun gut, wenn Sie das meinen. Aber ich sage Ihnen gleich: Sie werden sich vor unserem Präsidenten für die Entscheidungen, die Sie hier getroffen haben, rechtfertigen müssen, nicht ich.« Er drehte sich zur Seite und tippte auf sein Eingabefeld.

»Lassen Sie das meine Sorge sein«, zischte Selena durch ihre geschlossenen Zähne. »Machen Sie einfach Ihren Job.« Ihre letzten Worte wurden durch das wieder aufflammende Treiben im Lagezentrum verschluckt.

Gerade als Selena sich in ihrem Sessel nach hinten lehnte, marschierte Cedrik aus dem angrenzenden Besprechungsraum, seine Miene entschlossen, fast siegessicher. Jekaterina folgte ihm, doch anstatt sich ebenfalls direkt zum Ausgang zu begeben, ging sie einen kleinen Umweg zu ihrem Arbeitsplatz neben der Vizepräsidentin und tippte auf ihre Anzeige herum.

Ohne den Blick abzuwenden, fragte Selena: »Und? Wie sieht es aus?«

»Es wird nicht einfach«, seufzte Jekaterina, »aber wenn es irgendjemand schafft, dann dein Mann.«

Ein Lächeln huschte über Selenas Gesicht. »Ich weiß.«

Zur gleichen Zeit wurde Nova in einem gepanzerten Transporter durch Hellas Metropolis gefahren. Sie saß in Fahrtrichtung, die Sitze zu ihrer Linken und vor ihr waren leer. Der Namenlose hatte diagonal gegenüber von ihr Platz genommen. Sein Rücken war durchgedrückt, seine Schultern zurückgezogen, als hätte er sich nicht nur bewusst gegen die Annehmlichkeiten der weiß gepolsterten Sessel entschieden, sondern verabscheute diese regelrecht. Mit strenger Miene beobachtete er jede ihrer Bewegungen.

Nova schaute dem Mann fest in die Augen. »Wie kommen die Evakuierungsmaßnahmen voran?«

Einige Sekunden vergingen. Nicht einmal seine Mundwinkel zuckten.

»Sie wissen schon, dass ich im Auftrag von Selena Veyra, der Vizepräsidentin der Vereinigten Planeten der Solaren Union hier bin?«, setzte sie nach.

Der Mann atmete leise aus. »Ich bin nicht befugt, Ihnen irgendwelche Informationen zu geben. Bitte richten Sie Ihre Fragen an autorisierte Mitarbeitende im planetaren Lagezentrum.«

Nova schüttelte den Kopf. »Ihnen ist aber schon klar, dass ich hier bin, um den Menschen auf dem Mars zu helfen?«

Er blinzelte.

»Also? Wie viele müssen noch evakuiert werden?«, fragte sie erneut, ihre Stimme lauter, auffordernder als zuvor.

Ohne zu zögern, antwortete der Mann: »Ich bin nicht befugt, Ihnen irgendwelche Informationen zu geben. Bitte richten Sie Ihre Fragen an autorisierte Mitarbeitende im planetaren Lagezentrum.«

Nova atmete tief durch, bevor sie die Arme vor der Brust verschränkte. »Dürfen Sie nicht oder wollen Sie nicht?«

Er blinzelte erneut.

Sie schüttelte den Kopf. Nach einem letzten Blick zu dem Mann lehnte sie sich an das kalte Metall der Tür und schaute durch das kleine Fenster hinaus auf die auch am Tag beleuchteten Straßenschluchten der Großstadt.

Das Transportfahrzeug verlangsamte sich, als es ein Restaurant passierte. Drei der fünf großen Panoramafenster des Gebäudes waren eingeschlagen, einer der Tische der Außenbestuhlung hing in einer nicht vollständig zerbrochenen Scheibe. Auf dem Boden des Lokals lagen Scherben von zersprungenen Tellern. Silbernes Besteck reflektierte das einfallende Licht der Straßenbeleuchtung und warf es durch den gesamten Raum. Hinter dem Tresen stand eine Frau, ihr rotes Haar zu einem Pferdeschwanz gebunden.

Nase und Mund waren von einem dunklen Tuch bedeckt, einem Schal, der mehrfach um den unteren Teil ihres Gesichtes gewickelt war. Sie trug eine olivgrüne Jacke, an deren Revers ein kleiner, aber deutlich sichtbarer Anstecker mit horizontalen Streifen in Gelb, Weiß, Lila und Schwarz geheftet war.

Novas Blick haftete für den Bruchteil einer Sekunde auf dem Abzeichen. Sie atmete tief durch, bevor sie die Frau weiter musterte, die dunklen Jeans und ledernen Springerstiefel, dann die Hände, die in fingerlosen Handschuhen steckten. Hastig griff die Frau nach den Whiskeyflaschen, die auf den Brettern aufgereiht standen, und ließ sie in einem grauen Beutel verschwinden. Ungelenk stieß sie dabei an eine der Flaschen. Die Pulle taumelte kurz. Die Frau griff nach ihr. Zu spät. Noch bevor ihre Hand das Gefäß zu fassen bekam, fiel es wie in Zeitlupe auf den Boden. Unten ankommen federte es ein kleines Stückchen zurück, um dann beim nächsten Aufschlag zu zerbrechen und seinen Inhalt über den gesamten Thekenbereich zu verteilen.

Nova holte tief Luft. Der Transporter rollte weiter und wich zwei Polizisten in gelben Uniformen aus, über deren Köpfen eine schwarze Drohne schwebte. Sie stürmten auf das Restaurant zu, die Läufe ihrer Waffen auf die Frau gerichtet. Das laute Krachen von mindestens einem Dutzend Schüssen war durch die dicken Wände des Fahrzeugs zu hören.

Mit geweiteten Augen schnellte Novas Kopf zum Namenlosen, ihre Stimme eindringlich: »Was war das? Erschießen wir jetzt die Bewohnenden des Mars?«

Der Mann hob eine Augenbraue. »Ich bin nicht befugt, Ihnen irgendwelche Informationen zu geben. Bitte richten Sie Ihre Fragen an autorisierte Mitarbeitende im planetaren Lagezentrum.«

Während Nova mit zitternden Händen nach ihrem Kommunikator griff, war die karge Halle vor dem Gerichtssaal des

Verfassungsgerichtshofs brechend voll. Dutzende Medienvertreter reihten sich dicht an dicht. Als Cedrik über den langen Korridor in den Vorraum marschierte, umringten ihn sofort die wartenden Journalisten mit ihren gierigen Fragen.

»Vizepräsidentinnengatte Veyra, können Sie uns eine Einschätzung geben? Ist die Regierung von der Rechtmäßigkeit des neuen Dekrets überzeugt?«, rief eine Reporterin.

Er wandte sich mit ernster Miene zu der Frau und straffte die Schultern. »Wir sind überzeugt, dass wir keine Zeit verschwenden dürfen, um die Menschen auf dem Mars in einer solch prekären Lage zu unterstützen.«

»Herr Veyra!«, schrie ein anderer Mann. »Herr Veyra! Steht die Koalition, stehen die Fraktionsvorsitzenden hinter dieser Entscheidung?«

Cedriks Augen verengten sich. »Bitte haben Sie dafür Verständnis, dass ich mich nicht weiter zu dem Verfahren oder zu den politischen Vorgängen äußern kann. Bitte wenden Sie sich für weitere Fragen entweder an die Regierung oder die einzelnen Fraktionsmitglieder.« Er vollführte eine Geste mit seinen Händen wie Moses, der das Meer teilt. »Wenn Sie mich nun bitte durchlassen würden, ich möchte rechtzeitig bei der Verhandlung sein.«

Zögerlich ließen die Journalisten von ihm ab und gaben den Blick auf den Vorraum frei, in dem auf einer Bank an der Wand Freyja und Kallan saßen. Mit einem knappen Nicken grüßte Cedrik in Freyjas Richtung. Ein Lächeln huschte über ihr Gesicht, bevor sie bedächtig aufstand und sich auf den Vizepräsidentinnengatten zubewegte. Ihr Sitznachbar erhob sich ebenfalls, wandte sich aber mit einem zufriedenen Gesichtsausdruck einer Journalistin zu.

»Cedrik«, sagte sie mit freudiger Stimme, »dass ich meinem alten Schüler einmal im Ring begegnen würde, hätte ich nicht für möglich gehalten.«

»Freyja.« Er schmunzelte. »Hast du etwa Angst, dass du mir zu viel beigebracht hast?«

»Mach dir keine Sorgen, neue Besen kehren vielleicht gut – aber die alte Bürste kennt die Ecken.« Sie lachte laut. »Wobei ein so neuer Besen bist du gar nicht mehr.«

Er schüttelte mit einer hochgezogenen Augenbraue den Kopf und verschränkte theatralisch die Arme vor dem Körper. »Frau Einardóttir, was wollen Sie denn damit sagen?«

»Schau uns an«, seufzte sie, ohne ihre Heiterkeit zu verlieren. »Wir sind alt geworden.«

»Wenn du in Rente gehen möchtest – vor dieser Verhandlung wäre ein guter Moment. Du würdest damit Leben retten, Freyja.«

»Das mag auf kurze Sicht stimmen, Cedrik. Aber was ist mit den Leben in fünf, zehn oder zwanzig Jahren?« Sie schüttelte den Kopf. »Dieses Dekret muss gestoppt werden. Es ist undemokratisch und unterminiert unser föderales System.«

»Freyja«, entgegnete er mit fester Stimme, »es geht uns um die Menschen.«

»Und mir geht es um die Zukunft.«

Er holte Luft, doch bevor er antworten konnte, öffnete sich die breite Tür und gab den Weg in den Saal frei.

Freyja wandte sich um und folgte der Journalistenschar. »Wir sehen uns drinnen.« Sie hielt kurz inne, drehte sich für einen Moment zurück zu ihm. »Cedrik, es hat mich wirklich gefreut, wieder einmal mit dir zu plaudern.« Sie nickte Kallan auffordernd zu, der ihr wortlos in den Saal folgte.

Als sich der Vorraum geleert hatte und Cedrik sich ebenfalls in Richtung der Tür in Bewegung setzte, war das Klackern von Absätzen im Korridor zu hören und Jekaterina stürmte schwer atmend mit auf ihn zu.

»Verzeihung. Ich habe Selena noch über den aktuellen Stand und unsere Strategie aufgeklärt.«

Er schüttelte wortlos den Kopf. »Wie sieht es auf dem Mars aus?«

»Die Welle rollt weiter, unaufhaltsam. Ohne die Truppen der Union werden es die Menschen dort nicht schaffen. Es ist das reinste Chaos – die zählen alle auf uns.«

»Na dann ist es ja gut, dass ich der Anwalt der Regierung in diesem Verfahren bin.« Cedrik deutete mit der flachen Hand in Richtung der Tür, seine Miene war voller Überzeugung. »Schnelle Siege sind meine Spezialität.«

»Ich hoffe es wirklich. Für die Menschen, die auf dem Mars leben. Für unsere Partei. Und vor allem für Selena.« Das Klackern ihrer High Heels durchdrang den Raum, als sie sich seiner Aufforderung folgend zum Gerichtssaal aufmachte.

Der Prozess

Novas Körper wurde nach vorne geworfen, als der Transporter bremste. Der aufgewirbelte Staub verhinderte jeden Blick durch das kleine Fenster.

»Wir sind angekommen. Bitte steigen Sie aus«, forderte der Namenlose sie auf, als sich die Türen automatisch mit einem leisen Zischen nach oben öffneten.

Nova nickte kurz, bevor sie der Aufforderung Folge leistete. Sie atmete tief durch und erhob sich aus dem Sessel. Die Knochen in ihrem Rücken knackten hörbar, als sie sich streckte und das Fahrzeug verließ.

Vor ihr erstreckte sich in einiger Entfernung der Eingang zum Lagezentrum des Mars. Die Anlage war in eine steile, rote Felswand integriert, die an verschiedenen Stellen von grünem Moos bewachsen war. Novas Augen sprangen von den beiden hohen Türmen links und rechts des Hauptgebäudes zu dem großen, fast portalähnlichen Eingangstor in der Mitte der Konstruktion. Die gelb leuchtenden Lichtstreifen, die um die breite Panzerdoppeltür aus geriffelten, verstärkten Platten verliefen, erinnerten an einen pulsierenden Rahmen. Über dem Tor befand sich ein Hologramm, dessen grelle Aufschrift aus der Entfernung nicht lesbar war.

Gerade als Nova einen Schritt von dem Transporter weggetreten war, setzte der sich auch schon wieder in Bewegung. Der Staub, den das Militärfahrzeug von der Straße aufwirbelte, brachte sie zum Husten. Eine Drohne schwebte für einige Sekunden über der Szenerie, nur um dann mit einem unüberhörbaren Summen davonzufliegen.

Der Namenlose musterte Nova für einen kurzen Augenblick. Schließlich schüttelte er vorwurfsvoll den Kopf, bevor er eine auffordernde Handbewegung in Novas Richtung vollführte und sich über den breiten Bürgersteig auf den Weg zum Eingang begab.

»Ein wirklich sympathischer Zeitgenosse«, murmelte Nova, verdrehte die Augen und folgte dem uniformierten Mann.

Auf Solaris Prime seufzte Cedrik leise, bevor er hinter Jekaterina durch die Tür des Gerichtssaals trat, den Rücken fest durchgedrückt, sein Gesicht ernst. Der ganze Saal war von Gemurmel und Geflüster der zahlreichen Menschen erfüllt. Die Szenerie glich einem chaotischen Theaterstück. Einige Medienvertreter suchten noch hastig ihren Platz oder kramten in ihren Taschen nach dem richtigen Equipment, andere saßen bereits mit gespannter Miene und gezückten Tablets auf einem der Zuschauerstühle.

Ein Schmunzeln blitzte über Cedriks Gesicht, als er die Schwelle hinter sich gelassen hatte. Auf der dem Eingang gegenüberliegenden Seite thronte die Richterbank, eine genauso breite wie massive, aber dennoch elegant geschwungene, deutlich erhöhte Struktur aus dunklem Holz. In die Vorderseite waren filigrane Gravuren eingelassen, die sanft von eukalyptusgrünem Licht betont wurden. Hinter dem Tisch standen sieben gleichfarbig gepolsterte Stühle mit hohen Lehnen, davor war ein großer Projektor in den Boden eingebaut. Der Raum grenzte sich durch Dutzende Paneelen vom Weltall ab, die jeweils von zwei neoklassischen Säulen in schimmerndem Weiß gerahmt wurden. Nur das Wandpanel hinter der Richterbank war undurchsichtig. Über der Tür zum Richterzimmer prangte dort das eingravierte, goldene Wappen der Solaren Union. Die übrigen Paneele hingegen waren durchsichtig und mit den Symbolen und Farben der Planeten und Monde geschmückt.

Die Decke folgte dem Vorbild der klassischen Form großer Gerichtssäle seit dem 20. Jahrhundert – hoch und mit einer weiten Wölbung. Durch die eingesetzten dreieckigen Elemente verliefen feine eukalyptusgrüne Lichtmuster so natürlich und lebensbejahend wie die Blutgefäße durch den menschlichen Körper.

Cedrik schritt zum ersten Sitzplatz auf der rechten Seite der halbkreisförmig angeordneten Sessel der Parteien, vorbei an den Dutzenden Vertretern der Medien, deren Augen auf ihm hafteten, als wäre er der Präsident selbst. Eine der leise surrenden Kameradrohnen flog weniger als einen Meter entfernt vor ihm her und zeichnete jede seiner Bewegungen für die Millionen Zuschauenden an den Übertragungsgeräten der gesamten Solaren Union auf. Jekaterina, die einen Stuhl weiter rechts saß, zwirbelte eine Strähne, ihre Miene eine Mischung aus Sorge und Vorfreude. Freyja hatte auf der gegenüberliegenden Klägerseite Platz genommen. Ihr Blick war fest auf den Monitor in dem Schreibtisch vor ihr gerichtet. Links daneben saß Kallan, locker zurückgelehnt und mit einem verschmitzten Lächeln auf den Lippen.

Elegant öffnete Cedrik den Knopf seines Jacketts, rückte die Krawatte gerade und ließ sich auf dem Stuhl der Beklagtenseite nieder. Die Kameradrohne summte wie eine Wespe, zeichnete ein letztes Bild von ihm und Jekaterina auf, nur um dann Abstand von den beiden zu nehmen und sich zu Freyja und Kallan zu begeben.

»Wir schaffen das«, flüsterte Cedrik zur Kommissarin.

Sie lächelte knapp. »Es gibt keine Alternative für die Menschen auf dem Mars. Außer dass wir das hinbekommen.«

Cedrik nickte langsam, bevor er sich am Hinterkopf kratzte.

Ein lauter Gong erfüllte den Raum, die Drohne verschwand durch die Eingangstür, die Blicke richteten sich auf die kleine Pforte hinter der Richterbank. Der ganze Saal wurde von bedingungslos ehrfürchtiger Stille erobert. Sekunden vergingen.

»Alle Anwesenden haben sich zu erheben.«

Die Stimme schnitt durch den Raum wie ein warmes Messer durch kalte Butter, während der gesamte Gerichtssaal von einer Welle des Aufstehens erfasst wurde. Die Ruhe wurde unterbrochen durch raschelnde Kleidung, einen Stift, der zu Boden fiel – aber nicht durch ein einziges gesprochenes Wort. Cedrik schloss beim Hinstellen einhändig den Knopf seines Jacketts, Freyja zupfte geschickt ihren Blazer zurecht. Für den Bruchteil einer Sekunde, in dem Moment, in dem die Stille den Raum erneut eingenommen hatte, drehte sie den Kopf zu ihm, ein kurzes, herausforderndes Lächeln, das er mit einem Zucken seiner Augenbrauen quittierte. Die stumme Konversation wurde vom Klang der Stimme unterbrochen.

»Der edelmännische Oberste Richter des Verfassungsgerichtshofs der Vereinigten Planeten der Solaren Union, Herr Loran Fylon, und die beigeordneten Richter des Verfassungsgerichtshofs der Vereinigten Planeten der Solaren Union.« Erneut erschallte der Gong – ein Schlag, dann ein zweiter, dann ein dritter. »Alle Menschen, die mit einem Anliegen zu diesem Gericht getreten sind, werden ermahnt, sich ihm zuzuwenden und ihm seine volle Aufmerksamkeit zu schenken, denn der erste Senat des Verfassungsgerichtshofs der Vereinigten Planeten der Solaren Union tagt jetzt im Namen des Volkes.«

Mit dem erneuten Erklingen des Gongschlags öffnete sich lautlos die Tür hinter der Richterbank und eine siebenköpfige Gruppe, angeführt von Loran Fylon, betrat den Gerichtssaal, alle in leuchtend weiße Roben und eukalyptusgrüne Krawatten gekleidet, ungeachtet dessen, ob Frau oder Mann. Ihre Mienen waren eisern. Die leisen Schritte erklangen in fast perfekter Synchronität. Irgendwo im Raum hustete einer der Zuschauenden diskret, aber zu laut für die Stille.

Die Damen und Herren des Gerichts stellten sich zwischen ihren Stühlen und der Richterbank auf. Der Oberste Richter, ließ seinen Blick erst stoisch über die versammelte Menge schweifen, ohne Zucken, ohne Regung, mehr Justitia als Mensch, um dann nach rechts und links zu den Beigeordneten zu schauen. Sie nickten ihm zu und in absoluter Gleichzeitigkeit nahm das Gericht mit einem einzigen, gedämpften Rauschen Platz.

Richter Fylon holte tief Luft, seine Stimme eisern. »Bitte, setzen Sie sich.«

In der Zeit, in der sich das Gericht und die Beteiligten auf den Prozess vorbereitet hatten, zeigte der Namenlose im Lagezentrum auf dem Mars in Richtung einens hölzernen Stuhls, der in dem kleinen Raum stand, den er nach Nova betreten hatte.

»Setzen Sie sich bitte«, forderte er mit emotionsloser Stimme.

Nova schüttelte den Kopf. »Wieso soll ich mich hier hinsetzen? Meine Aufgabe ist es, mit einer der Verantwortlichen zu sprechen. Den Evakuierungsprozess zu unterstützen. Nicht, um in einer verdammten Putzkammer wie ein zu spät gemeldeter Flüchtling zu verrotten.«

»Frau Ferell, bitte setzen Sie sich«, wiederholte der Mann. »Es wird in wenigen Augenblicken jemand zu Ihnen kommen, der all Ihre Fragen beantworten wird.«

Ihre Augen verengten sich, doch bevor sie zu widersprechen vermochte, drehte sich der Namenlose um und verließ den Raum. Gerade als er die Schwelle übertreten hatte, schloss sich die Tür hinter ihm.

Während Nova von absoluter Stille umgeben wurde, starrte sie auf den schmalen Ausgang. Die Sekunden vergingen. Schließlich atmete die junge Frau tief durch und griff nach ihrem Kommunikator. »Verdammte Scheiße«, fluchte sie, als auf dem Gerät in großen Lettern aufleuchtete: *keine Verbindung*. Neben der letzten Nachricht, die sie an Selena gesendet hatte, blinkte ein weißes Ausrufungszeichen in einem roten Dreieck.

Währenddessen rief die junge Beamtin im Lagezentrum zu Selena: »Wir haben jetzt genauere Informationen über die Wassermenge auf dem Mars.«

Die Vizepräsidentin hob eine Augenbraue und lehnte sich nach vorne. »Und? Wie schlimm ist es?«

»Sehr schlimm.«

»Was heißt das in Zahlen?«, fragte Selena, während sie nach einem kurzen Augenrollen langsam den Kopf schüttelte.

»Ohne die Aufbereitungsanlagen wird das Wasser für die Menschen dort nur für einen weiteren Tag reichen – vielleicht zwei.«

Selena schnaubte leise. »Das kann doch nicht wahr sein.«

»Wir rechnen alles noch einmal nach, aber auf den ersten Blick sind die Daten valide.« Die junge Beamtin zuckte mit den Achseln, ihre Miene eine Mischung aus Sorge und Verzweiflung. »Es sieht wirklich dramatisch aus.«

Die Vizepräsidentin massierte ihre Nasenwurzel. »Können wir Wasserreserven von anderen Planeten zum Mars verlegen?«

»Das müssten knapp zweihundertfünfzig Millionen Kubikmeter sein. Pro Tag. Selbst wenn wir den Verbrauch pro Bewohner reduzieren.« Die junge Beamtin schüttelte den Kopf. »Ganz davon abgesehen, wo wir die Mengen auftreiben wollen, haben wir als Regierung der Solaren Union nicht einmal genügend Schiffe daf…«

»Frau Vizepräsidentin!«, warf Ingolf ein. »Wir haben wieder eine Verbindung zu den Streitkräften am Flugplatz auf dem Mars. Wie Sie es befohlen haben.«

»Ich brauche Vorschläge. Wir müssen eine Lösung finden«, sagte Selena an die junge Beamtin gewandt.

Die nickte kurz und ließ ihre Finger dann über das Eingabeterminal gleiten.

Selena drehte sich Ingolf zu, holte Luft, doch bevor sie etwas zu sagen vermochte, fügte der Kommissar mit ernster Miene hinzu: »Wir haben zwar nur eine Sprachübertragung, aber soll ich den Colonel durchstellen?«

»Ja«, entgegnete Selena knapp.

Ingolf nickte einem der Beamten auf der linken Seite zu. Nur wenige Augenblicke später wurde der gesamte Raum von einem leisen Knistern erfüllt.

»Hallo, Colonel, hier spricht der Kommissar für militärische Angelegenheiten. Sie sind durchgestellt in den Lageraum auf Solaris Prime. Das Kommando …« Ingolf hielt für einen Moment inne und schielte zu Selena, bevor er kurz seufzte. »Das Kommando hier hat zum aktuellen Zeitpunkt die Vizepräsidentin.«

Wieder ertönte ein leises Knistern. Dann Stille.

»Hören Sie mich?«, fragte Ingolf mit genervter Stimme, während Selena ihr Gewicht verlagerte.

Aus der Leitung schlug lauteres Knacken als zuvor, aber keine Antwort.

Der Kommissar wandte sich zu dem Beamten. »Ich dachte, die Verbindung steht?«

»Wir haben ihn klar und deutlich gehört«, entgegnete der Mann, während seine Finger über die Eingabekonsole flogen. »Einen Moment, wir überprüfen das.«

Selena schüttelte den Kopf. »Wir haben Monde außerhalb des Asteroidengürtels bevölkert, aber schaffen es nicht einmal, eine Kommunikationsverbindung von hier zum Mars aufzubauen.« Sie wandte sich wieder den Daten auf ihrer Anzeige zu und zischte leise: »Das ist einfach unglaublich.«

In diesem Moment öffnete sich die Tür zu dem Raum, in dem Nova im Lagezentrum auf dem Mars geparkt wurde, und ein junger Mann trat über die Schwelle. Eine braune Locke löste sich aus dem wilden Durcheinander auf seinem Kopf und streifte seine Sommersprossen. Er verzog keine Miene, nur seine Augen folgten ihr, schräg, schielend, als wollten sie das Haar zurück an seinen Platz zwingen. Bekleidet war er mit einer gelben Arbeitsuniform und schweren, schwarzen Arbeitsstiefeln. In seiner Linken hielt der Mann ein Glas, in der Rechten eine gläserne Flasche mit der Aufschrift *Corsis Perle*.

Gerade als er die Schwelle passiert hatte, schloss sich ohne ein kurzes Zögern die Tür. Das wiederholte Pusten, um die Locke aus seinem Gesicht zu vertreiben, rang Nova ein schiefes Grinsen ab, bevor sie ihre Hand vor ihre Stirn hob.

»Guten Tag, Frau Ferell«, setzte der Mann an, während er auf den Tisch, hinter dem sie saß, zutrat. »Ich … ähm … habe Ihnen Wasser gebracht.« Seine Augen sprangen zwischen dem Glas und der Flasche hin und her, bevor er spöttisch grunzte. »Hm, das sehen Sie wohl.« Er seufzte leise. »Also, es ist spritzig. Und angenehm. Raumtemperatur. Ich hoffe, das ist in Ordnung.«

»Wie großzügig. Ich dachte schon, ich verdurste hier.«

»Oh nein, das wäre natürlich …« Er giggelte leise, während er das Glas vor Nova abstellte und den Drehverschluss der Flasche öffnete, um ihr einzuschenken. »Also, das darf auf keinen Fall passieren. Wir halten uns hier an die höchsten Standards der Solaren Union für unsere Gäste. Sogar unter diesen … nun ja … nicht ganz einfachen Umständen.«

»Mir wäre es wichtiger, mit jemandem zu sprechen, der hier Verantwortung trägt … und nicht nur Wasser.«

»Oh …«, stieß der junge Mann hervor und stoppte gerade noch rechtzeitig, bevor das Glas überlief. Er atmete unüberhörbar aus. »Machen Sie sich keine Sorgen, Frau Ferell. Das hier ist das übliche Prozedere … also, hat man mir gesagt.« Er stellte die Flasche auf dem Tisch ab. »Sie werden sicher gleich abgeholt. Ich wurde gebeten, Ihnen Wasser zu bringen …« Er kratzte sich am Hinterkopf. »Und Ihnen Gesellschaft zu leisten.«

»Und deine Aufgabe hier ist … ?« Nova vollführte mit ihren Händen eine Bewegung, als würde sie eine große Waage betätigen.

»Nun … also … ich bin in der Regierungsnachwuchsausbildung. Offiziell nennt man das Assistenzbeamter für protokollarische Kommunikation. Aber … na ja …« Er räusperte sich. »Inoffiziell bin ich irgendwie … äh … Mädchen für alles.«

»Dann bist du wohl der am besten geeignete Mann des gesamten Mars für die Betreuung einer diplomatischen Geisel«, stellte Nova mit spöttischem Unterton fest.

»Nein, nein, um Himmels willen!« Er schüttelte energisch den Kopf »Sie sind keine Geisel. Das ist … das ist bestimmt ein Missverständnis, Frau Ferell.«

Sie legte ihre Stirn in Falten. »Nicht? Wollen wir uns vielleicht die Realität einmal kurz anschauen?« Der junge Mann nickte und holte Luft, doch bevor er etwas zu sagen vermochte, legte Nova den Zeigefinger auf ihre gespitzten Lippen. »Pssst.« Sie hielt für einen Moment inne und fuhr dann mit ernster Stimme fort. »Also … ich habe keine Verbindung nach draußen. Mein Kontakt zu Solaris Prime und der Vizepräsidentin ist unterbrochen. Ich sitze in einem Raum ohne ein Fenster auf einem klapprigen Holzstuhl vor einem Tisch aus dem letzten Jahrhundert.« Sie schüttelte den Kopf. »Infos? Fehlanzeige. Ansprechpartner? Weit gefehlt. Du bist der erste Mensch, den ich hier treffe, der nicht wie ein Roboter mit mir redet oder bis an die Zähne bewaffnet …«

»Die Vizepräsidentin?«, fragte der junge Mann mit großen Augen, viel später, als es das Gespräch zugelassen hätte.

Nova zog ihren Kopf zurück, bevor sie langsam nickte, ihre Stimme mehr fragend als wissend: »Ja, die Vizepräsidentin!«

»Ich … also, ich kann das sicher klären. Ich bin mir ganz sicher, dass alles mit rechten Dingen zugeht. Unsere Verfahren sind geprüft.«

»Aber was hat das mit der Vizepräsidentin zu tun?«

»Äh … die Vizepräsidentin …«, stotterte der junge Mann, »sie kennt mich sogar. Also, hoffe ich.« Er legte seinen Kopf zur Seite. »Bestimmt kennt sie mich noch. Ich habe ihr vorgestern Solaris Prime gezeigt. Den Lageraum mit diesem riesigen Projektor. Mein letzter Arbeitstag auf der Regierungsraumstation.«

»Du?« Nova legte ihre Stirn in Falten. »Wie heißt du denn?«

»Ich bin Bjarki. Bjarki Einarson«, entgegnete er mit sich vor Begeisterung überschlagender Stimme.

Sie zuckte mit den Schultern. »Na dann, Bjarki Einarson, du weißt, dass die Vizepräsidentin mich geschickt hat.«

Er nickte.

»Sehr gut.« Nova grinste. »Dann zeig mir doch mal, stellvertretend für sie, dass hier alles mit rechten Dingen zugeht.«

Bjarki atmete schnell. »Wie soll … also … was kann ich denn tun?«

»Hol mir mal jemanden her, mit dem ich sprechen kann. Jemanden, der weiß, was hier vor sich geht.« Sie schüttelte den Kopf. »Oder gib mir ein Terminal. Oder öffne diese verdammte Tür!«

Er hielt kurz inne, bevor er die Arme vor seiner Brust verschränkte. »Ich … das darf ich nicht. Meine Aufgabe ist es, hierzubleiben. Und aufzupassen.«

»Auf mich? Oder auf dich?«

Er schluckte.

»Bjarki. Was glaubst du, warum ich hier bin?«

»Sie wollen helfen. Wurden von der Vizepräsidentin geschickt, ja? Das ist, was ich … weiß.«

»Richtig. Sehr gut!« Der Stuhl knarrte leise, als Nova sich zurücklehnte. »Und was glaubst du, was passiert mit den Menschen auf dem Mars, wenn niemand hilft? Was denkst du, wie viele sterben werden, wenn der Tsunami Hellas Metropolis erreicht und die Evakuierung nicht abgeschlossen werden konnte?«

»Ich … also … wir haben das bestimmt im Griff.« Bjarkis Blick wanderte auf den Boden. »Wir alle sind hier, um Menschen zu retten!«

Sie schüttelte vorwurfsvoll den Kopf. »Vielleicht schaust du dich einmal um, Bjarki. Sieht das so aus, als ob die Regierung des Mars alles im Griff hätte?« Nova hielt für einen Augenblick inne. »Wenn du mir nicht glaubst, dann geh. Stell Fragen. Hör das, was du nicht hören sollst!« Sie erhob sich von ihrem Stuhl und trat einen Schritt auf ihn zu, bevor sie fast flüsternd fortfuhr: »Du bist klüger, als du dich gibst. Und mutiger, als du glaubst. Ich sehe es dir an. Und Bjarki, wenn du heute nichts tust, wirst du dir das morgen verzeihen können?«

»Ich …« Er wich zurück. »Ich bringe Ihnen noch eine Decke, Frau Ferell. Es kann kalt werden hier.«

Ohne sich noch einmal umzudrehen, verließ Bjarki den kleinen Raum, gefolgt von Novas eisernem Blick. Erst als sich die Tür hinter ihm geschlossen hatte, wandte sie sich ab und seufzte leise. »Wenn dieser Idiot die letzte Hoffnung für die Menschen auf dem Mars ist, können sie sich auch gleich selbst in den Fluten ertränken.«

»Guten Tag, meine Damen und Herren, ich begrüße Sie herzlichst im Verfassungsgerichtshof. Ein so volles Haus haben wir längere Zeit nicht mehr erlebt, aber wir haben heute ja auch Wichtiges zu entscheiden. Hiermit eröffne ich die Sitzung des ersten Senats des Verfassungsgerichtshofs der Vereinigten Planeten der Solaren Union in den Verfahren römisch erstens zur verfassungsrechtlichen Prüfung, ob das von der interstellaren Regierung der Vereinigten Planeten der Solaren Union erlassene Dekret vom heutigen 25. Juli 2256 mit Artikel 3, Absatz 1 sowie Artikel 23, Absatz 1 und 2 unvereinbar und damit nichtig ist. Antragsstellerin ist die Fraktion des Parlaments der Vereinigten Planeten der Solaren Union der Partei Solidaritas, Aktenzeichen 1 VGH 1 aus 56. Römisch zweitens wird der Erlass einer einstweiligen Anordnung bis zur endgültigen Entscheidung in vorgenanntem Verfahren beantragt. Antragsstellerin ist auch hier die Fraktion des Parlaments der Vereinigten Planeten der Solaren Union der Partei Solidaritas, Aktenzeichen 1 VGH 2 aus 56.« Der Oberste Richter schaute kurz auf, bevor er fortfuhr: »Für die Antragsstellerin sind in diesen hohen Hallen erschienen: Frau Rechtsanwältin Freyja Einardóttir sowie als Vertreter der Antragsstellerin selbst Herr Kallan Dresk.«

Die beiden erhoben sich, Freyja nickte in Richtung der Richterbank.

»Beabsichtigt die Antragsstellerin an ihren Anträgen, wie zuvor unter römisch eins und zwei durch dieses Gericht verlesen, festzuhalten oder plant Ihre Mandantin, Frau Einardóttir, die Anträge zu erweitern, zurückzuziehen beziehungsweise in einer sonstigen Art und Weise zu verändert?«

»Edelmännischer Oberster Richter, sehr geehrter Senat, wir halten an den Anträgen, wie wir sie gestellt haben, fest«, antwortete sie.

»Nun gut.« Er tippte mit seinen Fingern auf dem Monitor herum. »Sie können sich setzen.« Er wartete, bis Freyja und Kallan wieder auf ihren Plätzen saßen, bevor er fortfuhr. »Für die Antragsgegnerin sind in diesen hohen Hallen erschienen: Herr Rechtsanwalt und Vizepräsidentinnengatte Cedrik Veyra, sowie als Vertreter der Antragsgegnerin die Kommissarin für Justiz Frau Jekaterina Orlov.«

Auch die beiden erhoben sich.

»Beabsichtigt die Antragsgegnerin den Anträgen entgegenzutreten oder ist es der Wille Ihrer Mandatin, bereits jetzt das Handtuch zu werfen, Herr Veyra?«

Ein Lächeln erfüllte Cedriks Gesicht, seine Stimme fest. »Edelmännischer Oberster Richter, sehr geehrter Senat, wir treten dem Antrag der Gegenseite entschieden entgegen.«

»Das stand zu befürchten«, entgegnete er mit einem leichten Kopfschütteln. »Bitte, nehmen Sie Platz.« Er räusperte sich. »Nun, Sie haben das Wort, Frau Einardóttir. Überzeugen Sie das Gericht, wieso wir dem Antrag Ihrer Mandatin stattgeben sollten.«

Langsam und bedacht erhob sich Freyja von ihrem Platz. Sie holte tief Luft, ihre Stimme laut und bedeutungsschwanger. »Edelmännischer Oberster Richter, sehr geehrter Senat, die Sache ist einfach. Der Mars will Hilfe, der Mars braucht Hilfe, aber nicht unter dem Kommando der regulären Unionstruppen. Der Präsident ermächtigt sich mit dem Dekret zu einer Besetzung unter dem Deckmantel der Nothilfe.«

Cedrik schoss in die Höhe, zeigte mit flacher Hand auf die Stühle der Klägerbank, seine Stimme weder leiser noch weniger entschlossen als die von Freyja. »Edelmännischer Oberster Richter, sehr geehrter Senat, was die Antragsstellerin hier vorbringt, ist reiner Humbug.« Mit einer scharfen Bewegung winkte er ab. »Kein Mitglied der Regierung möchte den Mars besetzen, aber ohne die Unionstruppen werden Millionen Menschen sterben.« Er ließ die Augen langsam durch den Saal gleiten. »Niemand in diesem hohen Gerichtssaal wird doch bestreiten, dass das Recht auf Leben über Formalitäten steht.«

»Herr Veyra«, entgegnete Freyja scharf, ohne sich von der Richterbank abzuwenden, »Sie wissen doch genau, dass sich Julius Marek mit diesem Dekret über unsere Verfassung hinweggesetzt hat – möglicherweise unabsichtlich, vielleicht aber sogar wissentlich.«

Einige Zuschauende tuschelten leise, Kallan nickte theatralisch.

»Ruhe im Gerichtssaal!«, donnerte Richter Loran durch den Raum. »Bitte, fahren Sie fort, Frau Anwältin.«

»Auch wenn diese Regierung noch grün hinter den Ohren ist, sollten die Mitglieder wissen, dass eine solche Maßnahme nicht nur die Zustimmung des Unionsparlaments benötigt, sondern sogar die des Planetenrats. Diese Administration hat zuerst das rechtswidrige Em…«

»Edelmännischer Oberster Richter«, unterbrach Cedrik Freyja erneut. »Ich bitte sie. Die Antragsstellerin möge doch bei der Sache bleiben und nicht über andere legislative oder exekutive Maßnahmen schwadronieren, die nichts mit diesem Verfahren zu tun haben.«

Sie schnaubte laut. »Dass diese Regierung nun schon das zweite Mal innerhalb weniger Amtstage auf diese Verfassung spuckt, halte ich durchaus für relevant. Es scheint sich hier - und ich bin mir sicher sie erkennen das ebenfalls - ein Muster abzuzeichnen, edelmännischer Richter Fylon.«

Der verdrehte fast unmerklich die Augen. »Der Anwalt der Antragsgegnerin hat völlig recht. Lassen Sie uns doch bitte bei einem Fall bleiben. Sie haben genügend Möglichkeiten, auch gegen andere Entscheidungen dieser Regierung vorzugehen, aber nicht in diesem Verfahren.«

»Nun gut«, sagte Freyja nickend, »das ändert nichts daran, dass die Administration in dieser Sache den Weg über das Parlament und den Planetenrat hätte einschlagen müssen.«

»Ein parlamentarisches Gesetzgebungsverfahren?« Cedrik schüttelte energisch den Kopf. » Frau Einardóttir, dieser Tsunami wartet nicht, bis der bürokratische Parlamentarismus zu einem

Entschluss gekommen ist – er tötet noch heute, wenn wir nichts tun.«

»Wissen Sie, was die Leben von morgen rettet? Glauben Sie, es ist blinder Aktionismus und absolute Macht?« Freyja nahm das Buch auf ihrem Tisch in die Hand und hielt es hoch. »Mitnichten. Es ist diese Verfassung. Unsere Verfassung.«

»Aber«, Cedrik zeigte mit dem Finger auf das Buch, »das Dekret des Präsidenten steht in keinster Weise im Widerspruch zu unserer Verfassung.« Er wandte sich wieder zur Richterbank. »Ich darf auf die Rechtsprechung in der Sache Dwan gegen die Regierung der Vereinigten Planeten der Solaren Union verweisen. Dort hat dieses hohe Gericht der Exekutive weitreichende Befugnisse erteilt, und zwar im Falle …« Er griff nach seinem Tablet, ließ die Finger darübergleiten. »Ich zitiere: besonderer Ausnahmesituationen und auf Bitten der planetaren Staatsgewalt.« Cedrik legte das Gerät zurück auf den Tisch und atmete tief durch. »Und genau das, edelmännischer Oberster Richter, sehr geehrter Senat, ist hier und heute der Fall. Die Regierung will Leben retten. Und sie darf dabei nicht von der Bürokratie aufgehalten werden.«

Freyja legte kopfschüttelnd die Stirn in Falten. »Herr Veyra, dieses hohe Gericht weiß genauso wie ich, dass die Rechtsprechung, die Sie zitieren, noch aus den KI-Kriegen der 2120er stammt. Die Solare Union hat sich in diesen fast 140 Jahren weiterentwickelt – genauso wie unsere Rechtsprechung.«

»Schauen wir uns doch einmal die Fakten an.« Cedrik zuckte mit den Achseln, seine Stimme leiser, aber nicht weniger bestimmt. »Der Mars wird von einer nie da gewesenen Naturkatastrophe bedroht und die planetare Administration hat sich in Form von Planetengouverneurin Thier auf den Artikel 35 unserer Verfassung berufen. Es war der Mars, der zu meiner Mandantin kam, und nicht meine Mandantin, die zum Mars gehen wollte.«

Freyja atmete tief durch. »Wenn wir dem Präsidenten dieses Dekret durchgehen lassen, dann kann die interstellare Regierung dieser Solaren Union zukünftig überall per Präsidentenerlass einmarschieren.«

Ein Raunen ging durchs Publikum, als sie die Verfassung in ihren Händen mit einem lauten Knall auf den Boden warf. Der Oberste Richter hob eine Augenbraue.

»Die brauchen wir in diesem Fall nicht mehr, denn das ist das Ende der planetaren Souveränität.« Freyja sah ihn direkt an. »Cedrik, wir haben uns immer für die Demokratie eingesetzt. Und jetzt? Jetzt rechtfertigst du einen Erlass, der in jedem anderen Fall eine Besetzung wäre.«

Cedrik öffnete den Mund, zögerte. Nur für den Bruchteil einer Sekunde. Er nickte langsam, seine Stimme ausgeglichen, fast ein Flüstern. »Ich gebe Frau Einardóttir völlig recht. Wenn diese Union ihr Volk – den einzig wahren Souverän in einer Demokratie – sterben lässt, dann braucht es auch keine Verfassung mehr.«

Der gesamte Gerichtssaal wurde von einem Schweigen erfüllt, als wäre er selbst der leere Weltraum, der Solaris Prime umgab. Freyja öffnete den Mund, nur um ihn geräuschlos wieder zu schließen. Elegant, aber ohne ein Lächeln im Gesicht, setzte sich Cedrik zurück auf seinen Platz. Jekaterina legte langsam die Hände ineinander, um sich dann entspannt zurückzulehnen.

Der Oberste Richter ließ seinen Blick über die Beisitzenden gleiten, doch es war in keiner Miene eine Regung zu erkennen. »Das Gericht wird sich zu Beratung der Sach- und Rechtslage zurückziehen. Wir verkünden das Urteil in dieser Angelegenheit in fünfundvierzig Minuten.«

Während sich der Zuschauerraum mit Gemurmel zwischen den Berichtenden füllte, wanderte Cedriks Blick vom vorsitzenden Richter zu einem der Fenster. Für einige Sekunden starrte er genau in die Richtung, in der sich hinter schier endloser Dunkelheit der Mars befand und wo sich die Tür zu Novas Kämmerchen mit einem leisen Zischen öffnete.

»Sie hatten recht«, brach es aus Bjarki hervor, noch bevor sich der Zugang hinter ihm wieder verschlossen hatte. Ein dumpfer Knall erfüllte den Raum, als er unsanft ein Tablet auf den Tisch fallen ließ und damit beinahe das noch immer nicht vollständig geleerte Wasserglas traf.

Nova hob den Kopf aus ihren Händen. Das Schmunzeln in ihrem Gesicht war weniger voller Freude oder Wärme, sondern durchzogen von schmerzhafter Erkenntnis. »Das höre ich öfter. Wobei meinst du diesmal?«

»Ich habe … etwas rausgefunden …« Bjarki schlich in dem kleinen Raum auf und ab, während er immer wieder den Kopf schüttelte. »Ich bin, also … ich hab mich durch die Zugangsprotokolle geschlichen. Das darf ich eigentlich nicht, aber … ich wollte Ihnen beweisen, dass Sie unrecht haben«, stotterte er, bevor seine Stimme zu einem Flüstern wurde. »Sie haben sie blockiert.«

»Sie haben was blockiert?«, fragte Nova stirnrunzelnd.

»Die Kommunikationsverbindung. Nach Solaris Prime. Zur Erde. Überallhin.« Er schnaubte leise »Sie ist nicht … gestört, wie sie behauptet haben. Man filtert alle ausgehenden Verbindungen und Nachrichten. Nur was genehmigt wurde, wird übertragen. Das gleiche mit den eingehenden Signalen.«

Nova atmete tief durch, ihre Stimme bebend. »Wer?«

»Das Militär!«, entgegnete Bjarki wie aus der Pistole geschossen. »Auf Anweisung der interplanetaren Regierung.«

»Die Vizepräsidentin würde so etwas niemals anordnen!«

»Nein, das war kein Befehl von ihr. Der Kommissar für militärische Angelegenheiten hat das angeordnet.« Er hielt einen Moment lang inne und fixierte Nova mit einem ernsteren Blick, als man von ihm erwartet hätte. »Und das war noch nicht alles.«

Sie richtete sich auf, drückte ihren Rücken durch und lehnte sich auf dem Stuhl leicht nach vorne über den Tisch, bevor sie mit ungläubiger Stimme fragte: »Nicht alles?«

Bjarki schüttelte den Kopf. »Es ist noch viel schlimmer. Sie haben eine Liste.«

»Eine Liste? Wofür?«

»Verbleibslisten.« Er deutete auf das Tablet auf dem Tisch. »Ich konnte sie nur teilweise entschlüsseln. Es sind … Namen. Einzelpersonen. Familien mit bestimmten Codes. Menschen, die nicht evakuiert werden dürfen.«

Novas Augen weiteten sich, als sie Bjarkis Worte wiederholte. »Menschen, die nicht evakuiert werden dürfen?«

Er nickte knapp.

»Warum?«

»Ich weiß es nicht«, konstatierte Bjarki schulterzuckend und mit kreidebleichem Gesicht, das mehr an einen Geist als an einen Menschen erinnerte.

»Zeig mir die Liste!«

Er griff nach dem Tablet und entsperrte es mit einer geschickten Bewegung, bevor er es in Novas Richtung hielt. »Hier.«

Ohne zu zögern, schnappte sie sich das Gerät und riss es Bjarki unsanft aus seiner Hand, um dann den ersten Eintrag auf der Liste zu mustern. »Familie Lowson«, murmelte sie wenige Augenblicke später, »Eheleute Erika und Lisa mit Tochter Helena.«

Stille erfüllte den Raum, nachdem Bjarki wie angewurzelt eine Armlänge vom Tisch entfernt stehen blieb. Nova wischte, ohne ein Geräusch zu verursachen, immer wieder über das Tablet, um sich weitere Einträge auf der Liste anzeigen zu lassen. Ihre Miene verfinsterte sich zunehmend. Sekunden vergingen. Ein leises, textiles Knistern beendete die Geräuschlosigkeit, als Bjarki sein Gewicht von links nach rechts verlagerte. Schließlich räusperte er sich und fragte: »Und?«

»Moment.« Nova sprach mehr mit sich selbst als mit ihm, während sie ihre Arbeit mit dem Tablet fortsetzte. »Familie Rodon, Eheleute Lars und Rainer. Familie Larson, Eheleute Anna und Kira.« Sie schüttelte den Kopf. »Das kann doch nicht …« Immer wieder wischte sie mit ihrem Zeigefinger über das Gerät.

»Was?« Bjarki schloss ungelenk den letzten Abstand zwischen ihr und ihm. »Was ist denn?«

»Das sind alles … queere Menschen.« Nova hielt für einen Moment inne. »Sie sortieren nicht nach Relevanz oder möglicherweise Nützlichkeit. Sie sortieren nach Identität.«

»Nein, das kann nicht sein.« Bjarki wich erschrocken zurück, als hätte sie ihn geohrfeigt.

Sie ließ das Tablet aus den Händen auf den Tisch fallen, als wäre es ein heißer Stein. »Es ist so.« Ihr Blick wanderte zu Bjarki und fixierte seine Augen. »Was hast du noch erfahren?«

»Ich …«, stotterte er, »ich habe mit jemandem gesprochen, einem alten Freund aus der Grundschule. Er ist Techniker in der Datenverteilung. Auf Anweisung des Kommissars planen die eine … kontrollierte Medienstrategie. Die sprechen von ›Heldentum‹ und ›logistischen Herausforderungen‹.«

Nova schoss vom Stuhl empor. »Ich muss die Vizepräsidentin erreichen.« Sie richtete den Zeigefinger auf ihn. »Und du wirst mir dabei helfen!«

»Ich … ich dachte, ich helfe hier. Ich dachte, ich leiste meinen Beitrag dazu, Leben zu retten. Alle Leben. Nicht … auszusortieren.« Bjarki blickte mit flehenden Augen zu Nova. »Was soll ich tun?«

Der Handel

Mit schnellen Schritten marschierte Jekaterina durch den langen Korridor in der Justizsektion auf Solaris Prime. Die Wände in diesem Teil der Raumstation bestanden aus einer Mischung aus Verbundmaterialien und extravaganten, dunklen Holzpaneelen. Das sanfte Licht, das aus der indirekten Beleuchtung hervorbrach, hatte eine eukalyptusgrüne Farbe und mischte sich mit der warmen Deckenbeleuchtung. Entlang der Wände waren holografische Displays angebracht, gefüllt mit etlichen Zeilen voller Text. Auf der ersten Anzeige, unter der Überschrift *Verfassungsgerichtshof, 1. Senat* stand *Fraktion der Partei Solidaritas ./. Regierung der Vereinigten Planeten der Solaren Union*, danach eine kurze Beschreibung des Verfahrens.

Der zweite Bildschirm zeigte unter dem Titel *Verfassungsgerichtshof, 2. Senat* ein weiteres Verfahren: *Verfassungsbeschwerde der Frau Elsa Kullberg, Galileo-Galilei-Straße 21, V-V-1912 Venia gegen das Urteil des Regionalgerichtes Venia vom 25. Oktober 2255, Aktenzeichen 2 O 983/54, in Verbindung mit dem Beschluss des Planetargerichts der Venus vom 4. April 2256, Aktenzeichen 1 V 883/55, wegen der Verletzung des Grundrechts aus Artikel 5, Absatz 2 der Verfassung der Vereinigten Planeten der Solaren Union.* Es folgte auch hier eine kurze Beschreibung: *Die Beschwerdeführerin ist Herausgeberin eines Satiremagazins. Im Rahmen der vorherigen Verfahren wurde sie zu einem Schadensersatz in Höhe von 20.000 Solari verurteilt, weil sie sich ehrverletzend gegenüber der Planetengouverneurin schriftlich geäußert hatte. Die Berufung wurde abgelehnt. Frau Kullberg wendet sich gegen dieses Urteil, da sie darin ihr verfassungsmäßiges Recht auf freie Meinungsäußerung beschnitten sieht.*

Auf dem dritten Monitor fand sich unter der Überschrift *Verfassungsgerichtshof, 3. Senat* das Verfahren des *Herrn Julien Rauroulet, Edgardo-Fraga-Straße 73, E-ES-2138 Enceladus Stadt, gegen das Urteil des Regionalgerichts Enceladus Stadt vom 4. November 2255, Aktenzeichen 3 KLs 271/55, in Verbindung mit dem Beschluss des Planetengerichts des Saturns, enceladische Kammer vom 26. Februar 2256, Aktenzeichen 2 Ws 2/56, wegen der Verletzung des Grundrechtes aus Artikel 3, Absatz 3 der Verfassung der Vereinigten Planeten der Solaren Union.* Über das Verfahren ist ausgeführt, dass sich der Beschwerdeführer aufgrund des aus seiner Sicht unverhältnismäßigen Urteils – eine fünfjährige Gefängnisstrafe wegen der Verbreitung von ehrverletzenden Schriften über den Planetengouverneur – in seinen verfassungsmäßigen Rechten beschnitten und damit diskriminiert fühlt. Er macht geltend, dass er solch eine drakonische Strafe nur erhalten habe, weil er Teil der queeren Gemeinschaft von Enceladus sei.

Etwas nach der Kommissarin der Justiz, aber noch immer nahe genug, um ein Gespräch zu führen, passierte Cedrik die Monitore. Obwohl seine Miene von Besorgnis und Ermattung gezeichnet war, fand sich darin auch eine unübersehbare Zufriedenheit.

Jekaterina verlangsamte ihr Schritttempo und bemerkte, als der Vizepräsidentinnengatte zu ihr aufgeholt hatte: »Ich würde sagen, dass wir gute Chancen haben, diese sinnlose Klage abzuwehren.«

»Hm.« Er legte die Stirn in Falten. »Da bin ich mir nicht so sicher.«

Die Augen der Kommissarin weiteten sich. »Hat der große Cedrik Veyra etwa Zweifel? An seinen eigenen Fähigkeiten?«

»Nein, es sind keine Zweifel.« Er kicherte, bevor er tief durchatmete. »Ich würde es vielmehr ein … ungutes Gefühl nennen.«

Ohne sich Cedrik zuzuwenden, zog Jekaterina eine Augenbraue hoch. Sie ließen einige Meter des Korridors hinter sich und passierten große Türen mit Saalnummern weiterer Gerichtssäle. Erst als sie nach etlichen Schritten einen der Verwaltungstrakte der Gerichtssektion erreicht hatten, fragte sie: »Kannst du das an irgendetwas festmachen?«

»Nein, nicht direkt.« Er seufzte kopfschüttelnd. »Aber du weißt genauso gut wie ich: Auf hoher See und vor Gericht ist man immer in Gottes Hand.«

Die Kommissarin der Justiz nickte mit nachdenklicher Miene, während die beiden einer Abbiegung folgten, hin zu einer Kreuzung. Einige Meter vor der Gabelung wies ein Wegweiser mit der Aufschrift *Richterzimmer* nach links und ein anderer mit der Beschriftung *Ausgang* nach rechts.

Jekaterinas Schritte verlangsamten sich. »Da hinten sitzen sie.« Sie nickte in Richtung einer Tür im linken Korridor, vor der ein kleines Schild mit der Aufschrift *Beratungszimmer, Verfassungsgerichtshof, 1. Senat* aufleuchtete.

»Da sitzen sie«, wiederholte Cedrik zustimmend, während sein Blick ihrem Nicken folgte.

Er holte gerade Luft, als Jekaterina unvermittelt stehen blieb. Ihre Nasenflügel weiteten sich, Ekel stieg in ihrem Gesicht auf. »Hm«, stieß sie leise hervor.

Der Vizepräsidentinnengatte, der einige Schritte weiter in Richtung Ausgang gegangen war, drehte sich um. »Was ist los?«

»Hast du das gerochen?«, fragte sie stirnrunzelnd.

»Was denn?«

»Dieser Duft.« Sie sog Luft durch ihre Nasenlöcher ein. »Das ist …« Sie hielt für einen Moment inne. »Vanille.«

Cedriks Augen weiteten sich fast unmerklich. Eilig ging er zu ihr zurück. »Vanille?«

»Ja!« Jekaterina verschränkte die Arme locker vor der Brust. »Ich könnte schwören, dass es hier nach Vanille riecht.«

»Ach?«

»Irgendwie seltsam. Dieser ganze Bereich …« Sie schüttelte den Kopf. »Normalerweise riecht es hier nach nichts – nur nach recycelter Luft.«

»Und Kaffee. Billigem Kaffee«, stellte Cedrik lachend fest. »Vielleicht war es nur das schlechte Parfüm eines Mitarbeiters.« Er zog die Schultern so weit hoch, dass es fast wirkte, als versuchte er, seinen Kopf zwischen ihnen zu verstecken. »Oder eine Duftkartusche aus dem Belüftungssystem.«

»Klar.« Jekaterina nickte kurz, bevor sie sich wieder in Richtung des Ausgangs in Bewegung setzte. »Weil der Oberste Richter im Beratungszimmer immer Duftkerzen anzündet, um die Atmosphäre zu verbessern.«

Cedrik blieb wie angewurzelt stehen und starrte mit leeren Augen auf die schwere Tür, hinter der sich der Senat des Verfassungsgerichtshofs beriet.

»Kommst du?«, fragte sie, als sie schon fast die Tür erreicht hatte, die die Gerichtssektion von der Regierungssektion trennte.

Er zuckte kurz zusammen, bevor er ihr nickend folgte und hinter ihr herrief: »Vielleicht hat da einfach jemand einen besonderen Geschmack bewiesen.«

»Vielleicht.« Jekaterina drückte auf den Knopf an der Seite, der die Tür mit einem leisen Zischen öffnete. »Einen besonders … na ja.« Sie seufzte. »grausamen Geschmack.«

»Was ist auf Solaris Prime nicht grausam?«, fragte Cedrik abwesend.

Während die beiden die Justizsektion verließen, kehrte Bjarki zurück in den kleinen Raum, in dem Nova auf dem Stuhl saß und ihn erwartungsvoll anblickte.

»Keine Chance«, diagnostizierte er wenige Sekunden später mit einer ungewöhnlich beharrlichen Stimme. »Sobald ich Sie hier rausbringe, geht der Alarm los. Dort draußen stehen überall Soldaten.«

»Verdammt!« Nova zog eine Grimasse und hämmerte ihre Faust auf den Tisch. »Wir müssen Solaris Prime erreichen!«

Bjarki zuckte mit den Schultern. »Wir erreichen noch nicht einmal das Ende des Korridors.«

»Gibt es irgendeinen anderen Weg, eine Verbindung aufzubauen?«, erkundigte sich Nova, während sie unruhig auf dem Stuhl hin- und herrutschte.

»Offiziell?« Bjarki schüttelte den Kopf.

»Und inoffiziell?«

»Vielleicht.« Sein Blick huschte für einen kurzen Augenblick über das Tablet auf dem Tisch.

Nova hob eine Augenbraue. »Und wie genau sieht der aus?«

»Mit dem Tablet … also …«

Bjarkis erneutes Stottern erzwang ein leises Stöhnen bei ihr. Ohne dass ein Wort über ihre Lippen kam, fixierte sie ihn mit einem Blick, der nur eins zu sagen vermochte: Reiß dich zusammen, sonst raste ich aus.

»Also …« Bjarki schüttelte sich und atmete tief durch. »Wenn man die Rechte hat, kann man ein paar Protokolle umgehen.«

Novas Blick klärte sich, ein Lächeln huschte über ihre Lippen. »Dann können wir mit der Vizepräsidentin sprechen?«

»Das Gerät ist nicht für Kommunikation gedacht, aber wenn man den Debug-Modus benutzen würde, dann könnte es funktionieren.«

»Kannst du das?«, erkundigte sie sich.

Ein Leuchten erschien in Bjarkis Augen. »Nun, das Teil läuft auf einer Linux-Version. Ein stabiles, offenes Betriebssystem, das schon Hunderte Jahre alt ist. Ich könnte das lokale Netzwerk scannen und die MAC-Adresse des Kommunikators der Planetengouverneurin über passives Mitsniffen herausfinden. Dazu müssen wir einfach warten, bis das Gerät sich meldet, vielleicht durch eine Broadcast-Anfrage, ein DHCP-Handshake oder irgendetwas anderes mit MAC-Adresse. Sobald ich die habe, geben wir unser Tablet durch ein MAC-Spoofing als ihr Gerät aus. Ein simpler Befehl und wir sind Silvia Thier. Zumindest rein digital. Wenn wir dann Solaris Prime anrufen, werden die denken, dass sie es ist … und niemand würde jemals ahnen, dass es in Wahrheit wir waren.«

»Ähm …« Nova kratzte sich am Hinterkopf. »Wie bitte?«

Bjarki schnaubte leise. »Na ja, einfach gesagt, machen wir es wie Leia Organa in Episode VI von *Star Wars*: Sie konnte sich dort auch in Jabbas Palast schleichen, um Han Solo zu retten, weil jeder dachte, sie wäre eine Kopfgeldjägerin.«

Nova nickte kurz, bevor sie stirnrunzelnd feststellte: »Aber sie wurde erwischt und musste später genauso befreit werden wie Han.«

»Es war nur ein Vergleich.« Bjarki seufzte. »Wir … ähm …wir werden schon nicht entdeckt.«

Sie schüttelte den Kopf. »Ein schlechter Vergleich. Ein goldener Bikini würde mir nicht so gut stehen.«

»Also … ähm …«, stotterte er.

»Wie auch immer«, unterbrach Nova ihn und zeigte auf das Tablet. »Wir müssen loslegen. Wenn wir nichts tun, sterben dort draußen viele Unschuldige. Und ich will nicht zu denen gehören, die dabei nur zugesehen haben.«

Bjarki griff nach dem Tablet und ließ seine Finger erst zaghaft, aber dann immer entschlossener über den Bildschirm gleiten.

Währenddessen war Selenas Blick im Kontrollraum auf Solaris Prime fest auf den Monitor in ihrem Schreibtisch gerichtet. Kleine rote Punkte blinkten auf der Marsoberfläche, bahnten sich langsam ihren Weg von den großen Städten zu den Flüchtlingszentren im Hinterland. Immer wieder huschten Prognosen und farbige Diagramme über die Anzeige.

»Frau Vizepräsidentin«, rief die junge Beamtin. Selenas Kopf schnellte in die Höhe und ihre Augen fixierten die Mitarbeiterin auffordernd, bis diese fortfuhr: »Wegen des Wasserproblems.«

Selena atmete tief durch. »Ja?«

»Wir haben alle Optionen durchgespielt.« Die Frau zuckte mit den Schultern. »Es gibt nur eine Möglichkeit.«

»Und die wäre?«

»Es braucht einen Deal mit Alina Corsis«, konstatierte die junge Beamtin.

»Diesen Namen höre ich in den letzten Tagen viel zu oft.« Selena massierte ihre Schläfen mit langsamen Kreisbewegungen. »Wieso sie? Was ist mit alternativen Lieferanten?«

»Die anderen Anbieter sind zu klein und haben keine logistischen Kapazitäten für eine Unterstützungsaktion dieser Größenordnung.« Die junge Beamtin schüttelte den Kopf. »Alina Corsis ist die Einzige, die ausreichende Wasserreserven in ihren Lagern hat. Nur sie kann die 250 Millionen Kubikmeter pro Tag liefern, die wir brauchen.« Sie tippte mit schnellen Bewegungen auf ihrem Bedienfeld herum. »Die Daten liegen Ihnen vor, damit Sie sich selbst ein Bild der Situation machen können.«

Selenas Anzeige füllte sich unter der Überschrift *Solare Handelsgesellschaft für Wasser* mit Abbildungen von Planeten und Raumstationen, die in einer Liste untereinander angeordnet waren. Neben jeder Grafik stand eine Kubikmeterangabe.

»Mein Gott!«, stieß Selena hervor. »Wie viel Wasser hat diese Frau denn?«

»Auf fünf Monden und in achtzehn Weltraumtanks insgesamt über fünfzig Milliarden Kubikmeter. Und sie produzieren jeden Tag mehr.«

»Und wie viel kann sie liefern?«

»Sie kann mit ihrer Flotte problemlos genügend Wasser verschiffen. Beim Amt für Raumschiffe sind auf ihr Unternehmen über achthundert Schwertransporter für Flüssigkeiten registriert.«

Selena schüttelte den Kopf, während sich ihr Blick langsam von der Anzeige löste. »Das sind mehr als 80 Milliarden Liter Transportkapazität.«

Die Beamtin nickte. »Um offen zu sprechen, Frau Vizepräsidentin …« Sie hielt inne.

»Reden Sie Klartext.«

»Ohne Alina Corsis und die Solare Handelsgesellschaft für Wasser sterben die Menschen auf dem Mars. Wir brauchen ihre Hilfe.«

»Ich kümmere mich darum.« Selena nickte langsam. »Ich finde eine Lösung.«

Kaum hatte sie den Satz beendet, öffnete sich mit einem leisen Zischen, das in der allgemeinen Geräuschkulisse des Raums beinahe untergegangen wäre, die Tür. Jekaterina betrat das Lagezentrum, dicht gefolgt von Cedrik. Die Kommissarin für Justiz begrüßte Selena nur mit einem knappen Nicken, um sich dann an ihren Platz zu begeben. Der Vizepräsidentinnengatte hingegen marschierte ohne Zögern zu seiner Frau.

»Wie sieht es aus?«, fragte er, als er hinter ihr angekommen war.

Selena drehte sich mit ihrem Stuhl zu ihm und blickte tief in seine Augen. Ihre Miene war voller Anspannung und die Muskeln um ihren Kiefer verkrampften, als sie zwischen den Zähnen hervorzischte: »Ein einziges Desaster.«

»Oje«, seufzte er. Sein Blick wanderte durch den Raum auf das geschäftige Treiben der vielen Mitarbeitenden. »Wir haben noch über eine Stunde, bis der Gerichtssaal uns zurückverlangt. Wie soll ich mich nützlich machen?«

Die Augen der Vizepräsidentin verengten sich. »Alina Corsis.«

»Alina Corsis?«, wiederholte Cedrik.

»Ja.« Sie schüttelte den Kopf. »Wir brauchen ihr Wasser auf dem Mars.«

Er legte die Stirn in Falten. »Und wie kann ich da helfen?«

»Du …« Selena griff nach der Hand ihres Mannes und drückte sie fest. »Überzeug sie, dass sie liefert. Auf dem kleinen Dienstweg.«

Seine Augen weiteten sich. »Ich hatte gehofft, es gäbe zur Abwechslung einmal eine leichtere Aufgabe für mich.«

»Hast du etwa an Kaffeeholen gedacht? Oder einen Spaziergang?«

»Beispielsweise«, entgegnete er kichernd. »Aber gut. Hast du weitere Informationen für mich?«

»Ja, ich schicke dir alles zu. Cedrik, es geht um das Leben der Menschen auf dem Mars. Ich brauche dafür den besten Mann.« Ein herausforderndes Lächeln umspielte Selenas Lippen.

»Dein Mann ist der beste Mann, das weißt du doch.« Er dämpfte die Lautstärke seiner Stimme. »Wie weit soll ich gehen? Wie weit kann ich gehen?«

»Wir brauchen ihr verdammtes Wasser. Alles andere ist egal.«

»Also geben wir ihr so viel wie nötig und so wenig wie möglich?«

Sie nickte knapp.

»Damit lässt sich arbeiten«, stellte Cedrik mit einem zufriedenen Nicken fest. »Sieh die Herausforderung als schon gemeistert an.«

Noch bevor seine Frau in der Lage war, ihm zu antworten, marschierte er bereits in Richtung der Tür, durch die er vor wenigen Minuten gekommen war. Für den Hauch eines Augenblicks schaute sie ihm hinterher, auf seine breiten Schultern und das maßgeschneiderte Jackett, das er trug. Dann drückte sie den Rücken durch und drehte sich mit ihrem Stuhl zurück an ihren

Arbeitsplatz. Sie ließ die Finger über das Bedienfeld gleiten. Der Bildschirm flackerte kurz, bevor er einige juristische Texte anzeigte. Gerade als sie sich Jekaterina zuwandte, durchbrach der Ruf eines älteren Beamten das Treiben im Lagezentrum.

»Frau Vizepräsidentin, wir haben einen Anruf für Sie vom Mars. Er kommt über eine verschlüsselte Leitung.«

Selena nickte in Richtung des Projektors in der Mitte des Raums. »Dann stellen Sie ihn durch.«

»Der Anrufer …« Er räusperte sich. »Er hat um ein privates Gespräch gebeten.«

»Wer ist es?«

»Einen Moment, der Name des Mannes ist …« Seine Finger glitten über den Monitor auf seinem Schreibtisch. »Herr Einarson. Er hat gesagt, es sei dringend und dulde keinen Aufschub.«

Selena legte ihre Stirn in Falten. »Einarson …«, murmelte sie leise, »wo habe ich den Namen schon einmal gehört?« Sie ließ ihren Blick für einen Moment in die Ferne schweifen, bevor sie laut seufzte. »In Ordnung, stellen Sie den Anrufer in das Telefonzimmer durch.«

Der Beamte nickte, während Selena sich der Kommissarin für Justiz zuwandte und leise sagte: »Jekaterina, kannst du dich um den Rechtsausschuss des Parlaments kümmern?« Sie zeigte auf ihren Monitor. »Die Abgeordneten haben um Auskunft rund um das Dekret gebeten.«

»Hast du weitere Informationen für mich?«

»Die habe ich dir schon zugeschickt. Müssten in deinem Posteingang sein.«

»Klar übernehme ich das.« Ein Lächeln hielt auf Jekaterinas Gesicht Einzug. »Ich streite mich allzu gern mit dem Rechtsausschuss. Wo darf ich die Abgeordneten abfertigen?«

Die Vizepräsidentin wischte über ihre Anzeige. »Du müsstest in Sitzungssaal … vier.«

Die Kommissarin schoss von ihrem Sessel empor. »Bin schon unterwegs. Die können sich auf einen heißen Tanz gefasst machen!«

»Davon gehe ich aus«, rief Selena ihr hinterher, während sie sich ebenfalls erhob.

Mit schnellen Schritten marschierte sie in das Telefonzimmer auf der anderen Seite des Lagezentrums. Seufzend ließ sie sich auf dem Stuhl nieder, und nur wenige Augenblicke später erfüllte das leise Brummen des startenden Projektors den Raum. Die kleinen, blauen Punkte vor ihr tanzten umher, bis sie sich zum Körper eines Mannes materialisierten.

Selena rieb sich die Augen, blinzelte einige Male kurz, bevor es aus ihr hervorschoss: »Bjarki?«

»Frau Vizepräsidentin!« Er lächelte warm. »Wie gut, dass ich Sie direkt erreiche.«

Ihre Stirn legte sich in Falten. »Was wollen Sie?«

»Hier …« Bjarki atmete tief durch. »Hier ist jemand, der mit Ihnen sprechen muss. Es ist dringend.«

Die blauen Punkte lösten sich für einen Moment auf und tanzten wieder wild umher, bevor sie sich erneut zum Abbild eines Menschen zusammensetzten.

»Nova!« Selenas Miene entspannte sich. »Ich habe mir solche Sorgen um dich gemacht.« Eine fast unmerkliche Fürsorglichkeit legte sich in ihre Stimme. »Geht es dir gut?«

»Mir ja.« Nova nickte knapp, ohne dass sich ihre angestrengte Miene löste. »Aber den Menschen dort draußen auf dem Mars …« Ihre Augen verengten sich. »Denen sicherlich nicht.«

Selena zuckte mit den Achseln. »Wir tun, was wir können. Mehr geht einfach nicht.«

»Ich weiß, dass du das glaubst.« Nova schüttelte den Kopf. »Aber es wird eben nicht alles getan. Selena ….« Sie hielt für einen kurzen Augenblick inne. »Sie lassen Menschen zurück.«

»Was? Wen meinst du?« Die Miene der Vizepräsidentin verfinsterte sich. »Wer sind die?«

»Das Militär. Die Territorialstreitkräfte. Sie haben Listen. Sie retten nicht alle. Sie retten nur die, die ihnen passen.«

»Das kann nicht sein!«

»Ich habe es gesehen. Die Listen. Sie sind codiert, aber ich …« Nova atmete tief durch. »Wir konnten sie entschlüsseln. Wissenschaftler, Ingenieure, Regierungsbeamte, Bürgerinnen und Bürger mit der richtigen Denkrichtung – die bekommen Plätze in den Bussen. Oder auf den Rettungsschiffen. Aber queere Menschen? Keine Chance.«

»Wie bist du an die Listen gekommen?«, fragte Selena ungläubig.

Nova fuchtelte wild mit den Händen umher. »Bjarki hat sie mir besorgt.«

»Das …«, stammelte Selena, »das ist unfassbar. Hätte ich das früher gewusst … ich … Wir erreichen die Territorialstreitkräfte auf dem Mars schon seit Stunden nicht. Ich werde sofort …«

Bevor sie ihren Satz beenden konnte, unterbrach Nova sie. »Es wird noch schlimmer. Sie unterbinden aktiv jede Kommunikation von der Oberfläche. Keiner der Hilferufe erreicht die Planetenregierung hier im Bunker … oder euch auf Solaris Prime. Sie haben den Befehl, jegliche Verbindung zum Lagezentrum zu blockieren.«

Selena atmete schwer aus. »Weißt du, wer das veranlasst hat?«

»Ja.« Nova nickte. »Der Kommissar für militärische Angelegenheiten.«

»Das kann nicht sein, niemals …«

»Selena«, unterbrach Nova sie erneut, »es ist so. Bjarki kann es dir bestätigen. Sie nutzen den Tsunami zur ideologischen Säuberung … oder geben queere Menschen einfach direkt zum Abschuss frei. Was ich gesehen habe …« Ihre Stimme versagte.

»Das ist ein Verbrechen!«, brach es voller Entgeisterung aus der Vizepräsidentin hervor.

»Selena, bitte, du musst etwas unternehmen.«

»Auf jeden Fall! Ich werde mich sofort darum kümmern!« Die Augen der Vizepräsidentin verengten sich. »Aber könnt ihr mir helfen, jemanden auf dem Mars zu erreichen?«

»Wir versuchen es«, antwortete Nova.

Bjarkis Stimme bahnte sich ihren Weg aus dem Hintergrund durch die Leitung. »Sie können jemanden ohne unsere Hilfe kontaktieren, Frau Vizepräsidentin, auf dem gleichen Weg, wie wir Sie erreicht haben. Die Kommunikation zu Silvia Thier ist nicht blockiert. Sie ist die einzige Person, die auf dem Mars erreichbar ist.«

»Ich danke euch.«

Nova nickte. Ohne dass ein weiteres Wort ausgetauscht wurde, trennte Selena die Verbindung und marschierte aus der Telefonzelle zurück in den großen Lageraum. Ihr Blick wanderte durch das geschäftige Treiben, bis er schließlich auf Ingolf fiel. Der Kommissar saß an seinem Arbeitsplatz und drückte mit seinen Fingern auf das Bedienfeld vor sich. Sein Gesicht zierte ein schwaches, aber unübersehbares Grinsen, das eine unbeschreibliche Selbstzufriedenheit ausstrahlte.

Ohne Zögern hielt Selena auf ihn zu und spie ihm mit forscher Stimme entgegen: »Herr Kommissar Clausius!«

Ingolf sah von seinem Monitor auf. Fast in Zeitlupe, drehte er seinen Stuhl und schaute Selena tief in die Augen, bevor er sie mit gespielter Leichtigkeit fragte: »Frau Vizepräsidentin?«

»Haben Sie den Colonel auf dem Mars erreicht?«

»Noch nicht. Leider sind die Kommunikationskanäle weiterhin blockiert.«

»Hören Sie auf, mich zum Narren zu halten, Kommissar Clausius.« Sie verschränkte die Arme vor der Brust, ihre Augen verengten sich. »Ich weiß, was hier gespielt wird.«

»Ist das so?« Ingolf gab ein Zischen von sich. »Dann klären Sie mich doch gerne darüber auf.«

»Die Funkstörungen. Die Evakuierung. Das ist ein abgekartetes Spiel.«

»Ich weiß nicht, wovon Sie reden, Frau Vizepräsidentin«, entgegnete der Kommissar, während sich seine Hände in die Armlehnen des Sessels krallten. »Was sollte ich damit erreichen wollen?«

»Sie selektieren die Marsbewohnenden nach geheimen Listen! Linientreue Parteigenossen, Menschen, die Sie ausgewählt haben, bekommen einen Platz. Und diejenigen, die eine andere Weltanschauung haben? Die lassen Sie in den Fluten sterben.«

»Frau Vizepräsidentin …« Ingolf hielt kurz inne. »Glauben Sie, dass *ich* solche Entscheidungen treffe?«

»Wollen Sie mir sagen, dass Sie nicht wissen, was hier passiert?« Selena schüttelte den Kopf.

»Oh, ich weiß es sehr genau.« Mit einem breiten Grinsen erhob er sich von seinem Sessel. »Aber Sie haben keine Ahnung, mit wem Sie sich hier anlegen.«

»Herr Kommissar, es waren Ihre Befehle. Sie haben angeordnet, den Funk zu blockieren. Sie haben die Listen durchgewunken. Sie haben die Evakuierung kontrolliert. Der einzige Mensch, mit dem ich mich hier anlege, sind Sie!«

»Und?« Ingolf zuckte mit den Schultern. »Was wollen Sie jetzt tun?«

»Ich werde damit anfangen, Sie aus dem Verkehr zu ziehen. Ein für alle Mal.«

Er runzelte die Stirn. »Das können Sie nicht. Das kann nur der Präsident. Mein Präsident.«

»Momentan«, entgegnete Selena, während sie mit dem Finger auf sich selbst zeigte, »bin ich die Oberbefehlshaberin hier. Und als Oberbefehlshaberin kann ich sehr wohl entscheiden, wer hier arbeitet und wer nicht.« Sie atmete tief durch. »Herr Kommissar

Clausius, ich entbinde Sie hiermit bis auf Weiteres von all Ihren Aufgaben in diesem Krisenstab.«

»Das ist ein großer Fehler, Frau Vizepräsidentin.« Ingolf hob die Hand und streckte zwei Finger in die Höhe. »Ihr zweiter nach dem Embargo.«

»Dann ist es ein Fehler, auf den ich stolz sein werde.« Ohne ihn eines weiteren Blickes zu würdigen, wandte sich Selena zu den Sicherheitskräften neben der Eingangstür und rief ihnen zu: »Bringen Sie diesen Mann hinaus. Sofort!«

Die beiden schauten sich für den Bruchteil einer Sekunde an. Der Größere nickte knapp, dann setzten sie sich in Bewegung und marschierten auf Ingolf zu. Als sie ihn erreicht hatten, griff der Kleinere nach seiner Schulter und sagte mit bedrohlicher Stimme: »Her Kommissar Clausius, wenn Sie bitte mitkommen würden.«

»Nehmen Sie Ihre Pfoten weg«, entgegnete Ingolf feixend, bevor er sich Selena zuwandte. »Ich hoffe, Sie wissen ganz genau, was Sie tun, Frau Vizepräsidentin.« Er griff nach der Hand des Sicherheitsbeamten und riss sie von seiner Schulter. Während er seinen Rücken durchdrückte und gefolgt von den beiden Männern Richtung Tür aufbrach, rief er: »Glauben Sie wirklich, das wird etwas ändern?« Sein lautes Lachen schallte durch das Kommandozentrum. »Sie werfen Watte an eine Wand.« Mit einem leisen Zischen öffnete sich die Tür. »Und diese Wand wird keinen Zentimeter nachgeben.« Ohne einen Blick zurückzuwerfen, marschierte Ingolf über die Türschwelle.

»Seien Sie sich sicher, ich werde sie einreißen!«, rief Selena ihm hinterher, während sich die Tür schloss und die Sicherheitsbeamten wieder ihre Position am Eingang bezogen.

Sie atmete tief durch. Ihr Blick kreiste über die kreidebleichen Gesichter im Lagezentrum. Niemand wagte es sich zu bewegen. Die erdrückende Stille, die nur vom Piepsen der Gerätschaften unterbrochen wurde, hielt einige Sekunden an, bis sie von Selena durchbrochen wurde.

»Jetzt ist nicht die Zeit für Schockstarre. Wir haben eine Aufgabe! Machen Sie weiter!«, forderte sie die Anwesenden auf, bevor sie sich der jungen Beamtin zuwandte. »Und Sie, verbinden Sie mich mit der Planetengouverneurin auf dem Mars.«

»Ja, Frau Vizepräsidentin.«

Währenddessen saß Alina auf dem kleinen Stuhl vor dem Schreibtisch in ihrer Suite und schaute mit leerem Blick auf ihren Kommunikator, auf dessen Bildschirm der Name ihres alten Herren aufleuchtete.

»Wieso nimmst du nicht ab?«, seufzte sie, bevor sie mit dem Finger auf *Anrufen* drückte. Wieder und wieder durchbrach das rhythmische Piepsen die Stille im Raum. Sie blies ihre Wangen auf und presste die Luft zwischen den Lippen hervor.

Eine mechanische Ansage krächzte ihr aus dem Gerät entgegen: »Der gewählte Kontakt ist momentan nicht zu erreichen.«

Alina schüttelte den Kopf, ihre Stimme eine Mischung aus Anspannung und Verdruss. »Mein Gott, dann eben nicht.« Mit einer eleganten Bewegung steckte sie den Kommunikator zurück in die Tasche ihres beigen Blazers, bevor sie sich von dem hölzernen Stuhl erhob und in Richtung Ausgang marschierte.

Gerade als sie die Tür der Suite über das Bedienfeld an der Seite geöffnet hatte, schlug ihr Cedriks breites Lächeln entgegen. Langsam senkte er seine Faust.

»Herr Veyra.« Alina verdrehte die Augen, aber ihre Miene verbarg die Anspannung nur dürftig. »Wieso tauchen Sie ständig bei anderen Menschen vor der Tür auf?«

»Frau Corsis«, entgegnete er voller Freundlichkeit, »es ist auch mir eine Freude, Sie wiederzusehen.«

»Ich habe keine Zeit, also …«

»Zeit hat man niemals, man nimmt sie sich«, unterbrach er sie achselzuckend. »Und jetzt werden Sie sich welche für mich nehmen.«

Alinas Stimme wurde aggressiver. »Das glaube ich wohl kaum. Es gibt nichts mehr zu besprechen zwischen uns beiden.«

»Das sehe ich anders.« Cedriks Augen wanderten an ihr vorbei in die Suite. »Aber, Frau Corsis, ich hielte es für deutlich angebrachter, die Angelegenheit nicht hier draußen auf dem Flur zu erörtert.«

»Für den Fall«, fauchte sie, »dass Sie mich missverstanden haben, Herr Veyra: Es gibt zwischen uns nichts zu besprechen.«

Für einen kurzen Augenblick hielt Stille Einzug, die dann von immer lauter werdenden Schritten unterbrochen wurde. Ein junger Mann in seiner eukalyptusgrünen Beamtenuniform näherte sich, ein breites Lächeln auf seinem Gesicht. Seine blonden Haare bewegten sich sanft im Rhythmus seiner Bewegungen. Alina fixierte ihn mit einem Blick, der in einer anderen Welt zu töten vermocht hätte, während Cedrik den Mann mit einem freundlichen Nicken grüßte.

»Wollen Sie mich etwa darum bitten, unseren gemeinsamen Freund zu rufen?«, fragte der Vizepräsidentinnengatte lauter, als es nötig gewesen wären.

»Wir haben gemeinsame Freunde?« Sie legte den Kopf zur Seite, ohne dass sich ihre Miene auch nur ein wenig aufhellte. »Von wem sprechen Sie?«

»Karabo.«

Genau in dem Moment, in dem sich der junge Offizier mit einem wissenden Gesichtsausdruck umdrehte, entgegnete Alina: »Sie haben recht, vielleicht sollten wir die Sache doch besser in der Suite besprechen als hier draußen.« Sie trat einen Schritt zur Seite und vollführte eine einladende Handbewegung. »Kommen Sie herein.«

Cedrik nickte mit einem zufriedenen Lächeln. »Vielen Dank, Frau Corsis.«

Ohne eine weitere Nachfrage zuzulassen, marschierte er in die Suite, hin zu dem Schreibtisch gegenüber des Bettes. Nachdem sich die Tür mit einem leisen Zischen geschlossen hatte, folgte Alina ihm.

»Also«, fragte sie mit hochgezogener Augenbraue und setzte sich auf den kleinen Stuhl, »wieso sind Sie hier?«

Cedriks Stimme war bedächtig, während er sich an die Wand zwischen dem Tisch und einem der Schränke lehnte. »Wasser.«

»Wasser?« Sie griff beiläufig nach einem Glas, das neben der Obstschale stand.

Er nickte. »Wasser.«

Alina schnaubte leise, bevor sie eine Flasche nahm. Das zylindrische, durchsichtige Gefäß mit schmalem Hals und dunkelblauem Schraubverschluss trug auf seinem Bauch ein gleichfarbiges Etikett mit der weißen Aufschrift *Corsis Perle spendet Leben.* Nachdem sie den Verschluss mit einem leisen Zischen geöffnet hatte, neigte sie die Flasche zur Seite und ließ das Wasser langsam in das Glas fließen. Feine Perlchen bildeten sich an der Innenseite.

Mit einem zufriedenen Grinsen platzierte Alina die Flasche wieder auf dem Tisch und drehte sie so, dass das Etikett gut lesbar war, bevor sie einen kleinen Schluck des Wassers aus dem Glas in ihren Mund goss. Sie vollführte eine leichte, schmatzende Bewegung mit geschlossenen Lippen, während sich ihre Wangen fast unmerklich aufblähten. Nach einigen Sekunden ertönte ein leises Gluckern aus ihrem Mund, dann ein Schluckgeräusch, bevor sie das Glas mit einem deutlich hörbaren Klonk zurück auf den Tisch stellte.

»Wasser also.« Alina schnaubte leise. »Und warum sollte mich das interessieren?«

Cedrik lehnte sich in ihre Richtung, seine Stimme eindringlich. »Weil Millionen Menschen auf dem Mars bald keins mehr haben.«

»Aha. Und was hat das mit mir zu tun?« Sie zuckte mit den Schultern. »Die Planetengouverneurin hat mir noch vorgestern erklärt, dass der Mars gedenkt, sich vom Wasser meiner Familie unabhängiger zu machen.«

»Das wird sich wohl verzögern«, entgegnete Cedrik lachend.

»So?« Alina stimmte mit einem Lächeln ein. »Ich habe den Nachrichten entnommen, dass genug Wasser auf dem Weg in die Städte ist.«

Er schnaubte leise. »Sie sind eine kluge Frau. Ich denke, Sie wissen ganz genau, was das Problem ist.«

»Aber warum sollte ich die große Retterin für den Mars spielen?«

»Ihr Unternehmen ist das einzige, das genügend Wasser hat und es auch transportieren kann.«

»Ach?« Alina hob das Glas, trank einen weiteren Schluck und stellte es langsam zurück auf den Tisch. »Was für ein Glück für mich.« Ihr Blick wanderte über den Vizepräsidentinnengatten. »Was genau wollen Sie von mir?«

»Zapfen Sie Ihre Milliarden Liter Reserven an.« Er zeigte mit dem Finger auf sie, seine Stimme entschieden. »Bringen Sie das Wasser auf den Mars!«

»Für den aktuellen Preis, den mir die Regierung dort bietet?« Sie stieß ein kehliges Lachen hervor. »Wohl eher nicht.«

Cedrik atmete langsam aus, bevor er ihr tief in die Augen schaute. »Dann nennen Sie Ihren Preis.«

»Aufhebung des Saturn-Embargos«, antwortete sie wie aus der Pistole geschossen. »Ich liefere das Wasser an den Mars, wenn ich wieder auf die vollen Kapazitäten der Saturnmonde zurückgreifen kann.«

»Ambitionierte Forderung.«

»Realistisch.« Alina drehte das Glas zwischen den Fingern. »Das Embargo Ihrer Frau zerstört meine Gewinne. Aber wenn es beendet werden würde … Nun ja, ich könnte sehr großzügig sein.«

Cedrik räusperte sich. »Sie missverstehen Ihre Situation, Frau Corsis. Ich könnte ohne Probleme …«

»Was?«, unterbrach sie ihn schwungvoll. »Was könnten Sie? Jemandem die Geschichte aus der Suite meiner Tochter erzählen?« Sie lachte laut. »Herr Veyra. Sie verkennen *Ihre* Situation. Wollen Sie sich gleich neben mich auf die Anklagebank setzen? Ich glaube kaum.«

Cedrik kratzte sich unter Alinas wachsamem Blick am Hinterkopf, während sich Stille im Raum ausbreitete.

»Ein Vorschlag zur Güte«, seufzte er. »Was halten Sie vom doppelten Preis pro Kubikmeter? Die Regierung der Solaren Union wird Ihnen die Differenz zahlen.«

»Das reicht nicht.« Sie schüttelte den Kopf. »Ich erwarte fünfzig Solari mehr. Und einen Festvertrag für die nächsten sieben Jahre.«

Cedrik rieb die Hände an seinen Oberschenkeln. »Vierzig Solari über dem aktuellen Preis, drei Jahre lang garantiert«, presste er zwischen geschlossenen Zähnen hervor.

»Mein Preis, Ihre Laufzeit.« Alina strich mit dem Finger einige Sekunden um den Rand des Glases. »Das ist mein letztes Angebot.«

Die Muskeln um seinen Kiefer zuckten leicht. »Nun gut, so sei es.« Mit einer grazilen Bewegung streckte er ihr seine Hand entgegen.

»Es hat mich gefreut, mit Ihnen Geschäfte zu machen«, entgegnete sie, nachdem sie mit einem breiten Grinsen eingeschlagen hatte.

Zu der Zeit, zu der Cedrik Alinas Suite verließ, marschierte in dem kleinen Raum auf dem Mars Bjarki noch immer auf und ab, während Novas Blick ihm folgte.

»Denkst … also …«, stotterte er, als er an der Wand angelangt kehrtmachte, »na ja … vielleicht …«

Sie schüttelte den Kopf. »Was willst du mir sagen?«

»Nun …« Bjarki blieb unvermittelt stehen. »Ich habe so etwas noch nie getan.«

Novas Blick ruhte weitere Sekunden auf ihm, bevor sie in Richtung der geschlossenen Tür starrte. Die Luft zischte zwischen ihren Zähnen, als sie einatmete. »Was denn?«

»Etwas …« Er vergrub das Gesicht in den Händen und zog sie langsam nach unten, als wollte er die Anspannung aus sich herausziehen. »Verbotenes.«

Nova kicherte frech, bevor sie ihn mitleidig, aber nicht ohne Milde ansah. »Willkommen auf der dunklen Seite der Macht, mein Padawan.«

»Ich kann darüber nicht …«

Bjarki verstummte, als sich die Tür mit einem leisen Zischen öffnete und der Namenlose gefolgt von einem Mann und einer Frau in der gleichen, gelben Uniform eintrat. Im Gegensatz zu ihm trugen die beiden Gefechtshelme mit verspiegelten Visieren, in denen sich das Licht der schwachen Beleuchtung spiegelte. In den Händen hielten sie große Sturmgewehre, deren Läufe auf den Boden gerichtet waren.

Während der Namenlose seinen Blick kurz durch den Raum gleiten ließ, nur um dann tief Luft zu holen, öffnete sich Bjarkis Mund immer weiter.

»Frau Ferell.«

»Wie kann ich helfen?«

»Man erwartet Sie in der Zentrale des Lagezentrums. Bitte folgen Sie mir.«

Mit einem breiten Grinsen in Richtung Bjarki erhob Nova sich von ihrem Stuhl und entgegnete mit überfreundlicher Stimme: »Vielen Dank.«

»Und Sie, Herr Einarson, melden Sie sich bei Ihrem Vorgesetzten.« Bevor Bjarki zu nicken vermochte, wandte sich der Namenlose um und marschierte erst zwischen den beiden Soldaten durch und dann über die Türschwelle. Ohne sich umzudrehen, rief er: »Frau Ferell, beeilen Sie sich. Wir haben keine Zeit zu verlieren.«

Die Welle

Cedriks Blick glitt über die leeren Sessel neben Selena, bevor er mit einem Stirnrunzeln fragte: »Wo sind denn alle hin?«

»Jekaterina hat sich mit unübersehbarer Begeisterung dazu bereit erklärt, dem Rechtsausschuss des Parlaments Rede und Antwort zu stehen«, entgegnete sie, ohne die Augen von der Anzeige zu nehmen.

»Das sieht ihr ähnlich. Der Fuchs im Hühnerstall«, lachte Cedrik und zeigte auf Ingolfs freien Sessel. »Und der Kommissar für militärische Angelegenheiten?«

Selena tippte mit einigen schnellen Bewegungen auf der Eingabekonsole herum. »Ihn habe ich mit der gleichen Begeisterung dazu bereit erklärt, seinen Posten in diesem Krisenstab zur Verfügung zu stellen.«

Er zog eine Augenbraue hoch. »Was ist denn pa…«

»Lass uns das später klären«, unterbrach sie ihn forsch, bevor sie tief durchatmete und sich mit dem Sessel zu ihm drehte. »Ich habe Ardyn gebeten, den Sprecher für militärische Angelegenheiten aus unserer Partei hierherzuschicken, um die Aufgaben des Kommissars übergangsweise zu übernehmen. Aber, Schatz, bitte sag mir, dass wenigstens du ein paar gute Nachrichten mitgebracht hast.«

Cedrik musterte ihre Blässe, die nicht einmal mehr das Make-up zu verdecken vermochte, die tiefen, fast nachtschwarzen Augenringe, die durch die dünne Schicht Concealer schimmerten, und ihre sich kräuselnden Lippen. Ein warmes Lächeln blitzte in seiner Miene auf, und mit einem verständnisvollen Gesichtsausdruck entgegnete er: »Ich habe gute Nachrichten mitgebracht.«

»Also …« Langsam presste sie die Luft zwischen ihren Lippen hervor. Ihre Schultern verloren die Spannung, nur ein wenig, aber gerade genug, dass es zu bemerken war. »Also gibt es einen Deal mit Alina?«

»Ja. Sie wird Wasser liefern«, konstatierte er mit einem unüberhörbaren Unterton in der Stimme, der keine Zufriedenheit versprach.

In diesem Moment trat Jekaterina durch die Tür in den Lageraum und marschierte lächelnd zu ihrem Platz neben der Vizepräsidentin. »Der Parlamentsausschuss ist von der Rechtmäßigkeit des Dekrets überzeugt.«

»Nichts anderes habe ich erwartet«, entgegnete Selena zufrieden, bevor sich ihre Stirn in Falten legte, als sie ihren Mann fragte: »Also? Wo ist der Haken?«

»Es wird teuer.« Cedrik knetete seine Hände ineinander. »Sehr teuer.«

Sie schnaubte. »Was bedeutet teuer? Gib mir Zahlen.«

»80 Solari pro Kubikmeter. 250 Millionen Kubikmeter pro Tag.«

»Das ist immens. Welche Laufzeit hat der Vertrag?«

»Drei Jahre«, entgegnete er.

Sie drehte sich kopfschüttelnd zurück zu ihrem Schreibtisch und tippte die Zahlen ein. »Das belastet den Haushalt der interplanetaren Regierung mit knapp eins Komma vier Billiarden Solari.« Als ein buntes Kuchendiagramm auf dem Bildschirm erschien, raufte sie sich die Haare. »Dir ist bewusst, dass das fast ein Prozent des gesamten Budgets ist?«

»Verteilt auf die Laufzeit.«

»Dadurch wird es nicht weniger Geld.«

»Ich weiß.« Cedrik zuckte mit den Achseln. »Aber es war kein besserer Deal machbar.«

»Hättest du nicht …«

Selenas Worte wurden durch einen schrillen Alarmton verschluckt. Blinkende Lichter tauchten das gesamte Lagezentrum in ein dunkles Rot. Sekunden später rasselten schwere Metallplatten von außen vor den Fenstern hinab. Die beiden Sicherheitsdienstmitarbeiter an der Eingangstür krallten ihre Finger in ihre Waffen. Cedriks Augen sprangen von der jungen Beamtin zu einem anderen Beamten. Mit hektischen Bewegungen flogen die Hände des Mannes über das Bedienfeld. Eine kleine Schweißperle löste sich von seiner blassen Stirn und fiel auf die Anzeige.

Jekaterina schüttelte den Kopf. »Was ist denn jetzt los?«

Ein lautes Dröhnen unterbrach den schrillen Alarm, als sich eine weitere Stahltür schloss. »Notfallversorgung eingeleitet«, schallte eine synthetische Stimme aus den Lautsprechern. »Lebenserhaltungssysteme stabil. Interner Sicherheitsprotokollcode: Foxtrott India Romeo Echo fünf.«

»Frau Vizepräsidentin«, rief der Beamte mit bebender Stimme und wandte sich Selena zu. »Wir haben einen Zwischenfall im Justizsektor.«

»Einen Zwischenfall?«, wiederholte Jekaterina.

Cedriks Augen weiteten sich, während seine Frau sich aufrichtete und mit lauter Stimme fragte: »Was ist los?«

»Das können wir noch nicht genau sagen«, entgegnete der Beamte schulterzuckend. »Wir arbeiten an weiteren Informationen.«

»Was zeigen die Kameras?«, fragte die junge Beamtin einen der Sicherheitsoffiziere, der drei Plätze neben Jekaterina saß.

Der Mann wischte über seine Anzeige, bevor er kopfschüttelnd feststellte: »Die scheinen gestört zu sein. Wir haben keine Bilder von dort.«

»Wir müssen wissen, was da los ist«, entgegnete sie.

»Es sind die Brandschutztüren«, rief eine Beamtin, eine ältere Frau, die an der anderen Seite des Tisches saß. »Die Brandschutztüren im Justizsektor wurden verriegelt.«

Cedrik, dessen Hand auf der Schulter seiner Frau lag, fragte mit ungläubiger Miene: »Brennt es dort etwa?«

»Das ist gut möglich.« Der Gesichtsausdruck der Beamtin war allerdings eher fragend als wissend. »Zwei Löschzüge der Stationsfeuerwehr sind bereits auf dem Weg. Mehrere Shuttles zur Brandbekämpfung und Personenrettung von außen sind gestartet.«

Selena fragte kopfschüttelnd: »Welcher Bereich des Justizsektors ist betroffen?«

»Es scheinen sich fast alle Brandschutztüren geschlossen zu haben.« Die Frau zeigte auf das Hologramm in der Mitte des Raums.

Die Darstellung des Mars, die der Projektor die gesamte Zeit angezeigt hatte, zerbarst in einen wirbelnden Nebel. Die Lichtpunkte tanzten umher und formten sich langsam zu einem dreidimensionalen Abbild der Justizsektion. Das Modell, durchzogen von Stationsumrissen, Korridoren und Versorgungsschächten, war in einem kalten Blau dargestellt wie ein digitales Nervensystem aus Knoten und Verbindungen.

Plötzlich reagierte die Projektion: An den Stellen, an denen sich die Brandschutztüren befanden, pulsierten die Lichtpunkte hektisch und färbten sich in ein tiefes Rot. Ein leiser Signalton begleitete jede neue Verfärbung. Immer mehr Linien erschienen zwischen den betroffenen Korridoren, die nun vollständig blockiert waren.

Selena lehnte sich nach vorne, in ihren Augen spiegelte sich das pulsierende Licht. »Aber es kann doch nicht auf einmal in der ganzen Sektion brennen!«

»Eine Gasexplosion möglicherweise?«, fragte Jekaterina mit energischer Stimme.

»Unwahrscheinlich«, antwortete der Beamte schnell. »Ich habe die Pläne vor mir, dort verlaufen keine relevanten Gasleitungen.«

»Vanille …« Cedriks Worte waren nicht mehr als ein Flüstern, und doch blieb sein Blick einen Moment zu lange auf dem Projektor hängen, während seine Hand mit etwas in seiner Jackettasche spielte.

Selena drehte sich zu ihm um. »Was hast du gesagt?«

»Nichts.« Cedrik schüttelte den Kopf. »Ich habe nichts gesagt.«

»Die Feuerwehr ist jetzt vor Ort.« Der Beamte sprang aus seinem Sessel empor. »Sie stehen am Haupteingang zur Sektion.«

Die andere Beamtin rief: »Das Außeneinsatzteam sieht keine strukturellen Schäden an der Station.«

Selena atmete tief durch. »Wenigstens etwas.«

»Der Kommandant der Feuerwehr meldet, dass sie keinen Zugang zur Sektion haben. Die Brandschutztüren lassen sich nicht manuell entriegeln«, bemerkte der Beamte mit einer Gesichtsfarbe, die mehr an den Tod als an gesunde Durchblutung erinnerte. »Es scheint so, als käme aus der ganzen Justizsektion weder ein Signal noch ein Mensch rein oder raus.«

»Gibt es nicht irgendeine Möglichkeit, einen Kontakt zu den Personen dort drinnen herzustellen?«

Noch bevor irgendjemand der Anwesenden in der Lage gewesen wäre, Selenas Frage zu beantworten, schallte die helle Stimme der jungen Beamtin durch das Lagezentrum. »Frau Vizepräsidentin, der Flottenadmiral meldet, dass unsere Truppen in wenigen Minuten auf dem Mars eintreffen. Er will wissen, ob sie die Freigabe zur Landung haben.«

Selena wandte sich zu Jekaterina und Cedrik. »Was ist mit dem Urteil?«

Ihr Mann holte tief Luft, bevor er mit nachdenklicher Miene sagte: »Wenn niemand in die Justizsektion hineinkommt und es kein Signal nach draußen schafft …«

»… wird es heute wohl kein Urteil geben«, beendete die Kommissarin für Justiz seinen Satz.

Selena stützte die Ellenbogen auf den Tisch und legte den Kopf auf die flachen Hände. Nachdem sie für einige Sekunden innegehalten hatte, fragte sie mit fast kraftloser Stimme: »Also?«

»Das bedeutet, das Dekret ist nicht gekippt worden.« Cedrik strich mit den Fingern über sein Kinn. »Aber es ist eine gefährliche Angelegenheit.«

Jekaterina schüttelte den Kopf, ihre Miene ein Sinnbild von Fassungslosigkeit. »Ich pflichte Cedrik absolut bei. Wenn das Dekret nachträglich als verfassungswidrig eingestuft wird und du die Landung von Soldaten der interplanetaren Regierung auf einem Mitgliedsplaneten befohlen hast, dann haben wir ein großes Problem.«

Obwohl Cedrik seine Lippen zu einer schiefen Grimasse verzog, entwich kein Wort seinem Mund.

»Aber was ist, wenn das Dekret als rechtmäßig eingestuft wird und wir nicht gehandelt haben?«, fragte Selena. »An wessen Händen wird das Blut der Menschen kleben, die auf dem Mars gestorben sein werden?«

»Frau Vizepräsidentin«, rief die junge Beamtin erneut, »die Welle ist nur noch knapp vier Stunden von den Städten entfernt. Wir brauchen eine Entscheidung. Jetzt.«

Selenas Blick wanderte von der Frau zu Cedrik, dann zu Jekaterina, dann im Raum umher. Alle Augen waren auf sie gerichtet. Langsam erhob sie sich aus ihrem Sessel und holte tief Luft.

Das laute Donnern des sich öffnenden Stahlschutzes riss die gesamte Aufmerksamkeit auf sich. Das leise Zischen der Tür reihte sich in das Kaleidoskop aus Geräuschen ein. Mit einem viel zu breiten Grinsen marschierte Julius über die Schwelle, gefolgt von seiner Frau, die ihre Nase höher trug als ihre Stirn, und Ingolf, dessen wettergegerbtes Gesicht einen belustigten Ausdruck trug.

»Selena.« Die Stimme des Präsidenten war kräftig, seine Miene ernst. »Vielen Dank für deine Bemühungen, aber es macht auf mich den Eindruck, als bräuchte diese Nation nun echte Führungsstärke, die beste Führungsstärke, die sie bekommen kann. Meine Führungsstärke.«

Ein eiskaltes Lächeln legte sich auf Paulas Gesicht. »Es wird Zeit, dass die Profis sich um die Sache kümmern.«

»Ich glaube …«

»Das war keine Bitte, Frau Vizepräsidentin«, unterbrach Paula Selena, »sondern eine direkte Anweisung Ihres Präsidenten, dem Staatsoberhaupt der Solaren Union.«

Ingolf nickte überschwänglich. »Genau!«

»Wir haben hier …«

»Wollen Sie wirklich sagen, dass Sie alles im Griff haben?«, unterbrach Paula sie erneut. »Statt den Mars zu retten, haben Sie sich mit Gerichtsprozessen und Parlamentsanfragen beschäftigt, den Kommissar für militärische Aufgaben seiner Mitarbeit enthoben und die Justizsektion wurde ebenfalls aus unerklärlichen Gründen abgeriegelt. Mit Verlaub, Frau Vizepräsidentin, Sie haben hier gar nichts im Griff. Diese Schuhe sind Ihnen eindeutig zu groß.« Sie schüttelte den Kopf, während sie Julius zum Platz des Oberkommandierenden folgte. »Also zum letzten Mal: Der Präsident hat Sie angewiesen, das Lagezentrum zu verlassen, gemeinsam mit Ihrem Mann und der Kommissarin für Justiz. Er benötigt Ihre Dienste zum aktuellen Zeitpunkt nicht länger.«

»Genau«, bestätigte Julius.

Selenas Miene verfinsterte sich zunehmend. Mit einer eleganten Bewegung legte Cedrik den Arm um seine Frau und flüsterte durch das erzwungene Lächeln auf seinen Lippen: »Nicht jetzt. Lass uns gehen.«

Sie atmete tief durch.

Die Stimme des Kommissars für militärische Angelegenheiten, der sich mittlerweile wieder auf seinem angestammten Platz niedergelassen hatte und mit einem triumphierenden Lächeln auf seinen Monitor sah, war voller Hohn und Spott. »Vielleicht sollte Ihnen das Sicherheitspersonal den Ausgang zeigen, Frau Veyra.«

Selena griff mit einer festen Bewegung zu ihrem Kommunikator, ihr Gesicht von einer leichten Röte ergriffen. »Nein, danke. Ich finde den Weg.« Ohne einem der drei einen weiteren Blick zuzuwerfen, marschierte sie in Richtung der Tür, gefolgt von Cedrik und Jekaterina, und tippte dabei eine Nachricht an Nova.

»Herr Präsident!« Die Stimme der jungen Beamtin zitterte, nachdem die Vizepräsidentin mit ihrer Entourage den Raum verlassen hatte. »Was ist denn jetzt mit den Unionstruppen, die auf dem Mars eintreffen? Sollen sie landen?«

Derweil beugte sich im Lagezentrum auf dem Planeten Nova nach vorn über die Anzeige vor ihr. Neben ihr stand der Namenlose, die Stirn in Falten gelegt, die Arme verschränkt. Sein Blick folgte eisern jeder ihrer noch so kleinen Bewegungen. Beide hielten sich am Rand des rechteckigen Raums mit hohen Decken auf, der von den im Boden und in den Wänden verlaufenden Lichtbahnen in einem dunklen Gelb beleuchtet wurde. Knapp einundert Meter von Nova entfernt, in der Mitte, befand sich eine erhöhte Plattform mit einem kreisrunden Kommandotisch, hinter dem Silvia Thier saß. Um die Planetengouverneurin schwebten halbtransparente Hologramme, die das Mars-Gelände, wichtige Infrastruktur, strategische Markierungen und allerlei weitere Datenströme abbildeten.

Um diesen Arbeitsplatz herum arbeiteten knapp ein Dutzend Operatoren an schlanken, schwarz glänzenden Konsolen, die allesamt mit zwei gebogenen Monitoren ausgestattet waren. Die Männer und Frauen hinter den Schreibtischen handelten mit einer fokussierten Betriebsamkeit, während einige andere vor wandgroßen Displays mit Kommunikationsnetzen und Marskarten standen und unter Einsatz von Händen und Füßen eindringlich miteinander sprachen.

»Wir schaffen es nicht …«, murmelte Nova leise und tippte eine Eingabe in die Konsole. »Es sind einfach zu viele.«

Als der Namenlose schnaubte, schnellte ihr Kopf zu ihm, ihre Stimme ernst. »Wollen Sie etwas sagen?«

Sein Kiefer spannte sich, bevor er mit finsterer Miene sagte: »Sie hätten sich niemals einmischen dürfen.«

»Niemals einmischen dürfen«, wiederholte Nova voller Entrüstung. »Wollen Sie damit sagen, dass Sie das Vorgehen des Kommissars für militärische Angelegenheiten billigen?« Sie hielt kurz inne. »Oder es sogar unterstützen?«

»Frau Ferell, Sie leben nicht auf dem Mars. Sie verstehen nicht, dass …« Er verstummte.

»Dass was?« Novas Gesichtszüge wurden härter. »Dass queere Menschen in Ihren Augen Menschen zweiter Klasse sind?«

Er schüttelte den Kopf. »Es sind keine Menschen zweiter Klasse, Frau Ferell.«

»Wenigstens sind wir uns in diesem Punkt einig, aber sagen Sie mir, was haben Sie dann gegen diese Lebenseinstellung?«

»Diese Katastrophe wird viele Leben fordern.« Der Namenlose seufzte. »Leider. Aber wir brauchen Menschen auf dem Mars. Menschen, die den Planeten wieder aufbauen. Die Städte. Die etwas bewegen hier. Morgen. Nächstes Jahr. In zwanzig Jahren.«

»Nur eben keine queeren Menschen.« Nova schüttelte entschieden den Kopf. »Sie können genauso anpacken.«

»Das ist nicht der Punkt, Frau Ferell«, entgegnete der Namenlose schroff.

Novas Hände ballten sich zu Fäusten. »Was ist dann der Punkt? Was haben Sie gegen die Lebensweise dieser Menschen?«

»Es mag sein, dass Sie jetzt genau so fleißig sind, wie …«

»Es mag sein?«, unterbrach Nova ihn. »Ich bin mir sicher, dass queere Menschen genauso fleißig und produktiv sind wie alle anderen auch.«

Er seufzte. »Wie gesagt, das will ich nicht bestreiten.«

»Sehen Sie. Was ist dann das Problem?«

»Sie …« Der Namenlose atmete tief durch. »Sie können keine Kinder zeugen und damit bringen sie uns keine Zukunft. Deshalb bin ich der Meinung, dass das Vorgehen des Kommissars für militärische Angelegenheiten genau das Richtige war.« Novas Mund blieb offen stehen, als er nach einer kurzen Pause fortfuhr. »Seit dem Verbot der künstlichen Befruchtung im Zuge der Genmanipulationsskandale von 2203 sind queere Menschen eine Gefahr für die Zukunft der Menschheit.«

»Das tötet doch niemanden«, konstatierte sie empört.

»Das stimmt. Sie nehmen keine Leben, aber sie schenken eben auch keins.« Der Namenlose zuckte mit den Schultern. »Und ohne neues Leben wird die Menschheit zwangsläufig vergehen.«

Nova holte Luft, doch noch bevor sie ihm zu antworten vermochte, vibrierte nicht nur ihr Kommunikator unüberhörbar, sondern es schallte auch die Stimme von Silvia Thier durch den Raum: »Frau Ferell. Der Präsident hat angeordnet, dass wir Sie unverzüglich nach Solaris Prime evakuieren.«

»Wie kann das sein?«, rief Nova nicht leiser zurück. »Selena Veyra, die Vizepräsidentin, hat das Oberkommando über diese Situation.«

Silvia erhob sich von ihrem Platz und marschierte auf sie zu. »Nicht mehr. Die Lage auf Solaris Prime hat sich geändert.«

»Planetengouverneurin!« Sie schnaubte. »Ich denke, es wäre besser, ich würde hierbleiben und Sie weiter unterstützen.«

»Frau Ferell«, entgegnete Silvia, als sie Nova erreicht hatte. »Ich bin Ihnen im Namen des Mars äußerst dankbar, dass Sie das Spiel aufgedeckt haben, das der Kommissar für militärische Angelegenheiten hinter meinem Rücken gespielt hat.« Sie senkte ihre Stimme. »Aber jetzt ist nicht der Moment, um gegen den Präsidenten zu kämpfen.«

Nova schüttelte den Kopf. »Frau Thier …«

»Glauben Sie einem alten Hasen«, unterbrach Silvia sie. »Es kommt der Tag, aber er ist nicht heute. Heute brauchen wir die Soldaten, die auf Befehl des Präsidenten gerade landen. Heute braucht der Mars Julius Marek.«

»Hm.« Novas Augen verengten sich.

»Vertrauen Sie mir, Frau Ferell, und seien Sie sich sicher: Der Mars wird sich nicht ein weiteres Mal in dieser Art und Weise vorführen lassen.« Sie hielt kurz inne. »Und jetzt, machen Sie sich auf nach Solaris Prime. Die Vizepräsidentin wird Sie brauchen.«

Nova nickte knapp und wortlos, bevor sie in Richtung Tür losmarschierte und ihren Kommunikator hervorzog, um beim Verlassen des Lagezentrums eine kurze Nachricht zu senden: *Was ist passiert? Bin jetzt auf dem Weg zu dir.*

Nachdem Selena Novas Textzeilen gelesen hatte, legte sie das Gerät zurück auf den Schreibtisch und griff nach dem Glas Scotch, ohne eine Antwort einzutippen. Cedrik, der gegenüber von Jekaterina am Besprechungstisch auf der anderen Seite des Büros saß, starrte an seiner Frau vorbei in die Leere hinter dem Panoramafenster.

»Was für ein beschissener Tag.« Kopfschüttelnd nahm Selena einen großen Schluck. »Und morgen geht es nach Enceladus.«

»Hmmm«, stieß ihr Mann hervor.

Selena stellte ihr Glas zurück auf den Schreibtisch und legte die Stirn in Falten. »Bist du überhaupt anwesend?«

»Hmmm.«

»Scheint so«, sagte Jekaterina, »als wäre er mit seinen Gedanken schon vorausgeflogen.«

Die Vizepräsidentin schmunzelte. »Vielleicht sollte ich mich einfach aus der Politik zurückziehen und wir kaufen eine Villa in dem Neubaugebiet auf dem Mond.« Ihr Grinsen wurde breiter. »Findest du nicht, dass das eine gute Idee ist, Schatz?«

»Hmmm.« Ein Zucken durchfuhr Cedriks Körper, sein Kopf drehte sich mit einer schnellen Bewegung zu seiner Frau. »Moment, was hast du gesagt?«

»Ah, du bist wieder bei uns. Sehr schön.« Selenas Miene wärmte sich auf. »Worüber grübelst du nach?«

»Ach, nichts …«

»Nichts also?«, fragte sie ungläubig.

»Es ist …« Er atmete tief durch. »Wenn ihr mich fragt, sind das viel zu viele Zufälle. Ich habe fast das Gefühl, wir sind nur Figuren in einer Geschichte, anstatt sie selbst zu schreiben. Und ich weiß noch nicht, wessen Geschichte es ist.« Er kratzte sich am Hinterkopf. »Oder welches Ziel sie verfolgt.«

Jekaterina hob eine Augenbraue. »Wovon redest du?«

Gerade als Cedrik tief Luft holte, brach es aus Selena hervor: »Seid mal still!« Sie zeigte mit der einen Hand auf einen der Bildschirme an der Wand, während sie mit der anderen die Lautstärke erhöhte. »Seht ihr das?«

Auf dem Monitor waren zwei Frauen mit einem Kind auf dem begrünten Dach eines hohen Gebäudes in Hellas Metropolis zu sehen. Ein roter Luftballon, den das kleine Mädchen fest in den Händen hielt, wurde vom peitschenden Wind in alle Richtungen getrieben. Das Wasser in den Häuserschluchten stieg im Sekundentakt. Es schäumte rauschend gegen Fassaden und trug zerbrochene Gegenstände mit sich. Das leise Heulen von Sirenen drang durch die Lautsprecher des Bildschirms. Sekunden vergingen.

Schließlich ertönte eine emotionslose Stimme: »Eine der Frauen, die sie hier sehen, heißt Erika Lowson. Sie lebt mit ihrer Partnerin seit zwölf Jahren in Hellas Metropolis und arbeitet als Servicekraft im südlichen Bezirk der Stadt.«

In dem Moment, in dem die Kamera näher an die drei heranzoomte, riss sich der rote Luftballon von seiner Halteschnur los und wehte davon. Tröstend zog eine der Mütter ihr Kind zu sich.

»Heute Morgen hat die kleine Familie noch Pfannkuchen gemacht, bevor sie zusammen zur Grundschule aufgebrochen sind. Jetzt stehen sie dort – zwischen Himmel und Welle – und hoffen auf ein Rettungsteam, das vielleicht zu spät kommt.«

Das Logo von Saturn-News formte sich auf dem Bildschirm, darunter der Titel *Sondersendung*. Die dünne Gestalt der Moderatorin Kalpana Kaul füllte den Monitor. Sie trug ein perfektes Make-up, ihre schwarzen Haare waren zu einem strengen Pferdeschwanz gebunden. Anstatt ihrer üblichen, blauen Dienstuniform trug sie in dieser Sendung ein kurzes, gelbes Kleid, an dessen Revers eine Brosche mit dem Wolfswappen des Mars heftete.

»Guten Abend, meine Damen und Herren«, sagte sie mit ernstem Blick. »Es ist sechzehn Uhr zwölf Erdzeit und wir unterbrechen das laufende Programm für eine Sondersendung. Ja, es sind verstörende Bilder, die uns erreicht haben.« Sie atmete tief durch. »Bilder von Menschen, mit denen wir dank unserer Kameradrohnen reden können, aber für die wir nichts tun können.«

Auf der Wand hinter Kalpana wurde ein Amateurvideo abgespielt, das einen menschenleeren Strand auf dem Mars zeigte. Das Ächzen einer Möwe war zu hören, die im Wind segelte. Aber dort, wo normalerweise Wasser war, fand sich nur der rotbraune Sand des Planeten. Das Aufnahmegerät wurde nach links geschwenkt. Doch der Blick auf den weiten Horizont blieb aus. Da, wo sich an anderen Tagen das grünblaue Wasser des Ozeans mit dem blauen Himmel des Mars vereinte, war nur eine dunkle Wand zu sehen.

Die Sekunden vergingen, aber die Kamera bewegte sich nicht. Dann waren plötzlich Schreie zu hören. Stimmen von Frauen, von Kindern. Die Welle wurde größer und dunkler, je näher sie kam, die Hilferufe mischten sich mit den tosenden Klängen des schäumenden Wassers. Die Kameraführung wurde wackeliger, das schwere Atmen eines rennenden Mannes war deutlich zu hören, bevor das Bild übersteuerte und einer schwarzen Fläche wich. Das Video endete.

Sekundenlange Stille, dann zeigte der Monitor wieder Kalpana, die mit bedrückter Miene fortfuhr: »Auf dem Mars hat vor wenigen Augenblicken ein Tsunami die Küste der Millionenstadt Hellas Metropolis erreicht. Die ersten Aufnahmen unserer Kameradrohnen vor Ort zeigen meterhohe Wellen, die über den Küstenschutz hinweg ins Landesinnere vordringen. Wir begleiten Sie in den nächsten Minuten mit aktuellen Informationen, Einschätzungen und Bildern vor Ort.«

Die Kameraeinstellung wechselte und Kalpana schritt langsam zu einer anderen Wand, an der eine große Karte des Mars zu sehen war.

»Werfen wir gemeinsam einen Blick auf die Ereigniskarte des heutigen …«

»Sie haben es also nicht geschafft, alle zu retten.« Jekaterina schüttelte den Kopf.

Selena schnaubte. »Glaubst du, dass das jemals ihr Ziel war?«

»Der schwere Erdrutsch«, fuhr Kalpana fort, als sie von der Karte wieder zurück zu ihrem Startplatz marschierte, »ereignete sich heute Morgen gegen acht Uhr fünf Erdstandardzeit, ungefähr zweitausendvierhundert Kilometer von der Hauptstadt entfernt. Es wurden unmittelbar danach durch die interplanetare Regierung eine Tsunami-Warnung herausgegeben und umfassende Notfallmaßnahmen eingeleitet. Unter anderem erließ Präsident Julius Marek ein umstrittenes Dekret, das es ermöglicht hat, Unionstruppen auf dem Planeten anzulanden, die seit heute Mittag die Evakuierungsbemühungen der planetaren Kräfte unterstützen. Nichtsdestotrotz waren die Maßnahmen ein Wettlauf gegen die Zeit.«

Die Wand hinter Kalpana füllte sich mit dem Bild ihres Kollegen Masahiro Son, der mit einem Helm und einer Warnweste, die die Aufschrift *Presse* trug, inmitten gewaltiger Straßenschluchten auf einer kleinen Anhöhe stand. Die Moderatorin drehte sich zur Seite und die Kamera wechselte. Der Bildschirm zeigte sie auf der linken und den Reporter auf der rechten Hälfte.

»Wir schalten jetzt zu Masahiro Son. Er ist für Saturn-News live vor Ort auf dem Mars in Hellas Metropolis.« Ein warmes Lächeln eroberte ihr Gesicht. »Masahiro, wie ist die Lage?«

»Ja, hallo zu dir ins Studio, Kalpana.« Der buschige Popschutz auf dem Mikrofon in seiner Hand wehte in alle Richtungen. »Hinter mir sehen Sie bereits die Ausläufer der Flutwelle. Fahrzeuge wurden mitgerissen, ganze Straßen sind überschwemmt. Ununterbrochen heulen die Sirenen. Einige der Menschen, die in ihren Häusern ausgeharrt haben, versuchen noch immer, sich in höhere Lagen oder in die Evakuierungszentren zu retten.«

»Schrecklich!« Kalpana schüttelte den Kopf. »Haben wir denn schon Informationen über Opfer?«

»Ja, erste unbestätigte Berichte von Verletzten, aber es ist noch zu früh, um sich ein genaues Bild der Lage zu machen.«

»Also müssen wir mit einer steigenden Anzahl an Opfern rechnen?«

»Auf jeden Fall.« Er nickte. »Die Einsatzkräfte haben, soweit wir das zumindest gesehen haben, alles dafür getan, so viele Menschen wie möglich zu retten.« Hinter Masahiro trieb eine kleine Kommode vorbei, getragen vom reißenden Strom.

»Wie dürfen wir das verstehen?« Kalpana zog eine Augenbraue hoch. »Soweit wie du das gesehen hast?«

»Einige der Gebiete waren von Anfang an Hochrisikogebiete. Es war nach Aussagen der planetaren Kräfte viel zu gefährlich, dorthin zu gehen. Sie haben uns angewiesen, uns von dort fernzuhalten.« Sein Blick wandte sich von der Kamera ab, bevor er hastig ergänzte: »Wir müssen jetzt weiter, um nicht das Risiko einzugehen, selbst von der Welle erwischt zu werden.«

Kalpana nickte eifrig. »Dann bring dich und dein gesamtes Team in Sicherheit und meldet euch, sobald ihr Neuigkeiten habt.«

»Danke dir. Auf jeden Fall!«

Die Übertragung brach ab und der Bildschirm zeigte wieder die Moderatorin in voller Größe, die ohne eine weitere Gefühlsregung fortfuhr: »Das war unser Reporter auf dem Mars. Wir haben jetzt eine Sprachverbindung zu Professor Doktor Emanuel Rodriguez, dem Leiter des Außenpostens des Solaren Forschungsinstituts für planetare Wetterforschung auf dem Jupitermond Ganymed. Herr Professor Rodriguez, vielen Dank, dass Sie sich Zeit für uns nehmen. Was können Sie den Zuschauenden zur aktuellen Lage auf dem Mars sagen?«

Ein Räuspern drang durch die Lautsprecher des Bildschirms, gefolgt von einer tiefen Stimme: »Ja, also, die Welle, die gerade auf Land trifft, dürfte zwischen sieben und acht Meter hoch sein, möglicherweise mehr an exponierten Stellen. Die Energie eines solchen Tsunamis auf dem Mars ist enorm. Selbst Orte, die fünf bis zehn Kilometer im Landesinneren liegen, könnten betroffen sein. Wir …«

»Es ist schlimmer, als wir befürchtet hatten«, stellte Selena fest.

Cedrik lächelte in ihre Richtung. »Du hast alles getan, was in deiner Macht stand.«

»Ich hätte mehr getan, wenn er mich gelassen hätte.«

»Stell dir vor, was ohne deinen Einsatz passiert wäre«, entgegnete er kopfschüttelnd.

»Trotzdem. Sobald wir von Enceladus zurück sind, müssen wir ihn ein für alle Mal beseitigen.«

Cedrik atmete tief durch. »Aber zuerst müssen wir diese Reise überleben.« Er wandte sich Jekaterina zu. »Wirst du uns eigentlich begleiten?«

»Nein«, stellte Selena fest, bevor die Kommissarin für Justiz zu antworten vermochte. »Sie wird hier die Stellung halten.«

Er nickte langsam. Sein Blick wanderte zurück zum Monitor.

»Das kann man sich gar nicht vorstellen.« Kalpana schüttelte mit großen Augen den Kopf. »Aber wenn ich das richtig verstehe, ist das Schlimmste nun überstanden?«

»Nein, das kann man so nicht sagen.« Der Professor hustete kurz. »Es ist wichtig, zu wissen: Weitere Wellen könnten folgen. Das ist bei Tsunamis auf der Erde oft der Fall, also durchaus auch für den Mars wahrscheinlich. Wir raten dringen zur Vorsicht.«

»Vielen Dank, Professor Rodriguez. Sie sehen, meine Damen und Herren, es ist alles im Fluss. Noch ist unklar, ob Erika Lowson und ihre Familie inzwischen evakuiert werden konnten. Wenn Sie sich in betroffenen Gebieten befinden: Folgen Sie den Anweisungen der Einsatzkräfte und suchen Sie dringend höher gelegene Schutzräume auf. Wir halten Sie weiter auf dem Laufenden und schalten jetzt zu meiner Kollegin nach Solaris Prime.« Die Kamera entfernte sich langsam von ihr und zeigte immer mehr des geräumigen, aber zurückhaltend eingerichteten Studios. »Auf der Regierungsraumstation gab es heute in der Justizsektion einen unerklärlichen technischen Defekt, der dazu geführt hat, dass sich alle Brandschutztüren geschlossen und den Bereich hermetisch abgeriegelt haben. Lisa, kannst du uns schon etwas Genaueres sagen? Geht es den Mitarbeitenden dort gut?«

»Ja, danke dir für diese Überleitung.« Ihre Stimme eilte der Frau voraus. »Das Wichtigste vorab: Es geht allen gut. Aber aufgrund der Situation auf dem Mars hat der Präsident höchstselbst entschieden, dass die Rettungsmission auf Solaris Prime hinten angestellt wird. Was genau …«

Cedrik ließ seine Finger über die Eingabekonsole auf dem Tisch gleiten und schaltete den Bildschirm stumm, gerade als das Bild in das nächste Studio des Nachrichtensenders wechselte.

Seine Miene war sorgenvoller, als man es hätte erwarten können. »Ardyn kommt gleich, damit wir die Sicherheitsmaßnahmen für Enceladus besprechen können.«

Während in Selenas Büro die Reiseplanung begann, telefonierte einige Türen weiter in seinem eigenen Arbeitszimmer Kallan Dresk mit Silvia Thier.

»Und was ist, wenn wir ihn über ein Abwahlverfahren im Weltenrat aus dem Amt entfernen?«

»Du bist die einzige Planetengouverneurin unserer Partei.«

Ihr Schnauben drang aus dem Kommunikator. »Vielleicht kannst du andere überzeugen.«

»An wen hast du gedacht?«, fragte Kallan mit nachdenklicher Stimme.

»Was ist mit den Randkolonien?«

»Du meinst die Saturnmonde?«

»Beispielsweise.« Sie schnalzte mit der Zunge. »Sie werden wenig erfreut darüber sein, dass ein Embargo gegen sie verhängt wurde. Vielleicht muss man sie nur noch einmal daran erinnern.«

»Hm.« Kallan drehte einen der Datenchips auf seinem Schreibtisch. »Das könnte ein Ansatz sein. Auch wenn Artjom Petrow ein harter Hund ist.«

»Das ist er mit Sicherheit, aber er ist nicht dumm. Und er hätte die Courage, gegen einen Präsidenten aus seiner eigenen Partei zu stimmen.«

»Auf jeden Fall.«

»Also?«, fragte Silvia mit einem herausfordernden Unterton.

Kallan stoppte den Datenchip und nickte. »Ich werde heute noch nach Enceladus fliegen und mit Planetengouverneur Petrow sprechen.« Sein Blick glitt zum Panoramafenster und fixierte einen der hellsten Sterne, der zu sehen war. »Aber da muss ich strategisch vorgehen.«

»Dann tu das.« Sie seufzte leise. »Vor dem Präsidentenball hast du mir gesagt, dass du alles für unsere Partei opfern würdest. Das kannst du jetzt beweisen.«

»Ich hoffe, dass wir uns auf dich genauso verlassen können, Silvia.«

»Sei dir sicher, dem ist so«, bestätigte sie mit energischer Stimme.

»Wir werden sehen.« Ohne eine weitere Antwort abzuwarten, trennte Kallan mit einer schnellen Bewegung die Verbindung.

Der Flug

Geschickt zog Cedrik am Tag danach die Ärmel seines grauen Jacketts zurecht und richtete den Knoten seiner weißen Krawatte, die er auf dem gleichfarbigen Hemd trug. Ein Blick nach rechts in den Korridor, ein Blick nach links, dann klopfte er sanft an die Tür der Suite AD-302. Seine Stimme war entschiedener, als man es hätte erwarten können, ohne Wärme vermissen zu lassen.

»Liana, kommst du? Wir fliegen gleich los.«

Als sein Kommunikator vibrierte, hielt er für einen Moment inne. Seine Hand glitt bereits Richtung Jackett, doch dann öffnete sich mit einem leisen Klicken die Tür.

Liana stand da. Ihre Augen waren leer, untergraben von tiefen, dunklen Ringen, ihre Lippen so breit wie schwarz geschminkt, ihre Haltung steif. Die blonden Haare waren kurzen Stoppeln gewichen. Die blaue Jeansjacke, die sie trug, hatte mehr Löcher als Stoff und gab den Blick wahlweise auf ein enges, weißes Top, das gerade das Nötigste bedeckte und zu viel zu deutlich zeigte, oder ihre nackte Haut frei. Ihre Hose, eine Mischung aus der Farbe des Lippenstifts und des Stoffs der Jacke, lag eng an und wurde an den Knöcheln von ihren hohen, pechschwarzen Boots verschluckt.

»Du siehst …« Cedrik blinzelte einmal kurz, bevor er den Kopf leicht neigte. »Interessanter Stilwechsel.«

Ohne seinen Worten Beachtung zu schenken, trat Liana aus der Tür, um sie hinter sich zu schließen. »Wohin?«, fragte sie mit flacher Stimme, der es an jeglicher Emotion mangelte.

Er hielt für einen Moment inne und legte seine Stirn in Falten.

»Sag's einfach.«

»Zum Hangar.« Langsam setzte Cedrik sich in Bewegung. »Das Schiff wartet bereits auf uns.«

Liana trottete mit einigen Metern Abstand hinter ihm her, ihren Blick auf den Boden gerichtet.

Er räusperte sich, bevor er mit freundlicher Miene fragte: »Hast du das mit dem Tsunami auf dem Mars mitbekommen? Deine Mutter und du, ihr wohnt doch dort, oder?«

»Hm.«

Cedrik zuckte mit den Achseln. »Dann eben nicht.« Mit einer eleganten Handbewegung nahm er seinen Kommunikator aus dem Jackett und schrieb, ohne der ungelesenen Textnachricht auch nur einen Moment Aufmerksamkeit zu schenken, eine Nachricht an seine Frau. *Habe das Mädchen abgeholt. Wir sind auf dem Weg.*

Währenddessen trafen Julius und Paula im Lagezentrum auf Solaris Prime ein. Der große Raum war noch immer mit zahlreichen Menschen gefüllt, die nicht nur über die Monitore gebeugt waren, sondern auch wild miteinander diskutierten. Die Bewegungen der Beamten waren zäh, die Gesichter voller Müdigkeit. Die abgestandene Luft roch nach einer Mischung aus warmem Kaffee und kaltem Schweiß.

Auf dem Platz des Oberkommandierenden saß Ingolf und blickte aus Augen, die mehr geschlossen als geöffnet waren, auf ein Abbild des Mars, das an unzähligen Stellen rot blinkte. In dem Augenblick, in dem Julius ihn erreichte und die Hand auf seine Schulter legte, zuckte Ingolf kurz zusammen. Mit einer fahrigen Bewegung erhob er sich aus dem schwarzen Sessel und salutierte dem Präsidenten zum Gruß.

Julius nickte ihm zu. »Vielen Dank fürs Warmhalten«, stellte er grinsend fest und ließ sich auf seinem angestammten Platz nieder. Paula platzierte sich wie gewohnt hinter ihrem Mann und legte die Hand auf seine Schulter. Ihr verächtlicher Blick streifte über die traurige Szenerie.

Gerade als Julius Luft holte, öffnete sich erneut die Tür zum Lagezentrum und Jekaterina marschierte wortlos herein.

»Der Spitzel der Vizepräsidentin ist auch eingetroffen«, flüsterte Paula.

Noch bevor die Kommissarin für Justiz ihren Sitzplatz erreichte, durchschnitt die Stimme eines Beamten die dicke Luft. »Guten Morgen, Herr Präsident.« Er trat einige Schritte in Richtung des Präsidentenpaars und schaute auf das Tablet, das er in der Hand hielt. »Ich möchte Sie über die laufenden Entwicklungen informieren.«

»Fangen Sie an«, forderte Julius den Mann auf.

»Sehr wohl. Also, Herr Präsident, wie Sie wissen, ist der Tsunami gestern gegen sechzehn Uhr zehn Erdzeit auf die Küste vor Hellas Metropolis getroffen. Die ausgewerteten Daten zeigen, dass die Welle stärker war, als zunächst prognostiziert.«

Paulas Augen verengten sich, ihre Stimme mehr Anklage als Verständnis. »So etwas passiert, wenn man einer unfähigen Vizepräsidentin das Ruder überlässt.«

»Frau Präsidentengattin«, entgegnete der Beamte trocken, noch bevor Jekaterina hätte protestieren können, »Tsunamis sind trotz aller technischen Errungenschaften schwer vorauszuberechnen, selbst auf der Erde.« Er zuckte mit den Schultern. »Und erst recht auf dem Mars ohne Erfahrungswerte oder Modelle.« Er schüttelte den Kopf. »Eine genaue Prognose in so kurzer Zeit ist einfach unmöglich gewesen.«

»Mit wie vielen Opfern rechnen wir?«, erkundigte Jekaterina sich.

»Es ist glimpflich ausgegangen«, warf Ingolf ein. »Wir haben nur wenige Verluste beim militärischen Personal zu verzeichnen. Vereinzelte Soldaten konnten nicht rechtzeitig abgezogen werden und wurden von der Welle erfasst. Das sollte nicht weiter tragisch sein.« Ein hämisches Grinsen erfüllte sein Gesicht, als er sich Julius zuwandte. »Die Territorialstreitkräfte des Mars hat es schlimmer erwischt, aber das ist nichts, was man uns anlasten kann. Das wird mit der Frau Planetengouverneurin nach Hause gehen.«

Während der Präsident zufrieden nickte, schüttelte Jekaterina den Kopf, bevor sie den Beamten fixierte. »Meine Frage zielte auf die Zivilisten ab.«

»Die Behörden vor Ort zählen noch.« Der Mann wischte mit dem Finger über das Tablet. »Erste Schätzungen rechnen mit zweitausend Toten, aber die Angaben steigen stündlich. Knapp doppelt so viele Bürger gelten zum aktuellen Zeitpunkt als vermisst.«

»Was ist mit den Unternehmen?« Julius lehnte sich vor. »Wie stark wird es unsere wirtschaftliche Potenz beeinträchtigen?«

»Schwierig zu sagen, Herr Präsident. Wir sehen die größten Schäden in den Ballungszentren. Hellas Metropolis selbst wurde am schwersten getroffen. Dort sind Tausende Gebäude beschädigt. Noch schlimmer hat es die kleinen Ortschaften erwischt. Die meisten in Küstennähe sind zerstört oder …«

Ein lauter Knall durchfuhr den Raum, als Paula mit der Faust auf die Lehne des Sessels schlug. »Hören Sie doch auf, über bedeutungslose Orte zu schwafeln. Mein Mann will wissen, was mit der Industrie ist?«

»Verzeihen Sie, Frau Präsidentengattin, ich dachte …«

»Denken Sie nicht«, unterbrach sie ihn, »sondern beantworten Sie die Fragen, die man Ihnen stellt!«

Der Beamte nickte knapp und wischte wild mit dem Finger über das Tablet. »Wir …« Er atmete tief durch, bevor er Paula in die Augen sah. »Tut mir leid, aber wir haben noch keine belastbaren Zahlen dazu.«

»Dann kümmern Sie sich darum.« Sie zeigte in Richtung eines Arbeitsplatzes. »Sofort!« Ohne den Mann eines weiteren Blickes zu würdigen, wandte sie sich Julius zu. »Denkst du daran, Schatz, dass du gleich noch einen wichtigen Termin mit Alina Corsis hast?«

Während Julius nickte, wischte Selena mit dem Zeigefinger über den Bildschirm ihres Kommunikators und ließ Cedriks Nachricht verschwinden. Ihre Miene war genauso nachdenklich wie entschlossen, als sich die große Sicherheitstür zum Hangar mit einem lauten Krachen öffnete. Langsam gab sie den Blick auf Ardyn und Nova frei, die an dem raumgreifenden, runden holografischen Projektor neben dem offiziellen Staatsschiff der Vizepräsidentin standen.

Die stromlinienförmige Hülle des Schiffs bestand aus glänzendem Metall, silbrig-golden, durchzogen von geschwungenen Linien und verziert mit blau leuchtenden Akzenten. Die weißen Lichtleisten, die sich im Hangar in regelmäßigen Abständen entlang der Wände und des Bodens erstreckten, spiegelten sich in der metallischen Oberfläche.

Die Flügel des Schiffs, die es bei atmosphärischen Landungen trugen, reichten von einer Seite des weitläufigen, schlauchförmigen Raums bis zur anderen. Zwei große, im Inneren dunkelblau glimmende Schubdüsen waren oberhalb der Tragflächen angebracht, die von einer Handvoll grau uniformierten Technikern mit prüfendenden Blicken inspiziert wurden.

»Frau Vizepräsidentin.« Ardyn nickte in Selenas Richtung, als sie zu den beiden stieß.

Ohne ihre Augen von Nova abzuwenden, erwiderte sie knapp: »Fraktionsvorsitzender.«

»Hast du etwas vom Mars gehört?«, fragte er, während er mit der Hand durch seinen langen Bart strich.

Selenas Lippen umspielte ein fast unmerkliches Lächeln, bevor sie sich ihm zuwandte. »Nein, seitdem mich der Präsident gestern aus dem Lagezentrum geworfen hat, weiß ich nur, was in den Nachrichten gesendet wurde, und das war nicht sehr ergiebig. Wie sieht es bei dir aus?«

Er seufzte. »Das Parlament wurde auch nicht informiert.«

»Aber der Fraktionsvorsitzende der Conservativae wird doch etwas wissen«, erwiderte sie stirnrunzelnd.

»Wenn dem so ist, dann will er es mir zumindest nicht sagen. Ich habe vorhin mit ihm telefoniert und er war sehr …« Er vollführte eine kreisende Handbewegung. »… zugeknöpft.«

»Also glaubst du, da kommt etwas auf uns zu?«

»Plant auf Solaris Prime nicht immer irgendwer was?«, warf Nova ein, bevor Ardyn in der Lage gewesen wäre, Selenas Frage zu beantworten. »Geht es hier nicht ständig um eigene Interessen, Macht und Geld, aber niemals um die Menschen, die in der Solaren Union leben?«

Selena sah sie missbilligend an. »Nova! Du weißt, dass ich alles dafür gebe, dass es den Menschen besser geht.«

»Ist das so?«

»Nova!«

»Du hast nicht gesehen, was Politik anrichtet.« Sie zeigte mit der flachen Hand auf das große Hangartor, durch das die Schiffe in den Weltraum starteten. »Du warst nicht auf dem Mars. Die verzweifelten Familien … die Menschen, die zurückgelassen wurden. Weil sie anders sind, als einige Wenige sich das wünschen.«

»Ich weiß sehr wohl, was Politik anrichten kann.« Selenas Augen funkelten. »Deshalb will ich sie doch ändern.«

»Selbst wenn«, Nova hob eine Augenbraue, »zu welchem Preis?«

Als sich einige der Technikoffiziere umdrehten, räusperte sich Ardyn leise. »Vielleicht wäre es besser, wir würden das Gespräch an einem anderen Ort fortsetzen.«

In diesem Moment betrat Cedrik den Hangar, gefolgt von Liana. Sein Blick sprang zwischen Nova und Selena hin und her, bis er schließlich freudig rief: »Na sieh einer an, die Gang ist wieder vereint.«

Während sich die Luke des Schiffs hinter der Vizepräsidentin und ihrer Entourage langsam schloss, öffnete sich die Tür des Präsidentenbüros mit einem leisen Zischen und Alina trat in den Raum. Ihre perfekt frisierten Haare wurden von der warmen Büroluft umspielt, die nach einem Hauch Vanille roch. Im beigen Hosenanzug der Unternehmerin fand sich nicht eine Falte, die hohen Schuhe rundeten die Grazie mustergültig ab.

Julius' Blick glitt über Alina, ein breites Grinsen auf seinem Gesicht. »Frau Corsis, ich freue mich, dass wir endlich das Vergnügen haben.«

»Die Freude ist ganz meinerseits«, entgegnete sie mit einer leichten Verbeugung.

Er erhob sich hinter seinem Schreibtisch und deutete mit der flachen Hand auf seine Frau. »Darf ich Ihnen meine Gattin vorstellen …«

»Paula Marek, sehr erfreut«, unterbrach sie ihn, ohne ein Aufstehen von ihrem Stuhl auch nur anzudeuten.

Während Julius die Stirn in Falten legte, drehte sich Alina mit hochgezogenen Augenbrauen zu ihr, ein Funkeln in den Augen und ein Lächeln auf den Lippen. »Frau Präsidentengattin.«

Paula lächelte knapp.

»Setzen Sie sich, wir haben viel zu besprechen«, forderte Julius Alina auf, sein Grinsen ungebrochen, doch ein kaum merklicher Schatten lag auf seiner Miene.

Die Unternehmerin ließ sich nickend und ohne den Blick von ihr abzuwenden auf dem Sessel gegenüber von Paula nieder. »Ich danke Ihnen.«

Eine kurze Stille erfüllte den Raum, die schließlich von Julius' Räuspern unterbrochen wurde. »Wir hoffen, dass das Embargo …«

»Eine Katastrophe für mein Unternehmen, Herr Präsident, das ist nicht schönzureden.« Alinas Stimme war entschlossen, während sie energisch den Kopf schüttelte. »Die Verluste für mich sind immens.«

Die Präsidentengattin trommelte leise mit den Fingernägeln auf der Tischplatte. »Mir scheint allerdings, Sie haben einen lukrativen Deal mit dem Vizepräsidentinnengatten abgeschlossen. Der sollte doch Ihren Schmerz zumindest etwas betäuben.«

Alina lehnte sich wortlos zurück. Die beiden Frauen blickten sich tief in die Augen, als wollten sie sich gegenseitig hypnotisieren. Sekunden vergingen.

Wieder wurde die anhaltende Stille von Julius durchbrochen. »Die Regierung kann verstehen, dass diese Maßnahmen äußerst unangenehm für die betroffenen Unternehmen sind.«

»Das beschreibt die momentane Lage nicht im Ansatz, Herr Präsident.« Alinas Augen waren weiterhin fest auf seine Frau gerichtet. »Dieses Embargo ist der Anfang von meinem Ende.«

»Das«, warf Paula ein, während sie ihren Kopf schräg legte, »ist wohl eine Frage des Blickwinkels, Frau Corsis.«

Alina zog eine Augenbraue hoch. »Eine Frage des Blickwinkels?« Ihr Schnauben war unüberhörbar und glich einem Stier vor seinem Angriff. »Wer, verehrte Präsidentengattin, ist der größte Wasserhändler in der Solaren Union?«

»Ihr Unternehmen«, antwortete Julius.

»Sehr gut, Herr Präsident.« Alinas Stimme war von beißendem Spott durchzogen. »Und wo wird das meiste Wasser produziert?«

Er nickte mit dem versteinerten Grinsen seiner immer ernster werdenden Miene, ein kaum merkliches Zucken erfasste seinen Kiefer. »Auf Enceladus.«

»Auch das ist richtig.« Alina lehnte sich nach vorne, ihre Stimme gedämpft, fast nur ein Flüstern. »Und wie exportiert man etwas von einem Planeten, wenn ein Exportverbot verhängt wurde?«

Über Julius' Augen schlich sich ein dunkler Schatten, bevor sein Blick zu Paula wanderte, deren Gesicht jegliche Reaktion verweigerte.

»Sehen Sie, Frau Präsidentengattin? Was würden Sie sagen, wie erwirtschaftet man mit dem Wasserhandel Gewinne, wenn der Hahn zugedreht wurde?«

»Wir können Ihren Ärger verstehen, Frau Corsis, seien Sie sich dessen gewiss. Die Maßnahmen, die Enceladus betreffen, das war …« Julius schüttelte den Kopf und atmete tief durch. »Es war die Entscheidung einer einzelnen Vertreterin dieser Regierung.«

»Diese Vertreterin, von der sie sprechen, die Vizepräsidentin, ist offensichtlich dazu in der Lage, Mehrheiten hinter sich zu vereinen. Nicht nur Menschen aus ihrer eigenen Partei, sondern auch aus der Ihrigen, Herr Präsident.«

Paula lehnte sich lächelnd zurück. »Frau Corsis, bitte verzeihen Sie mir meine Offenheit, aber schauen wir uns doch einmal die Fakten an.« Sie spreizte den Daumen von ihrer Hand ab. »Zum Ersten haben Sie aufgrund des Tsunamis auf dem Mars einen Billionen-Solari-Deal abgeschlossen.«

»Und das wegen meines eigenen Verhandlungsgeschicks«, entgegnete Alina forsch, »nicht dank Ihres Mannes oder … Ihnen.«

Die Präsidentengattin nickte langsam, bevor sie den Zeigefinger abspreizte. »Zum Zweiten: Selena Veyra ist kein biblischer Prophet und der Saturn ist nicht das Heilige Land. Wir sind nicht in der Wüste Sinai, sondern in einem modernen Marktumfeld.«

»Wie ich gerade schon erwähnt habe«, Alinas Stimme wurde lauter, »es waren auch die Abgeordneten der Partei Ihres Mannes, die diesem ruinösen Embargo zugestimmt haben.«

»Frau Corsis, ich bitte Sie.« Paula schüttelte ungläubig den Kopf. »Sie wissen doch selbst: Manchmal muss man einen Bauern opfern, um eine Partie zu gewinnen. Und mein Mann, der 27. Präsident der Vereinigten Planeten der Solaren Union, und ich, wir sind auf der Siegerstraße unterwegs. Wollen Sie nicht zu uns aufspringen?« Ihre Miene wurde ernst, als sie sich nach vorne lehnte. »Vor allem, wenn Sie daran denken, dass wer sich zu spielen weigert, am Ende vom Brett gefegt wird.«

»Was bedeutet es denn aus Ihrer Sicht, diese Partie zu gewinnen?«

Paulas Blick wanderte zu Julius, der regungslos auf seinem Stuhl saß. Nachdem sie ihn mit ihren Augen durchbohrt hatte, schüttelte er kurz den Kopf, seine Stimme energischer, als es zu erwarten gewesen wäre. »Wir gewinnen, wenn meine beiden Wahlversprechen eingelöst wurden: das Ende des KI-Arbeitskräfteverbots und …«

Er atmete tief durch, während seine Frau mit einem Gesichtsausdruck aus einer Mischung von Ekel und Hass seinen Satz beendete. »Verhindern, dass dieser queere Abschaum weiter unsere fleißigen Bürgerinnen und Bürger tötet … wie es vor fünfzehn Jahren auf Enceladus passiert ist.«

»Missverstehen Sie meine Frau nicht, wir sind nicht gegen die Gleichheit.« Julius schüttelte den Kopf. »Aber die Realität ist eben, dass wir die Menschen dieser Solaren Union schützen müssen. Der 10. Oktober 2246 darf sich nicht wiederholen.«

»Und selbst wenn Sie verstanden haben sollten, dass ich gegen die Gleichheit bin, missverstehen Sie mich nicht: Es gibt immer ein Richtig und ein Falsch«, ergänzte Paula ihren Mann.

Alinas Augen leuchteten für den Bruchteil einer Sekunde auf, ihre Miene entspannte sich, aber ihre Lippen verzogen sich zu einem schiefen Lächeln. Nickend fragte sie: »Sie halten das für möglich?«

»Es ist nicht nur möglich, es ist der Wille der Bürger dieser Union. Die Menschen, die Julius zu unserem Präsidenten gewählt haben, wollen das«, stellte Paula voller Überzeugung fest. »Sie haben ihre Wahl getroffen, sie haben sich für eine starke Regierung, einen starken Präsidenten entschieden: für meinen Mann. Und mein starker Mann hält sich an die Versprechen aus dem Wahlkampf. Er wird den queeren Abschaum von der Straße fegen und den hart arbeitenden Rechtschaffenen die Hand zum eigenen Aufstieg reichen.« Paula strich sich langsam eine Haarsträhne zurück. »Das Unkraut im Garten zu jäten, das ist doch keine Frage des Ob, Frau Corsis, nur eine Frage des Wann. Sonst nimmt man billigend die Gefahr in Kauf, dass es alle Nährstoffe verbraucht, die das Getreide braucht, um die Menschen zu ernähren.«

Das Lächeln in Alinas Gesicht wurde immer breiter. »Und wie will Ihr Mann das Unkraut jäten, das …« Sie gab einen schnaubenden Laut von sich. »… unsere Ernte bedroht, Frau Marek?«

Paula lehnte sich vor und stützte sich mit den Händen leicht auf der Tischplatte ab. »Wir haben auf dem Mars bereits damit begonnen.«

»Was haben Sie denn getan?«, fragte Alina mit begieriger Miene.

»Wir haben genau ausgewählt, welche Pflanze es wert ist, gerettet zu werden … oder vielmehr, welche nicht.« Das Grinsen auf ihrem Gesicht wurde breiter. »Wir sind die Gärtner in diesem verwilderten Garten, Frau Corsis. Und jetzt geht es darum, die Wurzel des Unkrauts herauszureißen: Selena Veyra.«

Alina lächelte, strich sich langsam und bedacht eine Strähne hinters Ohr, ihre Lippen kräuselten sich zu einem nachdenklichen Lächeln. Ihr Blick fiel für einen Moment auf ihre Hände, ihre Rechte ballte sich, verkrampfte als würde sie den unsichtbaren Griff eines Messers umfassen. »Und wie tief müssen wir graben, Frau Präsidentengattin?«

Zu diesem Zeitpunkt saß Liana auf dem Schiff der Vizepräsidentin in der Lounge auf einem Ballsessel, der mit rotem Kaschmir bezogen war, und fuhr mit der Hand über die Stoppeln auf ihrem Kopf. Vor ihr auf dem kleinen, runden Tisch aus satiniertem Glas, das von langsam wechselnden Farben angeleuchtet wurde, stand ein Cocktailspitz mit Martini. Mit einer mechanischen Bewegung stieß sie, ohne das Trinkgefäß auch nur zu touchieren, die grüne Olive an, die sich schleppend drehte, als suchte sie verzweifelt nach Halt.

Der Kellner, ein junger Mann Ende zwanzig in glatt gebügelter, grauer Uniform, der hinter der kleinen Bar stand, beobachtete sie mit einem mitleidigen Lächeln, während er bereits viel zu lange ein und dasselbe Glas polierte.

Lianas Blick wanderte langsam und mit bedächtiger Schwere von der taumelnden Olive zu dem Mann hinter der Bar. Als ihre Augen sich trafen, stellte er mit einer hastigen Bewegung das Trinkglas ab. Zu hastig. Ein leises Klirren durchbrach die Stille des Raums, als das Glas in tausend feine Splitter zersprang. Das warmweiße Neonlicht, das durch die runde Deckenbeleuchtung die gesamte Lounge erhellte, brach sich in den Scherben zu vielen kleinen Regenbögen, die sich auf dem schwarzen Teppich des Bodens verteilten.

»Mist!« Das Fluchen des Kellners war noch leiser als das Klirren des Glases, aber dennoch unüberhörbar.

Lianas Miene blieb versteinert, ihr Körper regungslos. Ihre Augen wanderten zurück zu der Olive, die sich ein letztes Mal schwerfällig im Martini dreht, bevor sie schließlich zur Ruhe kam. Langsam versank sie in der klaren Flüssigkeit und schien zu ertrinken.

Gerade in dem Moment, in dem die Olive ihre Bewegungen aufgab, wurde der Raum von Cedriks Stimme erfüllt, freundlich und warm. »Wer ist hier schon wieder gestorben?« Während er zu dem jungen Mann an die Bar marschierte, donnerten die dumpfen Schritte seiner schwarzen Lackschuhe durch die Lounge. »Lassen Sie doch etwas Musik laufen. Die Stimmung ist ja deprimierend.«

Der Kellner nickte kurz und energisch und lief eilig zu einem kleinen Kontrollpult. Die Glassplitter auf dem Boden knisterten bei jedem Schritt unter seinen Schuhen. An seinem Ziel angekommen, drückte er einige Knöpfe, nur um dann seine Stirn in Falten zu legen und sich an der Augenbraue zu kratzen. »Was …« Er räusperte sich. »Was wäre dem Herrn Vizepräsidentinnengatten genehm?«

»Spielen sie Ludwig van Beethovens *Eroica*. Laut.« Cedrik schüttelte den Kopf, ein Lächeln auf dem Gesicht. »Und bitte, machen Sie mir einen Whiskey Sour. Aber ohne Eiweiß.« Er drehte sich in Lianas Richtung. »Und etwas Härteres für die Dame.«

»Sehr gerne, Herr Vizepräsidentinnengatte. Kommt sofort.«

Cedrik schlenderte zu dem Ballsessel, der Liana gegenüberstand, während die ersten Klänge von Beethovens 3. Symphonie die Lounge erfüllten. In dem Moment, in dem er sich mit einem leisen Seufzen auf der Sitzgelegenheit niederließ, betrat Ardyn den Raum. Seinen Blick auf die beiden gerichtet, bewegte er sich zum letzten freien Platz in der Sitzgruppe. Mit einem Lächeln ließ auch er sich nieder. »Oh, was für eine illustre Runde. Ich hoffe, ich bin nicht zu spät für den Walzer.«

Der junge Kellner nahm derweil das Tablett mit den bestellten Getränken auf seine Hand und setzte sich zu den drei Gästen in Bewegung, seine Miene voller Sorge und Unsicherheit.

Cedriks Kiefer mahlte unaufhörlich, während er kopfschüttelnd die ungelenken Bewegungen des Servicemitarbeiters beobachtete. »Brauchen Sie Hilfe oder fällt Ihnen das Servierbrett von alleine aus der Hand?«

»Besser nicht … sonst stirbt wieder jemand.« Lianas Stimme war gerade leise genug, dass die beiden Männer die Worte hören konnten.

Cedriks Kopf schnellte zu ihr zurück, seine Miene kontrolliert, aber mit dem Hauch eines Schattens, der seine Augen erfüllte, in die Liana tief blickte, als wollte sie ihn mit ihrem Blick erdolchen. Er holte Luft, doch bevor er etwas sagen konnte, rief Ardyn: »Vorsi…«

Zu spät. Der junge Mann stolperte über seine eigenen Füße, und mit einem dumpfen Laut fiel zuerst das Tablett von seiner Hand zu Boden, gefolgt vom Klirren der Gläser, das die Musik übertönte. Mit hochrotem Kopf starrte er auf die Scherben.

»Siehst du?« Lianas Stimme war stoisch.

Cedrik wandte sich, ohne eine Miene zu verziehen, von ihr ab und dem jungen Mann zu. Mit sanftem Ton sagte er: »Nehmen Sie sich den restlichen Tag frei.«

»Ich kann doch nicht … also … wie …«, stammelte der Kellner zitternd wie Espenlaub, bevor seine Stimme vollendens versagte.

»Sie missverstehen, das war keine Bitte, sondern eine Anweisung, die dem Schutz aller Passagiere dieses Fluges dient.« Sein Blick glitt zurück zu Liana. »Und den zerbrechlichen Dingen auf dem Schiff.«

Ein verlegenes Lächeln huschte über das Gesicht des jungen Mannes.

»Hören Sie auf den Vizepräsidentinnengatten. Wir kommen allein zurecht.« Ardyn erhob sich, ohne den Kellner eines weiteren Blickes zu würdigen. »Ich übernehme das. Aber seid gewarnt, am Shaker bin ich noch stärker als im Plenarsaal.«

Währenddessen schloss sich die schmale Tür zu Novas Suite hinter Selena. Der Raum war in sanftes, rotes Licht gehüllt, das von Lichtbändern am Übergang zwischen dem beigen Teppichboden und der grauen Wand ausging. In der Mitte stand ein Tisch aus schwarzem Glas, umrundet von vier geschmackvollen, weißen Sesseln. Die grüne Projektion holografischer Pflanzen an den Seiten des kleinen Fensters gaben dem Ort etwas seltsam Heimeliges in der endlosen Dunkelheit des Weltalls.

Nova saß auf der Kante des breiten, gut gepolsterten, weißen Bettes mit schwarz-metallischen Gitterstäben aus vergangenen Jahrhunderten an den Enden. Über ihr Gesicht huschte ein Lächeln, als sie Selena ansah. »Gut, dass du trotzdem gekommen bist.«

»Ich wäre schon früher da gewesen, aber ich wollte herausfinden, was mit den beiden Frauen und ihrem Kind passiert ist«, entgegnete sie, als sie sich neben ihrem Schützling auf dem bequemen Bett niederließ.

»Und?«

Selena schüttelte den Kopf. Für einen Moment kehrte Stille in der Suite ein, bevor sie sich sanft räusperte. »Du warst vorhin sehr laut.«

»Lass!« Nova zuckte mit den Schultern. »Ich will darüber jetzt nicht reden.«

»Du weißt doch, was ich dir immer sage. Wenn man …«

»… Probleme teilt, dann ist die Last leichter zu tragen.« Sie verdrehte die Augen. »Jaja, ich weiß.«

»Also, sag es mir.« Über Selenas Gesicht huschte ein Lächeln. »Was beschäftigt dich? Worüber sollen wir reden?«

Nova schlug ihre Beine übereinander, ihr kurzes, schwarzes Kleid spannte leicht an den Oberschenkeln. Geschickt spielte sie mit den Fingerspitzen auf ihren Knien, während sie ihre Besucherin herausfordernd von unten anschaute. »Sagen Sie es mir, Frau Vizepräsidentin. Worüber wollen Sie reden?«

Selenas Blick glitt für den Bruchteil einer Sekunde über Novas Körper, bevor ihr Gesicht von einem sanften Schmunzeln überfallen wurde. »Du solltest lernen, nicht alles zu hinterfragen, was du siehst.«

»Oh, das ausgerechnet von dir?«, erwiderte Nova mit einer Mischung aus Schalk und gespielter Empörung und verschränkte die Arme vor der Brust. »Dabei sollten gerade Sie wissen, Frau Vizepräsidentin, dass ich gut darin bin, Angelegenheiten für mich zu behalten.«

Selena hielt kurz inne, bevor sie ihre Augenbrauen nach oben zog, um dann schließlich mit warmer Stimme zu antworten: »Da bin ich mir sicher.«

Nova beugte sich langsam in ihre Richtung, ihre Augen von einer Gier befallen, fast hungrig. Sofort griff Selena an ihre Stirn und drückte sie vorsichtig von sich weg, während sie die andere sanft auf Novas Oberschenkel legte. »Nicht so. Du weißt, was wir vorletzte Nacht vereinbart hatten.«

Nova atmete tief durch. Ihre schwarzen Augen verdunkelten sich kurz, bevor sie sich wieder zurücklehnte. »Ich dachte, die Regeln hätten sich mit deiner neuen Position vielleicht geändert.« Sie kicherte. »Oder wir könnten sie dieses Mal außer Acht lassen.«

»Du musst trotz der Tatsache, dass ich Vizepräsidentin bin, lernen, die Macht in deinen Händen zu halten. Und damit umzugehen«, entgegnete Selena mit einer sanften Strenge.

Nova sah sie lange genug an, dass es wie eine Herausforderung wirkte. »Ich soll also die Macht in meinen Händen halten?«, konstatierte sie mit einem schmalen Lächeln. »Vielleicht willst auch du nur erleben, wie es sich anfühlt, wenn jemand anderes die Macht hat.«

Selena hob das Kinn, ihren Blick fest auf die Augen ihres Schützlings gerichtet. »Du denkst, du weißt, was das bedeutet?«

Nova griff mit ihrer Linken nach der Hand auf ihrem Oberschenkel, während ihre Rechte in Selenas Haar glitt. Sie zog

Selenas Kopf zu sich heran, ihre Stimme war ein leises Flüstern. »Vielleicht muss ich es dir noch einmal zeigen, wenn du es seit vorgestern Abend schon wieder vergessen hast.«

Währenddessen hob Ardyn auf der gegenüberliegenden Seite des Schiffs mit einer stilvollen Bewegung das Tablett an, legte es auf seine Hand und balancierte es mit den zwei Getränken anmutig von der Bar durch die Lounge zu Cedrik und Liana.

»Ein Whiskey Sour für den Gatten unserer Vizepräsidentin«, sagte er, während er das Glas vor ihm abstellte, ohne auch nur einen Tropfen zu verschütten. »Und einen Scotch für den einzigen Mann in dieser Runde.« Er lachte schelmisch, als er sich zurück auf den Ballsessel fallen ließ, nachdem er sein Getränk auf den Tisch gestellt hatte.

»Ardyn.« Cedriks Stimme war entschlossen, während sein Blick auf dem Whiskey Sour haftete und seine linke Hand mit etwas in der Tasche des Jacketts spielte. »Du wirst auf Selena achten müssen. Es gibt eine Sache, die ich auf Enceladus herausfinden muss.«

Der Fraktionsvorsitzende lehnte sich nach vorne und legte seine Stirn in Falten. »Etwas, um das du dich kümmern musst? Eine wichtigere Sache als die Mission deiner Frau?«

»Das kann ich so nicht sagen.« Cedrik schaute ihm tief in die Augen. Ohne sich von ihm abzuwenden, zog er seine Hand aus dem Jackett und griff nach dem Whiskey Sour. Unüberhörbar trank er einen großen Schluck. Liana zog eine ihrer Augenbrauen hoch, ihren Blick fest auf ihren Martini gerichtet, der noch immer unberührt auf dem Tisch stand.

Ardyn strich mit einer langsamen Bewegung durch seinen blonden Bart. »Was könnte von größerer Dringlichkeit sein als der Besuch der Vizepräsidentin in einer Kolonie, die sie abgrundtief zu hassen scheint?«

»Es …« Cedriks Stimme stockte, seine Augen verengten sich. »Es geht um das Unglück nach dem Fest vor fünfzehn Jahren. Die Katastrophe der Gleichheitsnacht.«

»Das Eisbeben?«

Er nickte kurz, aber energisch.

»Eisbeben? Gleichheitsnacht?«, fragte Liana und zog eine Augenbraue hoch. »Was soll das sein?«

Cedrik straffte die Schultern. »Du weißt nicht, was damals auf Enceladus passiert ist?«

Sie schüttelte den Kopf. »Wie auch? Vor fünfzehn Jahren war ich zehn.«

»Damals sind Menschen gestorben, Liana.« Ardyn zwirbelte seinen Bart. »Viele waren jung, voller Hoffnung. Wie ich. Wir sind auf ein Fest gegangen und am nächsten Tag lagen ganze Siedlungen auf dem Mond in Trümmern. Und dann … hat man uns auch noch die Schuld dafür gegeben.«

Sie legte ihren Kopf zur Seite. »Also warst du dort?«

Ardyn nickte. »Die Gleichheitsnacht auf Enceladus … die Folgen … sie sind der Grund, warum ich Teil der Progrediens geworden bin.«

»Aber was ist dort passiert?«

»Nun gut«, seufzte Cedrik, »dann eine kurze Geschichtsstunde: Die Gleichheitsnacht war seiner Zeit das berühmteste Festival des ganzen Sonnensystems. Es fand nur jedes zweite Jahr statt, immer auf einem anderen Planeten oder Mond der Solaren Union.«

Das Interesse, das Lianas Miene spiegelte, stieg weiter, langsam und fast unmerklich, aber doch stetig. »Und wer ist da hingegangen?«

»Singende, Tanzende, Malende, Kulturschaffende genauso wie Politiker oder Unternehmer. Auf dem Fest fühlten sich Hunderttausende Besuchende alle gleich. Das Event stand für Gleichberechtigung, für individuelle Freiheit und für freie Liebe.«

»Und wieso gibt es dieses Festival nicht mehr?«

Ardyn seufzte leise. »Wegen Enceladus 2246.«

»Was ist dort passiert?«, fragte Liana stirnrunzelnd.

»Am Tag des Festes? Nichts«, entgegnete Cedrik. »Aber in der Nacht danach gab es auf dem Saturnmond ein gewaltiges Eisbeben, das unzählige Leben forderte.«

»Und was hat das mit dem Festival zu tun?«

»Auf den ersten Blick? Gar nichts.« Ardyn lehnte sich nach vorne. »Außer vielleicht die Märchen, die unser jetziger Präsident darüber erzählt.«

Cedrik drehte seinen Whisky im Glas. »Aber keine, die seine Erfindung sind. Die Menschen auf Enceladus haben sofort danach, aufgehetzt vom damaligen Kandidaten der Conservativae für das Amt des Planetengouverneurs, die Gleichheitsnacht für diese schreckliche Katastrophe verantwortlich gemacht.«

»Was denen auch seitdem die Mehrheit auf dem Mond sichert.« Ardyn nippte an seinem Scotch. »Aber die viel interessantere Frage ist: Was hast du damit zu schaffen?«

»Ich will einige Bälle an die Wand werfen.« Cedrik hob den Zeigefinger, ohne sein Glas abzustellen. »Und schauen, ob der ein oder andere kleben bleibt.«

»Und wieso genau jetzt?«, fragte Ardyn mit verwirrter Miene.

Cedrik seufzte leise. »Es ist kompliziert.«

»Fünfzehn Jahre war dir nicht nur das Thema, sondern der ganze Saturn vollkommen egal, und jetzt plötzlich möchtest du Detektiv spielen?« Ardyn zuckte mit den Achseln. »Klingt nicht nach dir.« Er trank einen weiteren Schluck seines Scotchs. »Weiß die Vizepräsidentin von deinem Plan?«

»Sie weiß, dass immer das meine Mission ist, was für unsere Sache das Richtige ist.« Ein leises Klirren erfüllte den Raum, als Cedrik seinen Whiskey Sour auf den Tisch stellte. Er fixierte einige Sekunden das Glas.

Ardyn nickte. »In Ordnung. Ich denke, wir schaffen das mit dieser Kolonieregierung auch ohne dich. Aber Cedrik.« Seine Augen fixierten ihn. »Pass auf, dass du keine Steine in Selenas Weg rollst, die sie bei ihrem Aufstieg zur ersten Präsidentin der Vereinigten Planten der Solaren Union behindern.«

»Ich bin der Letzte, der sie stolpern sehen will«, entgegnete Cedrik mit einem lautlosen Lachen, griff wieder nach seinem Glas und hob es leicht in die Luft.

Ardyn folgte dem Beispiel, bevor sein Blick auf Liana fiel. »Was ist mit ihr?«

»Was soll mit ihr sein?«, fragte Cedrik.

»Du kannst das Mädchen nicht mitnehmen. Sie wird dir nur Schwierigkeiten bereiten. Und ich?« Ardyn schüttelte den Kopf. »Wir können sie auch nicht brauchen.«

»Da könntest du möglicherweise recht haben.« Cedrik massierte sich die Schläfe, bevor er seinen Blick Liana zuwandte. »Also, was denkst du? Bleibst du hier auf dem Schiff und verrottest?« Er grinste herausfordernd. »Oder bist du in der Lage, gemeinsam mit mir Antworten auf die Fragen zu suchen, die auch dein Leben betreffen?«

Liana starrte auf die Olive, als hätte sie sich dazu entschlossen, die Steinfrucht mit der Kraft ihrer Gedanken aus dem Martini zu befreien. Langsam ließ sie ihren Blick zu Cedrik wandern, schaute ihm tief in die Augen. »Glaub mir, ich hätte mich am liebsten längst über Bord geworfen. Aber ich bin noch hier … und das vielleicht aus einem Grund.«

»Na, das kann ja heiter werden.« Mit einem Lächeln im Gesicht schüttelte Ardyn den Kopf.

Das Archiv

»Mist!«, fluchte Jekaterina, als sie an der versiegelten Doppeltür zur Justizsektion angelangt war, vor der ein Hologramm mit der Aufschrift *Gesperrt* aufleuchtete. Sie kehrte um und marschierte in den Korridor zurück, aus dem sie gekommen war.

Nachdem sie einige Meter hinter sich gebracht hatte, öffnete sich die Tür eines Besprechungsraums, der wenige Schritte vor ihr lag, und der Fraktionsvorsitzende der Conservativae Tiberius Kael trat über die Schwelle.

Er schaute Jekaterina nach, als sie an ihm vorbeieilte. »Wenn Sie so weitermachen, brauchen Sie bald einen Klon«, rief er ihr hinterher. »Oder eine künstliche Intelligenz. Aber das ist ja leider verboten, nicht wahr?« Tiberius setzte sich in Bewegung und folgte ihr.

Jekaterina entgegnete, ohne ihr Tempo zu drosseln: »Fraktionsvorsitzender Kael. Für den Fall, dass Sie mir nur sagen wollen, dass ich überarbeitet bin …« Sie schüttelte den Kopf. »Ersparen Sie es mir.«

Er verkürzte ihren Vorsprung und hielt Schritt, als er sie erreicht hatte. »Frau Orlov, ich will etwas mit Ihnen besprechen. Zwei Minuten. Keine langen Reden, kein politisches Theater. Versprochen.«

Sie verdrehte die Augen. »Bevor Sie mir meine Zeit stehlen, sagen Sie mir zumindest, um was es geht.«

»Unter anderem um den Wiederaufbau der Infrastruktur auf dem Mars.«

»Wie Sie wissen, bin ich Kommissarin für Justiz.« Jekaterina schüttelte den Kopf. »Das ist nicht mein Ressort.«

»Ich weiß aber auch«, gab Tiberius zu bedenken, »dass Sie eine Frau mit Zielen sind. Großen Zielen, wie man immer wieder hört.«

Ohne Vorwarnung blieb sie stehen. »Was wollen Sie damit andeuten? Was hören Sie denn?«

»Ist das so wichtig?« Er grinste. »Sie wissen genauso gut wie ich, dass Politik ein Handel von Ohnmächtigen über Dinge ist, die sie nicht besitzen.«

»Und Sie wollen mir einen solchen Handel anbieten?«, fragte sie mit stoischer Miene.

Er nickte stumm, aber mit einem Ausdruck voller Zufriedenheit.

»Sie sagen also, es gibt etwas, das ich nicht habe«, entgegnete Jekaterina, »das ich für etwas bekäme, das Sie nicht haben?«

»Absolut.« Das Grinsen auf seinem Gesicht wurde immer breiter, seine Stimme fast verschwörerisch. »Und ich hätte ein unschlagbares Angebot für Sie. Rein hypothetisch.«

Sie massierte ihre Stirn. »Und wie sähe dieses rein hypothetische Angebot aus?«

»Was hielten Sie vom Amt der Vizepräsidentin?«

Jekaterina schluckte. »Sie wollen, dass ich meine Partei verrate?«

»Sie sollen niemanden verraten, Frau Orlov.« Tiberius schüttelte entschieden den Kopf. »Aber sind Sie nicht auch der Meinung, dass Selena Veyra … nun ja, sagen wir … unglückliche Entscheidungen getroffen hat?«

Ihre Miene verfinsterte sich. »Ich weiß nicht, worauf …«

»Frau Orlov, ich bitte Sie«, unterbrach er sie. »Halten Sie mich nicht zum Narren. Wir wissen beide, dass nicht nur das Embargo ein kapitaler Fehler war. Ihr Krisenmanagement während des Tsunamis auf dem Mars …« Er schüttelte den Kopf. »Glauben Sie wirklich, dass die Öffentlichkeit diese Opferzahlen verzeihen wird? Ich sehe schon den parlamentarischen Untersuchungsausschuss vor meinem inneren Auge. Das wird unbequem.«

Jekaterina musterte Tiberius einige Sekunden lang, bevor sie schließlich fragte: »Und was würde ich Ihnen dafür besorgen, das Sie nicht haben?« Ihre Stimme war von Ironie durchzogen, als sie ergänzte: »Rein hypothetisch natürlich.«

»Die Aufhebung des Verbots von KI-Arbeitskräften«, antwortete er mit resoluter Stimme.

»Und meine Partei sollte da zustimmen, weil …« Sie kratzte sich an der Schläfe. »Mit Verlaub, aber es ist völlig ausgeschlossen, dass ich die Abgeordneten davon überzeugen kann, selbst wenn ich wollte.«

Tiberius stieß ein kehliges Lachen aus. »Es ist immer eine Frage der besten Argumente.« Er fixierte sie. »Ihre Partei erhält bei jeder Parlamentswahl viele Stimmen vom Mars. Wer würde sich dagegenstellen, wenn dadurch der Planet in kürzerer Zeit wiederaufgebaut werden würde? Wählerinnen und Wähler früher zurück in ihre Häuser könnten?« Er hielt für einen Moment inne. »Maschinen, Frau Orlov, arbeiten einfach schneller und effektiver als Menschen.«

Ein kaltes Lächeln huschte über Jekaterinas Gesicht. »Ein interessantes Gespräch, Fraktionsvorsitzender Kael.« Ohne ihn eines weiteren Blicks zu würdigen, setzte sie sich wieder mit der gleichen Geschwindigkeit wie zuvor in Bewegung.

Während Tiberius ihr einige Zeit hinterherschaute, saß Nova im Staatsschiff der Vizepräsidentin in ihrem Quartier auf der Bettkante. Ihr Blick war auf das Fenster gerichtet. Die Dunkelheit des Weltraums, die es noch gestern Abend erfüllt hatte, war dem glitzernden Metall des Hangars und der warmweißen, aber umso künstlicheren Beleuchtung gewichen. Kleine Eisnester bildeten sich am Übergang zwischen der Verglasung und dem Rumpf des Schiffes. Langsam wanderte Novas Blick zu Selena, die zusammengerollt auf dem Bett lag, und verfolgte die tiefen, rot unterlaufenen Striemen in der weichen Haut auf Selenas nacktem Rücken. Ein breites Grinsen breitete sich auf Novas Gesicht aus. Behutsam streckte sie die Hand nach ihr aus, streichelte sie sanft am Arm und beugte sich zu ihrem Ohr. Leise flüsterte sie: »Selena, aufwachen.«

Die Vizepräsidentin gab ein paar knurrenden Laute von sich und blinzelte. Es vergingen einige Sekunden, bevor ihre Finger langsam nach oben glitten und sie sich die Augen rieb. Schlaftrunken fragte Selena schließlich: »Was?«

»Wir sind auf Enceladus gelandet.« Das Grinsen in Novas Gesicht wurde zu einem warmen Lächeln begleitet. »Zeit, aufzustehen.«

Selena blinzelte erneut. Ein Zucken ging durch ihren Körper, bevor ihr Blick die pechschwarzen Augen fixierte. Mit einem plötzlichen Ruck richtete sie sich auf. Ihr Schützling vermochte erst im letzten Moment auszuweichen. Ein selbstgefälliges Grinsen huschte über Selenas Gesicht, als ihr Blick an Novas Kleidung entlangwanderte, die sich durch Abwesenheit hervortat, bevor sie ihre gleichermaßen feste wie bestimmte Stimme erhob. »Verdammt, Nova!« Ihre Augen verengten sich. »Wieso hast du mir nicht früher Bescheid gesagt.«

»Ich habe gedacht …«

»Nein«, unterbrach Selena sie harsch, »ich bin mir sicher, dass du nicht gedacht hast.«

Hastig griff sie nach ihrem Kommunikator, der eine Textnachricht von Cedrik anzeigte. *Hoffe, die Nacht mit Nova war hilfreich gegen deinen Stress. Bin schon aufgebrochen. Nachforschungen. Viel Erfolg bei der Kolonialregierung. Ardyn ist vorbereitet. Ich liebe dich.* Ein Lächeln huschte über Selenas Gesicht, als sie ihre Antwort absendete.

Cedrik schenkte dem Vibrieren des Kommunikators keine Beachtung. Er marschierte mit festem Schritt zielstrebig und entschlossen durch den nicht minder breiten wie hohen Korridor des

Kolonialregierungsarchivs. Hinter ihm folgte Liana mit gebührendem Abstand und schwer atmend.

»Was hast du vor?«, keuchte sie Cedrik hinterher. »Stichst du wieder alle ab, so wie du es mit Mio gemacht hast?« Sie schüttelte den Kopf. »Wieso frage ich überhaupt?«

Ohne Vorwarnung blieb er stehen und machte auf dem Absatz kehrt, seine Stimme fest, seine Miene finster. »Nein«, raunte er vorwurfsvoll. »Natürlich nicht!«

Liana näherte sich ihm mit vorsichtigen Schritten. »Ach, und was ist dann dein glorreicher Plan?«

»Glaubst du, es ist angenehm für mich, einem Menschen das Leben zu nehmen?« Cedrik schüttelte den Kopf.

»Und wieso hast du es dann getan?«

Sein Blick durchbohrte sie. »Weil es manchmal notwendig ist. Für das große Ganze«, antwortete er schulterzuckend. »Aber bitte … was würdest du denn vorschlagen? Dich weinend auf den Boden werfen und dabei aus dem Fenster starren?«

Lianas Blick sank auf Cedriks Schuhe.

»Vergiss es«, sagt er. »Vielleicht wäre Ardyns Idee, dich auf dem Schiff zu lassen, doch die bessere Lösung gewesen.«

»Aber … glaubst du das etwa auch?«, fragte sie mit zitternder Stimme.

»Sagen wir es einfach mal so.« Seine Augen verengten sich und seine Lippen glichen einem Strich. »Du bist hier, weil ich herausfinden will, ob in Alinas Tochter mehr steckt als eine naive Rebellin, die sich mit der falschen Frau eine Kissenschlacht geliefert hat. Mehr als ein dummes Mädchen, das, anstatt die Konsequenzen zu tragen, heult, sich …« Seine flache Hand zeigte von ihren Schuhen zu ihrem Kopf und wieder zurück, bevor er seine Miene angewidert verzog. »… verunstaltet und schlussendlich einer Olive beim Ertrinken im Martini zusieht.«

Lianas Hand ballte sich langsam zu einer Faust, ihr Blick wanderte nach oben, von Cedriks Anzugshosen zu seinem Gesicht. »Und wenn nicht?«

»Dann bist du schneller wieder bei deiner Mutter, als du Mio sagen kannst. Und du weißt genau, wie Alina Corsis mit Leuten umgeht, die nicht in ihr Weltbild passen. Erinnere dich daran, wie einschneidend ihr Zusammentreffen mit Karabo war.«

Lianas Stimme war kräftig, ihre Fäuste so fest, dass das Weiß ihrer Knöchel hervortrat. »Niemals wür…«

»Glaubst du, deine Mutter wird dich anders begrüßen als ihn?«, unterbrach Cedrik sie, seine Augenbrauen hochgezogen, den Kopf leicht nach vorne geneigt. Ohne eine Antwort abzuwarten, marschierte er weiter.

Liana atmete so tief durch, dass das Geräusch durch den langen Korridor schallte. »Wo gehen wir überhaupt hin?«, fragte sie und versuchte wieder verzweifelt, ihm zu folgen.

»Wir besuchen einen alten Freund.«

»Einen alten Freund?«

»Ja.« Cedriks Hand spielte mit dem Gegenstand in seiner Jacketttasche. »Jemand, der noch eine Rechnung bei mir offen hat … und heute kann er bezahlen.«

Derweil betrat Kallan Dresk das spärlich eingerichtete Büro des Planetengouverneurs Artjom Petrow im Regierungsgebäude auf Enceladus. Keine pompösen Sessel, keine Wand voller Monitore oder Panoramafenster, die die Unendlichkeit des Weltalls umrahmten, nur ein schlichter Besprechungstisch mit vier nackten Beinen, der in einen ebenso anspruchslosen Schreibtisch voller Papiere mündete. Fünf fast antik wirkende Metallstühle, mit blauem Stoff bezogen, umringten den Tisch. Ein klassischer, farblich abgestimmter Schreibtischstuhl mit drei Rollen stand hinter dem Arbeitsplatz.

Petrow selbst, der auf eben diesem Stuhl saß, fügte sich in die Komposition ein, als wäre er ein integraler Bestandteil des Inventars. Er war ein Mann Ende der Sechziger, mittelkurz geschnittenes, altersgraues Haar, gleichfarbiger Oberlippenbart, sein Gesicht kantig und faltig, sein dunkelbrauner Anzug glatt gebügelt.

»Oppositionsführer Dresk, bitte, setzen Sie sich.« Er zeigte mit der flachen Hand auf einen der Stühle und wartete geduldig, bis sein Gast Platz genommen hatte. »Was verschafft mir die zweifelhafte Ehre Ihres Besuchs?«

Kallan nickte, ein Lächeln auf seinen Lippen. »Planetengouverneur Petrow«, sagte er schulterzuckend, »die aktuellen Umstände haben mir praktisch keine Wahl gelassen.«

»Auf was beziehen Sie sich denn genau, Herr Oppositionsführer?«

»Zuerst das Embargo der Vizepräsidentin. Dann das Vorgehen des Präsidenten auf dem Mars.« Er lehnte sich nach vorne. »Planetengouverneur Petrow, wir müssen etwas unternehmen. Diese Regierung droht, unsere geliebte Solare Union aus den Angeln zu reißen.«

»Und was hat das Ganze mit mir zu tun?«, fragte Petrow schulterzuckend.

»Mit Ihnen?« Kallan seufzte leise. »Ich weiß, dass wir politisch nicht immer einer Meinung sind, aber …«

»Selten.«

Er atmete tief durch. »Ja, wahrscheinlich haben Sie damit recht. Nichtsdestotrotz bin ich mir sicher, dass Sie ein überzeugter Demokrat sind und an unsere Verfassung glauben oder irre ich mich damit?«

»Ist das der Grund, weshalb Sie hier sind? Um zu schauen, wie es uns mit dem Präsidenten Marek und seinen Entscheidungen geht?«

Kallan nickte mit einem warmen, einladenden Gesichtsausdruck, als würde er den Vater seiner Freundin fragen, ob er um ihre Hand anhalten dürfte.

Ein kehliges Lachen entwich Artjom, seine Stirn in Falten gelegt. »Sie würden sich also als …« Er wedelte mit der Rechten. »… als Katastrophentourist bezeichnen?« Er hielt kurz inne. »Dann sind Sie falsch abgebogen. Weder bin ich Ihre sozialistische Partei… Wie sagen Sie? Ah ja, Parteigenossin Silvia Thier, noch sind Sie hier auf dem Mars.«

Das Lächeln in Kallans Gesicht wurde breiter. »Weit gefehlt, Herr Planetengouverneur, war es doch einzig und allein der Plan der Opposition, Katastrophen zu verhindern.«

»Sie verhindern noch keinen Sturm in einem Wasserglas«, entgegnete Artjom, seine Stimme entschlossener, als es zu erwarten gewesen wäre. »Ich bin mir sicher, wenn hier jemand eine größere Agenda verfolgt, dann sind das der Präsident und mein Parteifreund Tiberius Kael.«

»Eine größere Agenda?« Kallan schüttelte den Kopf. »Das glaube Sie doch selbst nicht, Planetengouverneur Petrow. Oder versuchen Sie sich damit zu erklären, warum Sie einer so drakonischen Maßnahme zugestimmt haben wie einem Embargo gegen eine der Kolonien, in denen die Conservativae seit knapp fünfzehn Jahren die besten Wahlergebnisse erzielen konnten und genauso lange den Gouverneur stellen?«

Artjom zog eine Augenbraue hoch. »Was wollen Sie damit andeuten?«

Kallan tippte langsam mit den Fingernägeln auf den Tisch, sein Blick schweifte durch den Raum. »Vielleicht einfach, dass Ihre Parteifreunde der Vizepräsidentin auf den Leim gegangen sind?«

»Die Vizepräsidentin.« Artjom verdrehte die Augen, bevor er seine Hand laut lachend auf seinen Oberschenkel schlug, als hätte er einen alten Kalauer erzählt bekommen. »Selena Veyra ist überheblich und arrogant. Und ihre Ansichten? Untragbar. Es gibt nicht eine Bürgerin oder einen Bürger auf diesem Mond, der sie wirklich für voll nimmt … und das mit Recht!« Er atmete tief durch. »Bei uns sind Menschen aufgrund dieser wahnwitzigen Gleichheitsnacht gestorben. Ein Festival, das die gleichen Werte vertreten hat, wie ihre Partei es noch heute tut. Bei uns schuften die Menschen täglich sechzehn Stunden. Und warum? Wegen der Politik, die sie verfolgt! Aber wir werden ihr beibringen, was es heißt, wenn man nach Enceladus kommt. Ich werde ihr ordentlich den Marsch blasen, seien Sie versichert!« Mit einem lauten Knall, der so plötzlich kam, dass Kallan kurz zusammenzuckte, hämmerte Artjom seine Faust auf den Tisch. »Die Art Politik, die Selena Veyra verfolgt, hat lange genug überlebt. Sie hätte mit der Gleichheitsnacht sterben sollen.« Seine Augen verengten sich, das Lächeln auf seinem Gesicht wurde breiter. »Oder ist der große Oppositionsführer Kallan Dresk etwa zu mir gekommen, um mich vor ihr zu warnen?«

»Ich habe das Gefühl, Sie sind perfekt auf den Besuch dieser Frau vorbereitet. Aber vergessen Sie nicht.« Er strich mit der flachen Hand über den Tisch, als wollte er Staub wegwischen. »Man sagt, die größten Überraschungen kommen in den schönsten Verpackungen.«

»Das vergesse ich nicht.« Artjom schüttelte kurz und energisch den Kopf. »Da können Sie sich sicher sein. Und für den Fall, dass ich mich irre, ist es nicht Ihr Problem, sondern meines.«

»Wo Sie es gerade ansprechen, Planetengouverneur Petrow.« Kallan massierte sanft seine linke Schläfe mit dem Zeigefinger und blickte leicht an seinem Gesprächspartner vorbei. »Ich bin davon überzeugt, dass nicht nur Selena Veyra unser gemeinsames Problem ist, sondern dass wir auch bei … anderen Angelegenheiten gemeinsame Lösungen finden könnten.«

»Gemeinsame Lösungen? Mit dem Fraktionsvorsitzenden der Solidaritas?« Artjom schüttelte ungläubig den Kopf, bevor ein weiteres, noch trockeneres Lachen seiner Kehle entwich. »Mein Instinkt sagt mir, dass eine Lösung mit Ihnen nur einem von uns zugutekommen wird … und derjenige werde nicht ich sein.«

Ein Lachen huschte über Kallans Gesicht, während er sich zurücklehnte. »Das mögen unerfahrene Politiker denken, aber ich würde Sie nicht zu dieser Gruppe zählen, Planetengouverneur Petrow.«

»Und es ist meine Erfahrung, Fraktionsvorsitzender Dresk, die mir sagt, dass Sie es sind, der hier ein wenig Hilfe braucht.« Artjom erhob sich und zeigte mit einer deutlichen Handbewegung auf die Tür. »Hilfe, den Ausgang aus meinem Büro zu finden. Mit aller gebotenen Höflichkeit, ich danke Ihnen für diesen Besuch.«

Kallan erhob sich langsam, nickend, seine Stimme freundlich. »Ich hatte Sie, einen Mann, der schon so viele Jahre in Regierungsverantwortung ist, als weitaus pragmatischer eingeschätzt, Planetengouverneur Petrow.« Er deutete eine Verbeugung an. »Sollten Sie Ihre Meinung noch einmal ändern und zumindest besprechen wollen, auf welche Angelegenheiten ich mich bezogen habe, kontaktieren Sie mich jederzeit. Ich werde noch einige Zeit auf dem Titan Geschäften nachgehen.« Ein verbindliches Lächeln huschte über sein Gesicht. »Auf Wiedersehen.«

Artjom winkte ihm mit einer ausladenden Geste und einer spöttischen Miene hinterher. »Ich hoffe, Ihre Reise lohnt sich mehr als dieser Besuch.« Er hielt für den Bruchteil einer Sekunde inne. »Aber na ja, die Opposition hat ja viel Zeit für Ausflüge, die trägt ja keine Verantwortung.«

In dem Moment, als Kallan, ohne auf die Provokation einzugehen, das Büro des Planetengouverneurs verließ, stand Liana in einem Korridor des Planetenarchivs von Enceladus neben Cedrik, der an eine Tür klopfte. Nach wenigen Sekunden öffnete sich die Tür mit einem leisen Zischen und gab den Blick auf einen Mann mit kurzem, schwarzem Haar frei. Sein Gesicht, das von einigen tiefen Falten durchzogen war, zierte ein dunkler Dreitagebart.

Eine rote Beamtenuniform bedeckte seine massige Gestalt, deren Ursprung weniger hartes Training im Fitnessstudio war als vielmehr grenzenlose Ausdauer am Schlemmerbuffet des bekannten enceladischen Schnellimbiss. Cedriks Blick wanderte vom Zuckerguss auf den grauen Hosen des Mannes, die an sein letztes Opfer erinnerten, kopfschüttelnd zurück zu seinen Augen.

»Hallo, Yalin«, seufzte er.

»Herr Veyra.« Der Mund des Mannes klappte leicht auf und er blinzelte mehrmals, bevor er fragte: »Was wollen Sie denn hier?«

»Ach, ich war gerade in der Gegend«, entgegnete Cedrik spöttisch, »und wollte mit dir über die Ergebnisse des letzten Spieltags der Ersten Solarliga sprechen.«

Yalins Schultern verloren die übrig gebliebene Anspannung. »Sie wissen doch, dass ich kein Fußball schaue.«

»Ach?« Cedrik schüttelte den Kopf. »Dann bin ich ja vielleicht aus einem anderen Grund hier.« Er hielt kurz inne. »Du erinnerst dich noch, als du zu mir kamst und meine Hilfe gebraucht hast? Damals, als du …«

Yalins Augen weiteten sich und er presste den Zeigefinger auf die Lippen. »Psst.« Sein Blick sprang durch den Korridor. »Das muss doch nicht jeder wissen.«

»Dann«, entgegnete Cedrik mit einem breiten Grinsen, »würde ich vorschlagen, dass du uns hineinbittest.«

»Hm.« Yalin grummelte unverständlich vor sich hin, bevor er in Lianas Richtung nickte und mit galliger Stimme fragte: »Wer ist sie?«

»Meine …«

»Ich bin Liana«, unterbrach sie Cedrik.

Yalin musterte die junge Frau einige Sekunden lang, bevor er leise seufzte. »Muss sie dabei sein?«

»Ja«, entgegnete Cedrik sofort.

Während über Lianas Gesicht ein zufriedenes Grinsen huschte, atmete Yalin tief durch. Kopfschüttelnd trat er zur Seite und gab den Weg in den Raum frei. »Nun gut, dann kommen Sie rein.«

Cedrik streckte seine Hand aus. Nach einem kurzen Zögern folgte Liana der Aufforderung und betrat das schlichte Büro, das von glatten Oberflächen dominiert wurde, die im kalten Licht weiß schimmerten. In der Mitte befand sich ein schlanker Schreibtisch, auf dem zwei gebogene Monitore standen. Ein einzelner ergonomischer Stuhl diente als vollständiges Sitzmobiliar im gesamten Raum. An den Wänden waren kompakte Servereinheiten angebracht, deren Lichter in allen Farben des Regenbogens leuchteten. Cedrik lehnte sich rücklings an den Arbeitsplatz und verschränkte die Arme vor der Brust, während Liana einige Schritte entfernt stehen blieb.

Nachdem Yalin sich mit einem leisen Seufzen auf den Stuhl fallen gelassen hatte, fragte er mit ernster Miene: »Wobei darf ich Ihnen helfen, Herr Veyra?«

»Es geht darum«, sagte Cedrik und kramte den Datenchip, den er aus dem Mann auf Solaris Prime geborgen hatte, aus seiner Jacketttasche. Er legte den Chip in Yalins ausgestreckte Hand.

»Was ist damit?«, fragte der Mann, während er den funkelnden Gegenstand in seiner Rechten musterte.

Cedrik zuckte mit den Schultern. »Ich kann nicht auf die Daten zugreifen.«

»Woher kommt er denn?«

»Habe ich damals Fragen gestellt, woher diese Gehirn-Computer-Schnittstelle kam, die du verwendet hast, um diese Prostituierte kybernetisch zu … verbessern?«

Yalin wurde schlagartig kreidebleich. »Nein, Herr Veyra, haben Sie nicht.«

»Siehst du. Und so solltest du heute auch nicht fragen, sondern anfangen, mir zu helfen.«

Er nickte kurz, schob den Datenchip in eine Buchse an seinem Monitor und tippte wild auf der Eingabekonsole herum. Cedrik stieß sich derweil vom Schreibtisch ab und baute sich mit seiner ganzen körperlichen Präsenz hinter Yalin auf. Ohne eine Miene zu verziehen, beobachtete er die Arbeit des Mannes, fast wie ein Schachspieler, der den nächsten Zug analysiert.

»Was hat er der Frau denn angetan?«, fragte Liana leise, nachdem sie zu Cedrik getreten war.

»Er hat …«

»Das war nicht irgendeine Frau«, unterbrach Yalin ihn.

Cedrik hob eine Augenbraue. »Hast du den Chip schon entschlüsselt?«

Der Mann schüttelte wortlos den Kopf.

»Dann«, entgegnete er und legte ihm die Hand auf die Schulter, »solltest du dich lieber auf deine Arbeit konzentrieren und mir das Reden überlassen. Wie im Prozess damals.« Cedrik wartete Yalins Nicken ab, bevor er fortfuhr: »Die Frau war seine Schwester.«

»Seine Schwester?«, platzte es aus Liana heraus.

»Ja.«

»Und was hat dieses«, sie rümpfte die Nase, »Monster mit ihr angestellt?«

»Er hat über die Gehirn-Computer-Schnittstelle ihre Emotionen verändert.«

Liana schüttelte energisch den Kopf. »Und du hast ihn rausgehauen?« Sie verschränkte die Arme vor der Brust »Einen Zuhälter, der seine eigene Schwester gefügiger macht, damit sie ihm mehr Geld bringt?«

Mit einer schnellen Bewegung wandte Yalin sich um und schoss so plötzlich aus seinem Stuhl empor, dass Cedriks Hand von seiner Schulter rutschte. »Du weißt gar nichts! Meine …«

»Am besten sprechen Sie nicht wieder von ihr!«, schrie Liana ihm entgegen. »Sie sind der letzte Abschaum!«

Cedrik hob die Hände. »Wir sollten uns alle beruhigen.« Er wandte sich ihr zu. »Vielleicht wartest du am besten vor der Tür, was meinst du?«

Während Yalin zurück in den Stuhl sank, drehte sich Liana um, marschierte in Richtung Tür und feixte: »Nichts lieber als das.«

»Hast du den Chip geknackt?«, erkundigte sich Cedrik trocken.

Yalin schüttelte mit schmerzverzerrtem Gesicht den Kopf. »Ich konnte nur die Signatur entschlüsseln.«

»Und?«

»Sie verweist auf die Aufzeichnungen, die wir zu dieser Enceladus-Katastrophe hier im Archiv haben. Vielleicht schauen Sie sich die einmal an.«

Cedrik nickte anerkennend. »Ich danke dir.« Er drehte sich um, hielt jedoch für einen Moment inne. »Und Yalin?«

»Ja?«

»Ich werde ihr sagen, was du für deine Schwester getan hast. Dass du ihr die Angst, den Ekel, die Scham genommen hast, damit ihre Arbeit für sie erträglicher wurde.«

Während Cedrik mit einer sorgenvollen Miene und einem unüberhörbaren Seufzer Yalins Büro verließ, betrat Ardyn, dicht gefolgt von Nova und Selena, das Büro von Artjom Petrow.

Der Planetengouverneur erhob sich von seinem Schreibtischstuhl. »Frau Vizepräsidentin Veyra, Herr Fraktionsvorsitzender Teshar und …« Seine Augen musterten die Dritte im Bunde. Langsam leckte er sich mit seiner vor Speichel triefenden Zunge über die Oberlippe. »Ja, wer ist denn diese junge Schönheit?«

»Planetengouverneur Petrow, ich freue mich, dass Sie die Zeit gefunden haben, uns zu begrüßen«, entgegnete Ardyn und streckte ihm seine Rechte entgegen.

Artjom wich der Hand mit einem schnellen Schritt nach links aus, trat hinter seinem Schreibtisch hervor und hielt unvermittelt auf Nova zu. Die junge Frau rollte mit den Augen und holte Luft. Noch bevor sie protestieren konnte, erhob Selena ihre Stimme genauso herzlich wie bestimmt.

»Mir war gar nicht bewusst, dass Sie noch jung genug sind, um sich für Schönheit zu interessieren.«

Über Novas Gesicht huschte ein Lächeln, während sie zur Vizepräsidentin schielte. Petrows Augen verengten sich, und ohne seinen Blick von Selenas Schützling zu nehmen, erwiderte er: »Ich wusste gar nicht, dass ich mit Ihnen gesprochen habe. Ist es so schwer für Sie, zu ertragen, wenn Sie nicht der Mittelpunkt eines Moments sind, Frau Vizepräsidentin?«

»Sie …«

»Vielleicht haben Sie es noch nicht bemerkt«, unterbrach Petrow Selena mit fester Stimme, während er sich zu ihr drehte, »aber hier auf Enceladus brauchen Sie gar nicht erst mit Ihrem Gewäsch zu kommen.« Verfolgt von Ardyns Blick schritt er langsam zurück zu seinem Schreibtischstuhl. »Ich bin nicht Tiberius Kael oder Julius Marek. Mir können Sie mit Ihren Ideologien gestohlen bleiben.« Er ließ sich auf seinen Stuhl fallen. »Sie sind nur eine weitere Fremde, die meint, Enceladus belehren zu müssen. Aber seien Sie sich über eins im Klaren: Ihre Politik ist von gestern.«

»Dann war unsere Politik wohl eine Klassenkameradin von Ihnen.« Nova hatte dieses freche Lächeln aufgesetzt, das sie zuletzt auf dem Präsidentenball im Gespräch mit Tiberius Kael gezeigt hatte.

Selena warf ihr einen bösen Blick zu, während Ardyn seinen langen Bart kämmte, um dann seine Stimme zu erheben, bedacht und freundlich: »Planetengouverneur Petrow, ich glaube, wir hatten einen ganz schlechten Start. Vielleicht versuchen wir es noch einmal.«

»Das«, sagte Petrow nickend, »ist eine sehr gute Idee.« Er zeigte mit der flachen Hand in Richtung der Tür. »Was halten die Herrschaften davon, wenn Sie noch einmal durch diese Tür gehen – aber gar nicht erst zurückkommen?«

Selena seufzte leise. »Planetengouverneur Petrow, so kommen wir doch alle nicht weiter. Wir …«

»Nicht weiter? Ist das …«

»Meine Güte!«, schrie die Vizepräsidentin. »Jetzt lassen Sie mich doch wenigstens einmal ausreden. Zumindest das sollte doch in einem politischen Diskurs möglich sein. Wir …«

Das ohrenbetäubende Knallen der auf dem Schreibtisch aufschlagenden Faust schluckte ihre Worte und ließ Nova zusammenzucken. Ardyn schüttelte den Kopf, sein Rücken durchgedrückt wie bei einem Türsteher.

Petrow erhob sich erneut, seine Augen verengt, sein Gesicht rot angelaufen, seine Stimme lauter als Selenas Geschrei. »Wenn in diesem Büro jemand schreit, dann bin noch immer ich das! Was glauben Sie eigentlich, wer Sie sind?« Die Lautstärke seiner Worte flachte ab. »Sie waren es, die im gesamten Wahlkampf Stimmung gegen die KI-Arbeitskräfte gemacht hat. Sie waren es, die im gesamten Wahlkampf dieses queere Gesindel verteidigt hat, das für den Tod unzähliger unserer Bürger verantwortlich ist. Enceladus hat den 10. Oktober 2246 nicht vergessen. Ich habe ihn nicht vergessen.«

Selena schüttelt den Kopf, ein vorwurfsvolles Lächeln im Gesicht. »Planetengouverneur Petrow, ich bin hier, weil ich das Gespräch suche.«

»Sie werden es aber in meinem Büro nicht finden – also scheren Sie sich zum Teufel. Raus hier!«

Ardyn seufzte. »Frau Vizepräsidentin, ich denke, der Planetengouverneur Petrow hat seinen Standpunkt deutlich gemacht.« Er zuckte mit den Achseln. »Es ist besser, wenn wir jetzt gehen.«

Während Nova Ardyns Worte mit einem Nicken bestätigte und die drei das Büro verließen, erstreckte sich vor Cedrik und Liana der große Empfang des Regierungsarchivs von Enceladus, eine Kombination aus fortschrittlichen Baustoffen, Energiebändern und klassischen, hohen Säulen. Die Architektur des Archivs schien bewusst eine Brücke zwischen Vergangenheit und Zukunft zu schlagen. Sanftes Licht durchflutete den Raum, regelmäßig gefüllt mit den leuchtenden Schnittstellen von Datenarchiven. In der Mitte des Empfangsbereichs befand sich ein stilvoller, hochmoderner Tresen mit holografischen Displays, die schwebende Daten und interaktive Elemente zeigen.

Hinter der Theke saß eine Mittvierzigerin mit ellenlangen, feuerroten Haaren, die ordentlich hochgesteckt waren. Ihr Gesicht war makellos, das Rouge auf ihren Wangen dezent und die Lippen formvollendet betont. Ihre braunen Augen mit den langen, schwarzen Wimpern wurden von einer rahmenlosen Brille eingefasst. Die ebenholzweiße Haut ihres Halses mündete in einer schlichten, grauen Bluse, über der sie einen nostalgischen Cardigan trug. Sie warf Cedrik einem kalten, aber keinesfalls frostigen Blick zu.

»Willkommen im Regierungsarchiv von Enceladus.« Ihre Augen wanderten zu Liana, von ihren Boots über die Jeans und das Top bis hin zu dem wütenden Ausdruck in ihrem geröteten Gesicht mit den schwarzen Lippen und den kurzen Stoppeln auf dem Kopf. Die Archivarin zog die Nase hoch, ihre Gesichtszüge erfüllt von einer Mischung aus Mitleid und Unverständnis, ihre Stimme mit diesem Unterton, als würde sie Liana lieber verabschieden, anstatt sie zu begrüßen. »Wie kann ich Ihnen helfen?«

»Ich grüße Sie, Frau …« Cedrik kniff die Augen zusammen und lehnte sich leicht über die Theke. Sein Blick fixierte das goldene Schild auf ihrer Brust, auf dem ihr Name stand, während sein Mund vergebens versuchte, die Worte zu formulieren.

Die Augen der Archivarin rissen sich von der jungen Frau los und wanderten zurück zu Cedrik. »Frau Choi, Puma Choi.«

»Frau Choi«, sagte er nickend, »ich würde gerne gemeinsam mit meiner«, er schielte zu Liana, ohne den Kopf zu drehen, »meiner Assistentin einen Blick in die Akten zum Vorfall am 10. Oktober 2246 hier auf Enceladus werfen.«

»Einen Moment, bitte, ich schaue, was ich dazu finde«, entgegnete Frau Choi. Mit einigen eleganten Bewegungen tippte sie auf das Eingabefeld vor sich, die wechselnden blauen Anzeigen spiegelten sich schimmernd in ihren Augen. »Ah, richtig, das habe ich mir gedacht.«

»Was haben Sie sich gedacht?«, erkundigte Cedrik sich.

»Dieser Datensatz, er ist offensichtlich sehr beliebt. Sie sind der Dritte, der innerhalb von zwei Wochen danach fragt.«

»Ach?«

Die Archivarin hob kurz den Kopf und nickte, bevor sie erneut auf das Eingabefeld tippte. Ein leiser Klingelton erfüllte die Thekenanlage. Sie griff nach einem kleinen Datenchip, wandte sich Cedrik wieder zu und streckte ihren Arm zu ihm aus. »Gehen Sie in Raum 721-56 am anderen Ende des Korridors, aus dem sie gekommen sind. Dort ist ein Terminal, mit dem Sie den Chip auslesen können. Und«, ihre Miene wurde ernster, ihre Worte mehr ein Flüstern, »seien Sie vorsichtig.« Dann ließ sie das Speichergerät ohne ein weiteres Wort in seine geöffnete Hand gleiten.

Cedrik nickte. »Vielen Dank, Frau Choi.«

Genau in diesem Moment, in dem er sich gefolgt von Liana zu Raum 721-56 aufmachte, näherten sich zehn Sicherheitskräfte der Solaren Union mit schnellem Schritt einem Transporter, der neben dem Staatsschiff der Vizepräsidentin auf Enceladus gelandet war. Der mattgraue Rumpf des stromlinienförmigen Schiffs hatte eine sanfte Wölbung, eine leicht abgeflachte Unterseite wurde regelmäßig von größeren, dunkel getönten Panoramafenstern unterbrochen. Am Heck waren vier Triebwerke angebracht, an den Seiten fanden sich einige kleinere Flügelstrukturen und aerodynamische Stabilisatoren. Der Transporter hielt mit den ausgefahrenen Landestützen, von denen weißer Dampf aufstieg, Kontakt mit dem Boden des Passagierhangars.

Die große Unterwasserhalle, die tief unter der zerklüfteten Eisdecke eingebettet lag, wurde von metallenen Trägerstrukturen gehalten, die sich wie die Rippen eines riesigen Organismus quer durch das Gebäude spannten. Die massiven, teils wegen der Mischung aus Luftfeuchtigkeit und Kälte mit Eis überzogenen Pfeiler verankerten die Konstruktion im Boden und an den Wänden.

Das Fundament des Hangars war nicht flach, sondern terrassenförmig angelegt. Die verschiedenen Ebenen waren durch Rampen und Röhren miteinander verbunden. Einzelne Kontrollstationen flackerten in sanftem Türkis.

Als sich die Soldaten in ihren eukalyptusgrünen Uniformen und den grauen Gefechtshelmen der Plattform des Schiffs genähert hatten, fuhr die Rampe an dessen Unterseite mit einem lauten Zischen herab und schlug dumpf auf dem Hangarboden auf. Der dichte Rauch verhinderte einen Blick ins Innere.

»Waffen anlegen«, befahl der Offizier seiner Truppe, die sich gleichmäßig um die Rampe verteilte.

Sofort hoben die Sicherheitskräfte ihre halbautomatischen Schusswaffen.

Er wandte sich der umstellten Öffnung zu. »Transporter-Crew, Sie haben für Ihren Flug nach Enceladus keinen Flugplan eingereicht. Für diesen Mond bestehen zum aktuellen Zeitpunkt Handelsbeschränkungen. Kommen Sie aus dem Schiff und machen Sie sich für eine Kontrolle bereit.«

Der Rauch verzog sich allmählich und eine Frau spazierte die Rampe hinab. Ein Lächeln umspielte ihre Lippen, ihre Stimme genauso herzlich wie bestimmt. »Bitte entschuldigen Sie das Missverständnis. Gerne können Sie das Schiff einer Kontrolle unterziehen, wir haben keine Waren an Board.«

»Wer sind Sie? Identifizieren Sie sich!«, fragte der Offizier mit ernster Miene und noch ernsterer Stimme.

»Alina Corsis, Inhaberin und Geschäftsführerin der Solaren Handelsgesellschaft für Wasser.«

Einer der Soldaten flüsterte einem anderen etwas zu – zu leise, um es zu verstehen. Ein weiterer hob seine Augenbrauen, ein vierter kratzte sich mit der freien Hand an der Schläfe.

Der Offizier nickte, seine Gesichtszüge unverändert steif. »Wie viele Menschen außer Ihnen sind an Bord dieses Schiffs?«

»Der Pilot, der Co-Pilot …« Alina zählte mit den Fingern. »Insgesamt dürften es zehn Personen sein, vielleicht zwölf.«

»Was führt Sie nach Enceladus?«

Sie trat näher an den Mann heran. »Mein Unternehmen ist von dem Embargo hart getroffen worden. Ich bin hier, um mir ein Bild der Lage zu machen.« Sie ließ ihren Blick über die Soldaten schweifen. »Und um herauszufinden, ob ich den Menschen oder ihren Familien in irgendeiner Art und Weise in dieser schwierigen Situation helfen kann.«

Eine der Sicherheitskräfte schüttelte den Kopf, während sie die Waffe senkte.

Der Offizier nickte, seine Stimme weicher. »Nun gut, wir werden das Schiff kontrollieren. Nachdem Sie sich ausgewiesen haben, können Sie sich frei auf Enceladus bewegen.« Er drehte sich zu dem Soldaten um, der die Waffe gesenkt hatte. »Chan, führ eine

Personenkontrolle bei der Frau durch.« Dann wandte er sich in Richtung der Rampe. »Die anderen: Mitkommen zur Kontrolle.«

Während die restlichen Männer geordnet hinter ihrem Offizier her in das Innere des Schiffs marschierten, trat Alina mit einem gewinnenden Lächeln zu Chan und zog ihren Identifikationschip aus der Tasche.

»Bitte sehr«, sagte sie, als er seine Waffe geschultert hatte.

Der Soldat nickte und schob den Chip in sein Lesegerät, das er von seinem Gürtel gelöst hatte und mit der anderen Hand bediente. »Vielen Dank, Frau Corsis.« Das Gerät gab einige Piepslaute von sich, bevor er es in ihre Richtung hielt. »Ich muss Ihr Gesicht scannen.«

»Gerne.«

Alina drehte sich zu ihm. Ein weiteres Piepsen, und der blaue Lichtstrahl wanderte von ihrer Stirn über ihre Nase zu ihrem Kinn und zurück. Wieder Piepsgeräusche.

Chan schaute auf die Anzeige. »Alles in Ordnung. Willkommen auf Enceladus, Frau Corsis«, bestätigte er und gab ihr den Identifikationschip zurück.

Alina nickte zufrieden. »Vielen Dank.« Doch bevor sie einen Schritt von Chan wegtreten konnte, griff er mit der freien Hand beherzt nach ihrem Arm. »Entschuldigen Sie bitte?«, fragte sie mit einer Schärfe, die ein zähes Stück Fleisch hätte schneiden können.

Chan schaute ihr tief in die Augen. Seine Stimme zitterte. »Frau Corsis, wenn Sie nach den Menschen schauen wollen, kommen Sie in die kleine Eckkneipe neben dem Hangar.« Seine Waffe rutschte ihm beinah von der Schulter, was er mit einer ungelenken Bewegung zu verhindern versuchte. »Dort finden Sie die Leute, denen es wirklich schlecht geht wegen dieses gottverdammten Embargos.«

Alinas Augen leuchteten fast unmerklich auf, ihre Lippen formten ein Lächeln, ihre Stimme war weich. »Die kleine Eckkneipe neben dem Hangar also?«

Er nickte, sein Griff lockerte sich langsam.

»Das werde ich mir merken«, sagte sie nickend und befreite sich von seinem Arm, um mit schweren Schritten in Richtung des Ausgangs zu marschieren, verfolgt von Chans schwermütigem Blick.

Die Lounge

»Das war wohl ein Schuss in den Ofen«, seufzte die Vizepräsidentin, als die drei den Fußgängerkorridor betraten, der das Regierungsgebäude mit dem Hangar verband. Der lange Tunnel, der sich viele Meter tief unter der zerklüfteten Eisoberfläche von Enceladus erstreckte, war ein massives Bauwerk. Ein gewölbter Korridor aus gebürstetem Stahl und Verbundglas, breit genug, dass sich kleine Fahrzeuge passieren konnten. In regelmäßigen Abständen markierten Streben und Notrufsäulen den Weg. Die zahllosen Kameras, die am Übergang zwischen Wand und Decke angebracht waren, überwachten jeden Winkel des Bauwerks. An den Seiten verliefen jeweils drei Reihen warmweißer Lichtpaneele, die das Innere taghell erleuchteten.

Ardyn nickte, als die Gruppe sich in Richtung des Staatsschiffs aufmachte. Die wenigen Menschen, die über den Korridor marschierten – Sicherheitskräfte, Regierungsmitarbeitende –, passierten sie wortlos.

Novas Miene war, auch nachdem sie das Gebäude bereits einige Meter hinter sich gelassen hatten, voller Abscheu. Mit einem unüberhörbar genervten Unterton sagte sie: »Was für ein unsympathischer alter Sack! Als wäre ich eine Trophäe, die er erobern könnte.«

»Und dabei hat er gar keine Ahnung, wie weit er davon entfernt ist, und das schon seit seiner Geburt«, entgegnete Selena lächelnd.

Ardyn warf ihr einen fragenden Blick zu, doch bevor er seine offensichtlichen Gedanken in Worte fassen konnte, erhob Nova ihre Stimme: »Das heißt, dass wir den restlichen Tag nichts weiter geplant haben?«

»Doch. Später haben wir einen Bürgerdialog in der Gemeinschaftshalle.« Selenas Stimme war fest, ihre Miene hingegen sorgenvoll.

»Und dort«, warf Ardyn ein, »wird es nicht so kontrolliert zugehen wie hier.«

»Wie meinst du das? Wills du etwa behaupten, der Planetengouverneur war kontrolliert?«, fragte Nova.

»Gegen den aufgebrachten Mob in den Straßen von Enceladus? Auf jeden Fall.« Ardyn strich durch seinen Bart. »Die Menschen hier lehnen die Vizepräsidentin schon allein aufgrund einer vagen Ideologie ab. Und jetzt haben wir ihnen mit dem Embargo auch noch einen wirklichen Grund für echten Hass und tief verwurzelte Verzweiflung gegeben.« Er schüttelte den Kopf. »Das hier war ein Kindergeburtstag gegen das, was uns blüht.«

Selena richtete die Strickjacke, die sie über ihrem Kleid trug. »Enceladus, immer eine Reise wert«, spöttelte sie.

»Wir dürfen das auf gar keinen Fall auf die leichte Schulter nehmen«, mahnte Ardyn. »Ich werde die Zeit nutzen, die wir gewonnen haben, um noch einmal gemeinsam mit dem Sicherheitsteam das Konzept für die Veranstaltung zu besprechen. Wir sollten auf alles vorbereitet sein.«

Nova verzog ihr Gesicht, um dann mit den Schultern zu zucken. »So schlimm wird es schon nicht werden.«

»Ich hoffe, dass du recht behältst«, entgegnete Selena mit einem warmen Lächeln. »Aber wir sollten auch meinen Mann informieren. Man kann nie vorsichtig genug sein.«

Ardyn nickte. »Ich werde mich darum kümmern, dass Cedrik uns zu dem Bürgerdialog begleitet.«

Nova verschränkte ihre Arme locker vor ihrer Brust. »Und was machen wir bis dahin? Wollen wir uns vielleicht hier im Regierungsviertel ein wenig unter die Menschen mischen?«

»Das halte ich für keine gute Idee«, gab Ardyn zu bedenken.

Selena zuckte mit den Achseln. »Was soll hier schon passieren? So könnte ich vielleicht einige neue Kontakte knüpfen. Das könnte uns helfen.«

»Ich würde wirklich davon ab…«

»In Ordnung, ich habe den Einwand registriert. Aber ich halte es dennoch für eine gute Idee. Nova und ich werden uns unter die Menschen mischen.«

Ardyn schnaubte und massierte sich die Schläfe. »Nun gut.« Er schüttelte den Kopf. »Aber bitte bleibt auf jeden Fall hier im Regierungsviertel. Alles andere ist viel zu gefährlich ohne Sicherheitsteam.«

Selena nickte knapp.

»Und nehmt bitte eure Kommunikatoren mit – und achtet auf sie. Wenn es irgendein Problem gibt, dann meldet euch sofort bei mir.«

Erneut nickte Selena, diesmal länger. »Keine Sorge, Herr Fraktionsvorsitzender, wir schaffen das. Wir sind große Mädchen.«

Ein Kichern entwich Nova. Ardyn hingegen verzog keine Miene. Nur sein Kiefer mahlte kurz, und sein Blick blieb kühl auf Selena haften.

Mit einer knappen Bewegung machten die Vizepräsidentin und ihr Schützling kehrt.

»Bis später!«, rief Selena ihm zu, ohne sich noch einmal umzudrehen.

Ardyn schaute den beiden Frauen einige Zeit hinterher, bevor er sich ebenfalls in Bewegung setzte. Gerade als er ein paar Schritte gegangen war, fiel sein Blick auf drei Jugendliche, die an einem Mülleimer standen, die Köpfe zusammengesteckt.

Der Junge mit kurzen, roten Haaren drehte sich immer wieder um und observierte den Tunnel in alle Richtungen.

»Jetzt los, macht schon!«, forderte er die anderen beiden auf.

Das Mädchen mit dem blonden Zopf und der Zahnspange zog ein Sturmfeuerzeug aus der Hosentasche und entzündete es mit einer schnellen Bewegung. Die Flamme tanzte, als sie die Zündschnur des Böllers erfasste, den der schwarzhaarige Junge fest mit der Rechten umschloss. Lachend warf er den Feuerwerkskörper in den Mülleimer. Ohne zu zögern, rannten die drei einige Meter weg.

Ein dumpfer Knall hallte durch den Tunnel.

»Kinder«, murmelte Ardyn kopfschüttelnd.

Noch bevor das Echo des Donnerschlags verklungen war, hetzten zwei Soldaten in roten Kampfanzügen auf die Jugendlichen zu. Ein Lächeln huschte über das Gesicht des Fraktionsvorsitzenden, während sein Blick den dreien folgte, wie sie sofort Reißaus nahmen.

Fernab des revolutionären Kampfs gegen Mülltonnen standen Cedrik und Liana auf einem Halbstock in Raum 721-56 des Regierungsarchivs von Enceladus. Es war eine riesige, leere Halle, die eher an ein Monument der industriellen Vergangenheit als an ein gemütliches Wohnzimmer erinnerte. Vor den beiden erhob sich ein Bedienfeld mit unzähligen Tasten und Knöpfen, dahinter ein schlichtes Geländer, das die schwindelerregende Tiefe von sechs Metern zur unteren Ebene abtrennte, in deren Mitte ein gewaltiger Projektor thronte. Ansonsten fand sich nur noch eine Sache in diesem Raum: gähnende Leere.

Mit jedem Ausatmen formte sich eine dünne, milchige Wolke vor ihren Gesichtern, die die wenigen Lichtstrahlen der dunkelblauen Datenströme, die von den Wänden zu ihnen fielen, zu verschlucken drohte.

Liana trat an das Bedienfeld heran, den Datenchip in ihrer Linken. Vorsichtig tastete sie nach dem Einlass. Unter Cedriks wachsamen Augen ließ sie ihren musternden Blick über die Konsole gleiten, nur um sich dann an der Schläfe zu kratzen. Sie drehte sich kurz zu ihm, nur um sich schnell wieder dem Kontrollfeld zuzuwenden und ihr schiefes Lächeln zu verbergen.

Nachdem Cedrik das Treiben einige Zeit beobachtet hatte, fragte er, ohne sein Amüsement zu verstecken: »Soll ich dir vielleicht helfen?«

»Nein, ich kann das alleine«, entgegnete sie schroff.

Cedrik hob seine Augenbraue, während Liana einen weiteren Versuch startete, den Datenchip in dem Slot zu platzieren – oder das Ziel vielmehr zuerst zu finden. Ein leises Seufzen entwich ihr.

»Bist du sicher?«, fragte Cedrik, nicht weniger amüsiert als zuvor.

Liana schnaubte. »Nun gut, dann mach du das.« Mit einem Augenrollen hielt sie ihm den Datenchip hin, als er neben sie trat. Mit festem Griff packte Cedrik zu und drückte mit geschickten Bewegungen einige Knöpfe auf dem Bedienfeld, als würde er sanft die Tasten eines Flügels anschlagen. Mit einem leisen Surren öffnete sich ein kleines Fach an der Seite des Terminals. Während er den Chip hineinlegte, nickte Liana mit einem gequälten Lächeln. Erneut betätigte er einige Tasten, erneut ein leises Surren und der Chip verschwand im Bedienterminal.

»So«, sagte Cedrik, »schauen wir uns das einmal an.«

Ein weiterer Tastendruck, der mit einem leisen Piepsen bestätigt wurde, ein knirschendes Rattern, als der Ring des Projektors anfing, sich zu drehen, weißer Rauch, der aufstieg, und ein hellblaues Hologramm, das die gesamte Halle erleuchtete. Hunderte, Tausende Schriftstücke, Aufzeichnungen, Kameraaufnahmen fanden sich in jeder Ecke des Raumes, verbunden durch dünne Linien, als wären die Daten eine riesige Galaxie aus unzähligen Sternen.

»Wie wollen wir in diesem Chaos irgendetwas finden?«, fragte Liana, ihre Stirn in Falten gelegt.

Cedriks Augen leuchteten, seine Stimme war beinahe enthusiastisch, sein Blick haftete auf dem Hologramm. »Kein Chaos – ein Kaleidoskop aus Zahlen, Daten und Fakten.«

»Was suchen wir denn überhaupt?«

»Das weiß ich nicht genau – noch nicht. Aber wir werden es erkennen, wenn wir es gefunden haben«, entgegnete er.

Liana ließ ihren Blick über die Daten gleiten, kniff angestrengt die Augen zusammen und legte dann den Kopf schief. »Ich kenne mich noch nicht so gut aus wie du und«, sie zog mit einem herausfordernden Lächeln ihre Schultern nach oben, »muss sicher noch viel lernen, aber ist es normal, dass auf den Schriftstücken nur Balken zu sehen sind?«

Mit einem Tastendruck vergrößerte Cedrik eine Datei, um sie einige Sekunden lang zu mustern, bevor er den Kopf schüttelte. »Nein, das ist nicht normal.« Er schnaubte leise und kratzte sich an der Schläfe. »Es wirkt so, als hätte sich jemand größte Mühe gegeben, dass man nichts über diesen 10. Oktober 2246 in Erfahrung bringen kann.«

In dem Moment, als Cedrik ein weiteres Schriftstück vergrößerte, standen Nova und Selena vor der Enceladus-Living, einer über die Grenzen des Mondes bekannten Lounge im Regierungsviertel.

»Die Identifikationschips bitte«, forderte der grimm dreinschauende Mann, ein breitschultriger Türsteher mit grauer Uniform, die beiden Frauen auf und streckte seine Hand in Novas Richtung aus, die der Aufforderung mit einem verbindlichen Lächeln nachkam.

Ohne dass sich seine Miene aufhellte, nickte er, nachdem das Gerät, in das er den Chip gesteckt hatte, kurz piepste. Mit einer ungelenken Bewegung gab er ihn Nova zurück, um seine Hand dann in Selenas Richtung zu strecken, die der Aufforderung ebenfalls nachkam. Der Türsteher nahm den Identifikationschip, steckte ihn in das Gerät – und seine Augen weiteten sich. Sein Blick schnellte von der Anzeige auf Selena, seine Miene eine Mischung aus Abneigung, Hass und Ehrfurcht.

»Sie sind diese Vizepräsidentin – die, wegen der wir kein Wasser mehr exportieren können!«

Selena räusperte sich, ihre Stimme freundlich. »Sie können sich sicher sein, dass mir Enceladus genauso am Herzen liegt wie Ihnen.«

»Das glaube ich kaum.« Er schüttelte energisch den Kopf. »Meine Schwester, seit ihr Mann gestorben ist, muss sie sich alleine um ihre Achtjährige kümmern. Und Ihretwegen hat sie jetzt kein Einkommen mehr!«

»Guter Mann, darf ich Sie nach Ihrem Namen fragen?«, entgegnete Selena, während Nova gelangweilt mit einer ihrer Strähnen spielte.

»Tommy.« Seine Augen verengten sich.

Das Lächeln der Vizepräsidentin wurde verbindlicher. »Also, Tommy, ich kann Ihnen nur sagen, dass mir diese Einzelschicksale sehr leidtun. Aber genau deshalb bin hier auf Enceladus. Ich will wissen, wie ich den Menschen in dieser schwierigen Situation helfen kann. Menschen wie Ihrer Schwester.«

»Ich kann Ihnen sagen, was uns allen am meisten geholfen hätte.« Der Türsteher presste die Lippen aufeinander. »Kein Embargo!«

Selena holte Luft, doch bevor sie antworten konnte, öffnete sich die Tür hinter Tommy und gab den Blick auf eine große, athletische Frau mit langen, weißblonden Haaren frei.

»Gibt es hier ein Problem?«, fragte sie, ihre Augen auf den Türsteher gerichtet, der ohne ein Zögern den Kopf schüttelte.

Ihr Blick wanderte zu Selena, die mit freundlicher Stimme entgegnete: »Ganz im Gegenteil, Tommy und ich haben uns lediglich über diese ausgezeichnete Lounge ausgetauscht.«

Nova nickte zustimmend, allerdings nicht ohne ein schelmisches Grinsen zu zeigen.

Die Frau musterte Selena kurz, bevor sich ihre Miene aufhellte. »Na dann, Frau Vizepräsidentin, würde ich sagen: Kommen Sie zu uns herein und genießen Sie Ihren Aufenthalt in der Enceladus-Living!« Sie wandte sich Tommy zu. »Gib ihr bitte ihren Identifikationschip zurück. Wir sind außerordentlich erfreut, eine so wichtige Vertreterin der Unionsregierung begrüßen zu dürfen.«

»Außerordentlich, in der Tat«, murmelte der Türsteher, als er Selena ihren Chip zurückgab und dann zur Seite trat, um den Weg in das Innere der Lounge freizugeben. »Viel Spaß.« Er verzog das Gesicht zu einer Grimasse. »Frau Vizepräsidentin.«

»Wenn die Damen mir bitte folgen würden«, forderte sie die Frau mit herzlicher Stimme auf.

Selena nickte Tommy freundlich zu, als sie ihn, gefolgt von Nova, passierte und die Lounge betrat. Eine zweite Tür öffnete sich und gab den Blick auf eine Symphonie von unendlichem Reichtum frei. Die Decke war mit getönten Spiegeln abgehängt, die das Bild einer Skyline von dem endlos wirkenden Monitor zurückwarf, der als Wand diente. In der Mitte des runden Raums stand eine ebenso runde Bar mit einer beleuchteten Theke aus schwarzem Granit, umsäumt mit dunkel gepolsterten Barhockern. Vor diesem Arbeitsplatz von fast einem Dutzend Barkeepern waren Sitzbereiche mit geschwungenen Sofas aus bordeauxrotem Leder und dunkelgrauen Sesseln um kleine, exklusive Tische aus weißem Kristall angeordnet, über denen holografische Lampen schwebten, die wie schimmernde Kugeln den gesamten Raum beleuchteten. In dem Bereich der Lounge, der am weitesten von den drei Frauen entfernt war, erhob sich ein niedriges Podest, nur wenige Zentimeter hoch. Darauf stand ein schneeweißer Flügel, an dem ein Pianist auf seinem Hocker saß und mit geschickten Bewegungen die Melodie von *The Sound of Silence* spielte. Die Luft war nicht stickig, roch nicht mechanisch wie in dem breiten Gang vor den beiden Türen, sondern war mit dem süßlichen Duft von Himbeermarmelade durchzogen.

Die Frau deutete auf eine Sitzgruppe, die sich mit einem Vorhang abtrennen ließ. »Setzten Sie sich und fühlen Sie sich wie zu Hause. Einer meiner Mitarbeiter wird sofort zu Ihnen kommen und Ihre Bestellung aufnehmen.«

»Vielen Dank!«, platzte es aus Nova heraus, ihr Grinsen breiter als je zuvor. Selena hingegen nickte lediglich freundlich.

Ohne sich den Damen weiter anzunehmen, kehrte die Frau um und marschierte zu einem ihrer Beschäftigten, der sich nahe der Sitzgruppe aufhielt. Die beiden ließen sich auf den von der Managerin zugewiesenen Plätzen nieder. Nova verschränkte die Arme hinter dem Kopf, während Selena ihre Beine übereinanderschlug. Der Kellner trat zu ihnen und zog den Vorhang zu, um die Frauen vor den Blicken der anderen Gäste abzuschirmen. Die Spannung in Novas Körper wich langsam einer Beruhigung, und über ihre Augen huschte diese stille Gier wie am Abend zuvor.

Durch die Privatsphäre bemerkten die Frauen jedoch nicht, dass genau in dem Moment, als sie ihre Bestellung aufgaben – ein Scotch und ein Lillet Wildberry –, Alina Corsis die Lounge betrat und sich wenige Meter entfernt auf einem der schwarzen Sessel niederließ. Auf dem Tisch vor ihr lag schon das Besteck bereit, eine Gabel, ein Messer und eine rote Serviette.

Der Blick der Managerin fiel auf die Unternehmerin. Ohne zu zögern, trat sie den Weg zu ihr an, ihre Miene herzlich, ihre Stimme überschwänglich. »Frau Corsis, ich freu mich, Sie heute bei uns begrüßen zu dürfen.«

»Aray«, entgegnete Alina mit einem breiten Lächeln, »kein Besuch auf diesem Mond ohne einen Abstecher in die Enceladus-Living.«

In der abgetrennten Sitzgruppe betrachtete Selena derweil den schweren Vorhang, der sie von den anderen Gästen abschirmte, schüttelte den Kopf und seufzte leise. »Das war nicht das, an was ich gedacht hatte, als ich meinte, wir sollten versuchen, Kontakte zu knüpfen.«

Nova lehnte sich nach vorne, ihre Stimme liebevoll. »Aber kann es denn schaden, wenn man ein wenig Zeit für sich beansprucht?«

»Einen solchen Luxus lassen weder das Amt der Vizepräsidentin noch mein Ziel zu. Cedrik …« Sie schüttelte den Kopf. »Er ist so engagiert für die Sache. Für mich. Da kann ich es mir nicht erlauben, mich hängen zu lassen. Eine solche Faulheit würde ich mir niemals verzeihen.«

Ihr Schützling presste ihre Lippen aufeinander und senkte den Blick auf den Boden.

Der Vorhang öffnete sich und der Kellner stellte mit einer eleganten Bewegung die Getränke auf den Tisch. »Bitte sehr, die Damen. Sie sind nun ungestört.« Er zeigte auf ein kleines Display in der Armlehne des Sessels. »Sollten Sie einen weiteren Wunsch verspüren, können Sie mich über unser Kommunikationssystem rufen.«

»Vielen Dank«, entgegnete die Vizepräsidentin, während er das Separee verließ und den Vorhang hinter sich schloss.

Nova griff nach dem süßen Lillet Wildberry und reichte Selena, deren Augen mitfühlend auf ihr ruhten, den herben Scotch. »Auf uns.«

»Auf uns.« Ein trauriges Lächeln huschte über Novas Gesicht, nachdem sie einen großen Schluck getrunken hatte. Sie rückte näher zu Selena, ihre Stimme sanft. »Das ist eine sehr schöne Lounge.«

Die Vizepräsidentin nickte und legte ihre Stirn in Falten. »Auf den ersten Blick, ja – aber ich werde das Gefühl nicht los, wir schwimmen hier in einem Teich voller Piranhas.«

»Ach«, entgegnete Nova und legte vorsichtig ihre Hand auf Selenas Oberschenkel. »Das glaube ich nicht.« Sie kicherte und nickte in Richtung des Vorhangs. »Du hast den Kellner gehört: Hier sind wir ganz für uns. Genau wie heute Morgen.« Ihre Hand wanderte langsam weiter nach oben.

»Was machst du denn da?«, fragte Selena forsch und griff nach Novas Arm.

»Ich dachte, wir könnten vielleicht die Geschichte der letzten beiden Nächte weitererzählen.«

Auf der anderen Seite des Vorhangs erkundigte sich Alina bei der Managerin: »Wie läuft die Lounge, seitdem das Embargo in Kraft getreten ist?«

»Ich muss sagen«, entgegnete Aray mit einem zufriedenen Lächeln, »besser, als ich befürchtet hatte.«

Alina, die gerade nach der Serviette vor sich gegriffen hatte, hielt inne und runzelte die Stirn. »Wie kommt denn das?«

»Seit das Embargo in Kraft getreten ist«, sagte sie mit einem Schulterzucken, »geben sich die Größen der Union förmlich die sprichwörtliche Klinke zu dieser Lounge in die Hand.«

»Wichtigere Menschen als ich?«, fragte Alina lachend und legte die Serviette auf ihre Oberschenkel, die ihr hellblaues Kleid bedeckte.

Aray lachte leise, beugte sich zu ihr vor und flüsterte: »Menschen, die die Macht dem Reichtum vorziehen, Frau Corsis.«

»Und haben diese«, Alina zog eine Augenbraue hoch und deutete auf den Sessel, der ihr gegenüberstand, »Menschen auch Namen?«

Mit einer anmutigen Bewegung ließ sich die Managerin auf dem Platz nieder, schlug ihre Beine übereinander und verschränkte die Arme locker vor der Brust. »Sie wissen doch, hier gilt das Gaststättengeheimnis.«

»Vielleicht kann ich dieses Geheimnis«, sie vollführte eine große, offene Geste mit ihren Händen, nur um sich dann nach vorne zu beugen und ihren Ellenbogen auf dem Tisch abzustützen, »lüften?«

Aray lehnte sich zurück und sah Alina herausfordernd an. »Wie haben Sie sich das vorgestellt, Frau Corsis?«

»Möglicherweise mit einer größeren Reservierung?«, sagte Alina geheimnisvoll und zwinkerte.

Ein Kellner trat an den Tisch, doch bevor er etwas sagen konnte, winkte Aray ihn weg. Sie griff nach ihrem Kommunikator und tippte auf den Bildschirm. »Für welchen Tag darf ich Ihre Gruppe von fünfzig Personen eintragen?«

»Eine Reservierung für fünfzig Personen.« Ein kurzes Lächeln erfüllte Alinas Miene, bevor sie sich nickend zurücklehnte. »Für nächste Woche.«

»Und welches Menü dürfen wir vorbereiten? Das exklusive?«, fragte Aray, ohne den Blick von ihrem Kommunikator zu lösen.

Alina legte den Kopf leicht schräg und schloss kurz die Augen. »Bevor ich das entscheiden kann, würde ich gerne die Speisekarte sehen.«

»Beispielsweise war«, entgegnete Aray mit einem Flüstern, »der Oppositionsführer Kallan Dresk heute Morgen bei uns zu Gast.«

Wieder näherte sich einer der Kellner, wieder wurde er durch eine knappe Handbewegung der Managerin fortgetrieben.

Alina zuckte mit den Schultern. »Vielleicht muss ich die Reservierung doch noch einmal …«

»Und nicht nur er war hier«, unterbrach Aray ihren Gast, »sondern auch die Vizepräsidentin.«

Alinas Miene erstarrte. Arays Stimme wurde leiser, fast als würden sie in den Klängen von Modest Mussorgskis *Bydlo* ertrinken, die aus dem Flügel herüberwehten.

»Interessant.« Sie richtete die Gabel vor sich, drehte das Messer leicht. »Mit ihrem Mann?«

»Nein, mit einer jungen Frau.«

»Mit einer Frau?« Alina spielte mit der Rechten weiter am Besteck. »Hat diese Frau einen Namen?«

»Ihren Namen hat sie mir nicht genannt und vorgestellt wurden wir uns auch nicht.« Aray kratzte sich an der Schläfe. »Aber ihre Augen, die werde ich nie vergessen. Pechschwarz. Und sie hatte eine Art an sich, die mir sofort auffiel« Sie presste kopfschüttelnd die Lippen aufeinander. »Als wäre sie nicht nur eine einfache Mitarbeiterin.«

Alinas Augen leuchteten auf. Sie ließ die Hände unter den Tisch sinken, ballte sie locker zu Fäusten, ein fast unmerkliches Zucken lief durch ihren Kiefer. »Und haben die beiden ihren Aufenthalt in der Enceladus-Living-Lounge genossen?«

»Nun, Sie wissen sicherlich, die Frau Vizepräsidentin soll angeblich mindestens genauso wählerisch sein wie Sie bei Ihrem Menü, das Sie für ihre Reservierung auswählen wollten«, entgegnete Aray schulterzuckend.

»Wir hatten uns auf das exklusive geeignet.«

»Ach ja, stimmt, mein Fehler.« Die Managerin nickte zufrieden und zeigte mit der flachen Hand auf einen der roten Vorhänge. »Und jetzt, wo Sie es sagen, die Vizepräsidentin und ihre Mitarbeiterin sitzen dort.«

Alina lächelte kühl. »Vielen Dank, Aray. Ich denke, wir werden beide von dieser Zusammenarbeit profitieren.«

»Gerne, Frau Corsis.« Die Managerin ließ ihre Augen zurück auf den Kommunikator gleiten. »Darf ich die Rechnung über die Buchung nächste Woche gleich an Ihr Büro senden?«

»Selbstverständlich.« Alina erhob sich langsam. »Und jetzt entschuldigen Sie mich.«

»Natürlich.« Aray folgte ihrem Beispiel und vollführte eine leichte Verbeugung. »Ich danke Ihnen für diese erfreuliche geschäftliche Vereinbarung.«

Während sich Alina mit langsamen Schritten dem Separee näherte, durchsuchte Cedrik bereits die fünfzigste Datei nach einer Zeile, die nicht geschwärzt war.

Liana saß auf ihrem Hosenboden, ihre Beine baumelten vom Halbstock herab, ihre Arme lagen auf dem Geländer, darauf ihr Kopf. Als Cedrik zur nächsten Aufzeichnung wechselte, rollte sie mit den Augen. »Und du glaubst wirklich, dass wir hier etwas finden, das uns weiterbringt?«

»Es ist die beste Chance«, antwortete er, ohne seinen prüfenden Blick von der vergrößerten Datei zu nehmen.

Sie schüttelte den Kopf. »Es ist ein Treppenwitz, dass wir für einen Chip mit so einem Inhalt so eine Tortur auf uns genommen haben.«

Cedrik wechselte zur nächsten Datei, bevor er achselzuckend feststellte: »Vielleicht brauchen wir tatsächlich eine andere Taktik.«

Er wandte den Blick von der Aufzeichnung zurück zum Bedienfeld und tippte hastig etwas ein. Ein Piepsen erfüllte den Raum. Das Summen des Projektors verstummte, das Hologramm erlosch – die Dunkelheit kehrte in die große Halle zurück. Auf dem kleinen Display der Eingabekonsole erschienen Zeitstempel und Namen.

»11. Oktober 2246, Erstellung durch Captain Maiers«, murmelte Cedrik leise, »14. November 2249, Archivierung durch Frau Lax. 28. September 2250 …« Seine Stimme brach ab, sein Atem stockte.

Liana hob den Kopf und drehte sich mit einer fragenden Miene zu ihm.

»Das …«, fuhr er kopfschüttelnd fort und wich einen Schritt zurück, als hätte sich das Terminal in eine giftige Wolke verwandelt.

Sie stand ungelenk auf und trat näher zu Cedrik und dem Display. »Was?«

»Das ist schlimmer, als ich …« Er schlug die Hände ineinander.

Liana trat noch näher, um einen Blick auf den kleinen Monitor zu erhaschen. »Artjom Petrow?« Sie legte die Stirn in Falten. »Wer ist das?«

»Das«, sagte Cedrik mit fester Stimme, »ist nicht nur der Planetengouverneur von Enceladus, sondern auch ein hochrangiges Mitglied der Conservativae.«

»Und was hat er damit zu tun?«

»Artjom Petrow war der Letzte, der auf diese Dateien zugegriffen hat, nachdem sie archiviert wurden.« Er schüttelte den Kopf, bevor er sich mit den Fingern durch die Haare fuhr. »Er war es, der alles geschwärzt hat.«

»Aber warum sollte er das getan haben?«, fragte Liana ungläubig.

Cedrik zuckte mit den Schultern und zog seinen Kommunikator aus dem Jackett, um einige Eingaben zu machen. »Petrow war zu dieser Zeit …« Seine Augen verengten sich. »… in seiner ersten Amtszeit. Er wurde 2247 das allererste Mal zum Gouverneur gewählt.«

Während Cedrik und Liana über seinen Kommunikator gebeugt weiterlasen, saß Ardyn am Kopfende des langen Tischs im Besprechungsraum auf dem Staatsschiff der Vizepräsidentin.

Den Boden des Raums zierte ein hellgraues Vinyl, an den Wänden waren große Bildschirme angebracht, die detaillierte Karten der breiten Tunnel unter dem dicken Eis von Enceladus anzeigten. Ein blinkendes Dreieck in schwachem Lila leuchtete über der Lounge, darüber die Worte *Gazelle Bravo.* Auf dem Monitor genau gegenüber von Ardyns Platz lief das aktuelle Programm von Saturn-News, ein Porträt der Geologin und Firmengründerin der Solaren Handelsgesellschaft für Wasser, Ava Corsis.

Der in der Mitte des Raums stehende Konferenztisch mit transparenter Tischplatte und dezent leuchtenden Kanten war von schwarzgepolsterten Stühlen umgeben, auf denen die

Sicherheitsmitarbeiter der Vizepräsidentin in ihren eukalyptusgrünen Uniformen saßen. Die Mienen der Frauen und Männer waren grimmig, teilweise sorgenvoll.

Eine mit einer tiefen Narbe über dem Auge sagte: »Nein, das ist viel zu gefährlich.«

»Aber«, gab eine Frau mit kurzen, roten Haaren zu bedenken, »wenn sie das so will, ist es unsere Aufgabe, für Sicherheit zu sorgen.«

Der Mann schüttelte den Kopf. »Wir sind nur ein Dutzend, da können wir es nicht mit allen Kolonisten auf Enceladus aufnehmen. Manchmal lässt es die Sicherheitslage einfach nicht zu. Das müssen die Politikerinnen und Politiker dann auch akzeptieren.«

»Also verlangen Sie die Absage des Bürgerdialogs?«, fragte Ardyn mit nachdenklicher Miene.

Fast alle Sicherheitsmitarbeiter nickten.

Ardyn ließ den Blick durch die Runde schweifen, bevor er sich am Hinterkopf kratzte. Sekundenlang erfüllten lediglich die Worte des Reporters in der Dokumentation den Raum.

»Was denken Sie, Herr Fraktionsvorsitzender, können wir die Vizepräsidentin davon überzeugen, den Termin nicht wahrzunehmen? Oder ihn zumindest zu verschieben?«, fragte ein Grauhaariger schließlich.

Noch bevor Ardyn Luft holen konnte, schallte es durch den Konferenzsaal: »Meine Damen und Herren, liebe Bürgerinnen und Bürger der Solaren Union. Ich bin Kalpana Kaul und wir von Saturn-News melden uns mit einer Eilmeldung.« Das Bild wechselte und zeigte die ernste Miene der Moderatorin aus einem anderen Winkel. »Ein politischer Urknall trifft die Solare Union bis ins Mark – ein Skandal, der nicht nur Solaris Prime erschüttert, sondern Wellen bis in die Randkolonien schlägt.« Ein erneuter Perspektivwechsel, eine kopfschüttelnde Kalpana Kaul.

Ardyn erhob sich mit ernster Miene und sagte: »Bitte, geben Sie mir einen Moment, wir besprechen danach, wie wir mit dem Bürgerdialog verfahren.«

Die Sicherheitsdienstmitarbeiter nickten und verließen stumm den Raum. Der Fraktionsvorsitzende ließ sich wieder auf seinem Stuhl nieder und fixierte den Monitor. Langsam strich er durch seinen Bart.

»Uns haben Bilder erreicht, Bilder, die kaum zu glauben sind. Die Vizepräsidentin wurde in einem diskreten Separee ertappt, in einer kompromittierenden Situation mit ihrer eigenen Mitarbeiterin! Eine Affäre, die nicht nur private, sondern auch politische Sprengkraft hat.«

Ardyns Miene war wie versteinert, seine Hand unterbrach die Kämmbewegung mitten in seinem Barthaar. Verschwommene Bilder, fotografiert durch einen dünnen Spalt in einem Vorhang, huschten über den Monitor. Der Kontrast war verstärkt, sie wirkten wie Vergrößerungen von Originalaufnahmen. Auf den Fotografien waren Selena und Nova zu erkennen, die nebeneinander auf einer Sitzgruppe saßen. Novas Hand schien auf dem Oberschenkel der Vizepräsidentin zu ruhen, ihre Gesichter näher beieinander, als es für Kollegen oder Freunde schicklich gewesen wäre.

»Wir schalten gleich zu unserem Reporter Frank Müller nach Enceladus, um die wichtigsten Fragen in diesem Fall zu besprechen: Was bedeutet dieser Skandal für ihre Karriere? Welche Konsequenzen drohen der Regierung um Julius Marek? Und wie reagieren ihr Mann, ihre Partei und die ganze Union?«

Ardyn starrte noch immer regungslos auf den Monitor, seine Lippen fest zusammengepresst.

»Wir haben exklusive Informationen, Insider-Berichte und erste Reaktionen. Bleiben Sie dran! Jetzt kommt die ganze Wahrheit ans Licht. Eine Wahrheit, die diese Union verändern wird.«

Ardyn ließ seine Hand aus seinem Bart gleiten, kniff die Augen zusammen und schüttelte sich kurz. Er atmete tief durch, dann griff er hastig zum Kommunikator. Die sekündlich eintreffenden Nachrichten ignorierte er, suchte stattdessen den Kontakt von Selena, doch bevor er auf das Anrufsymbol tippte, fiel sein Blick auf den nächsten Eintrag in der Liste: *Cedrik Veyra.* Er seufzte, um dann ihn anstatt der Vizepräsidentin anzurufen.

Das Vibrieren des Geräts in seiner Hand verhinderte, dass Cedrik Liana weitere Details über Artjom Petrow erzählen konnte.

»Ardyn, ich grüße dich«, sagte er, nachdem er den Anruf angenommen hatte. »Du musst dir keine Sorgen …«

»Cedrik«, unterbrach der Fraktionsvorsitzende ihn, seine Stimme mit einer gewissen Unsicherheit erfüllt. »Wir haben schon wieder ein Problem.«

Er runzelte die Stirn, während Liana mit dem Daumen auf ihren Oberschenkel trommelte. »Was hat sie dieses Mal angestellt?«

»Kann es sein …« Ardyn räusperte sich. »Also …«

»Sing es, wenn du es nicht aussprechen kannst«, entgegnete Cedrik schroff.

Ein Lächeln huschte über Lianas Gesicht.

»Deine Frau … Hat sie eine … intime Beziehung mit Nova?«

Cedrik lachte laut. »Wie kommst du denn darauf?«

»Sie bringen es gerade in den Nachrichten – als Eilmeldung.«

Das Lachen des Vizepräsidentinnengatten wurde leiser, bis es ganz erstarb. Seine Gesichtsfarbe verschwand auf einen Schlag, vor seinem Mund formte sich für kurze Zeit keine dünne, milchige Wolke.

»Cedrik? Bist du noch da?«, fragte Ardyn.

Liana starrte ihn an. Gerade als sie nach dem Kommunikator in seiner Hand greifen wollte, antwortete er mit beängstigend fester Stimme. »Wo ist sie? Wir müssen sie in Sicherheit bringen.«

»Irgendwo im Regierungsviertel. Die Bilder wurden wohl in einer High-Society-Lounge gemacht.«

»Im Enceladus-Living?«

»Das weiß ich nicht, ich war noch nie …«

»Es ist die einzig brauchbare Lounge auf diesem Mond«, unterbrach Cedrik ihn. »Wir treffen uns dort.« Er schnaubte. »Ich werde auf dem Weg versuchen, sie zu erreichen.«

»In Ordn…«

Das Piepsen des Kommunikators, das das Ende des Gesprächs signalisierte, verschluckte Ardyns letzte Antwort. Für einen Moment glitt sein Blick zwischen dem Display des Geräts und dem Monitor an der Wand hin und her.

»Nach dem Embargo und dem schrecklichen Tsunami auf dem Mars mit Tausenden Toten bleibt die Frage: Ist das der Schlussakt einer ausgewachsenen Regierungskrise? Erste Stimmen fordern den Rücktritt der Vizepräsidentin«, schallten Kalpana Kauls letzte Worte aus dem Bildschirm, während Ardyn mit strammen Schritten aus der Lounge marschierte.

Der Abflug

Mit einem breiten Lächeln betrat Alina die Eckkneipe auf Enceladus, von der ihr der Soldat Chan berichtet hatte. Ihr Blick wanderte von den spärlich besetzten Plätzen über den langen Tresen bis zu dem zerstörten Monitor. Einer der Gäste, ein Mann Ende fünfzig, saß mit tiefschwarzen Augenringen schweigend an der Bar, vor ihm ein halb leeres Glas Bier. Eine andere Besucherin, ein Mädchen, blondes Haar und viel zu viele Falten für ihre fast jugendlichen Gesichtszüge, das an einem Tisch neben dem Eingang saß, starrte in die Ferne. Im Hintergrund erklangen die leisen Laute von Muses *Madness* aus der Musikbox, die dem Tod näher schien als dem Leben.

»Frau Corsis«, rief Chan der Unternehmerin zu, als sein Blick auf sie fiel. »Sie sind wirklich gekommen.« Er winkte sie zu sich und seinen Freunden an den Tisch.

Alina folgte der Einladung zielstrebig, ihre Miene entschlossen, ihre Stimme kräftig. »Haben Sie nicht mitbekommen, was gerade los ist?« Langsam zog sie einen der Holzstühle vom Nachbartisch heran. Das Kratzgeräusch erfüllte die kleine Kneipe, sodass nicht nur alle Blicke zu Alina wanderten, sondern die Armhärchen der Gäste zu Berge stehen mussten.

»Natürlich. Jeder hier redet über das Embargo«, antwortete Sally und blinzelte einige Male.

Alina schüttelte den Kopf.

»Oder meinen Sie den Tsunami auf dem Mars?« Hanad umklammerte mit zittrigen Händen das Bierglas, das vor ihm stand. »So wie ich mitbekommen habe, hat es da wenigstens die Richtigen erwischt.« Er holte tief Luft und spie auf den Boden.

»Genau!«, bestätigte Chan mit einer Stimme, die seine Begeisterung nicht zu verbergen vermochte. »Scheint wohl so, als würde die Natur die bestrafen, die zwischen den Ohren falsch verkabelt sind.«

Sally zuckte mit den Schultern. »Das ändert auch nichts daran, dass wir am Arsch sind. Aber das hat sich seit der Abstimmung nicht geändert.«

»Embargo?«, wiederholte Alina kopfschüttelnd. »Haben Sie die neuste Eilmeldung nicht gesehen?«

Ohne ein Wort zu sagen, deutete Chan auf den zerbrochenen Monitor.

Sally seufzte. »Ich glaube nicht, dass ich noch mehr schlechte Nachrichten vertrage.«

Behutsam legte Hanad seinen Arm um sie und sagte mit sanfter Stimme: »Es wird alles wieder gut.« Ein warmes Lächeln umspielte seine Lippen. »Ganz sicher!«

Sie ließ ihren Kopf auf ihre aufgestützten Arme sinken, während Alinas scharfe Stimme die Trauer durchschnitt. »Und das vielleicht sogar schneller, als Sie denken!«

Chan legte seine Stirn in Falten. »Wie meinen Sie das?«

»Die Vizepräsidentin …«

»Fangen Sie mir bloß nicht mit der Schlampe an.« Hanad riss seinen Arm von Sally los und schlug seine Faust so fest auf den Tisch, dass ihr Bierglas überschwappte. »Die ist doch an allem schuld.«

»Genau!«, schrie Chan und lehnte sich leicht zu Alina. »Habe ich Sie etwa falsch eingeschätzt? Gehören Sie auch zu dieser …«

»Jetzt hören Sie mir erst mal zu, verflucht noch eins!« Alinas Stimme war laut, beinahe einschüchternd, ihre Augen glühten. »Die Vizepräsidentin wurde in flagranti mit ihrer engen Mitarbeiterin erwischt.« Sie lächelte fast unmerklich. »Mitten in der

Enceladus-Living-Lounge. Ich bin mir sicher, ihr politisches Ende ist nur eine Frage der Zeit.«

Sally blinzelte mehrmals schnell. »Sie hat was?«

»Sie hat ihre Mitarbeiterin gevögelt?«, fragte Chan mit hochrotem Kopf. »Diese Frau ist eine Bestie!«

Alina nickte stumm, aber inbrünstig. Das Grinsen in ihrem Gesicht wurde immer breiter.

»Die ist doch hier! Auf Enceladus!« Der Ton in Hanads Stimme war eine Mischung aus Frage und Feststellung, während ein leises Kreischen inmitten des Songs das endgültige Ende der Musikbox besiegelte. Die gesamte Kneipe wurde von einer Stille erobert, die so allumfassend war, dass der Klang einer fallenden Stecknadel zu hören gewesen wäre.

Ohne Vorwarnung sprang Chan auf. Sein Stuhl kippte rücklings über und schlug mit einem dumpfen Rumpeln auf dem Boden auf. Das Gesicht des Mannes war hochrot angelaufen. »Dann sollten wir die Hure aufknöpfen!«

»Genau!«, rief der Greis am Tresen, der die ganze Zeit in sein halb leeres Glas gestarrt hatte. Er fuchtelte so wild und unkontrolliert mit den Armen, dass er das Bier traf. Mit einem Klirren fiel es zu Boden und zerbarst in Tausende Scherben. Der Blick des Mannes wanderte für den Bruchteil einer Sekunde über das Ergebnis seines Handelns, bevor er mit einem Funkeln in den Augen aufblickte. »Wir bringen ihr Manieren bei!«

Alina erhob sich von ihrem Stuhl und schritt langsam Richtung Tür. »So, wie ich gehört habe, soll sie zuletzt in der Lounge gesehen worden sein. Es würde mich nicht wundern, wenn ihr sie dort findet.« Mit einem letzten Blick über die Schulter verließ sie die Kneipe.

Hanad drehte sich Sally zu. »Arbeitet dein Bruder nicht als Türsteher da?«

Sie nickte, ihre Augen verengten sich, ihr Gesicht voller Entschlossenheit. »Ja. Ich ruf ihn an. Er kann uns bestimmt sagen, ob sie noch dort ist.«

»Warum Zeit verlieren?«, schrie Chan, stellte seinen Fuß auf den umgekippten Stuhl und reckte die Faust in die Luft. »Auf zur Enceladus-Living-Lounge!«

Ein tosendes Gegröle schwappte durch die kleine Menge und mit johlender Zustimmung und ohrenbetäubendem Geschrei marschierte die Gruppe aus der Tür in den Fußgängerkorridor. Auf dem Weg nach draußen wurden immer wieder Kommunikatoren gezückt, Textnachrichten geschrieben und Freunde mobilisiert.

Etwas entfernt von der Tür, einige Meter rechts, stand Alina hinter einer Antenne, verborgen vor neugierigen Blicken, und beobachtete mit gleichermaßen interessierter wie zufriedener Miene die Gruppe, wie sie in Richtung der Lounge zog und immer weiter anwuchs.

»Hörst du die Menschen singen? Wie sie das Lied der verärgerten Menschen singen?«, murmelte sie.

Leise summte sie die Melodie vom *Lied des Volkes*, während sie ihren Kommunikator hervorzog. Mit einer geschickten Bewegung tippte Alina eine kurze Textnachricht an Paula Marek ein: *Unkrautvernichter auf dem Weg, Wurzel wird entfernt. Ernte bald sicher.* Mit einem glücklichen Lächeln überflog sie den Text noch mal. Ihr Blick glitt an der Antenne vorbei, den Tunnel entlang auf die wütende Menge. Alina atmete tief durch.

»Es ist die Musik der Leute, die nicht wieder Sklaven sein werden.«

Als sie den Finger auf den Senden-Button legte, traf Ardyn auf den noch immer grimmig dreinschauenden Türsteher vor der Lounge.

»Den Identifikationschip bitte.«

Ardyn kämmte sich durch den Bart. »Wie bitte?«

Tommy rollte mit den Augen. »Ich kann nicht jeden Dahergelaufenen in diese Lounge lassen. Sie müssen sich identifizieren.«

»Ach so«, entgegnete Ardyn und durchsuchte seine Hosentaschen, dann erst die Außentaschen und danach die Innentasche seines Jacketts, nur um zum Schluss noch einmal seine Hosentaschen zu durchsuchen. Der Türsteher beobachtete das Schauspiel kopfschüttelnd.

»Sieht so aus, als hätte ich meinen Identifikationschip nicht dabei«, stellte Ardyn mit grimmiger Miene fest.

»Sieht ganz danach aus«, bestätigte Tommy.

Die beiden Männer schauten sich einen Moment lang an, bevor ein eingehender Anruf auf dem Kommunikator des Türstehers die Stille brach. Er holte das Gerät hervor und betrachtete einige Sekunden das Display. »Meine Schwester ruft mich an. Das ist Ihre Chance. Suchen Sie noch einmal gründlich. Vielleicht finden Sie ihn.« Tommy trat einen Schritt zurück und drehte sich zur Tür, als er den Anruf annahm.

Ardyn runzelte die Stirn, bevor er schließlich erneut all seine Taschen abtastete. Sekunden vergingen. Seine Miene verfinsterte sich, als er seine leeren Hände betrachtete.

Nur wenige Augenblicke später wandte sich Tommy ihm wieder zu. Seine Stimme war nachdenklich, sein Blick wirkte abwesend. »Und?«

Der Fraktionsvorsitzende zuckte mit den Achseln und seufzte. »Können Sie mir wenigstens sagen, ob die Frau Vizepräsidentin noch Gast Ihrer Lounge ist? Ich habe mehrfach versucht, sie zu erreichen, aber erfolglos.«

»Sie ist vorhin hier angekommen, und ich habe nicht mitbekommen, dass sie die Lounge verlassen hätte.« Er zuckte mit den Achseln. »Wenn Sie sie nicht erreichen, dann spricht das dafür, dass sie noch hier ist. Unsere Räumlichkeiten sind gegen eindringende Funkwellen von außen isoliert.« Tommy schüttelte den Kopf. »Die Frau ist ja äußerst gefragt.«

»Wie darf ich das verstehen?«, fragte Ardyn wie aus der Pistole geschossen.

»Meine Schwester Sally – die, die gerade angerufen hat – sie wollte auch wissen, ob die Frau Vizepräsidentin hier ist.«

»Warum …«

Ardyns Frage blieb unvollendet, als Schreie und Gegröle den Tunnel erfüllten, erst leise, dann immer lauter. Schwere Schritte von Dutzenden, eher Hunderten mischten sich unter die Stimmen. Das Echo kündigte eine wütende Menge an, die auf die Lounge zumarschierte.

Ardyns Augen weiteten sich und ohne ein weiteres Zögern griff er zu seinem Kommunikator. Während er die Sicherheitsdienstmitarbeiter auf dem Staatsschiff der Vizepräsidentin über die Situation informierte und zur Unterstützung rief, näherten sich aus der entgegengesetzten Richtung Cedrik und Liana in schnellem Laufschritt.

»Warum schreien die so?«, fragte sie nahezu atemlos.

Cedriks Miene war erfüllt von einer Mischung aus Sorge und Entschlossenheit, als er ihr, ohne seinen Blick von dem nur noch wenige Schritte entfernten Ardyn zu lösen oder sein Schritttempo zu verlangsamen, antwortete: »Hör auf, Fragen zu stellen, und renn schneller.«

Nur wenige Augenblicke später trafen sie laut keuchend vor der Enceladus-Living-Lounge ein.

Cedrik hielt auf Ardyn zu, der gerade seinen Kommunikator zurücksteckte, und sah ihn mit strengem Blick an. »Sind sie noch drin?«, fragte er mit ernster Stimme.

Der Fraktionsvorsitzende nickte stumm, seine Lippen zu einem schmalen Strich geformt.

»Und warum bist du dann hier draußen?«

»Man kommt hier nur mit Identifikationschip rein.« Ardyns Kiefer mahlte leise, als er in Richtung des Türstehers nickte. »Ich hab meinen auf dem Schiff liegen lassen, weil ich direkt hierhergerannt bin. Scheiß Timing.« Er schnaubte, seine Hände fest zu Fäusten geballt. »Und erreichen kann man sie auch nicht, die Lounge ist von der Außenwelt abgeschirmt.« Seine Miene wurde sorgenvoller. »Aber ich habe bereits das Sicherheitsteam informiert. Die sind unterwegs.«

Cedrik schüttelte energisch den Kopf. »Das dauert zu lange. Bis die hier sind, ist es zu spät.« Seine Augen verengten sich. »Ardyn, halte du die Stellung hier. Ich hole sie da raus.« Er wandte sich abrupt zu Liana um. »Warte hier. Und …« Ein Lächeln huschte über sein Gesicht, bevor er den Satz vollendete. »Geh mir ja nicht verloren.«

Ohne eine Antwort von ihr abzuwarten oder auf den fragenden Blick von Ardyn einzugehen, zog Cedrik seinen Identifikationschip aus seinem Jackett, marschierte zum Türsteher und drückte ihn ihm in die Hand.

Ardyn wandte sich Liana zu, die ihre Finger leicht gewölbt neben ihre Ohren gelegt hatte. Bevor der Fraktionsvorsitzende etwas sagen konnte, fragte sie verwirrt: »Kann es sein, dass die stehen geblieben sind?«

»Wie kommst du darauf?«

»Der Krach«, entgegnete Liana mit angespannter Miene, »er wird nicht mehr lauter.«

Ardyn runzelte die Stirn, folgte Lianas Beispiel und legte ebenfalls die Finger an die Ohren. »Du hast recht. Es scheint so, als hätten sie angehalten.«

Sie nickte. »Aber stiller sind sie trotzdem nicht geworden.«

Wenige Hunderte Meter und lediglich zwei Kreuzungen von der Enceladus-Living-Lounge entfernt hatte sich eine Soldatenkette vor dem wütenden Mob aufgebaut und den Fußgängerkorridor abgeriegelt. Männer in roten Uniformen und grauen Gefechtshelmen hatten ihre entsicherten Sturmgewehre auf die Menge gerichtet. Hinter ihnen stand eine Frau Anfang fünfzig mit Pferdeschwanz, Offiziersmütze und einer strengen Miene. An ihrem schwarzen Gürtel trug sie eine Pistole, über ihrer Schulter hing ein kleinkalibriges Maschinengewehr. In der Hand hielt sie einen kleinen Quader, der ihre Stimme verstärkte.

»Bürgerinnen und Bürger von Enceladus, wir sind hier, um für Ihre Sicherheit zu sorgen. Bitte bleiben Sie friedlich.«

Sally, die sich gemeinsam mit Chan und Hanad an der Spitze der Menschenmenge befand, schrie: »Wir sind nicht die, die den Frieden bedrohen.«

»Genau«, stimmte ihr der ältere Mann zu, der mit in der Kneipe gesessen hatte. »Die Verbrecher sind nicht vor euch, sondern hinter euch!«

In dem Moment erreichte Cedrik das Innere der Lounge und ließ seinen Blick hastig über die Sitzgruppen springen. Ein Ehepaar, das an einem Tisch nahe des Eingangs saß, schaute ihn mit angewiderter Miene an.

»Cedrik!« Arays Stimme durchbrach die Musik in der Lounge. Sie steuerte so schnell auf ihn zu, dass Servietten, die auf einem der Tische standen, die sie passierte, davongeweht wurden. »Was machst du denn hier?«

»Aray.« Er seufzte leise. »Ich suche meine Frau.«

»Und ich hatte schon gehofft, du wärst meinetwegen hier«, entgegnete sie enttäuscht.

Die beiden schauten sich einige Sekunden lang tief in die Augen, bis Cedrik die Arme in die Höhe riss und den Kopf leicht nach vorne streckte. »Und?«

»Was und?«

Er verdrehte die Augen. »Wo ist sie?«

»Wer?«

»Meine Frau, Aray.« Cedrik schnaubte leise. »Hör auf, mich zum Narren zu halten!«

»Du bis also der Meinung«, entgegnete sie vorwurfsvoll, »ich soll mich nicht so verhalten wie du damals?«

»Meine Güte, das ist jetzt über fünfzehn Jahre her!« Er hielt kurz inne, dann wurde seine Stimme ernst, fast bedrohlich »Aray, wo ist Selena?«

Sie nickte in Richtung des geschlossenen Vorhangs und holte Luft, doch bevor sie etwas zu sagen vermochte, stürmte Cedrik bereits los.

»Gewalt«, fuhr die Offizierin derweil im Fußgängerkorridor fort, »bringt niemanden weiter. Lassen Sie uns gemeinsam eine friedliche Lösung finden!«

»Ich scheiß auf die friedliche Lösung!« Chans Schrei übertönte das Gebrüll der Menge. Langsam, fast feierlich, ballte er die Hand zur Faust. Die Muskeln seines Arms zitterten, als sich die Fingernägel tief in die Haut bohrten. Seine Gesichtszüge wurden nicht nur verkniffener, sondern umso verbissener. Dann schoss seine Rechte in die Höhe, ruckartig, wie ein Geschoss, das sich aus dem Lauf befreite.

Alina, die das Treiben des immer noch wachsenden Mobs weiterhin aus sicherer Entfernung beobachtete, griff nach ihrem Kommunikator, um mit einer schnellen Bewegung eine weitere Textnachricht an Paula zu senden: *Enceladische Soldaten behindern die Unkrautvernichtung.*

Erneut erklang die Stimme der Offizierin: »Bitte treten Sie zurück und halten Sie den Sicherheitsabstand ein.«

Hanad schnaubte, das heiße Feuer des ungebremsten Hasses loderte in seinen Augen. »Warum treten Sie nicht zurück? Sie sollten doch auf unserer Seite sein«, schrie er laut und marschierte ebenfalls einen weiteren Schritt nach vorne, bis ihn weniger als eine halbe Armlänge Abstand von der Soldatin vor ihm trennte.

»Zurück!«, schrie sie und vollführte eine abwehrende Bewegung mit dem Sturmgewehr in Hanads Richtung. »Gehen Sie verdammt noch mal zurück.«

»Nein!« Seine Faust war geballt, als er einen weiteren kleinen Schritt auf die Soldatin zuging.

Beide standen sich wenige Zentimeter gegenüber, schauten sich tief in die Augen. Die Luft zwischen ihnen war erfüllt von Schweiß. Sekunden vergingen. Während sie die Zähne aufeinandermahlte, beugte er sich noch ein Stückchen weiter nach vorne. Seine Brust hob und senkte sich, seine geballte Faust zitterte.

Hanads Schulter zuckte. Leicht.

Ein Schrei hinter der Soldatin. Unverständlich. Schrill. Und dennoch unüberhörbar.

Sie packte das Sturmgewehr mit beiden Händen, drehte sich aus der Hüfte und rammte ihm mit voller Wucht die Schulterstütze gegen den Kopf. Ein dumpfer, knochiger Aufprall. Hanad wurde herumgerissen, seine Beine gaben sofort nach.

Er fiel. Lautlos, hart, wie ein gefällter Baum.

Ein Raunen ging durch die Menge. Für einen Moment bewegte sich niemand.

Die Soldatin drückte den Rücken durch, die Waffe noch immer in Anschlagshaltung. Ihre Finger verkrampft um den Griff. Ihr Blick starr.

Mit einer hastigen Bewegung zog Cedrik den Vorhang zu Seite. Nova, die über die Vizepräsidentin gebeugt war, schreckte zurück und ließ sich auf die Bank fallen.

Selena schaute ihn mit großen Augen an. »Was ist …«

»Keine Zeit dafür«, unterbrach er sie mit fester Stimme. »Wir müssen los. Sofort!«

Nova verschränkte die Arme vor der Brust. »Bist du etwa eifersüchtig?«

»Nein, sicherlich nicht«, entgegnete er.

»Das sieht aber anders aus.«

Er schnaubte leise. »Nova, glaub mir, es gibt keinen Grund, wieso ich auf dich eifersüchtig sein sollte.«

»Dann erklär uns doch zumindest, was los ist.« Selena saß noch immer ungerührt auf der Bank. »Hast du etwas herausgefunden?«

»Ihr wurdet gefilmt. Es kommt überall in den Nachrichten.«

»Wir wurden gefilmt?«, fragte Nova stirnrunzelnd.

»Ja. Hier!«

»Aber was ist denn daran so schlimm?« Sie zuckte mit den Schultern. »Wir haben uns nur unterhalten.«

»Auf dem Bild in den Nachrichten sieht das ganz anders aus.«

»Ach? Wie denn?«

Selenas Gesicht wurde kreidebleich, während Cedrik Novas Frage mit einer für ihn untypischen Nervosität beantwortete.

»Als hättet ihr hier gevögelt. Und genau das ist es, wovon sie sprechen.«

»Das … wer …«, stammelte Selena.

»Wir können das alles später in Ruhe besprechen, aber wir müssen hier weg. Die Menschen von Enceladus sind auf den Zinnen!«

Sie nickte knapp, legte beide Hände auf die Bank und stemmte sich langsam nach oben. Das Zittern der Arme war unübersehbar. Ohne zu zögern, folgte Nova ihrem Beispiel.

Währenddessen lag Hanad noch immer auf dem Boden des Fußgängerkorridors mit einer klaffenden Platzwunde auf der Stirn.

Chan beugte sich zu ihm. »Alles gut bei dir?«

Sally streckte dem Verwundeten die Hand entgegen. Er nickte kurz, aber so energisch, dass das Blut, das aus der Wunde rann, auf ihre Hose spritzte.

Die Stimme der Offizierin schallte erneut durch den Tunnel. »Bitte treten Sie zurück. Das ist die letzte Warnung. Sie zwingen uns, tödliche Gewalt einzusetzen.« Das leise Klicken von Waffen, die entsichert wurden, mischte sich unter die Schreie der Menschen.

Mit einem kräftigen Zug beförderte Sally Hanad zurück auf die Füße. Nachdem er seine Kleidung abgeklopft hatte, presste er ein »Danke« zwischen den Zähnen hervor und wandte sich der Soldatin zu. »Warum tun Sie das?«, schrie er und zeigte auf seine Wunde. »Sind wir keine Menschen für euch? Sind wir euer Vieh?«

Die Menge schob von hinten unentwegt nach. Nur noch wenige Zentimeter trennten die erste Reihe von den Soldaten. Wieder ein dumpfer Knall, als ein weiterer Mann niedergeschlagen wurde.

Die Offizierin trat einen Schritt nach hinten, wandte sich ab und hielt sich ihren Kommunikator ans Ohr. Ihre Worte wurden von den Schreien des Mobs verschluckt. Dann nickte sie kurz, steckte das Gerät weg und hob ihr Handgelenk an den Mund. Wieder bewegten sich ihre Lippen, unverständlich. Sekunden vergingen.

Plötzlich traten die Soldaten zurück, Schritt für Schritt, senkten die Gewehre, lockerten die Reihen und ließen die Menschen passieren.

»Sie lassen uns durch«, schrie Chan. »Wir haben gewonnen! Das Volk hat gewonnen!« Er reckte abermals die Faust in die Höhe. »Auf zur Enceladus-Living-Lounge!«

Die Menschen stürmten los, unaufhaltsam vorbei an den Soldaten, wie gestautes Wasser, das durch einen geöffneten Damm bricht. Das laute Trommeln Hunderter Stiefel schallte durch den Tunnel und mischte sich mit dem Jubel eines jeden Einzelnen.

Gerade als Chan die Soldaten passiert hatte, trat die Offizierin einen Schritt auf ihn zu und griff nach seinem Arm. »Mit den besten Grüßen vom Planetengouverneur.« Unnachgiebig zog sie seine Hand in Richtung des Halfters an ihrem Gürtel.

Währenddessen puderte sich Paula in der Präsidentensuite auf Solaris Prime die Nase. Als sich die Tür mit einem leisen Zischen öffnete und Julius den Raum betrat, hielt sie kurz inne und drehte den Kopf zu ihrem Mann.

»Was hast du getan?«, fragte er mit aufgerissenen Augen.

Das Geräusch eines kehligen Lachens verließ ihren Rachen. »Wie immer: das, was notwendig war.«

»Wir sind doch am Ziel.« Er schüttelte den Kopf. »Wieso lässt du es nicht gut sein?«

»Schatz«, entgegnete sie mit einer unüberhörbaren Kühle in der Stimme, »hast du es noch immer nicht verstanden?« Sie hielt kurz inne, bevor sie sich wieder ihrem Make-up widmete. »Es reicht nicht, die Leiter nur nach oben zu steigen. Wenn man dort angekommen ist, muss man auch dort bleiben.«

»Ich dachte …«

»Es ist sinnvoller, wenn du das Denken mir überlässt«, unterbrach Paula ihn kopfschüttelnd, ein mitleidiges Lächeln auf den Lippen. »Es gibt Dinge, die dir wesentlich besser liegen.«

Julius schnaubte. »Die Situation auf Enceladus gerät außer Kontrolle.«

»Mitnichten.«

»Was ist, wenn einer der Soldaten die Nerven verliert und schießt?« Er marschierte hinter Paula auf und ab. »Das sind unsere Wählerinnen und Wähler, verdammt noch eins. Ihre Stimmen haben mich zum Präsidenten dieser Solaren Union gemacht.«

»Sie sind weg.«

Er blieb abrupt stehen. »Wie bitte?«

»Ich habe unseren Planetengouverneur Petrow angewiesen«, Paula legte das Puder zur Seite und griff nach ihrem Parfüm, »das

Volk nicht länger von seinem Recht abzuhalten. Er hat den Soldaten den Befehl gegeben, die Menschen durchzulassen.«

Julius raufte sich die Haare. »Wie bitte?«

»Vertrau mir. Ich weiß, was ich tue.« Sie schüttelte langsam den Kopf. »Artjom und ich, wir sind ein gutes Team.« Sie sprühte Parfüm auf ihren Hals, und der sanfte Geruch von Vanille erfüllte den Raum. »Wie vor fünfzehn Jahren.«

Während Paula, ohne ihren Mann eines weiteren Blickes zu würdigen, die Suite verließ, betrat Cedrik, gefolgt von Selena und Nova, den Fußgängerkorridor vor der Enceladus-Living-Lounge. Die Luft, die ihnen entgegenschlug, war feucht und erdrückend. Der wütende Mob erwartete sie bereits. Es wurde geschrien, geschubst, gedrängelt.

Sofort wurden sie von den zwölf in Kampfmontur gekleideten Sicherheitskräften der Vizepräsidentin umzingelt, die die kleine Gruppe mit gezogenen Waffen von den Menschenmassen abschirmten.

»Was hat da so lange gedauert?«, fragte Ardyn.

Cedrik schüttelte den Kopf.

»Sind die alle …« Selenas Augen weiteten sich. »Ich dachte nicht, dass es so schlimm ist.«

»Dieser Bericht …« Ardyn atmete tief durch. »Er war eine Hinrichtung.«

»Da ist die Kinderfickerin!«, rief Chan und zeigte in ihre Richtung.

Hanad brüllte: »Sorgen wir dafür, dass die Schlampe ihre Finger von unseren Kindern lässt.«

»Genau!«, stimmte Sally zu.

Spucke flog auf den Helm eines Sicherheitsmanns.

Liana wandte sich zu Cedrik, ihre Stimme entschlossen. »Wie gehen wir vor?«

»Wir müssen zum Schiff. Koste es, was es wolle«, antwortete Ardyn, noch bevor Cedrik in der Lage gewesen wäre, Luft zu holen.

»Das«, warf der Vizepräsidentinnengatte ein, »sind zwanzig Minuten von hier. Zu Fuß.« Er zeigte kopfschüttelnd auf den Mob. »Da durch. Unmöglich. Wir müssen zurück in die Lounge, uns verbarrikadieren.«

»Und wenn sie die stürmen?« Ardyn nickte in Richtung des Türstehers, der sich mit großen Augen an die Wand presste. »Meinst du, er hält sie auf?«

»Wie sollen wir denn zum Schiff kommen?«, fragte Cedrik. »Das ist unmöglich zu schaffen.«

Ein Schraubenschlüssel flog nur Zentimeter an Novas Gesicht vorbei und schlug krachend an der Wand hinter ihr ein. Ihr Körper zitterte nicht weniger als ihre Stimme. »Was … haben … Was haben wir …« Sie starrte Selena an, die regungslos dastand.

Ardyn schüttelte den Kopf, was sein langes Haar in Bewegung versetzte. »Wir müssen es schaffen.«

»Ich sage, wir bleiben hier und verschanzen uns«, entgegnete Cedrik. Er wandte sich Selena zu: »Schatz, es ist deine Entscheidung!«

Sie atmete tief durch.

Wieder kam ein Wurfgeschoss geflogen. Die kleine, grüne Wasserrohrzange traf dieses Mal nicht die Wand, sondern den Helm einer der Sicherheitskräfte. »Uff«, stieß er hervor, ohne dass er sich auch nur einen Zentimeter bewegte.

Selenas Blick wanderte von dem Mann zu Cedrik und dann von Ardyn zu Nova. Ihre Augen verengten sich, bevor sie mit entschlossener Stimme anordnete: »Wir gehen zum Schiff.«

Die Lippen ihres Mannes waren nicht mehr als ein Strich. Er nickte. »Wenn du das willst.«

»Wir gehen los!«, rief Ardyn den Sicherheitskräften zu.

Ohne Zögern setzten sie sich in Bewegung. Schritt für Schritt bahnten sie sich einen Weg durch die Menge und schoben die Menschen mit ihren Waffen auseinander.

»Lasst sie nicht weg!« Hanads Schrei schallte durch den Tunnel.

Neben ihm hob Chan langsam seinen Arm. Er hielt einen schwarzen, glänzenden Gegenstand in der Hand, klein und schwer zu erkennen. Ein geschwungener Griff, der in eine gerade, zylindrische Form überging. Chans Augen waren fest auf Selena gerichtet, seine Miene voller Schmerz. »Das ist für Chatwin.«

Plötzlich donnerte ein lauter Knall durch den Verbindungstunnel. Ein Schuss. Die Kugel sauste knapp an Hanad vorbei. Dann ein Schrei. Blut spritzte. Schlussendlich ein dumpfer Schlag, als ein Körper auf dem Boden aufschlug.

Fortsetzung folgt am 9. September 2025.

Die Union

Die Vereinigten Planeten der Solaren Union sind der föderale Zusammenschluss aller menschlichen Kolonien im Sonnensystem. Sitz der interplanetaren Exekutive, Legislative und Teile der Judikative ist die Regierungsraumstation Solaris Prime, die sich am Lagrange-Punkt 2 des Erde-Sonne-Systems befindet.

Die Parteien

Conservativae (Regierungspartei, Koalitionsführer):

Die Conservativae bildet die tragende Säule der Regierung und regiert in Koalition mit den Progrediens. Ihre Wählerbasis liegt vor allem in den Randkolonien wie Titan oder Enceladus. Die Partei setzt sich für die Aufhebung des KI-Arbeitskräfteverbots ein und vertritt eine deutlich ablehnende Haltung gegenüber queeren Menschen.

Wichtige Personen der Conservativae:

Julius Marek, 27. Präsident der Vereinigten Planeten der Solaren Union

Paula Marek, Präsidentengattin

Ingolf Clausius, Kommissar für militärische Angelegenheiten

Tiberius Kael, Fraktionsvorsitzender der Partei im Unionsparlament

Artjom Petrow, Planetengouverneur des Mondes Enceladus

Progrediens (Regierungspartei, Koalitionspartner):

Die Progrediens ist die zweite Koalitionspartei mit einer starken Wählerbasis in den Kernsektoren wie Erde, Mars und Venus. Sie verteidigt das KI-Arbeitskräfteverbot und setzt sich für individuelle Freiheit und sexuelle Selbstbestimmung ein.

Wichtige Personen der Progrediens:

Selena Veyra, 27. Vizepräsidentin der Vereinigten Planeten der Solaren Union

Cedrik Veyra, Vizepräsidentinnengatte

Nova Ferell, Schützling und Mitarbeiterin von Selena

Ardyn Teshar, Fraktionsvorsitzender der Partei im Unionsparlament

Jekaterina Orlov, Kommissarin für Justiz

Solidaritas (Oppositionspartei):

Die Solidaritas ist die führende Oppositionspartei und verfolgt eine sozialistische Agenda, die sich vermeintlich auf die Rechte der einfachen Bevölkerung konzentriert. In einem Kopf-an-Kopf-Rennen gewann die Partei im Jahr 2254 überraschend die Wahl um das Amt der Planetengouverneurin des Mars gegen die Progrediens.

Wichtige Personen der Solidaritas:

Kallan Dresk, Fraktionsvorsitzender der Partei im Unionsparlament

Silvia Thier, Planetengouverneurin des Planeten Mars

Weitere wichtige Personen:

Ohne bekannte Parteienzugehörigkeit:

Chatwin, Hanad, Sally, Chan und Cole, Kolonisten des Mondes Enceladus

Loran Fylon, Oberster Richter des Verfassungsgerichtshofes

Alina Corsis, Inhaberin der Solaren Handelsgesellschaft für Wasser

Liana Corsis, Tochter von Alina

Doktor Karabo Tembe, Verfassungshistoriker

Mio Tembe, Mann von Karabo

Freyja Einardóttir, Verfassungsrechtlerin

Kalpana Kaul, Moderatorin bei Saturn-News

Masahiro Son, Reporter bei Saturn-News

Bjarki Einarson, Regierungsbeamter in Ausbildung

Ning, Geschäftsfrau

Aray, Managerin der Enceladus-Living-Lounge